Renate Klöppel

Ein anderes Leben findest du allemal

Wellhöfer Verlag

Ulrich Wellhöfer
Weinbergstraße 26
68259 Mannheim
Tel. 0621/7188167

info@wellhoefer-verlag.de
www.wellhoefer-verlag.de

Titelgestaltung: Uwe Schnieders, Fa. Pixelhall, Malsch
Satz: Wellhöfer Verlag
Lektorat: Eveline Seidel, Johannes Paesler

Das vorliegende Buch ist ein Roman, dessen Handlung frei erfunden ist. Die geschilderten historischen Ereignisse hingegen entsprechen der Wahrheit. Dort, wo ich nicht auf eigene Erinnerungen zurückgreifen konnte, standen mir als Quelle schriftliche Dokumente sowie zahlreiche Gespräche mit Zeitzeugen zur Verfügung. Letztere haben Vergleichbares in der ehemaligen DDR und in Prag erlebt wie die fiktiven Romanfiguren. Darüber hinaus ist jede Ähnlichkeit mit lebenden oder toten Personen sowie realen Geschehnissen rein zufällig und nicht beabsichtigt.

ISBN 978-3-95428-244-9

Renate Klöppel

Ein anderes Leben findest du allemal

wellhöfer VERLAG

I

1

Der alte Bahnhof war ein düsterer Ort mit grauen, fast schwarzen Mauern. Auf dem halbrunden Platz vor dem niedrigen Gebäude standen Pferde, riesenhafte Wesen mit breiten Rücken und zotteligem Fell über den Hufen. Männer mit lauten Stimmen luden Bierfässer von Planwagen, von denen das Schmelzwasser großer Eisbarren tropfte, und verjagten Kinder wie sie, wenn sie sich den Pferden näherten. Am Ende des Platzes behinderten schwere Flügeltüren den Zutritt zur Schalterhalle, einem dunklen, nach kaltem Zigarettenrauch stinkenden Saal, der erfüllt war von Stimmengewirr und dem Stakkato harter Absätze. Durch diese Halle war sie ihrem Bruder gefolgt, eine heulende Zwölfjährige, die an seinem Mantel zerrte und bettelte, er möge sie nicht allein lassen.

Zwei Wochen nach seinem Abitur hatte Rudi seine beste Hose in einen Koffer aus braunem Kunstleder gepackt, dazu Rasierzeug, Unterwäsche und Krawatte und noch ein paar Dinge, die er in einem verschlossenen Fach seines Schreibtischs vor allen Blicken verborgen hatte. Zuoberst legte er drei von den Hemden, die ihre Mutter für ihn bügelte. Bei alledem beachtete er sie nicht, antwortete auch nicht auf ihre aufgeregten Fragen. In seinem Gesicht war ein Ausdruck von schmerzlicher Entschlossenheit, der ihr Angst machte. Als er den Koffer schloss, war er nur zur Hälfte gefüllt. Zuletzt beugte er sich über seine Gitarre, die wie jeden Tag auf seinem Klappbett lag. Er betrachtete sie lange, streichelte das helle Holz, als müsste er Abschied nehmen, doch dann steckte er sie mit seltsam eckigen Bewegungen in ihre Hülle. Er klappte das Bett zur Wand, legte seinen Hausschlüssel auf den Küchentisch. Dann verließ er die Wohnung, ging fort aus dem Haus, in dem sie gemeinsam aufgewachsen waren, die Gitarre schräg über die rechte Schulter gehängt, den Koffer in der linken Hand. Es war ein kalter Tag im März, ein eisiger Wind blies aus Osten, und die Legienstraße war verwaist. Lisa war die Einzige, die ihn zum Bahnhof begleitete. Der Koffer war nicht schwer, doch Rudi setzte ihn von Zeit zu Zeit ab, und wenn er das tat, versuchte er, sie zu verscheuchen wie einen lästigen Hund. In der Schalterhalle herrschte er sie an, sie solle sich nach Hause scheren. Elisabeth, sagte er, nicht Lisa, wie sie von allen genannt wurde, auch von ihrem Bruder. Dann ging er weiter mit zusammengepressten Lippen.

Der Zug zum Hauptbahnhof war schon eingefahren, als sie den Bahnsteig betraten. Rudi stieg in den ersten Wagen, gleich hinter der großen Dampflokomotive und dem Kohletender. Er öffnete ein Fenster und beugte sich zu ihr herunter, jedoch wortlos, und sah sie lange nachdenklich an.

»Wohin fährst du?« Sie schrie die Worte, aber er schob das Fenster wieder hoch. Durch die schmutzige Scheibe konnte sie sehen, wie er seinen Koffer ins Gepäcknetz hob und auf der hölzernen Bank in sich zusammensank. Nur einen Augenblick später der Pfiff einer Trillerpfeife, das laute Schnaufen der anfahrenden Dampflok, dazu die Bewegungen der Kolbenstange, ganz langsam vor und wieder zurück, sie nahmen die großen Räder mit, die sich unerbittlich zu drehen begannen. Immer schneller rollte der Zug aus dem Bahnhof und trug ihren Bruder davon. Der Vater war bei der Arbeit, die Mutter lag im Bett, halb besinnungslos von ihren Tabletten.

***

2

Eines Tages, als in einem langen Winter die Einsamkeit in Lisas kleines Anwesen hoch oben im Schwarzwald eindringt, taucht diese Erinnerung wieder auf. Jahrzehnte hat sie im Verborgenen überdauert, ohne jemals an die Oberfläche zu gelangen. Erst ist das Bild flüchtig – ein dunkler Bahnhof, ein rollender Zug – ist wie hingetupft und ohne Zusammenhang. Bald gewinnt es an Deutlichkeit, füllt sich mit Einzelheiten, dehnt sich aus zu weiteren Orten und weckt in ihr den Wunsch, die Stätten der Kindheit wiederzusehen. Niemals ist sie zu dem Bahnhof zurückgekehrt oder in die Straße, in der sie die ersten zwölf Jahre ihres Lebens gewohnt hat. Sie weiß nicht einmal, ob das Haus in der Legienstraße noch immer steht.

Am Tag vor ihrer Abreise geht sie hinunter zum Klausbubenhof und bittet den Jungen, er möge sich für einen kleinen Lohn um ihre Katze und die Hühner kümmern. Es sei ungewiss, wann sie zurückkommen werde, vielleicht schon bald, vielleicht werde sie länger fortbleiben. Am Abend setzt sie sich an ihren Computer. Nur eine einzige Nachricht muss sie schreiben. Sie geht an eine ihrer Kundinnen. Lisa hatte ihr versprochen, den Vogelkäfig, ein filigranes Unikat, das sie aus Bambusstreifen gebaut hat, in dieser Woche vorbeizubringen. Sie bittet um etwas Geduld.

An einem wolkenverhangenen Tag im frühen Mai bricht sie auf. Vor den Waldrändern liegt noch Schnee, der in der Morgenstunde mit einer eisigen Kruste bedeckt ist, die Wiesen sind braun und die Äste der wenigen Laubbäume ragen kahl wie im tiefen Winter in den grauen Himmel. Unten im Tal, wo die Obstbäume in voller Blüte stehen, parkt sie ihr Auto am Bahnhof eines kleinen Ortes und fährt mit der Höllentalbahn nach Freiburg. Im ICE nach Hannover hat sie einen der wenigen Einzelplätze im Großraumwagen reserviert. Ihrer Vergangenheit will sie sich ohne die Geschichten von Mitreisenden nähern. Sechs Stunden, nachdem sie ihr Auto abgestellt hat, verlässt sie die S-Bahn, kaum mehr als einen Steinwurf von dem düsteren Bahnhof entfernt, wo Rudi damals in den Zug gestiegen ist. Es war nicht die Entfernung, die sie von den Orten ihrer Kindheit abgeschnitten hat, es war die Scheu vor der Erinnerung.

Der neue Bahnhof, an dem sie aussteigt, befindet sich neben Gleisen, die sich im Gewirr eines Rangierbahnhofs verlieren. Es ist ein moderner langgestreckter Bau aus blauem, fleckig gewordenem Sichtbeton und blauen Glassteinen, die wie Legosteine übereinander getürmt in die Höhe streben. Der Aufzug an seiner Seite bringt sie auf eine Straßenbrücke über den Gleisen. Das Stahlfachwerk der Brücke, das die Fahrbahnen und Gehwege überragt, sieht aus wie früher, ebenso der schmiedeeiserne Zaun, der sich ans Brückengeländer anschließt. Hier kennt sie noch jede Nische. In gespenstischer Weise scheint alles unverändert, selbst die Sträucher mit den weißen Beeren, die sie vor endloser Zeit pflückte und auf dem Gehweg zertrat – Knallerbsen. Das Grundstück hinter dem Zaun ist so verwildert wie früher, der hohe Zaun frisch gestrichen.

Die letzten Wochen des Schuljahrs war Lisa allein an diesem Zaun entlang und über die Brücke zum Gymnasium gegangen. Frühmorgens, wenn an regnerischen Tagen die Nässe von den stählernen Brückenbögen tropfte, glaubte sie manchmal, Rudis Anwesenheit zu spüren, wie er vor ihr ging, oft in Eile und schneller, als ihre Füße sie trugen. Unter der Brücke fuhren die Dampflokomotiven, fauchend und den heißen Dampf gegen die Brücke speiend. Manchmal geschah es, dass eine Lokomotive unter ihr hindurchfuhr. Für einen Augenblick sah sie dann neben dem Brückengeländer in den Schornstein hinein, ein dunkles, Hitze und Rauch spuckendes Maul, vor dem sie floh, um der nächsten Eruption zu entgehen. Zuweilen wirbelten Funken aus dem Loch und der Wasserdampf war schwarz und beißend vom Ruß des Kohlefeuers. Im Winter hingen die Schwaden dicht und schwer, doch manchmal schneeweiß über der Brücke, und sie trat in sie hinein wie in warme Watte. Gestalten sah sie darin verschwinden, andere traten daraus hervor und dann dachte sie, das könnte jetzt Rudi sein.

Nun, wo Rudi seit vielen Jahren nicht mehr lebt, steht Lisa wieder auf der Straßenbrücke. Ein roter Zug nähert sich langsam unter ihr auf dem äußeren Gleis, hält neben dem blauen Bahnhofsgebäude. Wenige Menschen steigen aus. Ein Mann schiebt sein Fahrrad zum Fahrstuhl. Auf der Brücke schließt er sein Rad an den schmiedeeisernen Zaun. Lisa geht weiter, kommt zum alten Bahnhof. Die Dächer über den Bahnsteigen sind abgerissen und die Eingänge in das flache Gebäude zugemauert, die erste Enttäuschung auf ihrer Reise: An diesem Ort ist der Zutritt zur Vergangenheit versperrt. Wo sich früher hinter hohen Torbögen die Schalterhalle öffnete, bedecken Graffiti das ockergelb gestrichene Mauerwerk der nutzlosen steinernen Hülle. Der Platz vor dem Bahnhof, wo einst die Pferdewagen standen, sieht aus wie früher, auch das Basaltpflaster ist noch von damals. Heute wuchert Unkraut zwischen den Steinen. Verschwunden sind die niedrigen, an den Bahnhof angebauten Geschäfte und mit ihnen die Menschen.

In einer Nische außen am alten Bahnhofsgebäude war einstmals ein Kiosk angebaut, jetzt ist hier der Asphalt gesprenkelt von Taubenkot. In einer überdachten Ecke haben sich Obdachlose niedergelassen. Das Lager ist aus Zeitungspapier, darauf liegen Wolldecken und Schlafsäcke. Ein verbeulter Wasserkessel steht auf einem Gaskocher und davor ein altes Transistorradio, neben ihm liegen verstreut ein paar Habseligkeiten in blauen Plastiksäcken. Ringsum bedeckt Müll den Boden. Von den Menschen ist nichts zu sehen.

Den Kiosk betrieb damals eine alte Frau mit einer großen Warze am Kinn, die von borstigen schwarzen Haaren umgeben war. Ein kleines Himbeerbonbon kostete einen Pfennig, ein großes zwei. Die Alte nahm die Bonbons mit ihren verkrümmten Fingern aus den dickbauchigen verschlusslosen Gläsern und zählte sie einzeln in die hingehaltene Kinderhand. Lisa durfte die Bonbons nicht kaufen. Ihre Mutter erlaubte es nicht. Auch die Schnüre und die Schnecken aus Lakritze waren verboten, genau wie die weißen Mäuse, die süß waren und sich anfühlten wie weiches Gummi. Ihre Mutter wollte immer das Beste für ihre Kinder, und Süßigkeiten aus der Hand einer schmuddeligen alten Frau mit einer behaarten Warze am Kinn zählten nicht dazu.

In einer Nacht hatte es im Kiosk gebrannt und sie bekamen geschenkt, was noch genießbar schien. Rudi erbeutete Nappos, die harten klebrigen Dinger in Stanniolpapier, die aussahen wie übergroße Salmiakpastillen. Ein kleiner Nappo hätte fünf Pfennig gekostet, der größte zwanzig. Eine Handvoll von den großen war wie ein kleines Vermögen. Er schenkte sie ihr, aber sie schmeckten nach Rauch. Die Nappos waren ein Schatz, der sich als wertlos erwies.

Manchmal brachte Rudi ein blondes Mädchen mit einem Pferdeschwanz mit nach Hause. Magdalena hieß sie. Sie war ein bisschen pummelig und sah immer fröhlich aus. Wenn sie kam, gab Rudi Lisa zwanzig Pfennig für ein Eis und schickte sie fort. Für zwanzig Pfennig gab ihr die Alte vom Kiosk fünf kleine Himbeerbonbons und drei Lakritzschnecken, die Lisa abwickelte, um die Schnüre ganz langsam Stück für Stück zu essen. Verbotener Genuss, bei dem sie die Augen ihrer Mutter im Nacken spürte.

Vom alten Bahnhof kann Lisa die Legienstraße sehen, in der sie damals gewohnt hat. Dort, wo sie beginnt, wurde Rudi vor ihren Augen von einem Lieferwagen überfahren. Jetzt, da sie die Stelle sieht, werden die heftigen Gefühle von damals wieder wach, die hilflose Angst, als sie ihn auf der Straße fahren sah, einen braungebrannten Jungen mit kurzer Lederhose und Rollschuhen, die klobig an seinen dünnen Beinen hingen. Rudi wollte schneller sein als der klapprige Lieferwagen, der ihm folgte, doch der Abstand zwischen den beiden wurde immer kürzer. Laut dröhnten die metallenen Räder bei jedem seiner Schritte auf dem Asphalt, bis Rudi plötzlich stürzte. Im nächsten Moment war das Auto über ihm, ihr großer, starker Bruder, ihr Beschützer, war darunter verschwunden. Der Wagen hielt an und dann, nach einer Ewigkeit, schob sich Rudi hinter den Rädern hervor. Er stand mühsam auf, rollte zum Gehweg. Zitternd und mit blutenden Knien stand er vor ihr.

»Versprichst du mir, dass du das nicht den Eltern erzählst?«

Da war es plötzlich, das ungewohnte und erregende Gefühl der Macht, das sie vergessen ließ, nur die kleine ängstliche Schwester zu sein. Sie ließ ihren Bruder betteln, genoss seine Schwäche. Bald waren sie nicht mehr allein. Andere Kinder, eben noch im Schreck erstarrt, umringten sie nun, redeten auf Rudi ein, der stolz seine Knie zeigte, die aufgeschürften Hände.

»Versprichst du mir, dass du das nicht den Eltern erzählst?«, wiederholte er.

Von überall starrten die Augen.

»Petze, alte Petze!« Es war Rudis bester Freund, der ihr das Wort entgegenschleuderte, voller Verachtung und Wut.

»Was bekomme ich, wenn ich nichts verrate?«

Sie spürte, wie sich die Blicke veränderten und abweisend wurden, und ahnte, dass sie wieder einmal ein Duell verloren hatte. Erst schien Rudi zu überlegen, doch das Schimpfwort war stärker, »Petze, Petze!«, rief nun auch er.

Klein und elend schlich sie von dannen. Niemals hätte sie ihren Bruder verraten, wie hatte er das nur denken können. Die Schläge, die ihn erwartet hätten, wären beinahe so schwer zu ertragen gewesen wie Prügel, die sie selbst einsteckte. Hatte er jemals unter den Schlägen geschrien, so wie sie es tat? Hatte er jemals geweint? Schläge gehörten zum Alltag. Sie hätte sich eine Erziehung ohne Schläge gar nicht vorstellen können. Ihr Vater sah es als seine Pflicht, den anständigen und wohlerzogenen Menschen in seine Kinder hineinzuprügeln: »Schade um jeden Schlag, der danebengeht.« Alle Väter schienen so zu denken. Ein Leben ohne Strafen war undenkbar. Wenn Lisas Mutter schlug, dann unüberlegt und aus Zorn, nicht so ihr Vater. Eine Tracht Prügel war ein gut geplantes grausames Ritual und das Warten darauf so schlimm wie die Strafe selbst. Damals gab sich Lisa der Fantasie hin, die Schläge zurückzugeben, jeden einzelnen, den sie im Laufe ihres Lebens erhalten hatte, irgendwann, wenn ihr die Kräfte gewachsen wären, sich zu wehren, und wenn die Angst nicht mehr zu groß war. Sie war sicher, dass der Augenblick kommen würde, irgendwo und irgendwie, und dieser Gedanke machte ihr Mut.

Wie alt war Rudi, als er sich zum ersten Mal gegen die Schläge zur Wehr setzte? Wie alt war sie, als sie nicht mehr geprügelt wurde? Sie weiß es nicht mehr. Ihr Bruder war nicht wegen der Schläge gegangen. Seit Jahren hatte niemand mehr gewagt, die Hand gegen ihn zu erheben.

In den Stunden nach dem Unfall mit dem Lieferwagen umsorgte Rudi sie in ungewöhnlicher Weise. Er brachte ihre Rollschuhe in den Keller, erlaubte ihr abzuwaschen, während er das Geschirr abtrocknete, und am Abend ließ er sie beim Kartenspielen gewinnen.

»Arme Kleine«, raunte er ihr zu, und sie wusste nicht, warum er diese zwei Wörter sagte, die sie noch nie aus seinem Mund gehört hatte.

»Nicht wahr, du hättest den Eltern bestimmt nichts erzählt«, sagte er später. Als er den Arm wie zum Schutz oder zum Trost um ihre Schultern legte, musste sie weinen. »Entschuldige«, sagte er leise.

Mit seinem Vater hatte sich Rudi oft gestritten. Mit schmalen Lippen und mahlenden Kiefern saßen sie sich dann am Küchentisch gegenüber und meist war es der Vater, der, von Rudis Attacken in die Enge getrieben, als Erster laut wurde. Dabei ging es nicht um Alltägliches wie bei den endlosen Streitereien ihrer Eltern, um das abendliche Fernbleiben ihres Vaters oder die Höhe des Haushaltsgeldes, um Eifersucht und Vernachlässigung. Rudi stritt mit seinem Vater über Politik und Gesellschaft, und Lisa wusste nicht, warum sie sich darüber so ereifern konnten. Vielleicht ging es dabei auch um etwas anderes, was sie nur ahnen konnte. Rudi benutzte Fremdwörter, die sie nicht verstand. Kapitalismus, der Begriff war ihr bekannt, aber mit Imperialismus konnte sie nichts anfangen, und vielleicht ging es ihrem Vater ebenso. »Ein deutsches Kind spricht Deutsch«, rief er, aber ihr Bruder änderte seine Sprache nicht.

Rudi haderte damit, dass er noch nicht zur Wahl gehen durfte, und warf seinem Vater vor, dass er bis zum einundzwanzigsten

Geburtstag darauf warten musste. Er fühlte sich erwachsen und mit wütenden Worten lehnte er sich gegen die Tatsache auf, dass die Eltern noch für Jahre über sein Leben bestimmen konnten.

Meist stritten sich die beiden, wenn die Mutter nicht mit am Tisch saß. Fiel der Streit zwischen den Eltern aus, war Raum für diesen anderen. Es durfte beim Essen kein Friede einkehren, solange der Vater zu Hause war.

Einmal hielt Rudi seinem Vater vor, im Krieg jahrelang im von den Deutschen besetzten Prag gearbeitet zu haben, folglich müsse er auf der Seite der Nazis gestanden haben.

»Prag war nicht besetzt. Es war Schutzgebiet mit einer eigenen Regierung«, erwiderte sein Vater gereizt.

»Eine reine Marionettenregierung, die tat, was die Deutschen befahlen.«

»Die Tschechen wollten es nicht anders.«

Ihre Stimmen wurden immer lauter. »Warum wurden dann die Hochschulen geschlossen und tausend Studenten ins KZ gesperrt? Warum wurden etliche hingerichtet, wenn sie mit allem einverstanden waren?«

Lisa machte sich ganz klein und spürte, wie sich ihr Magen zusammenkrampfte. Ein Bruder, der mit dem Vater stritt, lähmte sie so wie die streitenden Eltern. Seine Kompromisslosigkeit ängstigte sie.

»Das saugst du dir aus den Fingern!« Ihr Vater schlug mit der Faust auf den Tisch. »Und selbst wenn es so war: Ich war Buchhalter. Was andere taten, ging mich nichts an. Ich habe meine Arbeit nach bestem Wissen und Gewissen getan und damit basta.«

Lisa warf ihrem Bruder flehende Blicke zu, aber Rudi gab immer noch nicht nach. »Warum nannten sie Heydrich den Henker von Prag, wenn ich mir das alles aus den Fingern sauge?«

»Halt deinen dummen Mund!« Für einen Augenblick dachte Lisa, er wolle Rudi schlagen. Zwei Wochen später hatte ihr Bruder seinen Koffer gepackt.

War die Mutter doch einmal bei einem Streit dabei, schwieg sie zu den Auseinandersetzungen. Einmal sagte sie zu Lisa, die Hitlerzeit habe auch ihre guten Seiten gehabt. Sie verteidigte Hitler und sprach vom Ende der Massenarbeitslosigkeit, dem wirtschaftlichen Aufschwung und dem Bau der Autobahnen. Fehler mache schließlich jeder.

Lisa wusste, dass Rudi auch seinen Lehrern oft und heftig widersprach. Er konnte oder wollte nicht begreifen, dass diese das nicht schätzten, glaubte er doch ernsthaft, mit seinen Einwürfen ihren auf die offizielle Schulmeinung beschränkten Horizont zu erweitern.

Mit ihr hatte er nie über diese Dinge gesprochen. Was hätte sie, die kleine Schwester, auch dazu beitragen können?

In Lisas frühesten Erinnerungen war die Legienstraße nur ein breiter sandiger Weg und die seltenen Autos zogen Staubfahnen hinter sich her. Sie lebten damals in der Wohnung links neben dem Eingang im Erdgeschoss eines von Bomben getroffenen Hauses, der Hauswirt in der rechten. Die zerstörten Stockwerke darüber waren abgetragen, das Erdgeschoss mit Dachpappe vor Regen geschützt. Seitlich an das Haus, dort wo bis zu einer Bombennacht ein Haus gestanden hatte, war ein Schuppen angebaut, in dem sich eine kleine Werkstatt befand. Auf dem ehemaligen Trümmergrundstück neben der Werkstatt lagerte Baumaterial, das dem Hauswirt gehörte. Er war Bauunternehmer und verdiente viel mehr Geld als das, was Lisas Vater als Buchhalter am Monatsende aus der Gehaltstüte auf den Küchentisch zählte. Sie begriff, dass man vor ihm Respekt haben musste.

An einem dunklen Wintermorgen geriet die Werkstatt in Brand und das Feuer leckte an der Wand des Kinderzimmers mit schwarzem Rauch und lodernden Flammen, die in Lisas Alpträumen zu tödlichen Feuersbrünsten wurden.

Ein knorriger Birnbaum reckte seine Äste zum Wohnhaus hinüber. An einem Tag im Herbst kletterte Rudi auf den Baum und warf die winzigen Birnen herunter. Lisa sammelte sie in ihre Schürze und trug sie zu ihrer Mutter, glücklich über das Geschenk, das sie ihr bringen konnte. – Rudi sollte die Birnen dem Hauswirt zurückgeben, dem der Baum gehörte. Fremde Birnen zu essen, war verboten, und seien sie auch noch so klein und hart. Rudi weigerte sich, er ließ sich nichts befehlen, wovon er nicht überzeugt war. Dass der Birnbaum dem Hauswirt gehöre, spiele keine Rolle, denn niemals habe der auch nur eine einzige Birne gepflückt. Lisa war es, die die Birnen zurückbringen musste. Für einen winzigen Moment dachte sie daran, sie mit Gönnermiene als Geschenk zu übergeben, doch dann verließ sie der Mut. Ohne auf den Klingelknopf zu drücken, legte sie das pralle Einkaufsnetz vor die fremde Wohnungstür und lief davon.

In der ersten Wohnung in diesem Haus teilte Lisa mit Rudi ein Zimmer. War es dunkel im Zimmer, kam die Angst zu ihr, das war schon vor dem Brand so gewesen: graue Schatten, die näher rückten mit jedem Atemzug, Trugbilder von wilden Tieren und den Drachen aus den Märchenbüchern, Geister und Räuber, und immer wieder überfielen sie die Schrecknisse aus den Erzählungen der Älteren, eine Ahnung von Bomben und Explosionen über dunklen schwankenden Kellern, von Verwüstung, Feuer und Tod, von Soldaten, vor denen sich die Frauen versteckten. Dann redeten sie mit leisen Worten von Bett zu Bett, redeten an gegen Lisas Angst, denn niemand verstand sie wie ihr Bruder, zumindest meinte sie das, niemand hörte ihr so geduldig zu wie er, und sie glaubte, ein Leben lang so mit ihm reden zu können. Manchmal, wenn sie so in ihren Betten lagen, hörten sie die lauten Stimmen der Eltern aus dem Wohnzimmer, streitende Stimmen, gegen die Rudis Worte machtlos waren.

Später wurde das zerbombte Haus mit allen Stockwerken wieder aufgebaut und sie zogen in die rechte Wohnung im Erdgeschoss. Am Tag des Umzugs rannte Lisa voller Tatendrang zwischen den Wohnungen hin und her und trug Tassen und Teller einzeln hinüber. In der neuen Wohnung waren die Zimmer größer und für die Geschwister war eines mit Rigipsplatten geteilt worden. Durch die dünne Wand führte eine Tür von Lisas in Rudis Zimmer. Wann immer er wollte, ging er durch ihr Zimmer hindurch, doch mit ihrer Angst blieb sie jetzt allein. Lieber Gott, mach, dass kein Streit ist! Doch der liebe Gott konnte oder wollte ihr nicht helfen.

Nachdem Rudi sie damals an dem kleinen, düsteren Bahnhof allein zurückgelassen hatte, war sie zu Fuß den ganzen weiten Weg bis zum Hauptbahnhof gelaufen, als könnte sie ihn dort aufspüren. So viele Gleise, so viele Menschen! Fremde Gesichter überall. Ihren Bruder fand sie nicht. Er war gegangen, ohne sie mitzunehmen, und sie ahnte, dass es ein Abschied für lange Zeit sein würde. Warum hatte er nicht gesagt, was er plante? Warum hatte es keine Worte zum Abschied gegeben? Warum hatte er sie, seine kleine Schwester, verjagen wollen wie einen lästigen Hund?

Auf dem Heimweg hatte sie Bauchweh vor Angst. Sie ging langsam und schlich durch die Kaufhäuser. Bei Woolworth steckte sie einen Kugelschreiber in ihre Manteltasche, so einen winzigen, wie ihn die anderen Kinder hatten und sie ihn sich nicht kaufen durfte. Eine Verkäuferin sah es und hielt sie fest. Die Frau wollte wissen, wie sie heiße und wo sie wohne. »Rudi«, sagte sie. »Rudi ist weg«, und bei dem Gedanken musste sie weinen. Die Frau verbot ihr, das Kaufhaus noch einmal zu betreten, und ließ sie laufen.

»Rudi ist weg«, dachte sie den ganzen langen Weg und ihre Angst wuchs, diesen Satz zu Hause sagen zu müssen: »Rudi hat seine Sachen gepackt und ist fortgefahren.« Sie hatte Angst, weil sie dabei war, wie er in den Zug stieg und weil sie sagen musste, was geschehen war. Außer ihr würde niemand da sein, den der Zorn oder die Bestürzung der Eltern treffen konnte.

Erst in der Dunkelheit kam sie nach Hause. Ihre Mutter öffnete die Tür. Über einem weißen Nachthemd trug sie ihren alten moosgrünen Bademantel, aus dessen Frotteestoff struppige Fädchen hingen. Sie roch nach Zigarettenrauch und wie so oft nach etwas Fremdartigem und Bedrohlichem. Beim Arzt, bei dem Lisa eine Spritze bekam, hatte es so gerochen und auf Wiesen mit Obstbäumen, wo Wespen sich in verfaulende Äpfel und Birnen bohrten. Ihre Mutter war bleich und die Augenlider waren geschwollen, die Augen ganz klein hinter den schmalen Schlitzen. Ihr braunes, von der Dauerwelle spröde gewordenes Haar hatte sie über den Schläfen und der Stirn auf große, bunte Lockenwickler gedreht, ihre Freitagsfrisur, wenn sie nicht zum »Waschen und Legen« oder zur Kaltwelle beim Friseur gewesen war. Freitags kamen die Nachbarn zum Skat.

»Wo kommst du jetzt erst her?«

Nichts war so geächtet wie Lügen. Lügen waren Todsünden, für die das Fegefeuer drohte, nur die gemeinsamen Geheimnisse mit Rudi, die sie wie Schätze hütete, zählten mehr als die drohenden Strafen. Dieses große Geheimnis konnte sie nicht bewahren.

»Sag die Wahrheit.«

»Vom Bahnhof.«

»Von welchem Bahnhof?«

»Vom Hauptbahnhof.«

Dann die Frage: »Und wo ist Rudi?«

Schweigen.

»Weißt du es oder weißt du es nicht?«

»Er ist in einen Zug gestiegen.«

Lisa bohrte ihren Blick in den Boden, wartete auf die üblichen Vorwürfe, das Schimpfen und Schreien. Nichts davon trat ein. Ihre Mutter schien zu ahnen, dass etwas geschehen war, etwas Ungeheuerliches, das viel schwerer wog als Lisas Verspätung. Stattdessen Fragen, die sie nicht beantworten konnte. Der Rest vollzog sich schweigend, das Entdecken von Rudis Hausschlüssel auf dem Küchentisch, die vergebliche Suche nach dem Koffer.

Ehe ihr Vater nach Hause kam, hatte sich Lisa im Bett verkrochen. Wenn sie vorgab, krank zu sein, war hier ihr Reich. Hier verschonte man sie vor Aufgaben, die sie nicht erfüllen wollte, und hier war sie sicher vor den Vorhaltungen und Strafpredigten, denen sie an anderen Tagen ausgeliefert war. In dem abgedunkelten Zimmer war Platz für eine bessere Welt, die sie, seit sie klein war, in ihren Tagträumen auferstehen ließ. Früher war es die Welt der Ritter in glänzenden Rüstungen gewesen, die auf edlen Pferden daherkamen, um sie aus Todesgefahr zu erretten. Einer ohne Rüstung – ein schöner blonder Mann mit Sandalen an den

Füßen und einem Hemd, das eine Schulter freiließ – tat sich besonders hervor. Er war es, der den riesigen Drachen tötete, der sie bedrohte, ihr Siegfried, der Furchtlose, der Unverwundbare, den auch Hagens Lanze in ihren Fantasien nicht umbringen konnte. Ihr Retter musste unsterblich sein. Hin und wieder kam ihre Mutter an solchen Tagen in ihr Zimmer, liebevoll und besorgt, und brachte ihr, was ihr fehlte. An dem Tag, als Rudi verschwand, kam sie nicht an ihr Bett.

Mit Herzklopfen lauschte Lisa auf das Geräusch des sich im Schloss der Wohnungstür drehenden Schlüssels, auf Vaters Schritte im Flur, die Stimmen aus der Küche. Gleich würde er im Zimmer stehen. Immer wenn sie krank war, trat er an ihr Bett, am Morgen, ehe er aus dem Haus ging, und abends, wenn er aus der Firma zurückkehrte. Er setzte sich auf die Bettkante, fast immer im Anzug und mit Krawatte, und fragte, wie es ihr gehe. Dann sah er besorgt aus, griff manchmal nach ihrer Hand, während sie sich am liebsten auflösen wollte. Seine Besuche am Bett fürchtete sie. Dieser Vater war ein Mensch, der ihr Angst machte mit seinem forschenden Blick und seinen Fragen. Gespräche mit ihm waren wie ein Verhör, etwas, bei dem sie Fehler machen konnte. Schon bei den harmlosesten Fragen errötete sie, denn immer hatte sie das Gefühl, dass er bis in ihr verborgenes Innerstes schaute, Fehler und Versäumnisse entdeckte, von denen sie selbst nicht einmal wusste. Es war keineswegs so, dass sie diesen Vater hasste. Hass war das falsche Wort. Er war ihr fremd und die Begegnungen waren Minuten der Beklommenheit und des Widerwillens.

Der Sonntagsvater, in den er sich manchmal verwandelte, war anders. Von ihm lernte sie die Liebe zu den Pflanzen und Tieren, zu der ganzen Natur. Gingen sie spazieren, blieb er oft neben irgendwelchen Gewächsen stehen, selbst die kleinsten betrachtete er eingehend: das unscheinbare Torfmoos und den seltenen Sonnentau ebenso wie das violett leuchtende Gefleckte Knabenkraut auf den Wiesen und die gelbe Schwertlilie an einem sumpfigen Teich. Er nannte ihr die Namen von Blumen, Gräsern und Bäumen, zeigte ihr Ringelnattern und einmal im Moor, zwischen Torfsoden halb verborgen, eine Kreuzotter. Er nahm Lisa an die Hand und führte sie zu Tümpeln und Gruben im Moor, über deren grundlose Tiefe Torfmoos und Gras trügerische Teppiche gebreitet hatten, heimtückische Fallen für ahnungslose Wanderer. In den Teichen zeigte er ihr die gefräßigen Gelbrandkäfer, die Kolbenwasserkäfer und die Libellenlarven und freute sich mit ihr über die auf dem Wasser flitzenden Wasserläufer. Er fing für sie Kaulquappen, die weich und zart in ihrer Hand zappelten, bis sie sie wieder ins Wasser gleiten ließ. Ihr Sonntagsvater war froh, in ihr einen Menschen zu haben, der seine Liebe zu den kleinen Dingen in der Natur teilte und ihn nicht belächelte. Es war dieser Vater, der ihr Weidenflöten schnitzte und ihr zeigte, wie man mit Feuerstein Funken schlug und das Innere von Baumschwämmen als Zunder verwendete. Waren sie unterwegs, brauchte sie ihm nicht in die Augen zu sehen, sie betrachteten die Tiere und Pflanzen, und das verband sie. Diesen Vater hätte sie lieben können, wäre da nicht die Mutter gewesen, die diesen Menschen und sein Tun verachtete. Es wäre gefährlich gewesen, sich mit ihm zu verbünden.

Der Sonntagsvater trug im Winter und im Sommer einen Hut. Vorn hatte er zwei Dellen und wenn ihnen Bekannte begegneten, griff ihr Vater in diese Dellen und lüftete den Hut ein paar Zentimeter über seinen dünnen Haaren, dazu lächelte er breit und jeder sah ihm an, was er für ein guter Mensch war.

An dem Abend ohne Rudi knipste ihr Vater das helle Deckenlicht an und kam mit lärmenden Schritten an ihr Bett.

»Wo ist Rudi?«

»Ich weiß nichts.« Ihr Vater musste plötzlich gewachsen sein, riesengroß stand er an ihrem Bett, sie selbst, winzig klein, vergrub ihr Gesicht unter der Bettdecke.

Er zog die Decke weg. »Ich will wissen, wo Rudi ist.«

»Ich weiß es nicht.«

»Sieh mich an!«

»Ich weiß es doch wirklich nicht.«

Der Vater trat einen Schritt zurück. Mit hängenden Armen und wieder auf seine normale Größe geschrumpft, stand er im Zimmer. Er atmete schwer und ließ beim Ausatmen das seltsame Pfeifen hören, mit dem er jede Anstrengung begleitete. Ohne ein weiteres Wort ließ er sie wieder allein.

Lisa löschte das Licht und verkroch sich unter der Bettdecke: nichts gefragt werden, nichts sagen müssen, im Boden versinken. Oder mit dem Kopf gegen die Wand schlagen, bis der körperliche Schmerz den in ihrer Seele übertönen würde.

Bald darauf klingelte es, die Stimmen der Nachbarn klangen wie immer. Nach einer Weile stand Lisa auf, lauschte an der Wohnzimmertür. Sie hörte das Aufschlagen von Fäusten, wenn Karten auf den Tisch gelegt wurden, hörte dieselben Sprüche wie immer. »Aus jedem Dorf ein Köter«, das war die Stimme der Nachbarin. Und nach einer Pause die Stimme ihres Vaters: »Der geht über die Dörfer.«

Rudi? dachte sie für einen Augenblick. Nein, nicht Rudi, nur das Spiel.

»Ein Herz hat ein jeder.« Das war wieder ihr Vater. Ihre Mutter hörte sie nicht.

Mit kalten Füßen kroch sie zurück in ihr Bett. Rudis Bild schälte sich aus den grauen Schatten des Zimmers, sie sah ihn in den Zug steigen, sah ihn am Fenster stehen, sah die große schwarze Lokomotive davonfahren, immer wieder wie in einem endlos sich wiederholenden Film. Sie grübelte darüber nach, mit welchem Ziel ihr Bruder auf die Reise gegangen war, aber alle Gedanken endeten in einem großen dunklen Nichts.

Tief in der Nacht weckten sie die streitenden Stimmen ihrer Eltern. Es ging um Rudi. Ihr Vater schlug immer wieder zu seinen Worten mit der Faust auf den Tisch, übertönte die Stimme ihrer Mutter. Sie presste die Fäuste gegen die Ohren, Stille für kurze Zeit.

***

3

Jetzt, wo Lisa zum ersten Mal wieder in der Legienstraße steht, denkt sie an diesen Tag und zieht in Gedanken eine Linie bis in die Gegenwart. Vielleicht wäre ihr Leben anders verlaufen, wenn Rudi sie nicht verlassen hätte. Er hatte Medizin studieren wollen, die Zulassung hatte er in der Tasche. Er hätte die jungen Frauen im Hörsaal und an den Seziertischen nicht übersehen können, die neben ihm mit Skalpell und Pinzette gestanden hätten, sie hätten dieselben Vorlesungen gehört, aus denselben Büchern gelernt wie er. Das Medizinstudium war kein Privileg der Männer. Rudi hätte die Eltern überzeugen können, dass auch sie studieren durfte. Aber Rudi war fort und sie blieb das unmündige Kind, über dessen Leben die alten Regeln entschieden. Ehefrau und Mutter, was sollte ein Mädchen sonst werden? Ein Beruf, der mehr gewesen wäre als eine Überbrückung der kurzen Zeit zwischen Schule und Mutterschaft, war nicht vorgesehen. Es gab kein erreichbares Ziel, auf das sie hätte hinarbeiten können. »Sei wie das Veilchen im Moose, bescheiden, sittsam und rein …«, hatte ihr die Mutter im Poesiealbum mit auf den Weg gegeben.

Wenn sie heute zurückblickt, war das Leben wie ein langer Fluss, dessen Richtung sich in unzähligen Mäandern fortwährend änderte. Nein, sittsam hatte sie nicht gelebt, nachdem sie das Elternhaus verlassen hatte. Erst nach Jahren der Unbeständigkeit und Verwirrungen hatte sie Zuflucht in einer durch einen Ehering besiegelten Beziehung gesucht. Fünfundzwanzig Jahre hielt die Ehe mit Richard, bis sie sich ohne Streit und ohne Tränen trennten. Bald danach und viele Jahre nach dem Tod ihres Vaters starb ihre Mutter nach langer Krankheit. Zum ersten Mal fühlte sich Lisa frei und unbeschwert.

Nach der Beerdigung übergab sie die kleine Wohnung, die sie nach der Scheidung bezogen hatte, an eine Freundin und setzte sich in ihren alten Volvo, um durch Deutschland zu fahren. Das erste Ziel war die Nordseeküste, wo die Apfelrosen blühten und die Sommergäste noch auf sich warten ließen. Später durchquerte sie Schleswig-Holstein und fuhr immer weiter nach Osten bis an die polnische Grenze. Drei Wochen hauste sie nicht weit vom Stettiner Haff entfernt bei einer alten Frau in einer Moorkate, umgeben von einer Welt ohne Fernsehen, ohne Radio, ohne das Gedudel in Geschäften und Lokalen, ohne Motorsensen und Laubbläser, lange genug, um sich nach einer Stadt zu sehnen. Durch die Uckermark fuhr sie nach Berlin. In den Straßen lauerten die Erinnerungen, doch die Stadt war eine andere geworden, seit sie dort in ihrer kleinen Wohnung zusammen mit Rudi gelebt hatte. Die gemeinsamen Wege von damals mied sie. Lisa fuhr weiter nach Franken und ins Allgäu, wo sie in billigen Gasthäusern übernachtete, deren Räume dünne Wände hatten, oder in Privatzimmern unter den Augen von Wirtinnen, für die privat ein Fremdwort war. Am Ende des Sommers erreichte sie den Bodensee. Rotbäckige Äpfel reiften an den Bäumen und in den Morgenstunden verhüllten die ersten Herbstnebel das Land.

Lisas nächstes Ziel sollte der Breisgau sein, der Weg dorthin führte sie in den Schwarzwald. An diesem letzten Tag der Reise war der Regen für Stunden ihr Begleiter. Es war Ende September, das dunkle halbe Jahr hatte eben erst begonnen, und doch senkte sich die Finsternis schon früh über das Land. An einem Berggasthaus neben der B 500 hielt sie an. Der große Parkplatz war leer bis auf einen Motorroller und einen alten VW-Bus, durch dessen Gardinen der Schein einer flackernden Kerze fiel. Der Gasthof war ein altes Schwarzwaldhaus, dessen tief heruntergezogenes Dach wie eine zu große Haube auf dem kleinen Gebäude saß. Hinter den winzigen Sprossenfenstern brannte Licht.

Aus Regen und Kälte und der in der Dunkelheit versinkenden Landschaft trat sie in den schmalen Flur des Schwarzwaldhauses, gelangte weiter durch eine schwere Schiebetür in die warme Wirtsstube. Der einzige Gast saß an einem der Fenster, Blick nach draußen in die lichtlose Finsternis. Sein Gesicht spiegelte sich in der Fensterscheibe: dunkle Augenhöhlen, schwarzer Rauschebart, schwarze Strubbelhaare, die ihm in die Stirn hingen. Er trug eine olivbraune Wolljacke und eine grobe Tuchhose in derselben Farbe, Kleidung eines Bauern oder eines Aussteigers. Die Hände waren die eines Bauern. Ein schwarzer Filzhut mit heller Kordel über der Krempe lag neben ihm auf einem Stuhl, vor ihm eine Zeitung. Sein Bierglas war leer. Sie setzte sich an einen der Tische in seinem Rücken, ebenfalls mit Blick zum Fenster. Der Mann hatte etwas Besonderes an sich, das sie reizte, ihm Aufmerksamkeit zu schenken.

Niemand schien ihr Kommen bemerkt zu haben, auch der Bauer beachtete sie nicht. In der niedrigen holzgetäfelten Stube waren alle Tische gedeckt, als würden noch weitere Gäste zum Essen erwartet. Der große Kachelofen in der Mitte des Raumes war warm, doch hinter der Theke war niemand und aus der Küche drang kein Laut. Minuten vergingen.

Der Mann hatte die Zeitung gehoben. Lange blieb er mit seinem Blick auf einer Seite, blätterte dann sehr ruhig weiter, las wieder. Von Zeit zu Zeit hob er die dunklen Augenbrauen, wenn ihn etwas besonders zu interessieren schien. Seine Art zu lesen gefiel ihr. Manchmal sah er geradeaus zum Fenster, wenn er eine Seite umwendete. Endlich ließ er die Zeitung sinken und blickte unentwegt in die Dunkelheit, bis sie begriff, dass er sie in der spiegelnden Fensterscheibe beobachtete, es wohl schon länger getan hatte. Sein Blick hatte nichts Aufdringliches, nicht einmal etwas Neugieriges. Er betrachtete sie mit derselben nachdenklichen Ruhe, mit der er die Zeitung gelesen hatte.

Lisa wollte eben wieder gehen, als eine große Frau an ihren Tisch trat. Den beleibten Körper hatte sie unter einem schwarzen knöchellangen Dirndl und einer schwarzen Strickjacke verborgen, ihre Unterarme waren wie Keulen, die Stimme war die eines kleinen Mädchens.

Als Lisas Essen gebracht wurde, stand der Bauer auf, ließ eine halbtote Biene von der Fensterscheibe auf seine Hand krabbeln, entließ sie in die Freiheit und setzte sich auf einen anderen Stuhl, sodass sich ihre Blicke nicht mehr im Fenster begegneten.

Nach der Mahlzeit fragte sie die Bedienung, ob sie hier übernachten könne.

»Zimmer gibt's im Lachenhäusle nicht«, sagte sie. »Das sehen Sie doch.«

Lisa nickte flüchtig.

»Fragen Sie im Schweizerhof. Den finden Sie nach ein paar Kurven direkt an der Straße.«

Als das schwarze Dirndlkleid hinter einer Tür verschwunden war, kam der Bauer an Lisas Tisch. Schweigend und aufmerksam wie jemand, der Maß nimmt, sah er sie an. »Sie brauchen eine Unterkunft?«

Er sprach Dialekt, und sie musste sich bemühen, ihn zu verstehen. Sie nickte.

»Wenn Sie Ruhe suchen, hätte ich etwas für Sie.«

»Ruhe«, sagte sie. »Ja, ruhig soll es sein.«

»So ruhig wie im Josefshäusle ist es nirgendwo. Niemand wohnt jetzt dort, aber es ist alles vorhanden, was Sie brauchen.«

Sofort waren sie da, die Befehle und Verbote der Kindheit, doch sie waren stumpf geworden im Laufe der Jahrzehnte. Genug Zeit ohne Unglück und Gewalt waren vergangen, um die Warnung vor dem bösen Onkel, vor Dieben und Mördern in den Wind zu schlagen. Sie dachte an die Moorkate mit der alten schweigsamen Frau – viel einsamer konnte es nirgends sein – und war bereit, wieder in die Verlassenheit zurückzukehren. Sie sagte, sie wolle sich das Häusle gern ansehen.

Mit gesenktem Kopf, die Hände in den Taschen seiner Jacke vergraben, den Filzhut tief ins Gesicht gezogen, hielt der Fremde auf den Motorroller zu. Der Parkplatz war ohne Licht, nur hin und wieder erhellt durch die Scheinwerfer eines vorüberfahrenden Autos. Weit unten in der Ferne ein schwaches Leuchten: die Lichter der Rheinebene, der Rest war lautlose Finsternis. Neben dem Roller blieb der Mann stehen, sein Gesicht eine helle Kontur im Widerschein des beleuchteten Wirtshausschildes. Er heiße Toni, sagte er.

Er kickte mit einem kräftigen Tritt den Motor an, rollte langsam über den dunklen Parkplatz. An der Ausfahrt zur Bundesstraße wartete er, bis sie ihm folgte. Sie blieben nicht lange auf der breiten Straße. Beim Abbiegen erfasste der Lichtkegel ihrer Scheinwerfer das Schild »Schweizerhof«, dahinter heimelig leuchtende Fenster, verlockende Geborgenheit. Sie widerstand der plötzlichen Versuchung anzuhalten und folgte Toni durch die dunkle Landschaft in einer unerklärlichen Zuversicht. Nach wenigen Kilometern bog der Motorroller vor ihr in einen schmalen Feldweg ein. Der Weg – zwei unebene Fahrspuren mit Gras in der Mitte – querte zwischen Weidezäunen steile Wiesen, wurde steiniger. Sie öffnete das Seitenfenster und ließ die kalte klare Bergluft in den Wagen strömen. Neben ein paar Bäumen in einer Senke hielt Toni an und zeigte ihr, wo sie ihren Wagen abstellen konnte. Als die Motoren schwiegen, war es vollkommen still. Im unruhigen Schein von Tonis Taschenlampe gingen sie weiter bergauf. Lisa hatte sich darauf eingestellt, dass sie bis zum Ziel schweigen würden, Toni wirkte so verschlossen, aber nach ein paar Metern blieb er stehen. »Nachts an einem fremden Ort anzukommen ist nicht einfach, noch dazu an einem verwaisten«, sagte er. Es klang wie eine Warnung.

Aus der Dunkelheit schälte sich ein einsames Haus: eine helle Wand mit einer Tür und zwei kleinen Fenstern, die eines Stalles offenbar, darüber die Konturen dunkler Balken. Neben dem Haus, eingezwängt zwischen der Hauswand und einer Mauer aus Feldsteinen, ein schmaler, nach oben abgedeckter Durchlass, durch den sie Toni führte wie durch einen Tunnel. Jenseits des Durchgangs erfasste das Licht der Taschenlampe dicht neben dem Haus einen Brunnen. Daneben standen ein großer Tisch aus grob gehobeltem Holz und, angelehnt an die Hauswand, eine Bank. Toni schloss eine niedrige Tür auf, der Flur dahinter und die Stiege nach oben waren eng, kärglich und klein, als wäre das Haus für Zwerge gebaut. Toni musste sich beim Eintreten bücken.

»Hier sind wir«, sagte er und entzündete eine verrußte Petroleumlampe. »Der Strom ist abgestellt, seit niemand hier wohnt.«

Er würde noch Feuer machen und dann wieder gehen, sagte er. In der Küche stand ein weißemaillierter Herd auf hohen Beinen, über den Kochstellen in der gusseisernen Herdplatte lagen Ringe in verschiedenen Größen und in deren Mitte runde Deckel. Sie sah ihm zu, wie er im Feuerraum Späne und dünne Holzstücke zu einer kleinen Pyramide aufschichtete und, ehe er sie mit einem Streichholz entzündete, eine Klappe im Ofenrohr öffnete. Es qualmte ein wenig, bis die Flammen aufloderten und Toni Holzscheite aus einem Weidenkorb nachlegte. – Kindheitserinnerungen, aber kein Torffeuer wie damals. Wasser könne sie am Brunnen holen, sagte er. Sie könne es bedenkenlos trinken, die Brunnenstube sei oben im Wald, wo keine Kühe hinkämen. Töpfe und Geschirr würde sie leicht finden.

Toni zeigte ihr die Schlafkammer. Die drei Teile einer Matratze waren aufgestellt und an die Wand gelehnt, ein rotes Federbett lag auf dem Bettgestell. Er öffnete einen Schrank, den er Kasten nannte, reichte ihr Bettwäsche – rot-weiß kariert wie die von Rotkäppchens Großmutter in ihrem alten Märchenbuch – und eine verbeulte Wärmflasche aus Kupfer. Sein Vater habe nachts immer kalte Füße gehabt. Ob sie hierbleiben wolle, fragte er nicht. Er tat alles so selbstverständlich, als wäre dies eine Ferienwohnung wie viele andere im Schwarzwald und als gäbe es für sie keinen Grund, sich zu wundern oder gar Angst zu haben.

Ja, sein Vater habe in dem Häusle gewohnt, antwortete er auf ihre Frage, aber vor ein paar Monaten sei er gestorben.

Nein, Handyempfang gebe es hier nicht, aber etwas weiter oben beim Waldrand, da könne man telefonieren.

Den Schlüssel solle sie morgen auf den Küchentisch legen, sagte er. Er komme am Abend, um ihn abzuholen.

Sie suchte nach Anknüpfungspunkten für ein Gespräch, sie fand es ganz unmöglich, sich in wenigen Augenblicken für immer von diesem Mann zu trennen, aber er wünschte ihr nur eine gute Nacht und ging davon. Mit einem Kopf voller Fragen blieb sie zurück. Was war Toni für ein Mensch, was hatte es für eine Bewandtnis mit dem Josefshäusle, was war seine Geschichte und was seine Zukunft, und warum hatte Toni sie hier einquartiert?

Noch einmal ging sie nach draußen. Nirgendwo ein Licht unter dem sternlosen Himmel, nirgendwo eine Kontur, die ihr verriet, welche Landschaft sie im Tageslicht erwartete, nirgendwo die spürbare Nähe von Menschen, doch die Einsamkeit hatte nichts

Bedrohliches. In diesem erhabenen Dunkel fühlte sie sich frei. Eine Weile hörte sie noch das Knattern des Motorrollers, dann war das Plätschern des Brunnens das einzige Geräusch in der Stille.

Das Bett war kalt und klamm, die Wärme der Küche hatte die Schlafkammer nicht erreicht, nur die mit heißem Wasser gefüllte Bettflasche linderte die Kälte. Sie schlief wenig. Die Nacht war voller Ahnungen.

Ein schwarzes Kätzchen auf der Fensterbank weckte sie am nächsten Morgen. Es hatte weiße Pfoten und ein weißes Lätzchen und schien noch sehr jung zu sein. Als sie sich angezogen hatte und das Tier in die Küche locken wollte, war es verschwunden. Der Regen war weitergezogen, der Himmel wolkenlos, und die Farben der Landschaft leuchteten, dort wo die Sonne sie beschien, in großer Klarheit. Das Haus, das sah sie jetzt, lag in einem weiten, lang gestreckten Tal, nicht weit von dem Rand des Waldes entfernt, der den Höhenzug bedeckte. In großer Entfernung auf der anderen Seite des Tales entdeckte sie einsame Schwarzwaldhöfe, die großen Dächer wie von Kinderhand in die Landschaft gestreut genau wie die braunen Kühe auf den Weiden. Jenseits der Wiesen lockten dunkle geheimnisvolle Fichtenwälder, über die die feuchte Nacht weiße Nebel gebreitet hatte. Nirgendwo ein Mensch, keine Stimmen, keine Musik, nicht einmal das Geräusch eines Flugzeugs.

In seiner Abgeschiedenheit glich das Haus einer Einsiedelei, in der ein frommer Mönch fernab der geschäftigen Welt sein Leben verbringen konnte. Dieses einsame Häuschen mit Wänden aus dunklen Balken und einem tief heruntergezogenen Dach wollte sie nicht gleich wieder verlassen. Hier oben hätte sie endlich die Freiheit zu tun, was immer sie wollte. Wenn es irgendwo ein Leben ohne Gebote und Verbote gab, dann hier, wo nur die Bedürfnisse ihrer selbst zählten. Mit den Fingerspitzen fuhr sie über das rissige Holz der Balken, sie ertastete seine kleinen Vorsprünge und Nischen, als wäre er der Körper eines lebendigen Wesens, und dachte, wenn sie hierbliebe, wenn sie ihren Koffer auspackte und ihr Lager auf Dauer in der kleinen Kammer aufschlüge, würde sie sich in einen anderen Menschen verwandeln, einen, den sie bislang nicht kannte.

In ihrem Auto lagen noch Kekse und Schokolade, die würden für die ersten Stunden reichen. Im Näherkommen sah sie, dass sie neben einem kleinen, von ein paar Bäumen umstandenen Teich geparkt hatte. Herbstlaub spiegelte sich im Wasser, Binsen und Bachbunge wuchsen am Ufer, dahinter war eine Insel aus Schilf. Über einen ausgehöhlten Baumstamm plätscherte das klare Wasser eines Bachs in den Teich. Dicht neben dem Teich stand eine Bank, bereit, eins zu werden mit der Natur. Die grüne Farbe war unter einer Landkarte aus Moos und Flechten verschwunden, Latten waren gebrochen, Käfer krabbelten im morschen Holz. Lisa bückte sich zum Wasser, pflückte ein paar Blätter von der Bachbunge, doch jetzt im Herbst schmeckten sie bitter.

Schon früh kam Toni zu Fuß über die Wiesen vom Tal herauf, Lisa entdeckte ihn, noch ehe sie das Haus erreicht hatte. Gleichzeitig trafen sie dort ein. Er wünschte ihr einen guten Morgen, aber fragte nicht, wie sie geschlafen habe, er stellte überhaupt keine Fragen, sondern ging in die Küche, heizte den Herd an, holte Wasser vom Brunnen, schlug die Eier, die er mitgebracht hatte, in die Pfanne, schnitt Brot in Scheiben. Bei alledem sprach er nur wenig. »Die Ringelblumen«, sagte er und zeigte durch das Fenster auf die leuchtenden Farbtupfer im verwilderten Garten, »die hat der Vater noch gesät.«

Mittlerweile hatte die Sonne das Häusle erreicht. Toni ging nach draußen, wischte Staub und Vogeldreck von der aus einem der Länge nach durchgesägten Baumstamm und einer Rückenlehne gezimmerten Bank und von dem groben Tisch. Er stellte zwei Teller und zwei Becher hin, holte Messer und Gabeln und lud sie ein, mit ihm zu essen. Er stand noch einmal auf, pflückte ein paar von den Ringelblumen, füllte ein altes Marmeladenglas mit Wasser und stellte den Strauß auf den Tisch. Lisa sah ihm zu und genoss die Ruhe, die von Toni ausging, die sanften Bewegungen, den besonnenen Blick.

»Jedes Jahr hat Vater die reifen Samen der Ringelblumen gesammelt«, sagte er, »und im Frühjahr, wenn der Boden aufgetaut war, säte er sie aus.« Sein Vater habe nicht länger auf dem Hof wohnen wollen, nachdem er ihn seinem Sohn übergeben hatte, Platz sei genug gewesen, aber der Alte habe gemeint, er habe in seinem Leben genug gearbeitet und wolle nichts mehr wissen von den Kühen und von allem, was damit zusammenhing. Das Josefshäusle hier sei Teil des Leibgedings gewesen wie das Essen, das er seinem Vater regelmäßig gebracht habe. Vierhundert Jahre stehe das Josefshäusle schon, aber wenn er sich nicht darum kümmere, werde es die nächsten zehn nicht überleben.

Neben der Haustür, die zur Küche und zur bescheidenen Wohnstube führte, hatte Lisa am Morgen eine zweite Tür entdeckt. Sie stand eine Handbreit offen, und nur eine Schnur verhinderte, dass der Wind sie aufschlagen konnte. Durch den Spalt hatte sie Weidenruten am Boden liegen sehen und einen halbfertigen Korb. Sie sagte zu Toni, sie wolle lernen, Körbe zu flechten, wie ihr Großvater es getan habe. Schon in ihrer Kindheit habe sie mit Freude kleine Körbchen aus Binsen geflochten, aber für die großen aus Weidenruten seien ihre Finger zu schwach gewesen. Überhaupt könne sie sich vorstellen, noch eine Weile hier oben zu wohnen. Sie habe kein Ziel, das sie zu einer bestimmten Zeit erreichen müsse.

Toni hob scheinbar überrascht die rechte Augenbraue, doch dann meinte er, das wundere ihn gar nicht, er habe schon im Lachenhäusle geahnt, dass hier der richtige Ort für sie sei.

Sie fragte, was es kosten würde, wenn sie hierbliebe, aber er sagte, er wolle kein Geld. Ein Anlass, sich um das Häusle zu kümmern, sei ihm genug. Er versprach, bald mit ihr gemeinsam zu versuchen, Körbe zu flechten. Sein Vater habe es ihm vor vielen Jahren gezeigt, aber er sei nicht sicher, ob er sich noch erinnere.

Wieder allein, besah Lisa das Häusle genauer. Es war aus dicken Balken gezimmert, verwittert und grau geworden im Laufe der Jahrhunderte. Nur auf der Stallseite war das Erdgeschoss gemauert. Dort, wo eine einzelne Fichte das Haus überragte, waren die Dachschindeln unter dicken Moospolstern verschwunden. Über die ganze Südseite zog sich, geschützt durch das weit vorspringende Dach, ein schmaler Holzbalkon, dessen Geländer verfallenen war. Vor Nässe geschützt, standen dort zwei große runde Körbe. An einem Pfosten, der Balkon und Dach verband, hing ein ausgeblichener Kuhschädel, daneben, eingehakt in eine Öffnung in der Hauswand, eine offenbar neue Sense. Auf einer Wäscheleine trockneten zwei dunkle Handtücher. Der schmale, nach oben mit dicken Brettern abgedeckte Durchgang, der ihr in der Dunkelheit wie ein Tunnel erschienen war, führte unter der Zufahrt zum Heuboden hindurch. Neben diesem Durchlass lagerte Brennholz, ein loses Blech schützte es vor Schnee und Regen. Der Stall war verschlossen, Tiere gab es nicht mehr.

In dieser Vormittagsstunde war es hier oben so ruhig, als wäre alles Leben zum Stillstand gekommen, kein Vogel flog, kein Blatt bewegte sich, kein Windhauch war zu spüren. Ein solches Schweigen hatte sie schon vor vielen Jahren gesucht, wenn sie für sich allein im Wald aus Ästen und Kiefernzweigen Hütten baute. Mit diesen Hütten hatte sie sich ihren kleinen stillen Teil von der Welt abgetrennt, ein winziges Stückchen, zu dem sie sagen konnte, das ist meins, das ist mein Reich. Was wollte sie mehr als das?

Sie verließ das Häusle und stieg langsam zwischen den sanft ansteigenden Wiesen höher, den in den warmen Sonnenstrahlen herbstlich leuchtenden Laubbäumen am Waldrand entgegen. Bald lag das ganze Tal unter ihr. Im Talgrund hatten sich die moorigen Wiesen braun gefärbt, Bäume standen wie Fackeln leuchtend am mäandernden Bach, darüber erstreckten sich grüne Weiden und weit in der Ferne hinter der menschenleeren Weite der dunklen Fichtenwälder schimmerten im ersten Schnee einsam und unnahbar die Gipfel der Alpen.

Oben traf sie auf einen Wanderweg, der sie bald wieder abwärts führte. Zwei Dutzend braune Kühe mit maskenhaft weißen Gesichtern hielten lautlos mit ihr Schritt. Das Klicken des elektrischen Weidezauns war das einzige Geräusch. Irgendwann hatte sie die Richtung zum Josefshäusle verloren und fand sich plötzlich an der

Straße wieder, von der sie am Abend in den Feldweg gebogen waren. Erst nach langem Aufstieg entdeckte sie endlich ihr Auto neben dem Teich.

Die nächste Stadt, Neustadt im Schwarzwald, war viel näher, als es sich Lisa in der Einsamkeit hatte vorstellen können. Dort kaufte sie ein, was sie in den nächsten Tagen brauchen würde. In der ersten Dämmerung kehrte sie zum Häusle zurück. Die alten Balken hatten sich in der Sonne aufgeheizt, und auf der Bank neben der Tür war es noch warm genug, um auf die Nacht zu warten. Sie begann drüben am Waldrand, breitete sich aus über die Wiesen. Vor dem sich verdunkelnden Himmel standen Kühe reglos wie Felsblöcke. Ein rötlicher Mond erschien über dem Wald, wanderte bleich geworden über weiß verhüllte Wiesen. Ganz in der Ferne auf der anderen Talseite schimmerte schwach das Licht eines Schwarzwaldhofes. Immer mehr Sterne erschienen am Himmel, den das hell leuchtende Band der Milchstraße in zwei Hälften teilte.

Vor vielen Jahren hatte Lisa zum ersten Mal in die Unendlichkeit des Weltraums geblickt. Sie hatte die Erde verlassen, auch das Sonnensystem, war durch schwindelerregende Ansammlungen von Sonnen und Sonnensystemen geflogen, die die geheimnisvolle stählerne Kugel in der Mitte des Planetariums an die dunkle Kuppel des Raumes projizierte, war bis an den Rand der heimatlichen Galaxie gelangt. Die Projektion hatte sie über deren Rand hinausgeschleudert, sie sah sich plötzlich inmitten von unzähligen anderen Galaxien, die aussahen wie kleine, in ihrer Mitte aufgetriebene Scheiben.

Jetzt in dieser klaren Herbstnacht blickte sie von innen auf einen Teil einer solchen Scheibe, den sichtbaren Teil ihrer Galaxie, der als funkelndes Band über ihr am Himmel leuchtete. Damals im Planetarium hatte sie versucht, sich das Ende der Unendlichkeit vorzustellen, denn alles, was existierte, musste schließlich ein Ende haben. Dann hatte sich die Projektion dem Andromedanebel genähert, von der Erde gesehen nur ein schwaches Leuchten, doch in Wirklichkeit eine ganze Galaxie mit Milliarden Sternen, und mit einem Schauder hatte sie eingesehen, dass es Dinge gab, die nicht begreifbar waren. Der Mond am Himmel, die Sonne, die Planeten, sie waren wie nichts angesichts der unbegreiflichen Größe des Alls. Warum ausgerechnet hier, dachte Lisa auch jetzt wieder, warum überhaupt Menschen, sieben Milliarden und noch mehr, und ein jeder fühlte sich auf seine Weise einzigartig und wichtig, genau wie sie es tat. Was für ein Aberwitz, was für eine Vermessenheit! Es waren immer wieder diese Gedanken, die sie so oder ähnlich seit der Kindheit beschäftigten, Gedanken, die sie mit niemandem teilen konnte.

Am nächsten Morgen fiel Lisas Blick in einen kleinen runden Spiegel, der über dem Spülbecken hing. Stärker denn je störte es sie, die Spuren des Alterns in ihrem Gesicht zu entdecken, umso mehr, seit sie darin die Züge ihrer Mutter wiederfand. Der Mund wurde ihrem immer ähnlicher, genau wie die Kontur der Wangen, und manchmal am Morgen waren ihre Augenlider geschwollen. – Toni musste viel jünger sein als sie selbst.

Er kam gegen Mittag. Eben hatte sie den Küchenherd angeheizt, um sich eine Fertigsuppe warm zu machen. Sie musste ihn erst kennenlernen, den Herd, sie hatte noch nie auf offenem Feuer gekocht. Nur der Anblick war ihr vertraut. Toni lächelte amüsiert über ihre bescheidene Mahlzeit. Er fragte, ob er ihr etwas vom Hof mitbringen sollte, Fleisch oder Kartoffeln oder wenigstens eine Dose mit Wurst, aber sie hatte genug eingekauft, um ein paar Tage davon zu leben.

Toni holte eine Leiter und machte sich an der Hauswand neben dem Tennentor an einem Kasten zu schaffen, an dem ein halbes Dutzend weiße Kabel angeschlossen war. Nach dem Essen rief er sie in den kleinen, fast lichtlosen Raum, hinter dessen Tür sie die Weidenruten gesehen hatte. Er drehte einen Schalter, und eine verstaubte Lampe mit einem Schirm aus weißem Blech flammte auf. Der Raum sah aus wie ein Museum, aber vielleicht war er noch immer die Werkstatt eines Korbflechters. Auf dem Boden und auf einer Werkbank lagen nach Größe und Farbe sortierte Weidenruten, geschälte und ungeschälte, dazu uralte Messer, Zangen, Scheren und Stechwerkzeuge. Am Boden standen ein paar fertige Körbe und ein unvollendeter, daneben zwei grob zusammengesetzte dreibeinige Schemel und in einer Ecke ein kreisrunder halbfertiger Korb, der sich nach oben verjüngte.

»Das sollte ein Vogelkäfig werden«, sagte Toni. »Für den Wellensittich von Vaters jüngster Schwester, aber der Tod war schneller. – Nein, nicht der des Wellensittichs«, sagte er, als er ihren überraschten Blick sah. Er erzählte, wie sein Vater vor dem Haus auf der Bank in der Frühlingssonne gesessen hatte, in der Ecke wie so oft, Schulter und Stirn an die Hauswand gelehnt. Die Augen seien geschlossen gewesen, ein friedlicher Anblick. Toni hatte die Suppe angewärmt wie immer, Gemüseeintopf hätte es geben sollen, er hatte die Teller hingestellt, Löffel dazugelegt und die Suppe vom Herd genommen. Erst als er den Alten wecken wollte, hatte er gemerkt, dass er nicht mehr lebte.

Toni wandte sich ab, nahm mit ungewohnter Hast ein großes Bündel von den glänzenden geschälten Weidenruten und verschwand damit nach draußen. Sie folgte ihm nicht gleich, sie befühlte die ungeschälten, wog das Werkzeug in ihrer Hand, um ihm Zeit zu lassen für die Erinnerung an den stillen Tod des Vaters.

Als sie ihm folgte, lagen die Ruten mit einem Stein beschwert im Brunnen.

»Mein Großvater hat immer Ruten mit Rinde für die Körbe genommen«, wandte sie ein, denn sie dachte, dass alles so sein würde wie in ihren Kindheitserinnerungen.

»Die ungeschälten müssen vor dem Flechten tagelang im Wasser liegen, bei den geschälten geht es schneller.«

Toni sicherte die Tür zur Werkstatt wieder mit der Schnur, ging dann hinauf auf den Balkon, nahm die Handtücher ab, spannte die Wäscheleine neu. Eine Weile hörte sie ihn noch auf der Tenne rumoren, ehe er sie wieder alleinließ. Sie sah ihm nach, wie er mit gleichmäßigen Schritten über die abfallende Wiese davonging, sich einmal bückte, um einen Weidezaun zu öffnen und wieder zu schließen, dabei einen Blick zurück zum Häusle warf, scheinbar absichtslos, ehe er in einer Senke verschwand. Vergeblich wartete sie darauf, dass er noch einmal auftauchen würde.

Sie stellte die Ringelblumen in frisches Wasser, wusch ab, räumte die Schlafkammer auf und dachte an Toni. Sie holte am Brunnen Wasser, um es für den Abwasch zu erhitzen, und merkte, dass sie schon wieder an Toni dachte oder immer noch. Eigentlich dachte sie schon den ganzen Tag an Toni. Es war weniger sein Äußeres, das sie anzog, mehr war es seine Art, wie er mit den Dingen umging. Alles geschah ruhig und mit ernster Hingabe, er redete nicht viel dabei, sondern ging mit einer großen Gelassenheit an seine Aufgaben, nur darauf bedacht, dass er sie so tat, wie es zweckmäßig war.

Ehe es dunkel wurde, fuhr sie zum Lachenhäusle. Nichts war ihr plötzlich so wichtig wie zu wissen, welche Landschaft sich hinter der Finsternis verborgen hatte, doch ihr erster Blick galt dem Tisch am Fenster, an dem Toni gesessen hatte. Er war leer.

Das Keckern einer Elster weckte Lisa am nächsten Morgen aus tiefem Schlaf. In der Stille war der Schrei so laut, dass sie mit heftig schlagendem Herzen hochfuhr. Es war heller Morgen, doch die Sonne war noch hinter den bewaldeten Höhen verborgen.

Ihren Spaziergang dehnte sie noch weiter aus. Sie genoss es, stundenlang allein unterwegs zu sein, wie sie es schon bei der Moorkate gewesen war. Aber hier war es anders. Es zog sie hinauf zu den Anhöhen, wo der Blick weiter schweifen konnte als in der Ebene und keine Hecken oder Bäume die Sicht verstellten.

Toni kam gegen Abend. Er fischte die Weidenruten aus dem Brunnen und lud sie ein, sich neben ihn auf einen der beiden dreibeinigen Schemel zu setzen, die sein Vater gezimmert hatte. Ob sie zusehen oder es gleich selbst versuchen wolle, fragte er, und er schien ein wenig enttäuscht, weil sie sich für das Zuschauen entschied. Er wäre gern früher gekommen, sagte er, während er die Ruten abzählte und zehn und zehn über Kreuz auf den Boden legte, aber auf dem Hof gebe es viel zu tun. Er nahm eine weitere Rute, flocht sie um das Kreuz herum, doch Lisa protestierte, so habe ihr Großvater das nie gemacht. Immer habe er aus einer besonders starken Rute ein Oval für den Oberrand geformt, daran die Rippen befestigt, und schon sei das Skelett des Korbs fertig gewesen. Einen flachen Boden hätten die Körbe niemals gehabt.

Er wisse, was sie meine, sagte er, aber solche Körbe habe weder er noch sein Vater geflochten. Mit ruhigen schnörkellosen Bewegungen arbeitete er weiter, fädelte die Rute mal über und mal unter den Staken hindurch, sehr konzentriert und ganz versunken in seiner auf das Wesentliche gerichteten Art, etwas zu tun. Eigentlich ist es ein Weben, dachte sie, kein Flechten. Als der Boden fertig war und Toni die Staken nach oben gebogen hatte, begann er zu reden, immer wieder unterbrochen durch Pausen, wenn der Korb seine besondere Aufmerksamkeit erforderte oder er ihr den nächsten Schritt erklärte.

Er erzählte, viele Jahre habe er vergeblich eine Frau gesucht. Keine sei bereit gewesen, mit ihm hier oben im Schwarzwald zu leben, den Hof zu bewirtschaften und Kinder großzuziehen. Er habe Freundinnen gehabt, eine habe fast zwei Jahre bei ihm gewohnt, sie sei eine patente Frau gewesen, die zupacken konnte. Dann sei der zweite Winter gekommen. Der Schnee sei über Monate nicht geschmolzen, und von einem Tag auf den anderen habe sie ihn verlassen. Er würde auch eine Frau mit Kindern nehmen, lieber Kinder, die nicht seine eigenen seien, als gar keine Kinder auf dem Hof. Er habe fünf Geschwister, aber alle seien fortgezogen. So bewirtschafte er den Hof allein, nur im Sommer habe er zwei Helfer aus Osteuropa.

Toni kam nun regelmäßig zum Josefshäusle herauf und sie konnte sich darauf einstellen. Immer kam er in der Dämmerung, sie aßen zusammen, was er mitbrachte, meist Brot, Wurst, Butter und Ziegenkäse, manchmal auch Fleisch, Kartoffeln, Möhren oder anderes Gemüse, das sie am nächsten Tag zubereitete. Einmal brachte er zwei große Parasolpilze, die er am Waldrand gefunden hatte und die er in der Pfanne wie Schnitzel briet. Mit Tonis Hilfe entstand ihr erster Korb. Er war schief, der Boden wölbte sich nach oben und in ihrer Ungeduld flocht sie den Rand, lange bevor die senkrechten Staken aufgebraucht waren. Am frühen Nachmittag sah sie Toni nur, wenn er am Häusle arbeiten wollte – das Dach ausbessern, wo Schindeln zerbrochen waren, die morschen Bretter ersetzen, die den Durchgang unter der Zufahrt zur Tenne abdeckten, das Balkongeländer instandsetzen. Wenn sie Toni bei der Arbeit zusah, musste sie regelmäßig an ihren Bruder denken. Rudi, dachte sie dann, wenn du hierher hättest kommen können, wenn in diesem Häusle eine Aufgabe auf dich gewartet hätte, du hättest in das Leben zurückfinden können.

An manchen Tagen jagten dunkle Wolken heran, sie kamen von Westen. Wenn es dann zu regnen begann, wurden die Scheiben blind von den Wasserfluten und die Landschaft verschwamm in einem Kaleidoskop aus grünen und grauen Splittern. An einem solchen Tag fuhr Lisa nach Freiburg. Dort war das Wetter besser als im Schwarzwald. Der Himmel war wolkenverhangen, doch es war warm. Sie wollte sich Bücher kaufen, Zeit zum Lesen hatte sie genug. Sie suchte nach einem, in dem sie sich und das Leben in der Einsamkeit wiedererkennen konnte. Die Buchhandlung, in der sie fragte, war groß und gut sortiert, doch die Buchhändlerin verstand ihren Wunsch nicht oder sie hatte nichts Passendes. Sie empfahl ihr zwei Bücher, die Lisa kaufte. In einem Straßencafé schlug sie sie auf und wusste, dass sie ihr nicht gefallen würden.

Am Nachmittag wurde es kühler. Ohne Ziel bummelte sie durch die Altstadt. Überall waren Straßenmusiker. Vier Cellisten spielten an einer Straßenecke Melodien aus Carmen. Sie setzte sich auf eine Bank und hörte zu, bis die Musiker ihre Instrumente einpackten. Beim Weitergehen war sie hin und her gerissen zwischen Wohlbefinden und Widerwillen. Die Wärme, die Straßencafés, die Straßenmusiker gefielen ihr, doch das Gedränge setzte ihr zu, die unaufhörlichen Begegnungen, die fortwährend Aufmerksamkeit und Richtungswechsel erforderten, um Zusammenstöße zu vermeiden. Erst am späten Nachmittag suchte sie das Parkhaus, in dem sie ihr Auto abgestellt hatte.

Als sie wieder beim Häusle war, fühlte sie die Stille und Abgeschiedenheit so heftig wie am ersten Tag. Wie kann das sein, dachte sie, wie können zwei derart verschiedene Welten einander so nah sein, wie können die Menschen so unterschiedlich leben und doch nur eine halbe Stunde voneinander entfernt sein?

Die nächsten Wochen im Häusle verbrachte Lisa, als wäre sie aus der Zeit gefallen. Sie hatte keinen Fernseher, keine Zeitung und das Radio schaltete sie nur selten ein. Die Abgeschiedenheit von den täglichen Berichten über Kriege und Gräueltaten, über Skandale und Bedrohungen war wie eine Reise in eine bessere Welt, in eine friedlichere. Dieses Leben wollte sie festhalten. Vielleicht würde sie eines Tages sagen können, hier oben ist meine Heimat, hier gehöre ich hin, in dieses alte Haus, in diesen Garten und in diese Landschaft. Manchmal stellte sie sich vor, was ihr Vater gesagt hätte, wenn er sie hier gesehen hätte. Ob er so zornig und so entsetzt gewesen wäre, wie sie es von ihrer Mutter erwartet hätte? Oder hätte er sie verstanden?

Jeden Tag arbeitete sie ein paar Stunden in der Werkstatt. Das alte Werkzeug und die Werkbank, die Generationen überdauert haben mochte, verstärkten das Gefühl, die Gegenwart verlassen zu haben. Es machte sie froh, mit ihren Händen etwas zu erschaffen. Ihre Arbeit beschränkte sich bald nicht mehr auf die Weidenkörbe, die sie für wenig Geld an einen Korbhändler verkaufte. Sie flocht Taschen und flache Schalen aus Schilf und mit Tonis Hilfe vollendete sie den Vogelkäfig. Regelmäßig gesellte sich das schwarze Kätzchen zu ihr, schmiegte sich miauend und mit erhobenem Schwanz an ihre Beine und wollte mit ihr spielen. Sie stellte Katzenfutter in einem Schälchen unter den Balkon, und nun blieb es ganz bei ihr.

Am Nachmittag strich sie stundenlang durch die Natur, schnitt die einjährigen Zweige von Kopfweiden, Hartriegel und Birke, sammelte den Flaum von Rohrkolben und schnitt am Teich und in den feuchten Niederungen Schilf, Binsen und die Stängel der Pestwurz. Auf den Wiesen pflückte sie die letzten Sommerblumen, leuchtend gelbe, die aussahen wie kleiner Löwenzahn, zierliche blaue Glockenblumen, roten Klee und weiße Schafgarbe. Manchmal fand sie am Waldrand Pilze mit braunem Hut, wie sie sie schon mit ihrem Sonntagsvater gesammelt hatte: Maronen und Butterpilze. Im Garten leuchteten noch immer die Ringelblumen, berührende Schönheit im Angesicht der Vergänglichkeit. Jeden Tag kam die Nacht früher ins Tal. Während sich unten in der Ebene die Sonne nur noch mühsam durch den Nebel kämpfte, waren hier oben die Tage von einer makellosen Klarheit. Sie hatte das Gefühl, dass niemals der Himmel so blau war wie im Herbst, wenn sich in der Ebene der Nebel ausbreitete. Doch an einem Nachmittag kam er näher, der Nebel. Wie ein graues Ungeheuer kroch er auf sie zu. Sie wartete auf einem Baumstumpf am Waldrand, bis er sie umhüllte und die Landschaft in dem nassen Grau verschwand. Jetzt war sie endgültig da, die einsame Insel, und sie das einzige Geschöpf. Nirgendwo und niemals wieder Menschen außer ihr.

Sonntags fuhr sie mit Toni aus dem Tal hinaus, und sie durchstreiften die steilen Nordosthänge der höchsten Schwarzwaldgipfel, das Zastlerloch, den Feldseekessel und das alte Gletscherkar am Herzogenhorn. Die bequemen Wege auf den Gipfeln, wo die Massen spazieren gingen, mieden sie in stiller Übereinkunft. Die Pfade an den Nordhängen waren schmal und steil und manchmal verließ Toni den Weg, um ihr etwas zu zeigen. Und wie er ihr den blauen Eisenhut erklärte, den gelben Enzian, den Germer und die verwelkten Reste des Allermannsharnischs, der nur hier oben wuchs, versteckt an den sumpfigen Rändern der kaum sichtbaren klaren Bäche, erinnerte er sie an ihren Sonntagsvater.

Einmal standen sie im Licht der tief stehenden Sonne auf einem kahlen Gipfel. Vor ihnen lag die Rheinebene in ihrer ganzen Weite, lichtlos unter einer grauen Decke, nur begrenzt in der Ferne von der Bergkette der Vogesen. Auf dem Rückweg erzählte Toni, er habe ein Kinderbuch besessen, darin seien Bilder von einem endlosen blauen Meer gewesen mit weißen Schiffen darauf. Er hatte das große Wasser sofort sehen wollen, am liebsten sofort, denn seine Großmutter hatte gesagt, das Meer gebe es hier wirklich. Der Großvater war anderntags mit ihm auf einen Berg gestiegen. Von dort hatte Toni zum ersten Mal in seinem Leben das Meer gesehen mit lauter weißem Schaum auf der Oberfläche. Er hatte geglaubt, das sei wirklich das Meer, denn die Fläche war so groß, dass man ihr Ende nicht sah. »Und wo sind die Schiffe?«, hatte der kleine Toni gefragt und hatte vor Enttäuschung geweint, weil es auf dem Nebelmeer niemals Schiffe gab.

An einem Samstag im späten Oktober kam Toni mit dem Traktor und einem Anhänger herauf und brachte frisches, nach Tannenharz duftendes Holz. Sie half ihm, das abgelagerte zum Haus zu tragen, wo er es so sorgfältig und kunstvoll aufschichtete, als sollte es für alle Ewigkeit dort liegen. Er entlud den Anhänger, deckte das neue Holz mit dem Blech ab, dann fuhr er davon. Am Abend, zur üblichen Zeit, kehrte er zurück. Er roch nach Rasierwasser und trug ein helles Hemd und neue Jeans. Er hatte Rotwein mitgebracht, den sie zum Essen tranken. Später saßen sie in der Stube nebeneinander auf der Ofenbank, den Rücken an den warmen Kachelofen gelehnt, und tranken Wein. Sie erzählte von ihrer Reise, die hier ganz unerwartet ein Ende gefunden hatte, von den Landschaften und den Menschen, die sie gesehen hatte. Ihr Leben ließ sie außen vor.

Sie schwieg und spürte den Druck seiner Schulter an ihrer. »Es ist schön hier mit dir«, sagte er in ihr langes Schweigen hinein, ganz leise, als dürfte es niemand außer ihr hören.

Viel geschah nicht in diesen langen Minuten. Zwischen ihnen war eine Nähe, die keine Worte brauchte. Es war spät geworden, als sie aufstand. Sie würde sich jetzt hinlegen, sie sei müde, sagte sie und wunderte sich nicht, dass Toni seinen Arm um sie legte und dann einfach mitkam in die Schlafkammer. Lange standen sie eng umschlungen und küssten sich, bis Toni sie ein wenig unbeholfen und ganz vorsichtig entkleidete. Immer wieder hielt er inne, um sie zu berühren, als müsste er sich ihrer Gegenwart versichern. Dann zog er sich aus. Sie sah ihm zu, sein Körper gefiel ihr. An ihr erstes Mal mit Pavel musste sie denken und wie sie nicht gewagt hatte, ihn in seiner Nacktheit zu betrachten. Mit zugekniffenen Augen hatte sie darauf gewartet, dass er sich zu ihr legte. In ihrer Aufregung war dann alles viel zu schnell gegangen. Mit Toni war es anders. Sie hatten Zeit, sie wussten das, und sie ließen sich die Zeit. Auf diese Weise war es sehr schön, vielleicht schöner als mit jedem anderen Mann. Sie fragte sich, woher seine schlichte Zärtlichkeit kam. Vielleicht war es dieselbe Einstellung, mit der er alles tat: ohne Eile, ohne den Druck, etwas Besonderes leisten zu müssen, und ganz auf das konzentriert, was er gerade tat. Sie selbst konnte nicht schlafen. Sie dachte an Pavel und die anderen, die es in ihrem Leben gegeben hatte, dachte an ihre Ehe mit Richard. War sie jemals mit einem Mann so glücklich gewesen wie mit Toni? Sie lag mit offenen Augen, den Blick zum Fenster, wo der Mond durch die Äste der Fichte schimmerte, und wagte nicht, sich zu rühren, als könnte die geringste Bewegung alles zerstören. In ihr Leben war etwas eingezogen, was sie bisher so nicht gekannt hatte: das Gefühl, frei zu sein von Pflichten, die andere ihr auferlegt hatten. Auch in den Jahren in Berlin war ihre Ungebundenheit nicht von der Ruhe und Gelassenheit begleitet gewesen, die sie an Tonis Seite spürte.

Der Sonntag wurde Tonis Tag. Gegen Mittag, wenn er die notwendigen Arbeiten auf dem Hof erledigt hatte, kam er mit dem Motorroller herauf, frisch rasiert und mit einem khakifarbenen Anorak und hellbrauner Hose bekleidet wie die Ranger am Feldberg. Manchmal, wenn es regnete und die tief hängenden Wolken Wälder und Wiesen verhüllten, verließen sie die Einsamkeit und fuhren ins Thermalbad nach Neustadt oder bummelten durch Freiburg. Früh am Montagmorgen fuhr er wieder davon. Zum Abendessen kam er jetzt seltener.

Am Tag nach Allerheiligen war die Landschaft weiß. Schon am Abend zuvor war der Regen langsam in Schnee übergegangen, und dann hatte es die ganze Nacht geschneit. Mit dicken Hauben bedeckte der Schnee die Zaunpfähle, drückte die Zweige der Sträucher zu Boden, erstickte die letzten Sommerblumen mit seiner weißen Pracht.

Gegen Mittag verschwanden die Schneewolken und die Sonne kam heraus. Vor Lisa lag die Landschaft in einer vollendeten Reinheit, die etwas Großes und Feierliches hatte. Noch vor dem Frühstück wanderte sie über die verschneiten Wiesen den Hang hinauf. Der Schnee war nicht so unberührt, wie sie es erwartet hatte. Hasen oder Kaninchen waren über die Wiesen gehoppelt, quer über den Hang zog sich wie eine Perlenschnur die Fährte eines Fuchses, und oben am Waldrand hatten Rehe nach Futter gesucht. Die Nächte hier oben mussten voller Leben sein.

Nur einmal in ihrem Leben hatte sie das Glück in einer Winterlandschaft so intensiv erlebt wie an diesem Morgen, ein Glück, von dem sie gehofft hatte, dass es niemals enden würde. Vater, Mutter und Rudi stapften vor ihr durch den frisch gefallenen Schnee, während sie zurückblieb und immer tiefer in die Stille und Verlassenheit einer im Schnee versunkenen Landschaft eintauchte. An einem Waldrand legte sie sich rücklings in den Schnee, die Kapuze ihrer dicken Winterjacke in die Stirn gezogen und ihre Hände tief in dem warmen Muff aus Kaninchenfell vergraben. Ein nie gekanntes Glücksgefühl erfasste sie, und sie dachte, dass es schön wäre, niemals wieder aufzustehen, in diesem Frieden für immer liegen zu bleiben, nie wieder Streit hören zu müssen, keine Auseinandersetzungen mehr überstehen, nie wieder Niederlagen hinnehmen. In dieser wundersam reinen und stillen Welt wollte sie sterben. Dann stellte sie sich vor, tot zu sein, sie dachte an die Tränen ihrer Mutter, sie war sicher, dass sie um ihr totes Kind weinen würde. Die Trauer ihrer Mutter tat ihr gut, und sie musste nun selber weinen. Die anderen merkten endlich, dass sie nicht mehr folgte. Lisa hörte sie rufen und stand auf.

»Ach je, du weinst ja«, sagte ihre Mutter und strich über ihre Kapuze. »Hast du geglaubt, wir würden dich hier zurücklassen?«

Am Nachmittag fuhr Lisa nach Neustadt. In dem Schuhgeschäft, wo sie feste Stiefel kaufte, empfahl man ihr Schneeschuhe, wenn sie im Winter im Schwarzwald unterwegs sein wolle.

»Schneeschuhe?«

Sie dachte an die Indianer Nordamerikas, an tiefverschneite weglose Wälder, an klobige, mit Netzen bespannte Holzreifen unter den Füßen, an Einsamkeit und Grenzenlosigkeit: unbedingt brauchte sie Schneeschuhe. Die blau glänzenden Aluminiumrahmen, die sie im Sportgeschäft kaufte, hatten wenig Ähnlichkeit mit ihren romantischen Vorstellungen, aber sie waren wie ein Versprechen.

Auf der Rückfahrt war der Weg zum Häusle nicht mehr ohne Schneeketten befahrbar. Zweimal versuchte sie vergeblich, die ersten steilen Meter zu überwinden, dann gab sie auf und parkte den Wagen unten an der Straße, wo der Schneepflug einen Wanderparkplatz vom Schnee befreit hatte. Die Sonne war schon hinter dem Wald verschwunden, als sie mit den Schneeschuhen an den Füßen zum Häusle hinaufstapfte. Ein paarmal stolperte sie, doch dann gewöhnte sie sich an den breitbeinigen Gang. Sehr schnell wurde es dunkler, und während die Landschaft in hellen und dunklen Grautönen versank, wurden Sträucher und Hecken im letzten Tageslicht zu formlosen, bedrohlichen Schatten. Als sie das Häusle erreichte, war es Nacht geworden, nur erleuchtet von einer schmalen Mondsichel. Mit ihrer Spitze bohrte sie sich in eine einsame Wolke wie ein aus dem Weltall herabgeschleuderter Krummdolch.

Seit ein paar Wochen hatte Lisa in Sankt Märgen Freunde gefunden, ein Kreis von Landfrauen, die ein Café betrieben. Sie machten sie mit einem kleinen unauffälligen Mann bekannt, Akio Tsuchiya, Sohn eines Korbflechtmeisters aus Tokios altem Stadtteil Arakawa. Akio studierte in Freiburg Klarinette und interessierte sich für ihre Werkstatt und ihre Korbflechterei.

An einem Samstag kam er durch den hohen Schnee zum Häusle heraufgestapft. Sein Vater arbeite mit Bambus, erzählte er, aber nicht mit dem ganzen Rohr, aus dem man Möbel und Gerüste oder sogar ganze Häuser bauen könne, nein, er gestalte aus fein geschnittenen Streifen durchscheinende Korbvasen und andere filigrane Gegenstände. Früher habe er sehr unterschiedliche Dinge aus Bambusstreifen hergestellt, Schalen, Körbe, Lampenschirme,

Schmuckgegenstände und ein paar ganz ungewöhnliche Vogelkäfige, noch schöner als der, der in ihrer Werkstatt stehe.

Der Gedanke an filigrane Käfige aus Bambusstreifen begeisterte Lisa. Akio versprach wiederzukommen. Er werde versuchen, in Freiburg das Material für einen Vogelkäfig aufzutreiben, wie ihn sein Vater gebaut hatte.

Am Tag vor Heiligabend klopfte es an der Tür, als sich schon die Dunkelheit über die verschneiten Wälder und Wiesen gelegt hatte. Sie dachte, Toni komme, obwohl sie erst am nächsten Tag mit ihm rechnete. Vor der Tür stand Akio. Er hatte einen riesigen Rucksack den Berg hinaufgeschleppt und keuchte von der Anstrengung. Er entschuldigte sich, dass er so spät noch heraufkam. Am Bahnhof in Neustadt sei er in den falschen Bus gestiegen und habe seinen Fehler erst nach geraumer Zeit bemerkt. Per Anhalter habe er nach Neustadt zurückkehren wollen, aber niemand habe angehalten. So habe er lange warten müssen, bis ihn der Bus wieder zurückbrachte. Bis er endlich im richtigen Tal hinauffuhr, sei es schon dunkel geworden, und ohne die Hilfe des Busfahrers und die Fußspuren im Schnee hätte er das Häusle gar nicht mehr wiedergefunden. Er fragte, ob er über die Weihnachtsferien hier wohnen dürfe, die andern Studenten seien zu ihren Familien gefahren, aber ihm sei die Reise nach Tokio zu teuer und allein in Freiburg wolle er nicht gerne bleiben. Er habe Bambusstreifen und Zubehör mitgebracht und wenn sie wolle, könnten sie versuchen, daraus einen Vogelkäfig zu bauen. Er selbst brauche nicht viel Platz, in Tokio gebe es mindestens hundert Hotels, in denen der Gast in winzige Schlafkabinen krieche, wo er nicht einmal stehen könne. Die Bank in ihrer Küche sei Luxus im Vergleich zu dem, was in Tokio als Unterkunft angeboten werde.

Während Akio redete, hatte er vor der Tür ausgeharrt, die sie ihm schon aufhielt, aber er blieb draußen wie ein Bittsteller, der seinen eingeübten Spruch aufsagt und doch fürchtet, abgewiesen zu werden.

Sie hieß ihn willkommen und sagte, er könne bei ihr übernachten.

Gleich nach dem Frühstück, während sie noch aufräumte, verschwand Akio in der Werkstatt. Später sah sie ihn, wie er mit gesenktem Kopf an der Werkbank stand und zeichnete. Er entwarf einen Vogelkäfig, viereckig und mit einem spitzen Dach wie ein Haus. Auf einem anderen Blatt skizzierte er die Details. Ob ihr dieser Käfig gefallen würde, fragte er. Er sei leichter zu bauen als ein runder.

Am Nachmittag, während sie noch mit Akio in der Werkstatt war, kam Toni. Er blieb in der Tür stehen und ein Schwall der eisigen Winterluft drang in den Raum. »Komm doch rein«, sagte Lisa und beeilte sich, ihm zu erklären, wer dieser Akio war und was sie hier taten. Toni verharrte in der Tür, offenbar bereit, gleich wieder zu gehen.

»Komm rein, es wird kalt.«

Er tat zwei Schritte nach vorn, schloss die Tür hinter sich.

Akio sah nur kurz auf, vielleicht grüßte er in Tonis Richtung, vielleicht nicht einmal das. Mit gesenktem Blick setzte er seine Arbeit fort, bis Lisa ihn anstupste. »Akio, das ist Toni.« Akio lächelte, nickte.

Nun begann sie zu reden, redete hinein in Tonis verschlossenes Gesicht, sie erklärte ihm jeden Arbeitsgang, von dem sie eben selbst zum ersten Mal gehört hatte, erläuterte den Sinn eines jeden Handgriffs, war ganz die erfahrene Mitarbeiterin des Meisters und merkte nicht, wie sie Toni zum unbedarften Zuschauer machte, dessen Eindringen störend war.

Sie schlug vor, zu dritt zur Christmette nach St. Märgen oder St. Peter zu fahren, es sei doch schön, wenn sie Heiligabend festlich begingen. Toni murmelte etwas, vielleicht eine Zustimmung, vielleicht suchte er Ausflüchte. Dicht nebeneinander gingen sie die wenigen Schritte zur Wohnung. Vor der Tür blieb Toni stehen. »Nein«, sagte er, nur dieses eine Wort, dann stürmte er davon. Er tat Lisa leid, aber sie lief ihm nicht nach.

Am zweiten Weihnachtstag besuchte sie Toni auf dem Hof, wie es verabredet war. Sie war nicht die Einzige, die er eingeladen hatte. Kinder tobten vor den Ställen, jagten mit Gejohle die Hühner, schleppten die jungen Kätzchen umher, kletterten auf den Traktor und den Leiterwagen, manche mit denselben schwarzen Strubbelhaaren wie Toni: seine Nichten und Neffen. Toni sah Lisa kommen, er ließ die Verwandten stehen, die er eben begrüßt hatte. »Du musst nichts Falsches denken«, sagte sie, aber was er dachte, wusste sie nicht. Ein kleines Mädchen unterbrach sie. Sie wollte Toni etwas zeigen. Er sagte, er könne jetzt nicht mitkommen. Die Kleine nahm ganz unbefangen Lisa an der Hand und zog sie fort, um ihr die jungen Kaninchen zu zeigen, die sie eben in einem Käfig entdeckt hatte.

Beim Essen saß Lisa neben einer Schwägerin von Toni, deren Hobby das Malen war und die sich für Lisas Arbeit interessierte. Mit Toni sprach sie nur beim Abschied ein paar Worte. Er kam erst wieder zum Häusle, als Akio fort war.

Von nun an flocht Lisa kaum noch Körbe, Schalen oder Taschen. Die Vogelkäfige aus Bambus ließen sie nicht mehr los. Erst folgte sie Akios Vorbild, doch mit zunehmender Erfahrung und wachsendem Geschick zeichnete sie selbst die Entwürfe, baute immer schönere, immer vollkommenere Käfige mit der gleichen stillen Freude, mit der sie früher ihre Hütten im Wald gebaut hatte.

Im April schmolz der Schnee, im Mai verschwand das frische Grün der Wiesen unter einem Teppich von gelb leuchtenden Löwenzahnblüten, im Juni bedeckte sich der morsche Apfelbaum im Garten mit großen, zart rosafarbenen Blüten und die Ringelblumen quollen mit fleischigen Stängeln und Blättern aus den Samenkörnern. Später wurden die Wiesen bunt von Hahnenfuß, Federnelken und Storchschnabel und an den Waldrändern leuchteten blaue Lupinen und gelber Ginster.

Eines Tages sagte sie zu Toni, dass es ihre größte Freude wäre, Hühner zu halten.

Ob sie sich das gut überlegt habe, Hühner müssten täglich versorgt werden, wandte er ein, aber sie ließ sich nicht von dem Gedanken abbringen. »Kindheitserinnerungen«, lächelte sie.

Toni baute beim Stall ein Drahtgitter auf, zimmerte eine Hühnerleiter, befestigte eine Schlafstange im Stall, stellte Legenester auf, brachte Hühnerfutter. Am nächsten Sonntag kam er mit dem Trecker herauf. Neben seinen Füßen standen zwei zugedeckte Körbe mit drei Hennen und fünf honiggelben flauschigen Küken. Lisa war glücklich. Tagelang konnte sie sich kaum von den Küken abwenden, die wie piepsende gelbe Tennisbälle in ihrem Käfig umhersausten. Die Hennen ließ sie frei laufen. Hühner gurren, dachte sie, oder sie glucksen. Nur wenn sie aufgeregt sind, gackern sie. Nach ein paar Tagen entdeckten die Hennen die Ringelblumen und fraßen sie bis auf ein paar kümmerliche Reste ab. Lisa versperrte den Durchgang zum Garten mit den Überresten eines alten Lattenzauns und die Blumen erholten sich wieder. Eines Tages fehlten zwei von den arglosen Federknäueln, als sie von ihrem Spaziergang zurückkehrte. Ein Raubvogel hatte sie geholt, weil Lisa vergessen hatte, den Käfig nach dem Füttern wieder abzudecken. Sie weinte um die Küken.

Immer öfter half sie Toni bei der Arbeit auf den Wiesen. Sie rechte das Heu zusammen, wo er das Gras auf den steilsten Wiesen mit der Sense gemäht hatte, sie half ihm, Weidezäune zu setzen, und trieb mit ihm die Kühe von einer Weide auf eine andere. Ihre Haut wurde braun, sie fühlte sich lebendig und spürte ihren Körper wie schon lange nicht mehr. Wenn Toni sie lobte, wenn er staunte, wie sie, die Frau aus der Großstadt, die ungewohnten Arbeiten verrichtete, war sie stolz wie früher als kleines Mädchen, wenn sie Anerkennung in dem Blick oder den Gesten ihres Vaters zu erkennen glaubte. Auf Tonis Hof war sie nur selten. Sie kam gern und mochte den Geruch nach Holzfeuer, nach Dung und Heu, doch heimisch werden wollte sie dort nicht.

Im Sommer kam Toni seltener zum Häusle herauf und manchmal, wenn er sich verspätete, überfiel sie die Furcht, es könnte ihm bei der Waldarbeit oder dem Mähen einer steilen Wiese etwas zugestoßen sein. Dann war plötzlich das alte Gefühl der Angst und Hilflosigkeit wieder da und ließ sie für bange Minuten in die kummervolle Zeit ihrer Kindheit zurückkehren.

Der Sommer war heiß und der Regen blieb aus. Im August rann das Brunnenwasser nur noch spärlich durch das Rohr im ausgehöhlten Ast, in den ersten Septembertagen versiegte es ganz. Die

Brunnenstube oben im Wald war ausgetrocknet. Toni brachte Wasser mit dem Traktor zum Häusle, doch nach zwei weiteren Wochen ohne Regen reichte auch seines nicht mehr. Tankwagen fuhren vom Tal herauf und versorgten die Höfe.

Als der zweite Herbst ins Land zog, war sie voller Wehmut über die Vergänglichkeit der prachtvollen Farben. Tief in ihrem Innern hoffte sie, dass in diesem Herbst alles anders sein würde, die Bäume ihre bunten Blätter behalten und die Sonne wieder höher steigen, ehe sie ihren Tiefpunkt erreichte, doch der Winter kam unerbittlich näher. Immer öfter blieb der Himmel vor den Fenstern grau und die Landschaft verschwand in den tief hängenden Wolken. Eines Tages waren Wiesen und Garten mit Reif bedeckt und die Ringelblumen erfroren. Ein langer kalter Winter folgte und nach der Schneeschmelze waren die Wiesen so braun, als wollten sich Gräser und Kräuter niemals wieder regen. Doch das Leben besiegte den Wintertod, färbte die Wiesen erst grün, dann gelb, als der Löwenzahn millionenfach seine Blütenkörbchen öffnete.

Manchmal verirrten sich Wanderer zum Häusle. Sie kamen mit Lisa ins Gespräch und eines Tages beschloss sie, einen kleinen Raum vom Stall abzutrennen, um an den Wochenenden Kaffee und Kuchen zu verkaufen und ihre Korbwaren anzubieten. Mit einem Schild am Wanderweg wies sie darauf hin. Viele kamen, tranken Tee oder Kaffee, aßen Kuchen, bestaunten ihre Waren, dann gingen sie wieder, die meisten, ohne etwas zu kaufen.

Der Sommer ging vorüber, der nächste Winter und ein neuer Sommer wechselten einander ab, und Lisa glaubte, dass das Leben von nun an immer so sein würde, wie es war, mit ihrer Katze, ihren Hühnern, mit den Wanderern – etliche waren Stammgäste, die sie duzten – mit ihren Käfigen, mit den alten Freunden in St. Märgen und ein paar neuen in Neustadt und Freiburg, mit Toni und dem ewigen Wechsel der Jahreszeiten, doch eines Tages kam die Angst, dass das Glück brüchig sein könnte. Jedes Glück war brüchig, so war es immer in ihrem Leben gewesen, und vielleicht lag es in der Natur der Sache. Es begann mit dem Husten. Im November hatte sie zum ersten Mal gehustet. Der Husten wurde stärker, bald ließen sie die Attacken nicht mehr los. Sie überfielen sie wie gefährliche Ungeheuer, schwächten ihren Körper und fügten ihrer Seele schmerzende Wunden zu. In dieser Zeit war ihr Husten das einzige Geräusch in der Stille. Immer öfter schaltete sie das Radio ein. Bald genügte ihr das nicht mehr. Sie kaufte einen CD-Player und die Musik, die sie in Berlin gehört hatte, aber die alten Songs von Leonard Cohen deprimierten sie und die von David Bowie gefielen ihr nicht mehr.

Im Winter verlangsamte sich die Zeit. Schnee und Regen bestimmten das Wetter, die Abende wurden länger und in der Dunkelheit schleppten sich die Stunden dahin. Jeden Tag umgab sie dieselbe Landschaft, mal war sie schön, selbst wenn der Nebel ins Tal gekrochen kam, mal bedrückend, denn immer sah sie in der Landschaft das, was ihrer inneren Landschaft entsprach. Immer öfter nahm sie jetzt die Kälte wahr, die Dunkelheit und die Einsamkeit. Ein paar Krähen flatterten jeden Abend über den konturlosen Himmel, lautlos hinter den geschlossenen Scheiben: Das war die einzige Bewegung in der erstarrten Landschaft. Seit Wochen war es grau und seit Wochen Dezember. Unten in den Städten waren jetzt die Weihnachtsmärkte aufgebaut.

Noch immer war der Sonntag Tonis Tag, doch wochentags kam er viel seltener als im Winter zuvor. An einem Sonntag wartete Lisa vergeblich. Gegen Abend zündete sie die dritte Kerze am Adventskranz an und deckte den Tisch für sich allein. Sie blickte in die flackernden Lichter und dachte darüber nach, wie viele Menschen in den letzten 400 Jahren wohl hier gelebt hatten, was sie gefühlt und gedacht und wie oft sie bangend die Minuten und Stunden gezählt haben mochten, wenn die alte Mutter auf ihre erwachsenen Kinder wartete oder die Frau auf ihren Mann. Manches hatte sich in der langen Zeit hier oben verändert, Stromleitungen waren verlegt worden, sie konnte Radio hören und oben am Waldrand konnte sie telefonieren, doch die Gefühle der früheren Bewohner mochten ihren geähnelt haben. Gegen zehn Uhr ging sie zu Bett. Toni war nicht gekommen. Sie lag mit offenen Augen, beunruhigt und verwirrt, und der Vollmond grinste hämisch zwischen den Ästen der Fichte zum Fenster herein.

Toni kam erst am nächsten Tag, später als gewöhnlich, wenn sie zusammen zu Abend aßen. Er habe gestern nicht kommen können, sagte er. Es tue ihm leid. Wie bei ihrer ersten gemeinsamen Mahlzeit schnitt er Brot in Scheiben, briet Eier in der Pfanne, deckte den Tisch für zwei. Schweigend aß er Bissen um Bissen, nur manchmal hob er den Kopf ganz kurz, um sie anzusehen, und sie dachte, der Grund für seine Verschlossenheit müsse ihr stummer Vorwurf sein, weil sie am Sonntag vergeblich gewartet hatte. Nach dem Essen verharrte Toni am Fenster, den Blick nach draußen, wo nur dunkle Finsternis war.

Sie stand auf und lehnte sich an ihn. »Was denkst du jetzt?«

»Nichts«, sagte er.

»Doch«, sagte sie. »Du denkst etwas.«

»Sicher.« Er sprach langsam und verdrossen. »Irgendetwas denkt man immer.« Dann tat er etwas Sonderbares: Er hob seine Hand zum Gesicht, als wischte er sich eine Träne ab. Später, als er eine Bierflasche geöffnet hatte, erzählte er fast nebenbei, er werde den Hof verkaufen. Er habe jemanden gefunden, der dort Ferienwohnungen anbieten wolle. Er sah sie nicht an. Sein Blick war zu Boden gerichtet.

»Und du? Wirst du dann hier oben wohnen?«

»Nein«, sagte er knapp.

An diesem Abend schliefen sie nicht miteinander. Toni verließ sie noch am Abend und Lisa wusste, das war jetzt das Ende von etwas. In dieser Nacht fand sie keinen Schlaf. Das Häusle: Sie wollte es nicht verlassen. Und Toni?

Noch ein paarmal kam Toni in den nächsten Wochen, aber er schlief nicht mehr mit ihr. Sie aßen zusammen, sie redeten miteinander, vielleicht sogar mehr als früher, denn leicht fanden sich Belanglosigkeiten, damit das Schweigen zwischen ihnen nicht überhandnahm. Über den Verkauf mochte Toni nicht reden, aber seinen Schmerz über die Trennung von dem Hof, der über Jahrhunderte seiner Familie gehört hatte, konnte er nicht verbergen. Er sagte, sie könne im Häusle bleiben, aber war darauf Verlass?

An einem Tag kam er abends mit dem Trecker. Es tue ihm leid um den Hof, auch für ihn sei es nicht einfach, aber vom Häusle wolle er sich niemals trennen, er müsse kommen dürfen, ohne dass ihn fremde Leute vertreiben konnten. Er sagte, er wolle es ihr verkaufen, viel müsse sie nicht dafür bezahlen, und wenn etwas repariert werden müsse, würde er es tun. Er würde nach St. Peter ziehen und die Gastwirtschaft am Klosterplatz übernehmen. Wenn er noch eine Familie gründen wolle, müsse er es bald tun.

»Ja«, sagte er auf ihre Frage. »Ich werde die Tochter des Wirtes heiraten.«

Spät am Abend, nachdem das Geräusch des Treckers lange verklungen war, verließ Lisa das Haus, sie nahm nichts mit. Sie wollte ziellos durch die Nacht gehen und schauen, wie sich alles in ihrem Kopf wieder ordnete. Als nach einer Stunde die hellen Fenster der Stube vor ihr auftauchten, hatte sie das Gefühl, sehr weit fort gewesen zu sein. Sie öffnete die Tür, trat in die Geborgenheit des Hauses und wusste, dass sie hierbleiben wollte, für immer, auch ohne Toni.

Um der Trauer über den Verlust zu entgehen, buchte sie eine Reise. Sie flog nach Teneriffa, aber die Wärme im tiefen Winter war falsch wie die Weihnachtsbeleuchtung an den Araukarien, die den Jahreswechsel überdauert hatte. Die laute Musik aus den Bars und Diskotheken stieß sie ab und raubte ihr den Schlaf. Lisa war froh, als die drei Wochen zu Ende gingen. Sie waren lang genug gewesen, um ohne Zorn und ohne zu großen Schmerz an Toni denken zu können. Sie hatten eine gute Zeit miteinander gehabt. Waren es drei Jahre oder waren es vier? Sie wusste es nicht mehr.

Der nächste Sommer ging vorüber, Toni kam noch ein paarmal herauf, und immer kam er allein. Auch sonst änderte sich nicht viel. Erst im Winter wurde es wieder einsam in ihrem Häusle, doch ohne Toni war die Einsamkeit anders, sie war wie ein tiefes Loch.

Es bedrückte sie, wenn in der früh einbrechenden Dunkelheit alle Gegenstände erst ihre Farbe und dann ihre Konturen verloren und nirgendwo ein Licht den Augen einen Halt bot. Wenn sich der Himmel hinter tief hängenden Wolken versteckte, wurde die Landschaft zu einem einzigen schwarzen Raum, in anderen Nächten funkelten die Sterne.

Erst an Heiligabend blieb der Schnee liegen, zuvor war das Gegriesel immer wieder in Regen übergegangen. Dann schneite es tagelang, ihr kam es vor wie Wochen. Dicht und schwer fielen die Flocken, und der Schnee war wie ein Leichentuch, das alles Lebendige für immer begrub. Eisige Luft aus Norden vertrieb die Schneewolken wieder und staute den Hochnebel vor den Alpen. An einem solchen Tag fuhr sie zum Feldberg, wo die Sonne schien, während ringsum alles im Nebel versunken war. Dort oben lag die Winterlandschaft im gleißenden Licht. Weiß gepanzerte Fichten, wie vom Wind verbogene weiße Kegel, säumten die Wege, sahen aus wie Gespenster mit spitzen Kapuzen, die vom Frost zur Reglosigkeit verdammt worden waren. Wind und Nebel hatten die Markierungspfähle neben dem Weg zum Gipfel mit glitzernden Eisnadeln gespickt, lang und scharf wie Messerklingen, die mit einem leisen Klirren herunterfielen, wenn Lisa sie berührte. Das Nebelmeer zu Lisas Füßen sah so fest gefügt aus, als könnte es sie tragen und als wäre es möglich, einfach weiterzugehen, hinüber zu den fernen Alpengipfeln, die sich auf der anderen Seite der grauen Fläche versammelt hatten, die Zugspitze und das Hochgrat im Osten, dann Zimba und Schesaplana, der Säntis ganz nah, der Tödi und der Glärnisch mit dem Vrenelisgärtlein, weiter im Westen unverkennbar Eiger, Mönch und Jungfrau und ganz in der Ferne, kaum sichtbar im Dunst, der Montblanc. Sie saß lange am Gipfel auf dem steinernen Rondell und sah dem Nebel zu, wie er näherkam. Grafenmatt und Herzogenhorn hatte er schon verschlungen, er nagte nun an dem Sattel, der die beiden Gipfel des Feldbergs trennte. Auch der Seebuck verschwand. Nur hier ganz oben, über dem höchsten Schwarzwaldgipfel, war der Himmel noch blau, und nur für sie allein schien die Sonne. Minuten später versank alles im eisigen Grau.

Die Pfähle leiteten sie zurück durch eine leere, farblose Welt, kein Baum, kein Mensch, nur die Stangen tauchten auf aus dem Nichts, schemenhaft mit ihren weißen Eispanzern. Sie versanken hinter ihr, ehe die nächste sichtbar wurde. Überall Spuren im Schnee, Fußspuren, Skispuren und manchmal die großen Abdrücke von Schneeschuhen, ein Gewirr, das sich kreuzte, zerteilte, sich verlor im tiefer werdenden Schnee. Dann keine Stangen mehr, nirgends. Während das letzte Licht aus der Landschaft schwand, folgte Lisa Fußspuren, die talwärts führten. Die Spuren kehrten um, schienen zum Ausgangspunkt zurückzuführen. Weit unter ihr ertönte die Hupe eines Lastwagens auf der Bundesstraße, ein langes aufdringliches Blöken in der Stille. Sie folgte Skispuren abwärts, bald darauf umfing sie der Wald und mit ihm die Dunkelheit. Steil fiel das Gelände ab, viel zu steil, um mit Schneeschuhen zu gehen. Der Abstieg im meterhohen lockeren Schnee durch ein Dickicht von kleinen Fichten war Schrecken und Lust zugleich. Erst bei Nacht erreichte sie endlich die Straße. Es schien ihr ein Wunder, dass sie nicht in der weglosen Einöde geblieben war, versunken im tiefen Schnee, für immer verloren, ohne eine Spur zu hinterlassen.

In diesen langen Monaten, in denen Schnee und Wolken alle Farben aus der Landschaft ausgelöscht hatten und der Winter nicht aus dem Schwarzwald weichen wollte, hatte Lisa viel Zeit, über ihr Leben nachzudenken. Sie grübelte tagelang und wartete vergeblich darauf, dass sich der Nebel lichten, die Sonne durch das Grau dringen, die Schwaden auseinandertreiben und ihr Klarheit schaffen würde. Doch eines Tages schälte sich der alte Bahnhof aus dem Dunkel, dazu das Haus, in dem sie als Kind gelebt hatte, die Menschen, die ihr einmal wichtig gewesen waren und an die sie lange nicht mehr gedacht hatte, Ereignisse, die lange in der Tiefe der vergangenen Zeit versunken waren, bis der Wunsch übermächtig geworden war, die Legienstraße wiederzusehen.

***

4

Die alten Kastanien, die Lisa vom Beginn der Legienstraße sehen kann, muss es schon damals gegeben haben. Die Bäume überragen das Schiff einer kleinen Kirche, an die sie niemals mehr gedacht hat. War die Kirche immer ihrer Straße so nah gewesen und immer so klein? Sie braucht nicht lange, bis sie vor dem Portal steht, und jetzt sieht sie sich wieder als das Kind, das hier einmal gespielt hat. Die Erinnerung berührt sie heftig wie ein sentimentaler Film. Vielleicht, denkt sie, weil sie niemals, wirklich kein einziges Mal an sie gedacht hat, trotz der vielen Stunden, die sie hier verbracht hatte, schöne Stunden, bisweilen sogar glückliche, und die Erinnerung daran trifft sie völlig unvorbereitet. – Man muss wohl alt sein, um solche Gefühle der Kindheit wiederzufinden. Heute ist die Kirche in einem zarten Rosé gestrichen, früher war sie grau. Ebenso wie vor dem zugemauerten Bahnhof hat vor der Kirche das buckelige Basaltpflaster die Jahrzehnte überdauert, auch das eiserne Geländer und die Stufen zum Portal sind dieselben wie früher. Sie sind viel weniger hoch als in ihrer Erinnerung. Damals waren es Stufen aus der Perspektive eines Kindes. Die Kirche hat ringsum einen schmalen nach außen vorspringenden Sockel, breit genug für ein Kind, um eng an das Mauerwerk gepresst darauf entlangzubalancieren. Auch er ist auf rätselhafte Weise kleiner geworden.

An einem Sonntag war sie den anderen Kindern in die Kirche gefolgt, als die Glocken zum Kindergottesdienst läuteten. Sie hatte schmutzige Hände vom Spiel mit den bunten Murmeln aus Ton im Staub eines unbefestigten Gehwegs und trug eine bunte Kittelschürze. Ihr Sonntagskleid, dieses unverzichtbare Symbol des festlichen Tages, musste sauber bleiben. Ihre Mutter schimpfte mit ihr, weil sie den anderen Kindern in die Kirche gefolgt war. Sie schämte sich für ein Kind, das mit einer schmutzigen Schürze und ungewaschenen Händen im Gottesdienst war. Von nun an ging Lisa immer wieder dorthin. Es waren die Lieder und die tröstlichen Geschichten aus der Bibel, die sie mehr anzogen als die Spiele draußen, und es war der stille Raum, zu dem scheltende und streitende Stimmen keinen Zugang hatten. Später war Rudi einer der Helfer im Kindergottesdienst. Er war es, der den Kleineren vom armen Lazarus oder vom Kind in der Krippe erzählte, und er war es, der mit ihnen sang und auf der Gitarre spielte. Lisa war so stolz, dass er ihr Bruder war.

Die Kirchentür ist abgeschlossen, sie rüttelt vergeblich an der Klinke. Im Pfarramt neben der Kirche öffnet niemand auf ihr Klingeln. Ein kleines Auto fährt vor, parkt vor dem Pfarramt, ein Mann steigt aus. Sie fragt ihn, ob er weiß, wann sie die Kirche betreten kann, aber er versteht ihre Frage nicht. – Wieder ist ein Ort ihrer Erinnerungen versperrt. Erst im Fortgehen liest sie, dass hier seit 600 Jahren eine Kirche steht: »Maria im Sumpfe«. Damals gab es hier nirgends Häuser, nur ein Knüppeldamm führte zu der Wallfahrtskirche an dem unwirtlichen Ort.

Sie kehrt zurück zur Legienstraße. Alles hier weckt jetzt Erinnerungen. Das erste Haus der Straße ist ein vierstöckiger Wohnblock, der mit seiner gerundeten Form der Biegung der Straße folgt. Hier hat eine Schulfreundin gewohnt. Ihr Vater hatte im Krieg beide Beine verloren und verbrachte seine Tage auf dem Sofa. Eines Tages sah sie ihn auf der Straße. Er saß in einem plumpen Gefährt mit zwei großen Rädern hinten, die er antrieb, indem er zwei Handgriffe vor und zurück bewegte. Weit vorn an dem rollenden Stuhl war ein kleineres Rad. Sie stand und gaffte und wunderte sich, warum der Mann ein so langes Fahrzeug brauchte, wenn er doch gar keine Beine mehr hatte. Die Beine verloren: Sie hatte sich nie vorstellen können, wie ein Mensch seine Beine verlieren kann.

Jetzt studiert sie die Klingelschilder, als könnte sie ihre Freundin und deren versehrten Vater noch immer hier antreffen, so wenig hat sich das Haus verändert. Selbst die Betonplatten auf dem Gehweg, in deren Zwischenräumen sich ihre Rollschuhe verhakten, sehen aus wie früher. Viele Häuser in der Legienstraße hatten den Krieg fast unversehrt überstanden. Zu beiden Seiten säumen sie noch immer die Straße, heller und freundlicher geworden im Laufe der Jahrzehnte. Grau waren sie früher vom Ruß aus den

Schornsteinen der Fabriken und Lokomotiven und den Kohleöfen in den Wohnungen. Jedes Jahr im Herbst trugen die Häuser, da wo Kinderhände die Mauern erreichen konnten, geheime Zeichen und Muster, Spuren der abgeriebenen Schale der nahen Kastanien, frühe Graffiti, die den Winter überdauerten. Häuser zu beschmieren war verboten.

Dann steht Lisa vor ihrem Elternhaus und in ihren Gedanken nimmt das Kinderzimmer Gestalt an: der braune Linoleumboden, die weiße zerkratzte Kommode neben ihrem Bett, Rudis Bett ihrem gegenüber, das Fenster mit der Steckdose darunter, plötzlich ist alles wieder da.

»Du hättest tot sein können«, diesen Satz hat Rudi zu ihr gesagt. Doch was bedeutet für ein Kind von vier oder fünf Jahren der Tod? Der Schrecken war schlimmer, als es das eine Wort sein konnte: tot. Auf ihre Überlegung war sie stolz gewesen, wie ein Entdecker hatte sie sich gefühlt: Wenn die winzige Stehlampe von ihrer Puppenstube nicht mehr brannte, weil die Batterie leer war, musste der Strom aus der Steckdose sie wieder zum Leuchten bringen. Hell würde die Lampe leuchten, viel heller, als sie es mit der kläglichen Batterie getan hatte. Der Stecker bestand aus zwei einzelnen Kontakten, die über zwei dünne umeinander geschlungenen Drähte mit der Lampe verbunden waren. Mit dem Glücksgefühl eines Forschers kurz vor dem großen Erfolg wickelte sie die feinen Drähte ein Stück auseinander, um die Kontakte in die Steckdose unter dem Fenster stecken zu können.

Ihr Bruder fand sie in ihrem Bett, laut heulend und am ganzen Körper bebend. Kabel und Lampe lagen verkohlt am Boden. Ihre Eltern haben nie erfahren, warum die Sicherung durchgebrannt war. Dies blieb eines der vielen Geheimnisse, die die Geschwister aneinanderschweißten, genau wie der Streit der Eltern, der Alkohol und die Tabletten und die ganze Verlogenheit hinter der heilen Fassade, über die sie niemals, wirklich niemals mit anderen Menschen sprachen. Aber auch Rudi konnte die Angst vor der Zimmerecke nicht wieder auslöschen, aus der Lisa nach dem Knall und dem Funkenregen geflohen war. Sie hat sie nie wieder betreten. Sie verschwand mit dem Umzug in die Nachbarwohnung aus ihrem Leben.

Lisa möchte sehen, ob es den Hof hinter dem Haus noch gibt. Sie muss bis ans Ende der Straße gehen und um den ganzen Block herum, bis sie die Küchenfenster und die Balkons erkennt, die in beiden Wohnungen nach Norden zum Hinterhof zeigen. Jetzt, wo sie angefangen hat, die Kruste von ihrer Erinnerung zu lösen, kommt immer mehr zum Vorschein – wie bei einer archäologischen Grabung. Der Gasherd links neben der Küchentür nimmt Gestalt an. Auf seiner größten Flamme zerbarst eine Form aus Jenaer Glas. Das Fett und der Speck gerieten in Brand und der Qualm malte schwarze Flecken an die Küchendecke. In der Nähe des Fensters standen der weiß lackierte Tisch und vier Stühle, von denen Lisa heimlich und einem inneren Zwang gehorchend mit dem Fingernagel die weiße Farbe abkratzte und die alten, dunkleren Schichten freilegte. Hinter den Glasscheiben der oberen Türen des Küchenschranks, der wie Tisch und Stühle den Krieg überlebt hatte, waren gelbliche Gardinen gespannt. Hinter der linken Tür hatte sie in einer Zigarrenkiste die Schokoladentafeln gehortet, die sie von Zeit zu Zeit von Bekannten oder Verwandten geschenkt bekam. Diese Tafeln anzusehen, zu betasten, an ihnen zu riechen, sie zu zählen und immer wieder aufs Neue nach Farbe oder nach Sorte zu ordnen, erfüllte sie mit einer geradezu unbändigen Freude. Ihr Eigentum! Ihr ganzer Stolz! In der kummervollen Zeit ihrer Kindheit zählte es zu den glücklichen Momenten, diesen Schatz wachsen zu sehen.

Manchmal verschwanden Tafeln ohne ihr Zutun. Rudi musste der Dieb sein, nur er konnte die Schokolade genommen haben. Er leugnete es nicht einmal. Ihre Mutter lachte über Lisas Kummer. »Mädchen, du hast doch immer noch so viel Schokolade.« Schokolade zu horten war sinnlos. Sie war zum Essen da, und wer sie nicht aufaß, mochte sie offensichtlich nicht. Ihre Mutter gab Rudi recht, der darauf bestand, dass sie die jahrelang aufbewahrte Schokolade mit ihm teilen müsse. Sie würde sonst eines Tages ungenießbar werden.

So war es oft mit Rudi, was auch immer es zu verteilen gab: Mit einem Lächeln nahm er sich, was er wollte, und niemand außer Lisa schien es ihm übel zu nehmen. Mit Rudi stritt sich ihre Mutter kaum einmal, und oft verschonte sie ihn vor Aufgaben im Haushalt. Ihn wies sie nur vorsichtig zurecht, wenn er mit schmutzigen Schuhen durch die Wohnung lief, während Lisa beim gleichen Anlass ein Donnerwetter über sich ergehen lassen und sofort zum Scheuerlappen greifen musste. Für das Unrecht konnte sich Lisa nicht einmal an Rudi rächen. Sie brauchte ihren großen Bruder. Manchmal nahm sie sich vor, so zu werden wie er. Sie dachte, wenn sie es sich ganz fest vornähme, dann würde sie es auch schaffen. Doch wenn sie ihren Vorsatz hätte umsetzen können, traute sie sich nicht oder sie erinnerte sich an ihn, wenn die Gelegenheit verpasst war. Nur einmal, als ihre Mutter die Weihnachtsgans aus dem Ofen genommen hatte und sie aus den Augen ließ, um eine Schüssel mit Rotkohl ins Esszimmer zu tragen, wagte sie das, wobei sie Rudi manchmal beobachtet hatte. Sie riss von der knusprigen Haut ein großes Stück herunter und steckte es rasch in den Mund. Ihr Vater kam in die Küche und zerlegte die Gans, ohne die Lücke in der Haut zu beachten. Den ganzen Tag hatte Lisa gute Laune. Der Anfang war gemacht.

Von der Küche sah man den kleinen Balkon und die gemauerte Brüstung, auf der im Winter das Futterhäuschen stand. Rudi hatte es selbst aus kleinen Brettern zusammengefügt. Er war ein Künstler in diesen Dingen. Die Stützen für das Dach waren einmal ein Besenstiel gewesen, die Dachpappe hatte er irgendwo aufgesammelt. Viele Spatzen kamen und fraßen die Samen vom Wegerich, die Lisa in jedem Sommer in großen Mengen sammelte. Eine Meise oder ein Dompfaff verirrte sich nie dorthin.

Ein paar Tage, nachdem Rudi die Wohnung für immer verlassen hatte, wehte ein Sturm das Futterhäuschen von der Brüstung und zerstörte es. Lisa baute ein neues aus einer Zigarrenkiste, aber das Futter wurde nass und die Vögel verschmähten es.

Die trockenen Samen des Wegerichs waren nicht das Einzige, was Lisa auflas. Wann immer und wo immer sie konnte, sammelte sie, das war ihre Leidenschaft. Im zeitigen Frühjahr pflückte sie die gelben Blüten des Huflattichs für Tee, im Sommer las sie die duftenden Kiefernzapfen zum Feuermachen auf und im Herbst sammelte sie große Mengen der scharfkantigen Bucheckern, um sie im Winter zu essen. Sie sammelte, als könnte sie mit ihren Vorräten überleben, wenn niemand mehr für sie sorgte. Andere Dinge waren Schätze um ihrer selbst willen. Die braunen Kastanien hortete sie in Schuhkartons und atmete neugierig und verwundert den Schimmelgeruch ein. Sie sammelte Binsen, um kleine Körbchen daraus zu flechten, wie es ihr Großvater aus Weidenruten tat. Sie suchte nach Vogelfedern, sie sammelte Gräser und Blätter, die sie presste und in alte Schulhefte klebte, sie suchte nach ungewöhnlichen Steinen, um sie zu Hause zu verwahren. In einem grauen Feuerstein entdeckte sie eine winzige versteinerte Muschel und in einem Steinbruch suchte sie so lange, bis sie Teile eines Ammoniten fand. Sie sammelte Schneckenhäuser und die Schalen von Teichmuscheln. Alles, was sie fand, stopfte sie in ihre Taschen. Ihre Mutter schimpfte, weil das Futter in den Taschen schmutzig wurde und zerriss, und sie warf in den Müll, was auch immer sie in den Taschen fand. Für Lisa war nichts, was sie in der Natur entdeckte, wertlos, auch nicht die kleinen festen Mooskissen, die sie auf feuchtem Waldboden unter Fichten fand. Auf Borkenstücken und geschmückt mit Hagebutten und gelben Pilzen wurden sie zu kleinen Kunstwerken. Noch heute bückt sie sich nach Moospolstern, fährt mit den Fingerspitzen darüber hin, ertastet ihre Struktur. Wie kleine pelzige Wesen fühlen sie sich an.

Jetzt, wo sie den Hinterhof wiedererkennt, steigen weitere Bilder aus dem Dunkel des Vergessens empor. Über dem Plattenweg hinter dem Haus war zwischen zwei rostigen Stangen ein Brett zum Schaukeln aufgehängt. Auf einem alten Foto, einem winzigen mit weiß gezacktem Rand, sitzt ihre Mutter in einem hellen Sommerkleid auf dieser Schaukel. Sie ist sehr jung und sehr hübsch und trägt ihr dunkles schulterlanges Haar offen. Sie lächelt in die Kamera und sieht glücklich aus. Zärtlich drückt sie ein Kind an ihre

Brust, das noch nicht allein sitzen kann. Lisa. Es sind Bilder wie dieses, die ihr sagen, wie unrecht sie ihrer Mutter tut, wenn sie sich nur an das Bedrückende erinnert. Doch sie muss lange suchen, um schöne Erinnerungen zu finden, die nicht auf Bildern festgehalten sind. Wenn sie weit genug zurückblickt, sieht sie sich mit ihrer Mutter nach dem Frühstück am Küchentisch verweilen. Die anderen sind längst aufgestanden und ihrer Wege gegangen. Lisa ist von ihrem Stuhl heruntergeklettert und sitzt auf dem Schoß ihrer Mutter, ihren Kopf an die blaue Küchenschürze geschmiegt, die vom Mehl des Brotes bestäubt ist.

Ihre Mutter schnitt das Brot nicht auf einem Brett, sondern umfasste den Laib mit ihrem linken Arm, presste ihn an ihre Brust und schnitt mit der rechten die Scheiben herunter. Sie waren schief und ungleichmäßig und ihr Vater schimpfte deswegen. Sonntags trug Lisas Mutter eine weiße Schürze und an diesen Tagen blieben die beiden nicht allein am Tisch zurück. Die langen Minuten der Geborgenheit und Zärtlichkeit fanden sonntags nicht statt.

Auch an den Tagen, an denen Mutter wie ein Schatten durch die Wohnung wankte, seufzend und jammernd, half sie Lisa abends, das Gesicht und die Hände zu waschen und achtete darauf, dass sie sich die Zähne putzte. Wenn sie dann im Bett lag, sagte sie zärtliche Worte und streichelte ihr Haar. Jeden Abend betete sie damals mit ihr: »Ich bin klein, mein Herz ist rein, soll niemand drin wohnen als Jesus allein.« »Amen«, sagte Lisa, und für eine kleine Zeit senkte sich der Friede der anbrechenden Nacht über sie. Doch später hörte sie wieder die Stimmen, die stritten und schrien, und sie wusste, dass auch ein Jesus in ihrem reinen Herz keinen Frieden bringen würde.

Bei anderen schönen Erinnerungen taucht Mutters Gesicht nicht auf, sondern ein altes Gesicht mit eingefallenen Wangen und einem grauem bis über die Oberlippe reichenden Schnurrbart. Es gehört Lisas Großvater, dem Vater ihres Vaters. Obschon er kaum mit ihr sprach, fühlte sie eine tiefe Verbundenheit mit dem alten Mann und seinem bescheidenen Leben in einem kleinen spitzgiebeligen Haus direkt am Bahndamm.

Lisas Lieblingsplatz war eine warme Ecke neben dem an das Häuschen angebauten Stall. Hier stand ein altes, mit Wasser gefülltes Sandsteinbecken. Ein paar Meter davon entfernt lebten vierzig Bienenvölker in bunt gestrichenen Holzkästen, die nebeneinander und übereinander zu einer summenden Wand gestapelt waren. Aus den Rissen im Wasserbecken drang Wasser nach außen und benetzte die raue Oberfläche. Hierher kamen im Sommer die Bienen, um Wasser zu holen. Für Lisa war es das größte Glück, ganz ruhig dort zu sitzen und dem braunen, krabbelnden Pelz aus geflügelten Leibern zuzusehen, während ihre Haut von der Sonne gewärmt wurde. Diese unbeschwerten Momente flossen zusammen in dem Namen eines kleinen Dorfes zwischen Feldern, Wiesen, Kieferwäldern und Moor: Poggenhagen.

Die Schaukel, auf der ihre Mutter mit ihr saß, gibt es nicht mehr, auch nicht den Weg aus grauen Betonplatten, der den mit Schlacke bedeckten Hinterhof querte. Heute wächst dort Rasen. Die Schaukel war ein einfaches Brett. Die Halterung, an denen die Stricke mit zwei rostigen Haken befestigt waren, quietschte bei jedem Hin und Her. Oft lag Lisa bäuchlings auf der Schaukel. Sie drehte sie, indem sie sich mit den Füßen abstieß, drehte, bis die Stricke zu kurz wurden und sie den Boden nicht mehr erreichte. Dann wirbelte sie in rasendem Tempo zurück, wirbelte weiter über den Startpunkt hinaus, bis sie die aufgewickelten Seile wieder zurückkatapultierten. Sie liebte dieses Drehen und den Schwindel. Die reale Welt kam nicht mehr an sie heran, solange sie um ihre Achse kreiselte. Oft stellte sie sich mitten in der Küche auf den Terrazzoboden und drehte sich, bis das Muster des Bodens zu schwarzen und weißen Ringen verschwamm. Niemals aufhören, sich zu drehen!

Die Fensteröffnungen von früher sind noch alle erhalten, und sie sehen heute so harmlos aus, als wären dahinter nie die Räume ihres kindlichen Schreckens gewesen. Neben dem Balkon ist das kleinste Fenster. Es gehört zum Badezimmer, einem schmalen Schlauch mit Badewanne, Waschbecken und einer viel zu hohen

Toilette, auf der sie sich mit baumelnden Beinen gleichsam schwebend zwischen dem Kippen nach vorn und dem drohenden Absturz in die Kloschüssel mühsam im Gleichgewicht hielt. Hoch über dem Klo direkt unter der Zimmerdecke hing der Spülkasten, dessen Kette sie nicht erreichen konnte.

Wenn man ins Badezimmer trat, stand rechts der Tür der Badeofen, ein hoher Zylinder aus gehämmertem Kupfer. Im Unterteil des Badeofens brannte an jedem Samstagabend ein Feuer, das das Wasser erhitzte, so verlangte es die Gewohnheit. Neben der Feuertür wurde das Gusseisen rotglühend, und wenn Lisas Mutter nicht achtgab und das Feuer zu heftig brannte, brodelte und zischte kochendes Wasser aus dem Hahn. Lisas Vater schimpfte über den glühenden Ofen und den Wasser und Dampf speienden Hahn, und ihre Furcht wurde noch größer. Explodieren könne der Kessel, sagte der Vater, und schon allein das Wort explodieren klang wie der furchtbarste aller möglichen Schrecken. Alle drei Wochen wusch ihre Mutter Lisas lange Haare. Wie ein dichter, weicher schützender Schleier umgaben sie ihren Körper, wenn sie tief in das warme Wasser glitt.

Als sie noch kleiner war, badete sie gemeinsam mit Rudi. Angstvoll duckte sie sich hinter seinem Rücken am Ende der Badewanne, wo sie von Feuer und vom Kessel am weitesten entfernt war, doch den Fluchtweg zur Tür versperrte das rotglühende Ungeheuer. Kinderängste, riesengroß, die sie bis in die Nächte verfolgten. Später war sie allein mit dem fürchterlichen Ofen. Sie hat sich mit Rudi darum gestritten, wer zuerst ins Badewasser steigen durfte, und wer sich mit dem benutzten Wasser begnügen musste, das klebrige graue Ränder in der Wanne hinterlassen hatte. Später losten sie um den ersten Platz in der Badewanne. Jede Woche hielt einer von ihnen zwei Streichhölzer in den geschlossenen Händen hinter seinem Rücken, ein langes und ein kurzes, während der andere eine Hand auswählte. Traf man auf das längere Streichholz, durfte man zuerst baden. Immer wenn Lisa die Streichhölzer hielt, verlor Rudi. Wochenlang hatte sie geübt, blitzschnell hinter ihrem Rücken das längere Streichholz im Ärmel zu verstecken und ein kurzes zu zeigen. Als der Sommer kam, und sie kurzärmelige Kleider trug, funktionierte der Trick nicht mehr.

Viele Jahre später, am ersten Morgen ohne Rudi, stand Lisas Vater früh auf, viel früher als gewöhnlich an einem Samstag. Sie hörte, wie im Bad die Toilettenspülung rauschte, und wusste, dass er nun den Rasierschaum im Gesicht verteilte, bis er wie ein dichter weißer Vollbart aussah. Dann würde er die Rasierklinge über die Haut führen und sie ahnte, dass er sich schneiden würde. Nach solchen Nächten schnitt er sich häufig und hellrotes Blut lief über seine Wange oder das Kinn. Bald darauf fiel die Wohnungstür ins Schloss.

Lisa wartete, bis ihr Vater fort war, dann schlich sie aus ihrem Zimmer. In der Küche war es eisig kalt, niemand hatte Feuer gemacht. Die Milch in der Kanne auf dem Küchenschrank hatte über Nacht eine Eisschicht bekommen und am Fenster wucherten Eisblumen. Auch im Wohnzimmer war niemand, aber hier war es wärmer. Im Ofen musste bis spät in der Nacht ein Feuer gebrannt haben. Es stank nach kaltem Zigarettenrauch und der Aschenbecher aus grauem Marmor auf dem nachgemachten Chippendaletisch quoll über von Zigarettenkippen. Drei Weingläser standen auf dem Tisch, eines war umgestoßen und der Wein, der ihrem Vater nicht süß genug sein konnte, hatte sich über das Tischtuch ergossen. Die Skatkarten waren über den Teppich verstreut, als hätte sie jemand voller Wut durch das Zimmer geworfen. Auf dem Tisch lag der Block, auf dem die Spiele notiert waren. Ihr Vater hatte die meisten Spiele gemacht und fast immer hatte er gewonnen. Unter dem Namen ihrer Mutter stand keine einzige Zahl.

Lisa lauschte an der Schlafzimmertür, eine Hand auf der Klinke. Sie zögerte, ehe sie sie herunterdrückte. Ihre Mutter lag noch im Bett, wach und mit rotgeweinten Augen. Hier hatte sich der Geruch eingenistet, den Lisa mit Angst und Einsamkeit verband.

»Ach, Kind«, stammelte ihre Mutter, dann wandte sie sich ab.

Lisa kam früh aus der Schule zurück, der Unterricht am Samstag dauerte nicht lange. In der Wohnung hing der stechende Geruch von verbranntem Fleisch. Auf dem Herd stand eine Pfanne mit etwas, das aussah wie die kleinen schwarzen Eierbriketts, die in jedem Herbst durch die Kellerfenster in die Kohlenkeller geschaufelt wurden. Kein Mittagessen heute. Ihre Mutter lag wieder im Bett.

Sie ging nach draußen, obwohl sie am Samstag keine anderen Kinder treffen würde. Ihr Ziel war der einzige Spielplatz, auf dem es mehr gab als einen Sandkasten, in dem die Hunde ihre Notdurft verrichteten. Der schöne Spielplatz gehörte zu den verbotenen Orten ihrer Kindheit. Dort spielten die Fremden, die Zigeuner, die Flüchtlinge, die Schmuddelkinder: Geh da nicht hin! Sie war neidisch auf die Kinder aus den Nissenhütten, diesen Baracken mit tonnenförmigen Wellblechdächern, weil sie einen richtigen Spielplatz hatten. Kinder wie sie selbst spielten auf den staubigen Gehwegen und im Schmutz der dunklen Hinterhöfe. Der verbotene Platz zog sie an, trotz der Prügel, die sie Jahre zuvor dort bekommen hatte.

Sie ist oft von anderen Kindern geschlagen worden. Die Regeln, nach denen Kinder miteinander umgingen, beherrschte sie nicht. Ihr Talent war, die anderen zu reizen. Sie war keine, die nachgab, aber sie war auch keine, die siegte, sie war eine, die Prügel bezog, wenn sie sich nicht rechtzeitig in Sicherheit brachte. Sie hätte es wissen müssen, damals. Drei Mädchen turnten an dem Kletterbogen, dem schönsten, dem spannendsten und dem begehrtesten Spielgerät, das es in dieser Zeit gab. Die größte der drei kletterte wieselflink herunter und verstellte Lisa den Weg. Sie trug einen langen bunt gemusterten Rock und ein rotes Schultertuch mit langen Fransen. Ihr Spott über Lisas weites rot und blau kariertes Hängerkleidchen mit dem kleinen weißen Kragen schmerzte. Lisa schämte sich für ihre Kleidung. Niemand sonst lief in solchen Kleidern herum. Sie wich der Älteren nicht aus. »Sieh dich doch selbst an mit deinem komischen Rock.« Und mit ihrem ganzen Mut: »Du bist ja bloß neidisch.«

»Sag das noch einmal.«

»Komischer Rock, und überhaupt, wie du rumläufst!«

Alle hatten das gehört, sie nahm die Worte nicht zurück. Irgendwann fiel der Satz: »Schlag doch zu, Kleine, wenn du dich traust.«

Und als sie sich nicht rührte: »Kleine, du zitterst ja.«

Sie hatte den ersten Schlag getan. Niemand sollte sie für feige halten, niemand sie verspotten. Zu dritt fielen sie über die Schwächere her, sie fühlten sich im Recht. Mit blutender Nase und zerkratzten Wangen schlich Lisa vom Spielplatz. Heulend. Erbärmlich. Sie hatte es für Stärke gehalten, was in Wirklichkeit eine Schwäche war: die Unfähigkeit nachzugeben.

An dem kalten Märztag nach Rudis Verschwinden war der Spielplatz leer. Lustlos kletterte sie auf den Rundbogen. Sie verhakte ihre Füße an den obersten Sprossen, ließ ihren Körper baumeln, bis ihr schwindelig wurde. Sie ging zu den niedrigen Reckstangen, stemmte sich hoch, machte einen Überschlag, stemmte sich erneut hoch, wieder ein Überschlag, immer wieder, bis die Kraft in ihren Armen versagte. Dann wusste sie nicht weiter. Sie malte mit der Fußspitze Figuren auf den Boden, ließ Sand durch ihre Finger rieseln, kehrte zum Kletterbogen zurück.

Stunden später kehrte sie nach Hause zurück. Die beschmutzte Tischdecke lag in der Badewanne. Ihre Mutter hatte sie eingeweicht, denn vielleicht ließen sich die Flecken nicht mehr entfernen, wenn das Tischtuch bis zum Waschtag liegen blieb. Aus dem Wohnzimmer hörte sie den Staubsauger. Sie öffnete die Tür. Das Zimmer war aufgeräumt, auf einer Ablage am Chippendaleschrank lag ein Staubtuch, die Sofakissen waren durch einen Handkantenschlag mit zwei symmetrischen Spitzen versehen und die Fransen des geknüpften Teppichs lagen so gleichmäßig wie gekämmt nebeneinander. Ihre Mutter erschrak, als Lisa plötzlich hinter ihr stand, aber sie sah nur kurz auf, seufzte, dann setzte sie wortlos ihre Arbeit fort. Rote Augen mit verschwollenen Lidern hinter den Brillengläsern.

An diesem Abend stand Lisa lange in Rudis Zimmer, das fast ebenso schmal war wie ihres. Neben der Tür in der Rigipswand, die die beiden trennte, stand das Klappbett, das er an seinem letzten Tag in diesem Zimmer zur Wand geklappt hatte. Das hatte er sonst nur getan, wenn Freunde zu Besuch kamen. Über dem Bett waren mit Reißzwecken vier Plakate befestigt: Bob Dylan neben Che Guevera, Joan Baez neben dem weise lächelnden Ho Chi Minh. Zum ersten Mal wunderte sich Lisa über die Reihenfolge. Hatte es eine Bedeutung, dass Musiker und Politiker sich abwechselten? Auf dem Plattenspieler, der auf dem untersten Brett eines aus gestapelten Backsteinen und rohen Brettern gebauten Regals stand, lag Dylans »Blowin' in the Wind«. Dieser Dual-Plattenspieler, den Rudi zum achtzehnten Geburtstag bekommen hatte, war sein Heiligtum. Niemand durfte ihn auch nur berühren. Auch die Schallplatten waren für alle anderen tabu.

An der dem Bett gegenüberliegenden Wand stand zwischen dem Fenster und einer alten Kommode sein Schreibtisch. Es war eine Tischlerplatte, unter der er mit Winkeleisen vier Kanthölzer als Beine befestigt hatte. Darüber hing eine alte Fotografie, die er irgendwo ausgeschnitten hatte. Sie zeigte eine Frau in einem hellen bodenlangen Kleid und mit einem sehr großen Hut, der mit einer Straußenfeder geschmückt war. Sie war hübsch, nur die Nase war auffallend groß, was ihr zusammen mit den großen dunklen Augen und dem kleinen Mund ein fremdländisches Aussehen verlieh. Sie sah traurig und nachdenklich aus. »Das ist Rosa Luxemburg«, hatte Rudi auf Lisas Frage nach der bekümmerten Frau geantwortet, aber der Name sagte Lisa nichts. Der Schreibtisch selbst war leer bis auf Rudis Uher-Tonbandgerät und eine längliche Holzschale, die er aus Lindenholz geschnitzt hatte und die die Spuren seines groben Schnitzmessers trug. In der Schale lagen seine sorgfältig gespitzten Bleistifte, ein Zirkel, ein Geodreieck und ein Lineal. Seine Schulbücher hatte er am Tag nach dem Abitur von den Regalbrettern über dem Schreibtisch geräumt und in einen Pappkarton gepackt. Auf die Frage seiner Mutter, was er damit tun wolle, hatte er geantwortet, sie könne sie wegwerfen, er brauche sie nicht mehr. Seine Jugendbücher und ein paar übriggebliebene Spielsachen hatte er ein paar Tage später verschenkt. Lisa war dabei, als ihre Mutter Rudis Zulassung zum Medizinstudium fand. Sie lag zerrissen im Papierkorb. Die Mutter weinte, während sie die Papierfetzen auf dem Schreibtisch zusammenfügte.

Erst allmählich begriff Lisa in den folgenden Monaten, dass Rudi nach einem festen und unumstößlichen Plan handelte, ja dass alles, was er in den Tagen nach dem Abitur getan hatte, das Ende seines bisherigen Lebens einleitete. Bestimmt hatte er ein Ziel, als er mit dem halbleeren Koffer und seiner Gitarre davonging, so dachte sie jedenfalls, und sicher wusste er, was ihn in der Fremde erwartete.

Nur ein einziges Mal hat Lisa in Rudis Sachen gestöbert, ein halbes Jahr, bevor er fortging. Auf der Suche nach einem Radiergummi hatte sie ein Schubfach in der alten Kommode geöffnet, das Rudi sonst immer verschlossen hatte. Es war vollgestopft mit Papieren: hektografierte Seiten, deren blassblaue Schrift seltsam roch, Briefe, Zeitungsartikel, Formulare, die Rudi in Druckbuchstaben ausgefüllt hatte. In dem Augenblick, als sie sich anschickte, in den Papieren zu lesen, kam Rudi ins Zimmer. Er entriss ihr das Blatt und schlug ihr mit der flachen Hand ins Gesicht. Er war wütend, wie sie ihn noch nie gesehen hatte. Den ganzen Tag sprach er nicht mit ihr, erst am Abend, als sie in ihrem Bett lag.

»Wehe dir, wenn du noch einmal in meinen Sachen wühlst.« Mit diesen Worten schmiss er die Tür zu, die ihre Zimmer verband.

»Es war nicht so gemeint«, rief sie ihm nach, »Entschuldigung«, und noch ein zweites Mal »Entschuldigung«, aber sie wusste nicht, ob er sie hörte.

Von dem Tag an spürte sie Rudis Augen in ihrem Nacken. Zu den Augen ihrer Mutter, die jeden Schritt und jegliches Tun bei Tag und bei Nacht verfolgten, war ein weiteres Augenpaar gekommen.

In dieser Zeit hatte Lisa nicht den kleinsten Fleck, an dem sie etwas vor den wachsamen Blicken ihrer Mutter verbergen konnte. Alle Menschen in ihrer Umgebung schienen ihr bescheidenes unantastbares Reich zu haben, aber ihre Welt war ein Glashaus. Sie hatte keinen Schrank, in den niemand hineinsah, keine Kiste, die von anderen nicht geöffnet wurde, gar nichts. Nicht einmal einen winzigen Zettel konnte sie vor ihrer Mutter verbergen: ein Lotterielos vom Jugendherbergswerk. Lose zu kaufen, war unsinnig und folglich nicht erlaubt. Trotzdem erwarb Lisa eines für fünfzig Pfennig. Mit viel Geduld und einem Messer hatte sie die Münzen aus ihrer Sparbüchse gepult, für die ihre Mutter den Schlüssel hatte. Andere Kinder aus ihrer Klasse kauften zwei oder drei Lose und sie würde leer ausgehen, wenn die Gewinne verteilt wurden. Fünfzig Pfennig waren mehr als das Taschengeld einer Woche. Den Lotterieschein verbarg sie in einer leeren orangefarbenen Zigarettenschachtel der Marke Ernte 23, oben im Wohnzimmerschrank. Dort lag er zwischen Kartenspielen, Buntstiften und Kleinkram, den niemand benutzte. Im Schulranzen konnte sie das Los nicht verstecken, er wurde täglich inspiziert. Die nächste Nacht war fürchterlich. Lisa schlief nicht, das Blut rauschte in ihren Ohren und wenn sie die Augen öffnete, drehten sich im Zimmer graue Schatten in wilden Wirbeln. Sie hatte nicht bedacht, dass sie irgendwann den Kauf gestehen und den Schein aus seinem Versteck holen musste, sonst würde sie niemals erfahren, ob sie unter den Gewinnern war. Schon nach ein paar Tagen entdeckte ihre Mutter den blauen Zettel mit der langen Nummer. Ihre Mutter fand alles. Die Ohrfeige war weniger schlimm, als es die Angst vor Entdeckung gewesen war. Ein Albtraum war vorüber, gewonnen hatte ihre Losnummer nicht.

Trotz allem waren die Monate vor Rudis Verschwinden eine Zeit des Aufbruchs und der Vorfreude, denn am Rande der Stadt, dort wo es grün war und alte Bäume wuchsen, entstand ihr Eigenheim, anderthalb Stockwerke hoch mit Satteldach und gelben Klinkersteinen an den Giebelseiten, wie es in der Gegend Mode war. Zu viert suchten sie Fußböden und Wandfliesen aus, studierten dicke Mappen mit Tapetenmustern, planten die Einrichtung von Küche und Badezimmer.

Überall wuchsen in diesen Jahren die kleinen Häuser aus dem Boden, Reihenhäuser, Doppelhäuser, Einfamilienhäuser. Alles wuchs in dieser Zeit, die Grundstückspreise stiegen, die Autos wurden größer, selbst die Scheiben des VW Käfer wuchsen stetig, die Zahl der Autos stieg und auf den ehemals leeren Autobahnen bildeten sich zur Reisezeit lange Staus. Die Urlaubsziele wanderten über Deutschland und Österreich hinaus, Lisas Klassenkameraden stiegen in den Flieger nach Mallorca oder kurvten im Opel Rekord mit ihren Eltern über steile Alpenpässe bis nach Italien. Statt Brotsuppe, Steckrübeneintopf oder Graupensuppe gab es paniertes Schnitzel mit Mischgemüse aus der Dose und anstelle von Nudeln kamen eines Tages zum Verdruss ihres Vaters lange Spaghetti auf den Teller. Er, für den schon Makkaroni eine Zumutung waren, schnitt die Spaghetti in nudelgroße Stücke und aß sie mit dem Löffel.

Aus ihrem Buchhaltervater war mittlerweile der Prokurist einer großen Bewachungsfirma geworden, doch der Optimismus ihrer Eltern, dass es ewig aufwärts gehen würde, hatte Risse bekommen. Die Zahl der Firmenpleiten stieg von Jahr zu Jahr, als wäre der Untergang von Borgward in Bremen nur der Startschuss gewesen.

»Wenn es den Firmen schlecht geht, sparen sie sofort bei der Bewachung«, unkte Lisas Mutter. Und zum Vater: »Wenn du deine Stelle verlierst, sind wir ruiniert.« Überall sahen ihre Augen solche Abgründe, und sie bangte dem Tag entgegen, an dem die Kosten für das Eigenheim ihr Untergang sein würde, ja, sie war sich ganz sicher, dass es so kommen würde.

Lisas Vater hatte das Grundstück zwei Jahre zuvor gekauft. Damals war dort nichts als eine feuchte Wiese neben einer Bahnlinie gewesen. Bald wurden Drainagen gelegt, Strom- und Wasserleitungen verschwanden unter der Erde, Häuser wuchsen neben ihrem Grundstück in die Höhe, während ihr Vater Kartoffeln pflanzte. Die seien gut gegen die Quecken, die mit ihren meterlangen Ausläufern das Grundstück überwucherten, meinte er. Die Kartoffeln – manche groß wie Kindsköpfe – reichten über den ganzen Winter. Im nächsten Frühjahr stand Lisa staunend vor der tiefen Baugrube, die sich bei Regen mit Wasser füllte, sah, wie der lehmige Boden eines Tages unter einem Betondeckel verschwand, sah die Wände wachsen. Der Grundriss des Erdgeschosses wurde sichtbar, die Decke wurde gegossen und dann, wie ein kleines Wunder, entstanden im Obergeschoss auch ihr Zimmer, ihre eigenen vier Wände, ihr Fenster, ihre Türöffnung. Umgeben von rotem Mauerwerk sah das Zimmer dunkel und klein aus, aber mit hellem Putz an den Wänden schien es zu wachsen. Lange bevor das Haus fertig war, setzte sie sich dort auf den kalten Boden, den Rücken an eine Mauer gelehnt, und dachte, das hier ist nun meins, hier ist der geschützte Raum, nach dem ich mich immer gesehnt habe. Erst wenn die Stimmen, die nach ihr riefen, laut und ungeduldig wurden, trennte sie sich von ihrem Reich. Rudis Zimmer war größer als ihres, aber das störte sie nicht. Im späten Herbst war der Rohbau fertig, rote Ziegel bedeckten das Dach, Fenster und Türen wurden eingesetzt. Fast täglich trafen jetzt Rechnungen ein. Mutter öffnete die Briefe seufzend und mit zusammengepressten Lippen, während sie in einem Ozean von Not und Sorgen versank.

Am zweiten Abend ohne Rudi waren sie beim Abendbrot allein, ihre Mutter und sie, gedeckt war für drei.

»Wo warst du heute Nachmittag?«

»Bei Roswitha.« Die Worte kamen ohne zu zögern. Warum den verbotenen Spielplatz eingestehen, wo niemand sie gesehen hatte?

»Ich dachte, Roswitha darf keinen Besuch haben, wenn ihre Mutter zu Hause ist.«

»Sie war nicht zu Hause.«

»Obwohl heute Samstag ist?«

Lisa zuckte mit den Schultern und hoffte, in den nächsten Tagen würden ihr weder Roswithas Mutter noch Roswitha selbst begegnen und ihre Lüge aufdecken.

Ihre Mutter wechselte zum nächsten unangenehmen Thema. »Habt ihr die Vokabelarbeit zurückbekommen?«

Sie nickte.

»Und?«

»Eine Fünf.«

Ihre Mutter wusste immer, wann Arbeiten geschrieben wurden, so schlecht es ihr auch gehen mochte. Sie musste eine Antenne dafür haben, die auch dann noch funktionierte, wenn sie sich kaum noch auf den Beinen halten konnte. Sie sah es als ihre Aufgabe, dass ihre Kinder gute Zensuren bekamen, sie fühlte sich dazu verpflichtet – vor deren Vater. Sie nahm es persönlich, wenn der Erfolg ausblieb, sie geriet in Wut über schlechte Noten, schlug Lisa dafür. Lange genug hatte sie auch dieses Mal mit ihr geübt, hatte die Vokabeln abgefragt, immer wieder. Ihre Schuld war ihr schlechtes Abschneiden nicht gewesen.

»Wo ist Rudi?«, fragte Lisa.

Schweigen. Keine Tränen.

Eine Weile aßen sie wortlos, die Köpfe tief über die Teller gesenkt.

»Wo ist Papa?«

»Du hättest ihn heute Morgen fragen müssen, wenn du es wissen willst.«

Lisas Vater kam spät nach Hause. Er schickte sie in ihr Zimmer, er wollte allein mit Mutter reden. Reglos harrte sie am Fenster aus, sah auf die Legienstraße, die im Schein der Gaslaternen verlassen dalag, und dachte an das neue Haus. Sie dachte an die dunkle Tapete, die sich Rudi ausgesucht hatte und die niemandem außer ihm gefiel, und fragte sich voller banger Ahnung, ob Rudi jemals in sein Zimmer einziehen würde,

Erst sprachen ihre Eltern mit ruhigen Stimmen miteinander. Es waren ihre Urlaubsstimmen, die sie auspackten, wenn der Vater den Kofferraumdeckel des alten DKW zugedrückt und hinter dem Lenkrad Platz genommen hatte, die Mutter neben ihm mit der großen Proviantasche zwischen den Füßen. Die Kinder balgten auf der Rückbank – Gurte gab es noch nicht. Dann fuhren sie an die Ostsee nach Kellenhusen oder in die Alpen nach Garmisch oder Ramsau. Unterwegs pflegte Lisas Vater zu singen, »Als die

Römer frech geworden« oder auf Plattdeutsch »Von Herrn Pastor sien Kauh« und »Wildgänse rauschen durch die Nacht«. Er hatte eine laute und klare Stimme, und oft sangen sie alle vier. Dann hoffte Lisa, sie würden niemals zurückkehren in die Wohnung mit den verschlossenen Fenstern, hinter denen die Dunkelheit mit jedem Streit tiefer in ihr Leben eindrang. Lieber wollte sie gegen einen Baum fahren oder in eine tiefe Schlucht stürzen, singend, und dann wäre alles zu Ende.

Bald wurden die Stimmen aus der Küche doch lauter, wurden wieder zu den Ungeheuern, die ihr die Kehle zuschnürten. Ihr Vater gab der Mutter die Schuld daran, dass Rudi verschwunden war. Sie sei schließlich immer zu Hause gewesen, und ohne ihre Schlaftabletten hätte sie merken müssen, dass mit Rudi etwas nicht stimmte. Lisa warf sich aufs Bett und hielt sich die Ohren zu. So lag sie, die Decke über den Kopf gezogen, bis die Luft nicht mehr zum Atmen reichte und sie den schützenden Kokon wieder sprengen musste.

Später ließ ihr Vater Lisa holen. Er kam nicht selbst, er schickte ihre Mutter.

Er saß auf dem alten weiß gestrichenen Küchenstuhl, der immer sein Platz war, eine Zigarette zwischen den vom Rauch gelben Fingern. Mit einem tiefen Atemzug sog er an der Zigarette, hielt einen Augenblick inne, ehe er den Rauch langsam durch die Nase wieder ausblies. Er legte die Zigarette achtlos auf den Rand des Aschenbechers, sie rollte herunter und brannte ein Loch in das Wachstuch, das die schäbig gewordene Tischplatte verbarg.

»Gehen wir ins Wohnzimmer«, sagte er.

Gehen wir ins Verhörzimmer, dachte Lisa. Räume gab es, zu denen gehörte die Angst wie die Tür zum Haus. Die Vieraugengespräche am Küchentisch waren qualvoll, aber überboten wurden sie von denen im Wohnzimmer. Kein Küchentisch, auf den sie die Ellenbogen stützen konnte, um das Kinn und die Wangen in den Händen zu vergraben, den Blick nach unten gesenkt, wenigstens für kurze Augenblicke.

»Du musst die Menschen ansehen, mit denen du sprichst!« Lisas Vater liebte es, ihr solche Regeln für ein erfolgreiches Leben mit auf den Weg zu geben, doch wenn er so mit ihr redete, schlug in ihrem Kopf sofort eine Tür zu. Sie konnte nicht einmal in Erwägung ziehen, dass seine Ratschläge nützlich sein könnten. Nur wenn er dabei war, starrte sie ihr Gegenüber an, auch wenn sich alles in ihr dagegen sträubte, sich ihre Nackenmuskeln verkrampften und die Blutröte sich über ihr Gesicht ergoss.

Die Sessel im Wohnzimmer boten keinen Schutz, saß sie dort, war die ganze Front ihres Körpers offen und verwundbar. Wohin mit den Händen? Wie das Gesicht vor den Blicken schützen?

Er setzte sich ihr gegenüber auf das Sofa wie immer, rauchte ein paar Züge.

»Es geht um deinen Bruder.«

Schweigen.

»Was hat er dir gesagt, wohin er fährt?«

»Nichts.«

»Sieh mich an, wenn ich mit dir rede.«

Lisa tat es, die Muskeln krampften, die Röte kroch.

»Du lügst, ich sehe es dir doch an.«

»Ich lüge nicht.«

Er rauchte hastig, dann stand er auf und lief vom Fenster zur Tür und wieder zurück, immer wieder, er hörte gar nicht auf mit dem Gerenne, bis er schließlich mit dem Rücken zum Fenster stehen blieb.

»Hör mir bitte gut zu: Rudi ist verreist, wir haben ihm die Reise zum Abitur geschenkt.«

Für einen kurzen Augenblick, in der ersten Überraschung, konnte sie nicht anders, als ihm zu glauben: »Aber warum hat mir das keiner gesagt?«

»Wir wollten ihn mit der Reise überraschen. Er hatte sich doch schon lange gewünscht, nach Frankreich zu fahren.«

Sie schwieg.

»Weißt du jetzt Bescheid, falls dich jemand fragt?«

Sie nickte. Sie wusste nicht, was sie glauben sollte, aber Widerspruch und Fragen waren nicht vorgesehen. Vielleicht würde ihr ihre Mutter mehr erzählen. Sie ertrug es nicht, ihren Vater noch länger anzusehen. »Ich gehe jetzt ins Bett«, sagte sie.

Je mehr Lisa über Rudis Reise nachdachte, umso zorniger wurde sie. Die geschenkte Reise war ein Märchen wie das vom Klapperstorch, an das sie noch glauben sollte, als sie längst im Lexikon entdeckt hatte, woher die Kinder wirklich kamen.

Nach dem Wochenende ging sie voller Angst vor den Fragen nach Rudi zur Schule, doch niemand interessierte sich für ihn. Seine Klasse hatte ohnehin die Schule verlassen. Es gab ein anderes Thema, das die Gemüter erhitzte. Zwei Mädchen waren in Miniröcken zur Schule gekommen und wieder nach Hause geschickt worden. Erst nach der Pause begann die Qual: zwei Stunden Mathematik, das bedeutete eine Stunde Mathematik, eine Stunde Kriegsgräuel, wieder und wieder dieselben Geschichten, wie eine Brandbombe ins Klohäuschen einschlug und der Mann, der dort gesessen hatte, durch die Hitze auf die Größe eines Kindes geschrumpft, herausflog. Im Wäschekorb hätten sie ihn auf den Friedhof getragen. Oder wie die ungewöhnlich dicke Frau nach dem Bombenangriff nicht mehr aus dem halb verschütteten Keller herauskam und in der Öffnung steckenblieb. Und wie oben zwei Frauen an ihr zogen, während unten welche nachdrückten, bis eine Zeitzünderbombe alle in den Tod riss. Oder wie die Russen in die Häuser eindrangen, um die Frauen zu vergewaltigen, und jeden, der die Frauen schützen wollte, einfach erschossen. »Wenn der Russe kommt …«, ein Lieblingssatz des Mathelehrers. Was dann geschehen würde, war aus ihrer Erinnerung verschwunden. »Wenn der Russe kommt …« Den Satz hörte sie überall.

In der letzten Stunde war Sport, die Erlösung.

Statt nach dem Unterricht nach Hause zu zurückzukehren, ging Lisa auf die Innenstadt zu. Damals hatte sie sich eine ganze Sammlung rein persönlicher Gebote und Verbote zugelegt. War der Gehweg mit Platten belegt, durfte sie auf keinen Fall auf die Rillen zwischen den Steinen treten. Feuer würde aus dem Boden schießen und sie auf der Stelle verbrennen. Waren die Platten klein, ging sie besonders vorsichtig und voller Angst, mit dem Absatz eine Linie zu berühren. Selbst zu Hause lauerten tödliche Gefahren. Niemals durfte sie sich bei Dunkelheit mit dem Rücken zum Fenster setzen, denn draußen wartete ein Mörder, dessen Kugel sie treffen konnte.

Die geheimen Gebote und Verbote bestimmten ihr Leben, und blieben sie einmal stumm, verlegte sie sich auf das Zählen, das schaffte Ordnung in einer beunruhigenden Welt. Auf dem Schulweg zählte sie die Kinder, die ihr begegneten, sie zählte die Autos, die an ihr vorüberfuhren – sechs Lastwagen, drei Taxis, achtundzwanzig Volkswagen, bis sie die Zahlen durcheinanderbrachte –, und mit demselben Eifer, mit dem sie die Schokoladentafeln in der Zigarrenkiste zählte, tat sie es mit den Pfählen des schmiedeeisernen Zauns auf dem Weg zur Eisenbahnbrücke oder den Fenstern der Häuser, an denen sie vorüberging.

Als sie am zweiten Tag nach Rudis Verschwinden von einer Platte zur anderen hüpfend zum »Theater am Damm« kam, lief dort in der Nachmittagsvorstellung der Film »Hulahoop Conny«. Es lag schon ein paar Jahre zurück, dass sie den Film gesehen hatte. Überall spielten damals die Kinder mit den bunten Reifen und ließen sie mit wackelnden Hüften um ihre Taille kreisen, nur sie hatte keinen. Geschenke gab es nur am Geburtstag und zu Weihnachten. Also lag der Reifen an einem kalten Dezembertag auf ihrem Gabentisch, und als sie mit ihm nach draußen ging und ihre ersten unbeholfenen Versuche machte, erntete sie nur Spott.

Lisa ging weiter. An einem Kiosk kaufte sie sich zum ersten Mal das verbotene braune Getränk aus Amerika, das in Verdacht stand, die Magenwände aufzulösen. Es schmeckte süß und verführerisch. Dann stand sie wieder vor Woolworth, wo sie Hausverbot hatte. Sie trat trotzdem ein. In der Schreibwarenabteilung hielt sie nach der schwarzhaarigen Verkäuferin Ausschau, die sie beim Diebstahl des Kugelschreibers ertappt hatte. Sie war nicht an ihrem Platz. Heute würde sich Lisa nicht so ungeschickt anstellen wie beim letzten Mal. Mit erhobenem Kopf und ohne sich ängstlich umzusehen ging sie geradewegs auf die kleinen bunten Kugelschreiber zu, probierte einen nach dem anderen auf dem bereitliegenden Block aus, putzte sich die Nase. Es war ganz einfach, dabei einen Stift unbemerkt verschwinden zu lassen. In ihre Aufregung mischte sich Zufriedenheit. Es kam also darauf an, wie sie auftrat.

»Gibt es die kleinen Kugelschreiber auch mit roter Mine?«, fragte sie an der Kasse.

»Nein, nur mit blauer.«

»Schade«, sagte sie und verließ das Kaufhaus. Der Kugelschreiber brannte in ihrer Manteltasche, ein verräterischer Schatz, den ihre Mutter nicht entdecken durfte.

Durch die folgende Nacht geisterte plötzlich ein lange vergessenes Wort: Großmummrich, der herrlich unsinnige Begriff, der an Zeiten erinnerte, als die Kinder der Legienstraße die Abenteuer des Kalle Blomquist nachspielten. Rudi und sie gehörten zur Weißen Rose, ein paar andere zur Roten. Zuletzt hatten die Weißen durch Rudis List den Großmummrich in ihren Besitz gebracht. Es war ein grauer Feuerstein, der in ihren Augen einen ungeheuren Wert besaß, hielten sie ihn doch für einen Faustkeil aus der Steinzeit. Rudi hatte ihn in einer Munitionskiste mit schweren rostigen Beschlägen verborgen. Sie musste schon früher ein Versteck gewesen sein, vielleicht während des Krieges. Rudi hatte die Kiste in einer mit Brettern abgedeckte Grube in einem verwilderten Schrebergarten gefunden. Sie war leer und die Bretter waren vermodert, ein idealer Ort für ihre Trophäe. Später zerstreute sich die Gruppe, und der Großmummrich geriet in Vergessenheit. Das Wissen um sein letztes Versteck teilte sie nur mit Rudi. Vielleicht gab es diesen Ort noch immer.

»Ich gehe nach draußen«, sagte sie zu ihrer Mutter und machte sich auf die Suche.

Jetzt, Jahrzehnte später, nähert sich Lisa wieder der Stelle, wo sie den Großmummrich in dem verlassenen Schrebergarten verborgen hatten. Mühelos findet sie den Weg, und überall erwachen die Erinnerungen. Dort, wo die Legienstraße in die Voltmerstraße mündet, hielt einmal ein Auto neben ihr. Auf dem Beifahrersitz saß eine Frau mit hellblonden Haaren, schwarzem Persianermantel und dicken goldenen Ringen an den Fingern, eine Frau wie im Kino. Sie kurbelte das Fenster herunter und fragte nach dem Weg zum Bahnhof. Die Schokolade, die sie ihr als Dank für ihre Auskunft anbot, lehnte Lisa ab. Ein Geschenk von Fremden anzunehmen, war streng verboten: Menschen, die Kinder mit Süßigkeiten lockten, waren böse. Sie wollten irgendetwas Schreckliches mit ihnen tun, für das es keine Worte zu geben schien.

In dem Eckhaus zwischen den beiden Straßen war früher ein kleiner Krämerladen. An der fensterlosen Wand gegenüber der Tür standen raumhohe Regale, davor ein Tresen, viel zu hoch für ein Kind wie Lisa. Hinter dem Tresen schwebten in einem weißen Kittel Schultern und Arme von Herrn Beckel, darüber ein schmales zerknittertes Gesicht und ein mit dünnen schwarzen Haaren bedeckter Schädel. Herr Beckel war der Herr über Vim und Ata, über die grün-weißen Persilkartons, über die Konservendosen mit Erbsen, Bohnen und Mischgemüse, die rot-gelben Maggiwürfel und die eckigen Flaschen mit der Maggi-Suppenwürze. Er war auch der Herr über die Waage, deren langer senkrechter Zeiger auf einer Skala hin und her wanderte und das Gewicht von Mehl, Zucker, Linsen oder Erbsen anzeigte. Nur manchmal, wenn Herr Beckel auf die hohe Leiter stieg, wuchs unter Kopf, Schultern und Armen ein ganzer Mensch hervor. Lisa dachte, alles, was Herr Beckel auf dem Leib trug, müsse weiß sein, aber manchmal, wenn er ganz oben stand, sah sie seine blankgeputzten schwarzen Schuhe. Der Wermutwein, den sie ihrer Mutter jedes Jahr zum Geburtstag schenkte, stand ganz oben, und die Hälse der Flaschen berührten fast die Decke. Eine Mark kostete der Dreiviertelliter. Für einen teureren Wein reichte Lisas Taschengeld nicht. Später wünschte sich ihre Mutter Doppelkorn, den ihr Herr Beckel mit der Ermahnung, ihn nicht selbst zu trinken, verkaufte, und den sie, stolz auf ihr Geschenk, in dem selbst gehäkelten Einkaufsnetz nach Hause brachte.

Jetzt ist die Eingangstür des Krämerladens zugemauert. Menschen wohnen hinter den großen Fenstern, Gardinen verdecken die Sicht nach drinnen.

Die Straße, der Lisa jetzt folgt, war in den ersten vier Jahren ihr Schulweg. Wie kurz die Wege sind, die ihr früher lang und mühsam schienen! Es ist, als wäre alles zusammengeschrumpft. Damals war die Straße gesäumt von Ruinen und Trümmergrundstücken, auf denen wilder Wermut und leuchtende Lampionblumen wucherten, Überbleibsel von Gärten, die es bei den zerbombten Häusern einmal gegeben haben musste. Kussblumen sagten sie zur Physalis, die orangefarbene Frucht in der Mitte war der Kuss. Er sah giftig aus, und niemand, nicht einmal Rudi, wagte es, ihn zu essen. Der Bunker, den sie nicht betreten durften und es dennoch taten, hat die Jahrzehnte nach dem Krieg bis heute überdauert. Auch sein Eingang ist zugemauert.

Lisa geht weiter, kommt zur Volksschule, die heute ein Kulturzentrum ist, geht hinein. Die Treppe sieht noch genauso aus wie auf einem ihrer alten Fotos: Der strahlende Verkehrsschutzmann auf diesem Bild, der mit ausgebreiteten Armen den Aufgang versperrt, das ist sie mit angemaltem Bart, einer Polizeimütze auf dem Kopf und weißen Manschetten über den Ärmeln einer aus einer alten Soldatenuniform geschneiderten Jacke. Glückliche, stolze Momente ihrer Kindheit. Sie hatte den Ruf, niemals zu weinen, doch unter der Oberfläche des fröhlichen Kindes war sie immer verwundet. Die Tränen vergoss sie, wenn es die anderen Kinder nicht sahen.

Den Kindergarten neben der Schule gibt es noch heute, auch einen Zaun, der genauso aussieht wie der, an den sie in einsamen Stunden das Gesicht gepresst hat. Jenseits des Zaunes waren die lachenden Kinder und die Erwachsenen, die mit den Kindern spielten, dort gab es Klettergeräte, Roller, Puppenwagen und Spielzeug, das Lisa nie besessen hatte. Sie durfte nicht in den Kindergarten gehen, obwohl sie darum bettelte. Eine gute Mutter betreut ihre Kinder selbst und überlässt sie nicht der Obhut von Fremden. Mütter, die das tun, sind Rabenmütter.

Beim Kindergarten, nicht weit von der Schule entfernt, beginnt der Knoevenagelweg. Wo einst Obstbäume in den Schrebergärten blühten, starren heute Satellitenschüsseln von den Balkons der

Mietskasernen in den Frühlingshimmel. Aus dem Fahrweg, der früher mit Hochofenschlacke bedeckt war, ist eine geteerte Straße geworden. Auch der Knoevenagelweg war verbotenes Terrain, denn in den Gartenlauben konnten die bösen Onkel wohnen, die Schlimmes mit Kindern taten. Wenn die letzte Stunde ausfiel, trieb sich Lisa dort herum. Sie fing Stichlinge in einem kleinen Graben, flocht Gänseblümchen zu weißen Kränzen, kletterte über morsche Gartenzäune, plünderte Beeren von den Sträuchern und versuchte im Herbst, die rotbäckigen Apfel zu pflücken. Sie sah den zuckenden Mückenlarven in den Regentonnen zu, und wenn sie sicher war, dass niemand in der Nähe war, bewegte sie den langen quietschenden Schwengel einer Pumpe, bis Wasser in das Becken schoss. Manchmal pumpte sie, bis sie Blasen an den Händen bekam und das Wasser über den Rand schwappte. Dann stellte sie sich vor, die Menschen würden beim Anblick der vollen Tonne glauben, dass es tatsächlich Heinzelmännchen gab. In den Gärten war es besser als zu Hause und in der Mittagszeit begegnete ihr niemand. Nur die Augen ihrer Mutter waren hier, denn wo immer Lisa war, lauerten deren Blicke. Manchmal versuchte sie, die Augen zu überlisten. Wenn ich mich hinter der Hecke verstecke, sieht sie mich nicht, dachte sie. Oder: Solange ich auf einem Bein hüpfe, bin ich unsichtbar, doch das Hüpfen ermüdete sie und hinter der Hecke fanden die Augen ihrer Mutter sie doch.

Als Lisa damals mit dem gestohlenen Kugelschreiber in der Manteltasche über den verbotenen Weg an ihr Ziel gelangt war, fand sie das Versteck unverändert, seit sie den Großmummrich vor den Kindern der Roten Rose verborgen hatten. Lisa nahm den grauen Feuerstein aus der Munitionskiste, das Wort Großmummrich murmelnd, strich über die kühle grauglänzende Oberfläche, dann legte sie ihn zurück und den Kugelschreiber daneben, verschloss Kiste und Grube wieder. So viele kleine Dinge, die sie sich nicht kaufen durfte, wollte sie von nun an hier horten: einen oder zwei von den kleinen Vollgummibällen, die durch das ganze Zimmer sprangen, wenn man sie auf den Boden warf, ein buntes Armband mit einem Gummizug, wie es die anderen Mädchen besaßen, und vieles mehr, was in den Augen ihrer Mutter keinen Nutzen hatte.

Wenige Wochen später kehrte sie mit einem gestohlenen rosafarbenen Hasen aus Plüsch zu den Schrebergärten zurück, doch das Versteck gab es nicht mehr. Bulldozer hatten die Gartenlauben zerstört und den Mutterboden zu einem großen Haufen zusammengeschoben, Großmummrich und Kugelschreiber waren für immer verloren. Schwerer noch wog der Verlust des Verstecks, dem einzigen Ort auf dieser Erde, wo sie ihre Schätze vor Entdeckung sicher gewähnt hatte. Zutiefst enttäuscht grub sie dem Hasen ein schmutziges Grab in der aufgeworfenen Erde.

Ihr erster Diebstahl lag viel länger zurück und war mit Enttäuschung und Wut verbunden. Auf der Straße vor ihrer Wohnung stand ein Leierkastenmann im schwarzen Anzug und mit einem Zylinderhut. Die Legienstraße war leer, niemand hörte ihm zu, niemand brachte ihm eine Münze und der kleine Teller auf dem bunten Kasten blieb leer. Sie hatte Mitleid mit ihm und stahl einen Groschen aus dem Portemonnaie ihrer Mutter. Mit dem Groschen lief sie nach draußen, aber nun war der Mann fort. Ihre Mutter fand die Münze in Lisas Buntstiftetui, wollte wissen, woher sie sie habe.

»Im Klassenzimmer gefunden.«

Am nächsten Tag musste sie in der Schule fragen, ob jemand zehn Pfennig verloren hatte. Ein Junge meldete sich, er vermisse zwei Fünfer. Sie gab ihm den Groschen. Für sein Lachen über ihre Dummheit hätte sie ihm am liebsten ins Gesicht gespuckt.

Nicht weit vom verlorenen Versteck entfernt stößt Lisa jetzt auf das Hainhölzer Bad. Die Form von Sprunggrube und Schwimmbecken sind unverändert, das Wasser grün wie in ihrer Kinderzeit, aber dort, wo das Nichtschwimmerbecken flacher wird, wächst heute Schilf an einem sanft ansteigenden Ufer.

Früher stank das Wasser im Nichtschwimmerbecken an heißen Tagen nach dem Urin der Kinder, die sich im Becken drängten, und manchmal trieb Kot an der Oberfläche. In dem Wasser lauerte ein Gespenst, das Kinderlähmung hieß. Über dessen Schulter blickte ein unvorstellbarer Schrecken: die eiserne Lunge, die einzig mögliche Rettung, wenn die Krankheit die Atemmuskeln lähmte. Jedes Jahr im Hochsommer wurde zum Schutz vor der Kinderlähmung das Becken über Wochen gesperrt.

Mit vier Jahren schwamm Lisa im tiefen Wasser die ersten hastigen Züge, mit sechs Jahren sprang sie vom Dreimeterbrett, mit sieben stand sie oben auf dem Fünfer. Überall Augen, die zu ihr hinaufsahen. »Sieh mal, die Kleine dort oben.« Zwei Mal ist sie wieder heruntergestiegen, verspottet von den anderen Kindern. Beim dritten Mal ist sie gesprungen. Sie war nicht der Feigling, über den die anderen lachen durften! Der brennende Schmerz im Gesicht und an den Armen vom Aufprall auf die Wasseroberfläche war heftig, aber schlimmer war der lange Weg unter Wasser, das unaufhaltsame Abtauchen in die grüne gurgelnde Tiefe, als wäre es für immer. Die in der Sonne glänzende Oberfläche über ihr schien unerreichbar fern. Panische Angst, dass die Luft nicht reichen würde, Angst vor einem Atemzug unter Wasser.

***

5

Nach dem Tag, an dem Rudi in den Zug gestiegen war, zögerte Lisa eine Woche, dann suchte sie Magdalenas Nummer aus dem Telefonbuch heraus. Der Gedanke, Rudi sei mit seiner Freundin fortgegangen oder habe sie zumindest in seine Pläne eingeweiht, war übermächtig geworden.

Magdalena war selbst am Telefon. Als Lisa ihren Namen nannte, glaubte sie Magdalenas Erschrecken zu spüren, und in ihrer Stimme war eine Besorgnis, in der sie ihre eigene wiedererkannte. Magdalena fragte nicht nach dem Grund, als Lisa sagte, sie würde gern mit ihr über Rudi reden. »Wie geht es ihm?«, wollte Magdalena wissen, doch die Frage blieb ohne Antwort zwischen ihnen stehen.

Magdalena lud Lisa ein, zu ihr zu kommen. Eine Klingel gebe es nicht, aber die Tür sei immer offen, sie solle einfach hereinkommen und rufen, irgendjemand würde sie hören. Es sei nicht schön dort, wo sie wohne, und vielleicht würde sie bereuen, den weiten Weg auf sich genommen zu haben.

Magdalena war Fahrschülerin, eine von denen, die mit dem Zug in die Stadt fuhren und für die es in der Schule einen Raum gab, in dem sich nur dieses besondere Grüppchen aufhalten durfte. Fahrschüler zu sein hatte den Geruch des Unbehausten, des Fremden, ja sogar den des Ausgestoßenseins. Magdalena wohnte mit ihren Eltern und vier ihrer fünf Geschwister in Letter, einem kleinen Ort, der von der Großstadt durch Flussauen abgeschnitten war. In diesen mäanderte die Leine in freiem Lauf durch feuchte Wiesen und überschwemmte sie im Winter mit ihrer lehmigen Flut.

An einem Samstag fuhr Lisa nach Letter. Sie hatte viel Zeit und fuhr mit dem Rad, wie sie es häufig tat, ohne ein bestimmtes Ziel zu haben. Am Stadtrand verließ sie die vertrauten Straßen und folgte dem Pfad, der die Bahnlinie begleitete. Es nieselte und die Landschaft war in einem nebligen Grau verschwunden. Auf den Brücken zwängte sich der Weg zwischen dem Brückengeländer und der stählernen Brückenkonstruktion mit den Gleisen hindurch. Die holprigen Bohlen klapperten unter den Reifen und durch die Lücken konnte sie das braune Wasser der Leine sehen.

Im letzten Sommer war sie diesen Weg mit Rudi gefahren, voller Furcht, auf einer Brücke einem Zug zu begegnen und zwischen Himmel und Wasser, losgelöst vom festen Boden dem Getöse einer Dampflokomotive und dem grellen Kreischen und Rattern der Räder ausgeliefert zu sein. Rudi lachte über ihre Angst. Er liebte den Lärm und den heftigen Luftzug des vorüberrasenden Zuges, wie er jede Herausforderung liebte.

Magdalena wohnte in einem alten Fachwerkhaus an der mit Basalt gepflasterten Hauptstraße des alten Dorfkerns. Der Dachfirst des spitzgiebeligen Hauses hatte sich an mehreren Stellen gesenkt und das Dach sah aus wie von der Hand eines Riesen verbogen. Zwischen den dunklen Balken des Fachwerks bröckelte der Lehm und gab das darunterliegende Weidenflechtwerk frei. Nicht der Krieg, sondern der langsame Verfall hatte das Haus beschädigt. Das Grundstück war von einem Zaun umgeben, dessen fehlende Latten ihm das Aussehen eines lückenhaften Gebisses verliehen. Das niedrige Gartentor stand offen. Der Garten dahinter war verwildert bis auf das sorgfältig geschnittene Spalierobst an der Hauswand und ein Gemüsebeet, in dem ein paar welke Kohlköpfe den Winter überdauert hatten. Dennoch ging von dem Haus etwas Anheimelndes aus, eine Geborgenheit und Wärme, die Lisa fremd war. Sie stand und schaute, bis sie begriff: die Geborgenheit rührte vom Osterschmuck her, von den braunen aufgeklebten Hasen aus Pappe an den Fensterscheiben, den mit bunt gefärbten Eiern geschmückten Zweigen in einer großen Milchkanne neben der Haustür, dem Futterhaus an einem der Fenster und dem aus Weidenruten geflochtenen Puppenwagen unter dem Vordach.

Magdalena hatte sie kommen sehen. Sie öffnete ihr die Haustür und ließ sie eintreten. Noch auf der Schwelle fielen sie sich in die Arme, obwohl sie sich nur wenig kannten. Sie taten das nicht wie gute Freundinnen, sie umarmten sich, wie es Menschen bisweilen tun, die plötzlich durch ein Unglück oder eine große Freude miteinander verbunden sind.

Auch innen war das Haus ganz anders als alle anderen, die Lisa bislang betreten hatte. Ein besonderer Geruch hatte sich hier eingenistet. Er erinnerte sie an die verlassenen Gartenlauben am Knoevenagelweg, auch an den Geruch des alten Hauses in Poggenhagen, dessen Fenster im Winter niemals geöffnet wurden. Hinter dem Windfang erstreckte sich ein schmaler Flur, nur beleuchtet vom spärlichen Licht, das durch die offene Küchentür fiel. Überall an den Wänden waren Kinderzeichnungen mit Stecknadeln festgepinnt wie Schmetterlinge in einem Schaukasten: bunte Häuser mit schief aufgesetzten Schornsteinen, Köpfe mit abstehenden Haaren und großen Ohren, rumpflose Wesen, deren Arme und Beine dem Kopf entsprangen, dazu die von älteren Kindern gemalten Bilder, ein Wald mit rot-weißen Fliegenpilzen unter dunklen Tannen, in deren Geäst bunte Vögel hockten, eine Zauberin mit spitzem Hut und einem leuchtenden Zauberstab. Ein Motiv kehrte mehrmals wieder: ein strohgedecktes Bauernhaus, dessen Giebel mit gekreuzten Pferdeköpfen geschmückt war, und vor dem auf einer leuchtend grünen Wiese Kühe, Pferde und Schafe grasten. Einträchtig hingen die Bilder nebeneinander, niemand schien zu werten, niemand das Unvollkommene eines krakeligen Strichmännchens geringer zu schätzen als die sorgfältigen Bilder der älteren Kinder. Kein noch so kleiner Platz war zwischen den Zeichnungen freigeblieben bis auf eine Nische, von der eine steile gewundene Treppe ins obere Stockwerk führte. Hier waren als Garderobe drei gehobelte Bretter nebeneinander an der Wand befestigt. In diesen steckten in unterschiedlichen Höhen hölzerne Knöpfe, an denen Winterjacken und bunte Anoraks hingen. Der Boden im Flur war bis in den letzten Winkel mit kleinen und größeren Teppichen bedeckt, die aus Stoffresten gehäkelt oder gewebt waren. An manchen Stellen überlappten sie sich, der Platz reichte nicht aus, um alle aufzunehmen.

Lisa dachte an die kahlen Fußböden und Wände zu Hause und an das einzige Bild im Wohnzimmer. Es hing zwischen zwei verschnörkelten Wandlampen über dem Sofa und war das Ölgemälde eines Sees, hinter dem rechts und links hohe schneebedeckte Berge aufragten. Von dessen fernem Ufer grüßte eine weiße Kirche mit roten Zwiebeltürmen herüber. Kinderbilder hingen nirgends. Irgendwo im Wäscheschrank vergraben lag ein Sofakissen mit einem gelbgrünen Muster, das sie in monatelanger Arbeit auf dem großen Schulwebstuhl gewebt hatte. Es hatte niemals auf dem Sofa gelegen, weil seine Farben nicht zur Polstergarnitur passten. Der von ihr gewebte und mit einem wattierten Inlett gefütterte Kaffeekannenwärmer war verschwunden, ehe er auch nur ein einziges Mal benutzt worden war. Ihre Mutter fand ihn ebenso hässlich wie das Kissen und benutzte einen aus dem Kaufhaus.

Ob sie den Weg leicht gefunden habe, erkundigte sich Magdalena, aber sie achtete kaum auf Lisas Antwort. Ihre Frage war ein Versuch, die Fremdheit zu überwinden, die trotz ihrer Umarmung zwischen ihnen stand.

»Gehen wir raus?«, fragte sie.

Und weil Lisa nicht verstand, was sie meinte: »Ich möchte mit dir allein reden, aber im Haus hören meine Geschwister zu.«

Sie griff nach ihrer Jacke und Lisa folgte ihr zögernd nach draußen, wo die Wolken schwer und grau über den nassen Dächern hingen. Sie wusste nicht, was Magdalena plante, als sie gemeinsam das Grundstück auf der Rückseite des Hauses durchstöberten. Neben alten Balken, die von einem abgebrochenen Fachwerkhaus stammen mochten, entdeckte sie vergitterte Kaninchenställe, in denen große graue Kaninchen dösten. Vor einem schiefen Hühnerstall gackerten braune Hühner. Magdalena machte eine Bewegung, als wollte sie die Hühner füttern. Sofort kamen sie angerannt und umringten sie.

Lisa lachte. »Poggenhagen«, sagte sie, »es ist alles wie in Poggenhagen«, aber Magdalena verband nichts mit diesem Namen.

»Hat Rudi niemals davon erzählt?«

Magdalena schüttelte den Kopf. »Nein, was ist das?«

»Unser Großvater wohnt dort«, sagte Lisa. »Später erzähle ich dir mehr davon.«

Mit den Augen suchte sie nach einem Hackklotz, und da stand er wirklich mit eingerammten Beil, nicht anders als in Poggenhagen. Hier wie dort war seine Oberfläche durchfurcht von Kerben und dunkel gefärbt vom Blut der Hühner, die auf dem Klotz ihr Leben gelassen hatten. – Einmal, als der Großvater Lisa im Haus wähnte, hatte sie ihn einem Huhn den Kopf abhacken sehen. Blutüberströmt war der kopflose Rumpf davon geflattert, während sie verstört und fasziniert zugleich zugesehen hatte, wie Großvater das Huhn einfing, um mit raschen Bewegungen die Federn vom nun reglosen Körper zu rupfen.

Neben den Kaninchenställen stand unter dem vorragenden Dach und auf diese Weise geschützt vor der Nässe eine gepolsterte Bank, die aus einem Fahrzeug, vielleicht aus einem Bus oder einem Lastwagen ausgebaut worden war. Hier ließen sie sich auf der alten Decke nieder, die das zerschlissene Kunstleder notdürftig bedeckte. Magdalena legte ihren Arm um Lisas Schulter, so saßen sie wie zwei Vertraute und wärmten sich gegenseitig.

»Wie geht es Rudi?«

Rudi ist verreist, meine Eltern haben ihm die Reise geschenkt: absurder Gedanke, Magdalena mit der Lüge zu begegnen, die ihr der Vater aufgetragen hatte.

»Ich weiß nicht, wo er ist«, sagte Lisa. Dann erzählte sie, wie Rudi an dem kalten Tag mit einem halbvollen Koffer und seiner Gitarre davongegangen war, ohne Vorwarnung, ohne Erklärung und ohne auf ihre Fragen zu antworten. Sie erzählte Magdalena von der Lüge, die ihr ihr Vater aufgetragen hatte, und vom Verschweigen und Vertuschen, das ihre Eltern über Rudis Schicksal gebreitet hatten. »Vielleicht hoffen sie auf seine Rückkehr, vielleicht werden sie sich bald eine andere Lüge einfallen lassen.«

Als sie geendet hatte, sah Magdalena traurig aus. »Weißt du«, sagte sie, »man muss die Menschen gehen lassen, wenn sie gehen wollen. Jeder muss seinen eigenen Weg finden. Ich habe gemerkt, wie sich Rudi veränderte. Wir trafen uns noch regelmäßig, wir haben uns auch nicht gestritten, aber er rückte immer weiter von mir ab. Er war da, aber eigentlich war er woanders, wenn du verstehst, was ich meine.« Sie sprach weiter, ehe Lisa geantwortet hatte: »Zwischen uns war so etwas wie ein grauer Schleier, der Blicke hindurchlässt, aber unscharf wie durch Milchglas, und der nicht zuließ, dass wir uns so nahe waren wie früher.«

Magdalena schwieg lange. »Den Rudi, in den ich mich verliebt hatte, gab es nicht mehr«, fuhr sie schließlich fort. »Der Rudi, mit dem ich stundenlang reden konnte, hatte sich in seinen Körper zurückgezogen und war darin unsichtbar geworden. Irgendetwas Bedrohliches wuchs zwischen uns empor und trennte uns. Ich glaube, es war etwas, das von außen kam und mit mir nichts zu tun hatte, und vielleicht waren es seine Pläne, vielleicht war es, weil er wusste, dass wir uns bald nicht mehr sehen würden. Einmal hat Rudi …« Magdalena verstummte.

Auf der Straße versuchte jemand, ein Auto zu starten. Sie hörten den Anlasser, immer wieder, immer schwächer, dann war es plötzlich still.

»Was wolltest du sagen?«

Magdalena presste die Lippen zusammen, dann redete sie doch weiter. »Rudi hat mich gebeten, mit niemandem darüber zu sprechen, aber jetzt ist eingetreten, was er damals angedeutet hat.« Wieder schwieg sie, starrte auf das holprige Pflaster des Hofes, das im Regen glänzte. »Er hat überlegt, in eine andere Stadt zu ziehen, aber an welche Stadt er denkt, hat er nicht gesagt«, sagte sie leise. »Ich habe nicht geahnt, dass er so einfach verschwinden würde.«

Sie schien zu merken, dass Lisa fror, denn sie zog sie noch fester an sich und umfasste ihre kalten Hände.

»Ich habe mich in diesen letzten Wochen oft gefragt, was Rudi eigentlich für ein Mensch ist«, fuhr sie fort. »Dabei habe ich gemerkt, wie wenig ich über ihn weiß. Ich konnte immer nur das erkennen, was er selbst zuließ, das habe ich erst jetzt begriffen. Es war wenig, was Rudi von sich selbst preisgab, nur über seinen Vater hat er oft gesprochen.«

Lisa sah Magdalena an, wartete.

»Er hat gesagt, dass ihn die Überzeugung abstieß, Karriere und Geld seien das Wichtigste im Leben. Trotzdem schien er den Weg seines Vaters fortsetzen zu wollen, den unentwegten Aufstieg auf der Karriereleiter.« Sie hob den Blick zum Himmel, als wäre dort etwas, das sie an Rudi erinnerte, aber da war nur der Regen, der jetzt stärker aus den dunklen Wolken fiel. Ein Windstoß trieb die Nässe unter das Dach und ließ sie in einem plötzlichen Schauder zusammenfahren.

»Rudi hat seine Zulassung zum Medizinstudium zerrissen«, sagte Lisa.

»Hat er das wirklich getan?«

Als Lisa nickte, schwieg Magdalena lange. »Ich weiß, dass Rudi sehr stolz darauf war, einen Studienplatz für Medizin bekommen zu haben«, sagte sie endlich. »Manchmal dachte er darüber nach, wie es wäre, Chefarzt zu sein und eine ganze Klinik zu leiten. Ich sagte, das passt nicht zu dir. Wenn du sagen würdest, du wolltest als Arzt nach Afrika oder Südamerika gehen, so würde ich dir das glauben.«

»Ja«, stimmte Lisa zu. »Rudi sollte Karriere machen. Es war Vaters große Freude, dass Rudi Medizin studieren würde. Man stelle sich vor: Sein Sohn wird Arzt. Das wäre die Krönung seiner eigenen Erfolgsgeschichte gewesen. Unser Vater, Sohn des armen Weichenwärters und Frührentners, der mein Großvater ist, und der leer ausgegangen war, weil der Bauernhof seines Vaters an meinen Großonkel vererbt wurde, würde einen Arzt, vielleicht sogar einen Chefarzt als Nachkommen haben! Mein Großvater ist Witwer und haust in einem winzigen Häuschen mit einer Ziege, ein paar Hühnern und etlichen Bienenvölkern, und mein Vater, der Schüler einer Dorfschule, in der alle Kinder zusammen in einem Raum unterrichtet wurden, war der Erste aus dem Dorf, der in der nahen Kleinstadt das Abitur bestand. Studieren konnte er nicht, aber er hat sich hochgedient zum Prokuristen der Firma, in der er einmal als Buchhalter angefangen hatte.«

Magdalena lachte plötzlich. »Vom Ziegenhirten zum Prokuristen, das hat Rudi auch gesagt. Er meinte, sein Vater habe die Kränkung überwinden müssen, dass dessen Vater nicht der Erbe des Hofes mit etlichen Morgen Land und einem Stall voller Kühe und Schweine geworden war, sondern nur Weichenwärter mit einer einzigen Ziege im Stall.«

»So habe ich noch nie über meinen Vater nachgedacht. Ja, vielleicht ist das der Grund, warum ihm Rudis Erfolg so wichtig war. ›Gut zu sein, reicht nicht, der Beste musst du sein‹, hat er gesagt, wenn jemand in der Klasse eine noch bessere Note in der Klassenarbeit hatte als Rudi.«

»Weißt du, was ich glaube?«, unterbrach Magdalena sie mit feinem Lächeln. »Viele Einstellungen oder Gewohnheiten pflanzen sich in den Familien über Generationen fort: Ehrgeiz oder Gelassenheit, Eile oder Geduld, Pedanterie oder Großzügigkeit. Ihr habt den Ehrgeiz gepachtet. Rudi meinte allerdings, sein Vater sei so ehrgeizig, weil er die Kränkung des Großvaters wiedergutmachen müsse.«

Lisa spürte die leisen Stiche des Widerwillens, konnte sie doch an sich selbst nicht den Ehrgeiz ihres Vaters oder Bruders entdecken, vielleicht hatte sie ihn nie in sich getragen, vielleicht war er schon vor Jahren verschüttet worden. Am liebsten hätte sie mit gekonnten Formulierungen widersprochen, aber sie wusste, dass ihr die richtigen Worte fehlen würden. Sie war es nicht gewohnt, auf kluge Weise zu argumentieren. Auch störte sie Magdalenas Sicht auf ihren Vater. Sie wollte kein Verständnis für seinen Ehrgeiz haben. An Rudi hatte er geglaubt trotz ihrer heftigen Streitereien. Rudi, immer nur Rudi, und sie, die kleine Schwester, spielte keine Rolle. Seine Botschaft an sie war gewesen, dass Mädchen ohnehin für große Ziele nicht geeignet waren. Und ihre Mutter? Auch sie hatte ihre Tochter nie ermutigt, etwas Besonders zu tun.

Es hatte eine Zeit gegeben, da war ihr die Schule leicht gefallen. Schreiben, Lesen und Rechnen: Ohne Mühe war sie den anderen Kindern immer etwas voraus gewesen und hatte darum gekämpft, genau wie ihr Bruder zum Gymnasium gehen zu dürfen. Doch als im Gymnasium die Ansprüche wuchsen und sie zu Hause hätte lernen müssen, waren ihre Zensuren von Jahr zu Jahr schlechter geworden. Ihr Vater schimpfte, aber er schien nicht ernsthaft enttäuscht, vielleicht, weil er von ihr niemals Großes erwartet hatte.

Mit ihrer Mutter war es anders. Sie nahm es persönlich, sie schrie und tobte, wenn Lisa schlechte Noten nach Hause brachte, denn die Kinder einer guten Mutter mussten gute Zensuren haben.

Plötzlich überfiel Lisa ein brennender Zorn auf Rudi. »Lass uns über etwas anderes reden«, sagte sie heftig.

Während sie über Rudi sprachen, hatte Lisa die Kälte vergessen, jetzt ließ sie ein Schauder zusammenfahren. Der Regen war noch stärker geworden, Wasser tropfte aus der undichten Regenrinne, und vor ihrer Bank bildeten sich trübe Pfützen. Magdalena, die nach Lisas gereizten Worten betreten geschwiegen hatte, griff wieder nach deren Händen. »Sie sind eiskalt«, sagte sie. »Wir sollten es machen wie die Hühner. Sie sind auch in ihr Haus gegangen.«

Lisa hatte nicht gleich erkannt, dass das Haus, in dem Magdalenas Familie lebte, ein Abbild ihrer Armut war. Sie begriff es erst beim Anblick des Lochs, wo einmal ein Kinderzimmer und darunter ein Schlafzimmer gewesen waren. Sie waren die knarrende Treppe hinaufgestiegen, um die Fotos von dem Pfadfinderlager anzusehen, bei dem sich Magdalena in Rudi verliebt hatte. Ganz nebenbei hatte sie im ersten Stock eine Tür geöffnet und anstatt in ein Zimmer hatte Lisa in eine Tiefe geblickt, in die Mauerreste und morsche, zerborstene Balken gestürzt waren.

»Vor zwei Monaten ist der Boden eingebrochen. Der Hausschwamm hat die Balken zerfressen. Nur gut, dass wir alle zusammen in der Küche waren. Jetzt schlafen wir Mädchen alle in einem Zimmer und die Eltern im Wohnzimmer.«

Magdalena sagte das so gleichmütig, als gehörte es zum Alltag, wenn der Boden einstürzte, als käme es nur darauf an, dass niemand zu Schaden kam. Dann zeigte ihr Magdalena den Raum, in dem sie nun mit ihren Schwestern schlief. Stockbetten standen an beiden Längswänden, ein alter Kleiderschrank aus dunklem Holz war in einer Nische neben der Tür eingeklemmt, und dort, wo der Platz an den Wänden reichte, waren Regale aufgestellt, vollgestopft mit dem Besitz der Mädchen. Zwei Schulranzen und eine Aktentasche aus rissigem Leder lagen neben einem einfachen Holztisch unter dem Fenster, der wohl ihr Schreibtisch war.

Magdalena zog ein Fotoalbum aus einem Regal. Sie setzten sich auf den Boden, der auch hier mit aus Stoffresten gewebten Teppichen bedeckt war. Ein Mädchen, genauso blond wie Magdalena, kam herein und ließ sich neben den beiden nieder. »Das ist Veronika«, sagte Magdalena, »die jüngste von uns Schwestern.«

»Und wer bist du?«

»Rudis Schwester«, antwortete Magdalena an Lisas Stelle.

Gemeinsam betrachteten sie die Fotos und tauchten ein in eine Welt, in der Lisa selbst einmal sehr glücklich gewesen war. Die Kohten der Jungs, hohe schwarze Zelte, aus denen oben lange hölzerne Stangen herausragten, standen auf einer Wiese im Kreis, in dessen Mitte ein Lagerfeuer loderte. Etwas abseits waren die drei weißen Steilwandzelte aufgebaut, in denen die Mädchen schliefen.

Durch ein Tor aus zusammengebundenen Ästen und Stämmen trat man in dieses Paradies jenseits der Zivilisation, wo alles ohne Nägel aus unbehauenem Holz gebaut war, das hohe Kreuz gegenüber vom Tor, die Hängebrücke über einen breiten Bach, dessen Überquerung Mut und Geschick erforderte, ebenso wie das Klo: zwei starke Äste zwischen zwei Bäumen im Wald über einer Grube, in der die Exkremente mit Chlorkalk bedeckt wurden. Auch das Gestell für die Küchengeräte und für das Spülbecken bestanden aus kunstvoll verbundenen Ästen. Gekocht wurde am offenen Feuer: Es war ein Leben wie das der beiden Höhlenkinder aus Lisas Kinderbüchern.

Während Lisa die Bilder betrachtete, diesen kleinen schwarzweißen Verschnitt wundervoller Tage, kehrte auch die Erinnerung an die Andachten am Morgen auf der mit Tau benetzten Wiese zurück und an die Lieder abends am Lagerfeuer. Rudi hatte dazu auf der Gitarre gespielt. So war es gewesen, als sich Magdalena in ihn verliebte, und so hatte Lisa die Abende in ihrer Erinnerung bewahrt. Viele der schönsten Stunden ihrer Kindheit waren mit Liedern verbunden. »Großer Gott, wir loben dich, Herr, wir preisen deine Stärke!« In diesen Stunden am lodernden Feuer unter dem funkelnden Sternhimmel fand sie den Frieden, den das kleine Abendgebet ihrer Mutter ihr nie gebracht hatte. Doch an einem Abend sah sie, wie Rudi mit Magdalena hinter ein Zelt trat und sie küsste. Das helle Licht in ihr verlosch, die Sterne stürzten vom Himmel und das Firmament wurde zu einem schwarzen Loch. In diesem Augenblick begriff sie, dass sie Rudi eines Tages an ein fremdes Mädchen verlieren würde.

»Rudi hat zwei Gesichter«, sagte Magdalena und riss sie aus ihren Gedanken. »Das eine ist das unbekümmerte Jungengesicht, das Gesicht des fröhlichen Pfadfinders mit der Gitarre, in den sich Mädchen verlieben, nicht nur ich. Es ist auch das Gesicht des Menschen, der sich mit den Schwächeren abgibt, mit denen, die von den anderen gemieden oder sogar geprügelt werden.«

»Meinst du etwa mich?«, fragte Lisa überrascht.

»Aber nein, wer sollte dich meiden, wer sollte dich verprügeln?«

Lisa lächelte schwach, ohne zu antworten.

»Ich meine Dorle und andere wie sie.«

»Das humpelnde Mädchen mit der Schiene und dem hässlichen klobigen Schuh an ihrem zu kurzen Bein?«

»Die meine ich. Die Jungs auf dem Schulhof haben sie gehänselt, weil sie Kinderlähmung hatte und nicht richtig laufen konnte. Sie haben sie Hinkebein gerufen und sie geschubst, bis sie hinfiel. Rudi hat das gesehen und gesagt, Dorle sei seine kleine Freundin und wer sie ärgere, werde es mit ihm zu tun bekommen. In den Pausen ist er immer in ihrer Nähe geblieben, bis sie in ihrer Klasse Freunde gefunden hatte.«

Magdalena schwieg, sah lange zum Fenster. »Es hat aufgehört zu regnen«, sagte sie.

»Und der andere Rudi?«

Magdalena wusste nicht gleich, was Lisa meinte, sie musste überlegen. »Wie soll ich dir das erklären? Der andere Rudi ist ein Eiferer, der sich gegen alles auflehnt, was ihn stört. Weißt du, dass seine Klasse ebenso wie die Parallelklassen auf den Truppenübungsplatz in Bergen-Belsen eingeladen war? Alle hätten mit

Schützenpanzern und Unimogs fahren dürfen, hätten Fliegerabwehrkanonen und andere Waffen besichtigen sollen. Rudi missfiel das. Er wollte nicht, dass vor ihren Augen harmlose Kriegsfilme flimmerten, während die grauenvollen Bilder nicht gezeigt würden. Er wollte nicht die Demonstration von Macht und Stärke, die mit Waffen erkämpft wird. Jeglichen Krieg und alles, was damit zusammenhing, lehnte er ab. Rudi redete so lange auf die anderen ein, bis sich die ganze Klasse gegen die Fahrt aussprach. Er war immer der Anstifter, wenn seine Klasse gegen irgendetwas protestierte.

»Aber das ist doch kein Grund, ohne eine Erklärung von einem Tag zum anderen zu verschwinden!«

Magdalena hob die Schultern in einer Geste der Hilflosigkeit und schwieg.

Veronika stand auf und ging. Es schien sie nicht zu interessieren, worüber die Älteren sprachen. Magdalena wechselte nun das Thema und erzählte von ihren Eltern. Ihr Vater war erster Geiger und Konzertmeister eines großen Orchesters gewesen in einer Stadt, deren Namen Lisa noch nie gehört hatte. Als der Krieg verloren ging und die Russen immer näher kamen, hatte sich ihre Mutter mit den zwei Kindern, die damals schon auf der Welt waren, und einem Handwagen zu Fuß nach Westen aufgemacht, derweil der Vater weit im Osten das Vaterland verteidigte. Drei Jahre nach Kriegsende kehrte er schwach vor Hunger und schwerkrank zur Familie zurück. Ihm fehlten zwei Finger der linken Hand. Nie wieder würde er eine Stelle in einem Orchester bekommen, und keine Musikschule stellte einen Geigenlehrer ein, der nur noch stümperhaft auf seinem Instrument spielen konnte. Bis heute hatte er sich nicht mit seinem Schicksal abgefunden, stets hatte er sich geweigert, einen anderen Beruf zu lernen. Stattdessen hatte er ein Kind nach dem anderen gezeugt, als sollte ihm seine Frau ein ganzes Orchester gebären, aber nach dem sechsten Kind hatte sie sich ihm verweigert. Jetzt ist Schluss, hatte sie gesagt, und so war die Familie ein Orchester, in dem jede Stimme nur einmal besetzt war, zwei Mädchen konnten Geige und Bratsche spielen, eine Schwester spielte Oboe, der älteste Bruder, der nicht mehr zu Hause wohnte, Kontrabass. Der jüngste Bruder hatte wie zwei Schwestern Geige gelernt. Das erwies sich als Glücksfall, denn die älteste Schwester kam nur noch selten nach Hause. Magdalena spielte Cello. Lisa hatte sie ein paarmal im Schulorchester am ersten Pult gesehen. Sie sah sehr schön aus, wenn sie spielte, ihr ganzer Körper wurde eins mit der Musik, er bewegte sich, mal sanft und fließend, dann wieder heftiger und entschlossen, wenn es die Musik verlangte. Ihr Vater begleitete die Kinder auf dem Klavier, auf den Tasten konnte er auch mit acht Fingern noch spielen.

»Und deine Mutter, spielt sie auch ein Instrument?«

Magdalena schüttelte den Kopf. »Als in ihr der Wunsch erwachte, ließen ihr die Kinder und die Hausarbeit keine Zeit zum Üben.« Nach einer Pause fuhr sie fort. »Unser Vater hätte einen anderen Beruf erlernen können. Fast alles hätte er tun können mit acht Fingern, nur eben nicht Geige spielen. Wir müssten die zerfressenen Balken ersetzen, damit das Haus nicht vollends zusammenbricht, wir müssten einen neuen Küchenherd kaufen, alle hätten wir für den Winter neue Schuhe gebraucht, aber das Geld reicht nicht für das eine und nicht für das andere. Mutter glaubt an Gott. Sie nimmt das Leben hin, wie ER es bestimmt. Sie sagt, solange wir gesund sind und nicht hungern müssen, ist alles gut.«

»Dann streiten sich deine Eltern nie wegen des Geldes?«

»Streiten?« Magdalena überlegte. »Früher hat Mutter meinen Vater manchmal gefragt, ob er nicht arbeiten gehen wolle, weil das Geld so knapp war. Er hat gesagt, er könne nichts anderes tun als Geige spielen. Sie hat dann geschwiegen, um im nächsten Jahr wieder zu fragen. Schließlich hat sie nicht mehr darüber gesprochen. Aber streiten, du meinst laut werden und sich anschreien? Nein, ich glaube nicht. Gehört habe ich das noch nie.«

Eine Weile redeten sie noch über Magdalenas Familie, bis Lisa wissen wollte, was Rudi über seine Familie erzählt hatte.

»Nur über seinen Vater hat er oft gesprochen. Rudi meint, er sei von dem Anspruch getrieben, großartig zu sein, und wenn ihm das nicht gelinge, dann wolle er doch so erscheinen: der tüchtige Prokurist in einer durch seine Kraft expandierenden Firma, Vater zweier wohlerzogener Kinder, Bauherr eines mustergültigen Hauses. Sein Vater brauche die Anerkennung wie andere die Luft zum Atmen. Auf dem Weg zum Erfolg kenne er keine Gnade: sich schinden bis zum Sieg oder bis zum Umfallen, etwas anderes gebe es für ihn nicht.«

Lisa schwieg. So fremd und bedrohlich ihr der Vater meist erschien und so zutreffend Rudis Schilderung sein mochte, es gab in ihm noch einen anderen Menschen, der nur ganz selten erschien und den vielleicht niemand außer ihr sehen konnte: einen kleinen Jungen, der auf Grashalmen blies, um den Ruf des Fasans nachzuahmen, der Weidenflöten schnitzte und der Glockenblumen und Kuckucks-Lichtnelken auf den Wiesen ausgrub, um sie im eigenen Garten auszupflanzen.

»Über dich hat er manchmal gesprochen«, fuhr Magdalena fort, »aber nichts von Belang, und fast nie über seine Mutter. Ich habe ihn nach ihr gefragt. Er erzählte, dass sie in jedem Frühjahr und jedem Herbst mit euch zum Einkaufen geht und ihr jedes Mal neue Schuhe, neue Mäntel und viele andere Dinge bekommt. Rudi machte sich darüber lustig, dass ihm seine Mutter auch jetzt noch die Unterwäsche, Strümpfe oder Handschuhe und Krawatten kaufte, aber ich glaube, es hat ihn auch gefreut. Eure Mutter muss sehr fürsorglich sein.«

Lisa fragte nicht weiter. Rudi hatte den Abgrund zugedeckt, wie sie es alle taten. Die schlimmen Dinge hatte auch er hinter einem Vorhang verborgen, hinter den niemand sehen durfte. Niemand verlor ein Wort darüber, wenn ihre Mutter von fremden Menschen nach Hause gebracht wurde, weil sie im Rausch gestürzt war. Schweigen und Vertuschen auch, als sie die weiße Bluse einer Austauschschülerin mit dem Bügeleisen versengte, schlichte Erklärungsversuche, als Lisa ein einziges Mal mittags eine Freundin mit nach Hause brachte und das Essen versalzen und ungenießbar war. Nur der Hauswirt und seine Frau mussten ahnen, was sich hinter den höflichen und freundlichen Gesichtern ihrer Eltern verbarg. Sie mussten hören, wenn sie sich stritten, sie mussten sehen, wie ihre Mutter durch das Treppenhaus wankte, aber sie waren Teil dieses Schweigens. Mit dem Umzug würden die einzigen Zeugen aus ihrem Leben verschwinden. Sie würden allein sein in dem schönen neuen Haus, und durch die geschlossenen Fenster aus Isolierglas würde kein Laut nach draußen dringen.

Als vor dem kleinen Fenster das graue Licht des Nachmittags einem grauen Abend wich, brach Lisa auf. Magdalena umarmte sie zum Abschied. »Mach's gut, Lisa«, sagte sie. »Ruf mich an, wenn du etwas von Rudi hörst. Ich ...«, sie stockte, dann sprach sie den Satz doch zu Ende, leise, als wäre er ihr peinlich. »Ich sorge mich um ihn. Was für ein Leben kann das sein, wenn er in der Fremde ist ohne Fotos oder Briefe, ohne die vielen vertrauten Dinge und ohne die alten Freunde?«

Am Gartentor begegnete Lisa Magdalenas Mutter. Eine verhärmte und von der Hausarbeit und Armut gezeichnete Frau hatte sie erwartet, aber sie strahlte dieselbe Gleichmut und Zuversicht aus wie Magdalena selbst. Am Gartentor blickte sich Lisa noch einmal um nach dem Haus mit den verbogenen Dachbalken und dem bröckelnden Putz, das ihr so unwirklich erschien wie die Burgen und Schlösser in ihrem alten Märchenbuch, friedlicher und trotz seines Verfalls beschützender als ihres jemals sein konnte. Langsam und in Gedanken versunken fuhr sie zwischen den alten Häusern des Dorfkerns zurück. Keines sah so heruntergekommen aus wie das von Magdalenas Familie. Sie hatte sich oft gefragt, warum Rudi ausgerechnet Magdalena zur Freundin genommen hatte, Magdalena, die Unscheinbarste in ihrer Klasse, die Ungeschminkte, das Mädchen, das immer mit abgetragener Kleidung zur Schule kam. Vielleicht hatte ihn gerade dieses Fehlen der Dinge angezogen, nach denen die meisten Menschen strebten und die den Blick auf die Belange der anderen Menschen verstellten.

Je näher Lisa ihrem eigenen Zuhause kam, umso unsinniger schien ihr das, was sich dort an jedem Samstag abspielte: ihre Mutter seufzend am Küchentisch, das kummervolle Gesicht über einen Berg von Kassenzetteln und ein schwarzes Schulheft gebeugt, um jede noch so kleine Ausgabe darin einzutragen. Lisas Vater bestand darauf. Er warf der Mutter vor, sein mühsam verdientes Geld zu verschwenden. Er selbst ging niemals zum Einkaufen, er wusste nicht, wie teuer das Leben war. Akribisch, wie es ihre Art war, trug sie alles in ein schwarzes Heft ein: Brühwürfel zwanzig Pfennig, Wurst und Fleisch zwölf Mark, drei Eier 54 Pfennig, dazu alles, was sie sonst noch gekauft hatte: Mehl, Butter, Erbsen, Kartoffeln, Äpfel, Milch, Käse – meist den Edamer mit der roten Rinde oder Rotkäppchen-Camembert. Die teuren Scheibletten gab es nur, wenn Besuch zum Abendessen erwartet wurde. Statt Monatsbinden oder »Camelia« schrieb sie Zahnpasta auf, sie schämte sich für die monatliche Blutung. Alles Geschlechtliche hatte keinen Namen und wurde entweder versteckt oder verboten, also verbrauchten sie besonders viel Zahnpasta und der Vater wunderte sich nicht. Er wunderte sich nicht einmal, als aus den beiden zusätzlichen Tuben vier im Monat wurden, weil das mit Schmerzen verbundene Übel, dessen tieferer Sinn Lisa über Jahre verborgen blieb, auch sie heimsuchte.

Zählte ihre Mutter am Ende der Woche die Ausgaben zusammen und verglich sie mit dem Geld in ihrem Portemonnaie, fehlten jedes Mal zehn oder zwanzig Mark, manchmal auch mehr. Dann beugten sie sich gemeinsam über das schwarze Heft und überlegten, was sie sonst noch gekauft hatte, und wenn auch Lisa nichts mehr einfiel und immer noch Geld fehlte, überlegten sie, was sie hätte kaufen können. Dann begann eine neue Woche und wieder reichte das Geld nicht, weil vom Aufschreiben das Leben nicht billiger wurde. Jeden Mittag kam Fleisch auf den Tisch, weil Lisas Vater es so wollte. Das größte Stück war für ihn, niemand hätte gewagt, es ihm streitig zu machen, nicht einmal Rudi. Die Mutter nahm sich immer das kleinste. Nur wenn ein größeres zu dunkel geworden war, nahm sie es. Ihr Vater warf ihr dann vor, sie habe es absichtlich anbrennen lassen. Wenn Lisas Mutter zur Unzeit sagte, das Haushaltsgeld sei alle, gab es Streit. Immer öfter stritten die Eltern jetzt um das Geld, das nicht zu reichen schien, immer dieselbe Rede und Gegenrede, dann Geschrei, schließlich Tränen und die Drohung der Mutter, sie wolle so nicht mehr weiterleben, bis Vater einen oder zwei Geldscheine aus der Brieftasche zog.

Auch das Kleidergeld, das es für jeden gab, reichte nicht aus, denn jedes Jahr im Frühjahr und im Herbst musste die neue Garderobe gekauft werden, wie es einer wohlhabenden Familie gebührte. Weil das Geld knapp war, wurde ein drittes und viertes Mal Kleidung gekauft, im Schlussverkauf, wenn alles fast nichts kostete. Wie Schafe vor dem Stall hatten sie sich schon frühmorgens in einer Menschentraube vor den geschlossenen Kaufhaustüren gedrängt und sich, kaum, dass sie eingelassen wurden, an den Wühltischen die billigsten Stücke aus den Fingern gerissen.

Wenn Lisa an die früheren Jahre zurückdenkt, war das Gehalt ihres Vaters nicht eine Zahl, die einmal im Monat auf einem Konto erschien, sondern er brachte das Geld in großen und kleinen Scheinen und ein paar Münzen in einer länglichen Tüte aus hellem Papier nach Hause. Wenn er dann das viele Geld auf dem Küchentisch nachzählte, um es mit den Zahlen auf der Tüte zu vergleichen, glaubte sie, es müsse ewig reichen.

Als Lisa nach Hause kam, war es still hinter der Wohnungstür, kein Radio, kein Streit. War Vater noch nicht zu Hause? Wie würde sie ihre Mutter antreffen? Betäubt von ihren Tabletten im Bett liegend. Oder gar nicht mehr? Oft überfiel Lisa die lähmende Angst, ihre Mutter könne plötzlich tot sein.

Ohne zu klingeln schloss sie die Wohnungstür auf. Die Mutter saß am Küchentisch. Ihr Kopf ruhte auf ihren verschränkten Armen, die Brille lag zusammengeklappt auf dem Wachstuch und aus ihrem Mund drang leises Schnarchen. Sie hatte geschlafen und erwachte, als Lisa die Tür hinter sich schloss. Sie fragte nicht, wo sie so lange gewesen war, etwas anderes war wichtiger. Den ganzen Nachmittag habe sie aufgeräumt, sagte sie und stöhnte wie an den Tagen, an denen sie alle Fenster geputzt oder den ganzen Tag am Bügelbrett gestanden hatte und sich vor Rückenschmerzen kaum noch bewegen konnte.

»Eigentlich hättest du das selbst tun müssen, wo der Umzug vor der Tür steht«, sagte sie, als erwartete sie von Lisa ein schlechtes Gewissen oder wenigstens Mitleid für ihre Mühe. Aufräumen, wegwerfen, putzen, das waren die Mittel, mit denen sie Ordnung in ihr Leben zu bringen versuchte. An diesem Tag hatte sie Lisas Kindheit fortgeschafft, hatte sie in der Mülltonne entsorgt und mit Küchenabfällen und der Asche aus dem Ofen für immer zugedeckt.

Solange Lisa denken kann, waren immer wieder Dinge verschwunden, die ihr einmal wichtig gewesen waren. Als sie klein war, spannte sie von Zeit zu Zeit einen kleinen einäugigen Teddy mit abgeschabten Fell vor einen winzigen Wagen, den Rudi aus dünnen Brettern gefertigt und den sie mit Tusche violett angemalt hatte. Den Wagen belud sie mit den weißen Herzmuscheln, die sie an der Ostsee gesammelt hatte, oder mit alten verschimmelten Kastanien und manchmal mit ihren bunten Murmeln, mit den kleinen aus Ton und den großen Glasmurmeln, von denen sie glaubte, dass sie wertvoll seien. Dann zog der Teddy ihre Schätze von einer Zimmerecke in die andere und für Stunden war sie glücklich mit diesem Spiel. Eines Tages war der Teddy unter Müll begraben, auch der Wagen war fort und mit ihm die Muscheln und Schneckenhäuser, die verschimmelten Kastanien, die Bussardfedern, die leuchtend blau-weiße Feder vom Eichelhäher und die wollig weiche von einer Eule.

Jetzt hatte ihre Mutter alles vernichtet, was sie für wertlos hielt. Nur die Puppe mit dem echten Haar und die Bücher waren Lisa geblieben.

»Du bist doch kein Kind mehr, das Spielsachen braucht«, entgegnete Mutter auf Lisas wütenden Protest. Auch Rudis altes Leben hatte sie ausgelöscht. Die Plakate waren von den Wänden gerissen und zur Unkenntlichkeit zerknüllt, nur Ho Chi Minh lächelte Lisa noch mit einem Auge aus dem Papierkorb an. Das Schubfach, das Rudi immer abgeschlossen hatte, war aufgebrochen, die Briefe und Papiere waren verschwunden. Rudis Plattenspieler stand noch immer auf dem selbstgebauten Regal, desgleichen seine Schallplatten. Lisa dachte, er müsse selbst kommen und diese Dinge einpacken, und gleichzeitig wusste sie, dass seine Rückkehr in dieses Zimmer nicht vorgesehen war.

Aus der Küche hörte sie das Klappern von Geschirr und das Pfeifen des Wasserkessels. Ihre Mutter deckte den Abendbrottisch, kochte Tee, als wäre alles in Ordnung.

Lisa ging in ihr Zimmer zurück. Die große graue Sammelmappe, in der sie die Bilder aus dem Zeichenunterricht aufbewahrte, lag noch oben auf dem Schrank. Sie traf keine Auswahl. Ein Bild nach dem anderen pinnte sie mit Stecknadeln an die Tapete, eines dicht neben das andere. Sie hörte erst auf, als alle Bilder befestigt waren. Dann holte sie ihre Mutter. »Wie gefällt dir mein Zimmer?«

Ihre Mutter lachte nicht, sie schimpfte auch nicht. Schluchzend sank sie auf Lisas Bett, schlug die Hände vor das Gesicht. Endlich stand sie auf, sie wankte und hielt sich am Schrank fest. »Warum tust du mir das an? Warum kannst du mir nicht helfen, wo es so viel Arbeit gibt?« Dann riss sie ein Bild von der Wand, ein zweites, erst langsam, dann immer schneller, rasend in ihrem Zorn, und die Stecknadeln sprangen durchs Zimmer.

»Lass das«, schrie Lisa, »das sind meine Bilder!«, doch ihre Mutter hörte nicht auf, bis alle Bilder am Boden lagen.

»Und jetzt bringst du das in Ordnung!«

»Ja«, sagte Lisa. Sie wartete, bis die Küchentür ins Schloss fiel, dann hängte sie alle Bilder wieder auf.

Danach ging sie in die Küche. Mutter saß am Küchentisch, den Kopf in die Hände gestützt. Auf dem Tisch standen drei Teller und drei Tassen. Am Gasherd brannte eine Flamme, der Kessel war zur Seite gestellt, als wäre ihre Mutter mitten in den Vorbereitungen von einer Schwäche überfallen worden. Lisa sagte, sie komme heute nicht zum Abendessen, weil ihr übel sei.

»Es gibt Heringssalat«, sagte ihre Mutter. »Den isst du doch gerne.«

»Mir ist schlecht«, wiederholte Lisa und zog die Tür hinter sich langsam ins Schloss, halbwegs bereit, ihre Entscheidung rückgängig zu machen. Eine Weile stand sie planlos in ihrem Zimmer. Die Tränen ihrer Mutter bedrückten sie wie ihre Absage an den Salat, den ihre Mutter mit einem alten Fleischwolf und viel Mühe selbst herstellte. Lisa kehrte nicht zurück. Sie ging in Rudis Zimmer und klappte den Plattenspieler auf. Wahllos nahm sie eine Schallplatte aus ihrer Hülle, entfernte sorgfältig und ohne die Rillen mit den Fingern zu berühren mit einem feuchten Tuch den Staub, senkte ganz vorsichtig den Tonabnehmer ab, so wie sie es immer wieder bei Rudi beobachtet hatte.

Es knisterte ein wenig, ehe die tiefen Instrumente eines Orchesters einsetzten, düster und schwermütig, genau die richtige Musik für ihre Stimmung. Ohne Absicht hatte sie Schuberts Unvollendete aufgelegt. Es war das Dunkle, die Wehmut und die Ahnung des Todes, für die sie die Unvollendete liebte. Lisa dachte nicht mehr an den Streit mit ihrer Mutter, sie lauschte der Musik und gab sich der Fantasie hin, der Tod oder eine schwere Krankheit hätte dem Komponisten die Feder aus der Hand genommen und ihn sein Werk nicht mehr beenden lassen. Die Realität versank mit allem, was Lisa bedrückte, und machte Platz für eine wohltuende Traurigkeit.

In dieser Nacht träumte Lisa von ihrer Mutter, die auf ihr Klingeln öffnete. Sie hielt die schwere Pistole aus Kriegszeiten in der Hand, die ihr Vater längst nicht mehr besitzen durfte. Die Mündung war auf Lisa gerichtet, aber sie konnte zur Seite springen und sich hinter der Hausecke in Sicherheit bringen. Tagelang konnte sie nach diesem Traum nicht mehr ohne Angst an der Haustür klingeln.

Wenn Lisa in dieser Zeit auf ihrem Bett lag, ein Buch in den Händen, ohne zu lesen, die Augen geschlossen, stellte sie sich vor, wo Rudi jetzt sein könnte. Bilder von vertrauten Städten zogen vorüber, Orte, an denen sie schon einmal mit ihm gewesen war. Hamburg drängte sich in den Vordergrund, der Hafen, ein Schiff, das irgendwohin fuhr, nur fort aus der Enge, fort von den häuslichen Zwängen und Erwartungen. An anderen Tagen verlor sie sich in romantischen Fantasien, sah Rudis Zelt an einem einsamen Strand, davor ein Lagerfeuer, ein Mädchen an seiner Seite. Sie hörte seine Gitarre, seine Stimme: »Abend ward, bald kommt die Nacht.« Mit solchen Bildern betrog sie sich, wohl wissend, dass seine Wirklichkeit eine andere sein musste als die, in die sie ihn an diesen grauen Frühlingstagen hineinträumte. Wenn die schönen Bilder zerfielen, packte sie eine Angst um Rudi, die mit jedem Tag größer wurde. Doch wo auch immer er sein mochte, es musste ein Ort sein, wo er frei war von den Ansprüchen seines Vaters und dem immerwährenden Leidensgesicht seiner Mutter.

Lisa dachte oft daran fortzugehen, so wie Rudi es getan hatte, aber ihr fehlte der Mut und sie wusste, dass man sie nach Hause zurückbringen würde. Nur in ihren geheimen Träumen brach sie auf.

***

6

Das Mädchen steht am Fenster und lauscht in die Stille. Eisblumen sind über das Glas gewachsen, filigrane Muster, die es mit seinen warmen Händen zum Schmelzen bringt. Jetzt kann es hinaussehen, doch die Häuser auf der gegenüberliegenden Straßenseite sind nicht zu erkennen. Die Nacht und der fallende Schnee haben die grauen Mauern verschluckt, alle Fenster scheinen dunkel zu sein. Die Kirchturmuhr der nahen Marienkirche schlägt drei. Das Mädchen friert in seinem Nachthemd und zieht sich an. Das Licht der Gaslaterne vor dem Nachbarhaus reicht aus, die Kleidung zu finden, die seit dem Abend auf dem Stuhl neben dem Bett gerichtet ist, die Unterwäsche aus weißer Baumwolle, das Leibchen mit den Strumpfhaltern, der taubenblaue Plisseerock, die weiße Nyltest-Bluse, der blaue Wollpullover mit dem V-Ausschnitt, aus dem das Mädchen den Kragen der Bluse herausziehen wird, Schuhe, Strümpfe, Mantel und Wollmütze. Seinen langen Zopf hat es beim Zubettgehen nicht geöffnet, um keine Zeit mit dem Flechten zu verlieren. Sorgfältig jeden Lärm vermeidend zieht das Mädchen den Rucksack aus dem Bettkasten unter ihrer Schlafcouch. Der Rucksack ist aus grauem Segeltuch, die Riemen sind aus Leder, das mit den Jahren rissig geworden ist. Der Rucksack gehörte einmal seinem Vater. Seit Tagen hat es die Flucht vorbereitet. Flucht, denkt es. Andere haben es auch geschafft, wie Rudi. Eine Flucht braucht ein Ziel. Seines wird Poggenhagen sein. In den Rucksack hat das Mädchen eingepackt, was ihm wichtig erschien. Ist es auch das, was es brauchen wird? Der Schlafsack musste zurückbleiben. Er war zu groß und zu schwer. Ein Löffel und ein Messer, ein kleines Holzbrett, ein Becher, Zahnbürste, Streichhölzer, eine Kerze, auch ein Kompass. Wird er nützlich sein ohne Landkarte? Dazu das Taschengeld aus dem kleinen gelben Briefkasten aus Blech und fünf Tafeln Schokolade. Mehr hat Rudi nicht übriggelassen.

Ein letztes Mal wirft das Mädchen einen Blick in das Kinderzimmer. Überall in den Regalen stehen die vertrauten Dinge, graue Schatten, die es erkennt, weil es weiß, was es dort aufbewahrt. Ganz oben sitzt die Puppe mit dem roten Dirndlkleid und den Schlafaugen. Ihr Haar ist echt. Wessen Haar mag das sein? Neben der Puppe steht der blaue Karton mit der Blockflöte. Die Lieblingsbücher stehen weiter unten, dort, wo es sie gut erreichen kann: Der schwarze Hengst Bento, Mein Freund, der Wildhüter, Sturmwolke. Mädchen spielen in den Büchern keine Rolle.

Das Mädchen schleicht in die Küche. Ganz leise öffnet es die Balkontür und tritt hinaus in die Kälte. Der Hinterhof, wo es sich im Sommer mit den anderen Kindern in abgelegte Kleider, Hüte und Gardinen gehüllt hat, um Hochzeit oder Familie mit Kindern zu spielen, liegt jetzt unter einer dicken Schneedecke. Große Flocken rieseln herab, wie aus der Unendlichkeit taumelnde weiße Tupfer. Unhörbar schlägt der Rucksack am Boden auf, als es ihn über die Brüstung fallen lässt. Das Springseil, an dem es hinunterklettern will, lässt sich nirgends befestigen. Macht nichts. Der Balkon ist nur zwei Meter über dem Boden und der Schnee bremst den Aufprall. Das Mädchen klopft den Schnee vom Rucksack, gibt der Schaukel über dem Plattenweg einen Stoß. »Leb wohl«, sagt es leise. Schnee knirscht unter den Füßen.

Jetzt wird es gepackt von der verwegenen Freude des Aufbruchs. Es rennt, um schneller am Ziel zu sein. Bis zum alten Hainhölzer Bahnhof braucht es nur wenige Minuten. Die Tore zur Bahnhofshalle sind noch verschlossen. Unter der Brücke neben dem Kiosk hängt ein Fahrplan. Das Mädchen stellt den Rucksack auf den nassen Boden, sucht Streichhölzer und eine Kerze, zündet sie an. Der erste Zug in Richtung Hauptbahnhof fährt um sechs Minuten nach fünf Uhr. Noch neunzig Minuten. Das Mädchen zittert in der Kälte. Seine Füße sind nass. Am Bahnhofsgebäude vorbei geht es zu dem Bahnsteig, an dem Rudi in den Zug gestiegen ist. Durch den fallenden Schnee hindurch sieht es auf dem Nebengleis die Waggons eines D-Zugs stehen. Ihre blaue Farbe erkennt sie im Licht der Lampen über dem Bahnsteig. Die Wagen stehen ohne Lok. Das Mädchen klettert über die Bahnsteigkante zu den Gleisen hinunter, geht über die rutschigen Schwellen zu den Wagons. Die erste Stufe zur Tür ist hoch über dem Boden, Endlich kniet es oben, steht auf, erklimmt die zweite Stufe, erreicht die Klinke. Die Hände sind gefühllos vor Kälte. Die Klinke lässt sich nicht herunterdrücken, die Tür nicht öffnen. Der neue Weg ist nicht leicht. In diesem Augenblick der Hilflosigkeit denkt es ans Aufgeben.

Nein. Das Mädchen geht zum Hauptbahnhof wie an dem Tag, als Rudi verschwunden ist. Den Weg kann es auch bei Dunkelheit nicht verfehlen, immer den Schienen der Straßenbahn nach: Strangriede, Christuskirche, Klagesmarkt. Unter einer Straßenlaterne erkennt es die geschwungenen Ziffern seiner bunten Armbanduhr. Fünf Minuten vor vier. Das Mädchen geht langsamer. Schneematsch bedeckt die Straßen, spritzt in schmutzigen Fontänen unter den Rädern der wenigen Autos zur Seite. Mit den nassen Schuhen friert das Mädchen immer noch, die Nacht ist viel kälter, als es sich vorgestellt hat. – Steintor, Hauptbahnhof.

Auf dem ersten Gleis steht ein Zug, der nach Bremen fährt. Das ist die richtige Richtung. Das Mädchen steigt ein. Ruckend setzt sich der Zug in Bewegung. Den Segeltuchrucksack fest an sich gepresst, geht es zur Toilette, verriegelt die Tür und wartet. Hier stinkt es. Sie starrt in das Loch in der Kloschüssel. Bahnschwellen und Schotter rasen darunter hindurch. Jemand rüttelt an der Türklinke. Der Schaffner? Das Mädchen zittert vor Angst und vor Kälte. Den Rucksack hält es vor der Brust wie ein Schutzschild. Jetzt klopft jemand, klopft ein zweites Mal, lauter und ungeduldiger als beim ersten Mal. Das Mädchen öffnet die Tür und will an dem Mann vorbei. Er hält es am Arm. Es ist nicht der Schaffner. »Na, du kleine Ausreißerin«, sagt er. »Hast du keine Fahrkarte?«

Nicht weinen! »Lassen Sie mich los«, sagt es mit mutiger Stimme. Der Mann grinst, hält das Mädchen fest. »Ich sage es meiner Mutter, wenn Sie mich nicht loslassen!«

Der Mann sieht aus wie der Bademeister im Hainhölzer Bad, an dessen langer Stange mit dem Ring aus Metall es Schwimmen gelernt hat. Vielleicht hat er das Mädchen erkannt. Es reißt sich los. »Ich fahre zu meiner Mutter«, ruft es. Der Mann hat schwarze Haare, die des Bademeisters waren grau.

Im Wagen ist es viel wärmer als auf dem Klo. Die Heizungen unter den Holzbänken sind glühend heiß. Das Mädchen setzt sich, windet sich unter den Blicken der Frau auf der Bank gegenüber.

»Hast du heute keine Schule?«

»Ich fahre zu meiner Mutter.«

»So? Wo wohnt die denn?«

Das Mädchen steckt einen Finger in den Mund, nimmt ihn wieder heraus. Nägelkauen ist verboten. Es weiß nicht, was es sagen soll. Es nimmt seinen ganzen Mut zusammen. »Meine Mutter hat gesagt, ich soll mich nicht von fremden Leuten ausfragen lassen.« Es öffnet seinen Rucksack. Fünf Tafeln Schokolade.

Die Frau steht auf, ihren Koffer lässt sie im Gepäcknetz zurück. Vielleicht holt sie jetzt den Schaffner, denkt das Mädchen und flieht in die andere Richtung. Die Tür am Ende des Wagens kann es nicht öffnen. Ein Mann kommt entgegen. Es schlüpft durch die offene Tür, steht auf dem schwarzen Blech der Plattform zwischen den Wagen. Das Blech verschiebt sich unter den Füßen, der schwarze Faltenbalg, der die Lücke zwischen den Wagen überbrückt, hat Löcher, durch die der Wind pfeift. Es ist eisig kalt und laut. Die dröhnenden Räder sind ganz nah. Auf einer Brücke wird der Lärm unerträglich. Es findet das nächste Klo. Vor dem Becken ist eine stinkende Pfütze. Das Mädchen überwindet die Angst vor der Lücke zwischen den Wagen, geht noch weiter. Die nächste Station wird Poggenhagen sein.

Lisa erwachte durch den Lärm der streitenden Stimmen im Wohnzimmer. Poggenhagen blieb unerreichbar.

***

7

Der April ging ohne Rudi zu Ende. Lisas Mutter wusch zum letzten Mal die vom Zigarettenrauch gelben Gardinen, fegte das vom Wind verwehte Vogelfutter vom Balkon und stellte einen Topf mit dunkelroten Primeln in die Fensterbank. Auch die Fenster putzte sie noch einmal. Was würde der Vermieter von ihr denken, wenn sie die Wohnung mit schmutzigen Scheiben übergab? Beim Fensterputzen balancierte sie mit einem Fuß innen auf der Fensterbank, der andere Fuß stand draußen auf dem Sims, während ihre rechte Hand mit langsamen Schwüngen über die Scheibe des geschlossenen Fensterflügels kreiste, die linke an den Rahmen geklammert, um nicht auf die Straße zu stürzen. Alle Hausfrauen putzten so, auch die im dritten oder vierten Stock, denn die Fensterflügel öffneten sich nach außen. Wenn die Sonne schien, putzte sie keine Fenster, sie sagte, es gebe Streifen und dann sei alle Arbeit umsonst. Deswegen verrichtete sie diese Arbeit nur bei trübem Wetter und meist dauerte es nicht lange, bis der Regen, der Staub und Ruß aus der Luft wusch, die Fenster wieder schmutzig machte.

Lisas Vater kam meist spät nach Hause. Ihre Mutter wollte dann wissen, wo er so lange gewesen war. Er habe gearbeitet, sagte er, aber sie glaubte ihm nicht. Sie warf ihm vor, mit seiner Sekretärin, einem Fräulein Linz, zusammen gewesen zu sein. »Du warst bei deiner Linse«, schrie sie. An solchen Abenden gab es Streit, doch meistens gingen ihre Eltern schweigend aneinander vorüber.

Jeden Samstag fuhren sie zu dritt zur Baustelle und dann freute sich Lisa, dass dort, wo nichts gewesen war als eine öde, vom Unkraut überwucherte Fläche, ein Haus entstand, das ihnen gehören würde, ein Haus, umgeben von einem Garten, in dem ihre eigenen Blumen und Beeren und die eigenen Obstbäume wachsen würden. Der Innenausbau schritt voran. Aus dem frischen Putz an Wänden und Decken ragten Kabel, wo bald die Lampen hängen sollten, im Wohnzimmer war eines Tages das Mosaikparkett aus Eiche verlegt, auf dem Estrich in Badezimmer und Gästetoilette klebten winzig kleine pechschwarze Fliesen, hin und wieder von wenigen bunten unterbrochen.

Diese Freude, diese ungeduldige Erwartung, zum ersten Mal in ihrem Leben ein eigenes Zimmer zu haben, durch das niemand hindurchgehen musste, eine eigene Tür, ein eigenes Fenster mit einer Fensterbank für eigene Pflanzen – Kakteen würde sie züchten –, eigene Schränke und einen Schreibtisch mit grün-weißer Resopaloberfläche und Beinen wie schlanke Keulen, den sie mit ihren Eltern aus einem Katalog ausgesucht hatte. Das Wichtigste am Schreibtisch waren die Schubfächer, für die es einen Schlüssel geben würde. Neue Räume für ein neues Leben, für ein schöneres, aus dem sie die Schwere des alten vertreiben würde. – Einmal, sie standen in dem Zimmer, das Rudis hatte werden sollen, sah sie ihre Mutter weinen.

Der Maler kam, die Wände bekamen Kleider. Die Tapete in Lisas Zimmer war zart roséfarben mit langen Reihen kleiner weißer Tupfen, die von Ferne aussahen wie filigrane Streifen. Statt der dunklen Tapete, die sich Rudi ausgesucht hatte, blühten in seinem Zimmer weiße Gänseblümchen oder Margeriten an den Wänden.

»Eine Blumentapete für Rudi?«

Ihre Frage blieb ohne Antwort wie jede Frage, die Rudi betraf. Mutters Blick, als hätte sie etwas Verbotenes gesagt.

Über Rudis Verschwinden breiteten ihre Eltern Schweigen, und sie ahnte, da gab es etwas, was sie nicht wissen sollte. Warum haben sie ihn nicht gesucht, warum haben sie ihn nicht als vermisst gemeldet, warum haben sie nicht alle Hebel in Bewegung gesetzt, um ihn zu finden, als er nicht wiederkam und es kein Lebenszeichen von ihm gab? Wie konnte es sein, dass ihre Mutter, die bislang versucht hatte, jeden Schritt ihrer Kinder zu überwachen, ihren einzigen Sohn einfach aus den Augen verlor? Doch wenn ihre Eltern Rudi suchten, warum hatte sie nichts davon gemerkt? Oder wussten sie längst, wussten sie vielleicht schon vom ersten Tag an, wo Rudi war?

Die Osterferien standen bevor. Nach den Ferien begann das neue Schuljahr. Lisa würde die Schule wechseln und die Wochen bis zum Umzug mit der Straßenbahn zu ihrer neuen Schule fahren. Der Weg, den sie gemeinsam mit Rudi gegangen war, die Korridore in der Schule, in denen sie sich zwischen den Stunden begegnet waren, die gemeinsamen Schulkameraden würden aus ihrem Leben verschwinden.

Lisa verlässt den Knoevenagelweg, enttäuscht, weil es nichts mehr gibt, was sie an früher erinnert. Sie hat gehofft, wenigstens von dem Graben mit den Stichlingen eine Spur zu finden, doch wenn hier noch irgendwo Wasser fließt, so ist es in den Untergrund verbannt.

Ein paar Minuten später erreicht sie die Schulenburger Landstraße. Die unschönen, regellos aneinandergereihten Häuser, die früher grau waren wie alles, sind gelb und weiß gestrichen, sonst haben sie sich kaum verändert. Statt Fleischer, Bäcker und einem Kolonialwarenladen sind ein Pennymarkt, eine Drogerie und ein Fahrradgeschäft eingezogen. Wo früher der Milchladen war, ist jetzt ein Grill mit Balkanspezialitäten. Dort bestellt sie Rasnici mit Salat und versucht sich zu erinnern, wie es früher hier ausgesehen hat. Der Boden aus grauem Estrich war immer feucht gewesen, große silbrig glänzende Milchkannen standen am Boden, eine Theke, grau und wohl aus Stein, teilte den hinteren Teil des Raumes ab. Hinter der Theke stand eine verhärmte Frau mit knochigen Schultern und krummem Rücken. Die schweren Kannen, in denen die Milch geliefert wurde, konnte sie kaum wuchten. Die Milch wurde mit einem langen schwenkbaren Hebel in die Henkelkannen der Kunden gepumpt, Joghurt gab es in kleinen braunen Pfandflaschen.

Am liebsten ging Lisa gemeinsam mit Rudi zum Milchholen. Er beherrschte das Kunststück, die volle Kanne ohne Deckel durch die Luft zu wirbeln, ohne dass ein einziger Tropfen verlorenging. Einmal, es war Winter und sie war allein, versuchte sie es ihm nachzutun, doch als sie die Kanne stoppte, verschüttete sie einen Teil der Milch. Sie nahm Schnee, um sie zu ersetzen.

Am Schlachttag holten sie Fleischbrühe beim Metzger, vielleicht mit derselben Kanne, vielleicht war es eine andere. Der Geruch der heißen Fleischbrühe ist eine Erinnerung, die bis zu diesem Augenblick verschollen gewesen ist.

Früher rauschten die Autos auf der Schulenburger Landstraße mit hoher Geschwindigkeit über das Pflaster, Tempo fünfzig war noch nicht vorgeschrieben. Ein Bild hat sie über die Jahre nie wieder losgelassen. Es ist der Anblick einer Frau, die mit verrenkten Gliedern auf den Straßenbahnschienen lag. Ein Auto hatte sie erfasst. Menschen liefen herbei. Jemand sammelte die Äpfel auf, die aus der Einkaufstasche über die Straße gekullert waren, und brachte sie der Reglosen, als wäre damit das größte Unglück abgewandt.

Nicht weit von den Geschäften entfernt muss früher das Postamt gewesen sein, zu dem ihre Mutter jedes Jahr im November die Pakete für die für Lisa gesichtslosen Verwandten auf der anderen Seite des eisernen Vorhangs brachte. Damals hatte sie oft überlegt, wie dieser Vorhang aussehen mochte, der die Guten von den Bösen trennte, bis sie einmal sah, wie sich im Theater nach der Kindervorstellung der eiserne Vorhang schloss. Vielleicht sah der andere eiserne Vorhang ganz ähnlich aus, nur sehr viel größer.

Ihre Mutter packte die Pakete für die Verwandten »da drüben« oder »in der Zone« nur widerwillig. Sie nannte sie unverschämt und unersättlich. Für die Pakete kaufte sie bei Aldi ein, wo die Waren den aufgeschnittenen Versandkartons entnommen wurden und viel billiger waren als in den Geschäften, die sie üblicherweise aufsuchte. Kaffee war immer in den Paketen. Es müsse unbedingt Jacobs Kaffee sein, schimpfte sie, denn dessen Geruch würden die drüben kennen, weil die Rösterei direkt an der Berliner Sektorengrenze lag. Milka-Schokolade packte sie ein, Zucker, Parfüm, Seife, Nylonstrümpfe, Datteln, Zigaretten und für irgendeinen Onkel Zigarren und noch manches mehr. Dann schlang sie den Bindfaden so kunstvoll um das in zwei Lagen Packpapier gehüllte Paket, dass Lisa dachte, sie selbst würde das niemals lernen. Manchmal kam ein Paket nicht an oder es fehlte etwas, dann waren alle ärgerlich und gaben sich gegenseitig die Schuld.

Von drüben kam Baumkuchen zurück, immer wieder Baumkuchen und in solchen Mengen, dass sie sich vorstellte, er würde drüben in den Wäldern wachsen. Der Baumkuchen war zu süß, niemand mochte ihn essen. Wenn er dann staubtrocken wurde, verschwand er plötzlich. Später legte ihre Mutter Zitronat und Orangeat ins Paket, dann kam Christstollen zurück, aber wenn sie es vergaß, gab es wieder den Baumkuchen. Einmal war im Paket von drüben eine hölzerne Weihnachtspyramide, die sich drehte, wenn die Kerzen brannten. Lisa setzte sich davor und freute sich über die im Kreis herum eilenden Figuren, aber auch die Weihnachtspyramide verschwand bald wieder, weil ihre Mutter alles, was von drüben kam, nicht mochte.

Von der Schulenburger Landstraße ist es nicht weit bis zu den Herrenhäuser Gärten. Auch auf dem Weg dorthin tauchen die Erinnerungen auf. Wie war es möglich, dass sie sich an der Bahnunterführung nicht entscheiden konnte, ob sie ihr Fahrrad rechts oder links an dem ersten Brückenpfeiler vorbeilenken wollte? War es die Wahl zwischen Gehorsam und Widerstand, die ihr viel zu lange schaffen machte, oder musste sie überhaupt erst entscheiden, was richtig war und was falsch? Auf einer Seite neben den Pfeilern ist auch heute noch ein Pfad für Fußgänger, auf der anderen die kleine wenig befahrene Straße. Wäre es verboten gewesen, auf dem Fußweg zu fahren, der keine Schlaglöcher hatte wie die Straße? Wäre dies sogar der Weg gewesen, den ihre Eltern von ihr erwarteten, weil dort keine Autos fuhren? Der Aufprall gegen den Pfeiler war heftig. Unverletzt stand sie auf und was schmerzte, war der Spott ihrer Mutter und ihr Zorn über das demolierte Fahrrad.

Lisa geht weiter und betritt zum ersten Mal seit Jahrzehnten wieder den Großen Garten. Leise knirscht der weiße Kies unter ihren Füßen, während sie sich zwischen den gestutzten Hainbuchenhecken der Großen Fontaine nähert. Hier, im hinteren Teil des Gartens, jenseits der Blumenrabatten und steinernen Figuren ist kein Mensch zu sehen. Wo sich die Wege aus acht Richtungen treffen wie die Strahlen eines Sterns, befindet sich ein großes rundes

Wasserbecken. Für diesen Tag ist die gewaltige Eruption vorbei. Sie hätte früher kommen sollen, dann nämlich, wenn im eisernen Kelch in der Mitte des Beckens das Wasser zu brodeln beginnt, sich aufzutürmen scheint, immer höher, wie eine bewegte Stele emporwächst, bis endlich der tosende Strahl himmelwärts schießt und der Wind die Wasserschleier weit über den Beckenrand hinaustreibt. Jetzt liegt das Becken in matter Ruhe, ein Entenpaar zieht seine Bahn durch das trübe Wasser, und der eiserne Kelch steht wie ein von Blättern umgebener Pokal, der darauf wartet, gefüllt zu werden.

An einem wolkenverhangenen Nachmittag, wenige Tage, bevor der Möbelwagen in der Legienstraße vor der Tür stehen sollte, war sie allein durch den Großen Garten gegangen, der an diesem denkwürdigen Tag genauso leer war wie heute. An der Großen Fontaine hatte sie auf das tägliche Schauspiel ihrer Wiedergeburt gewartet und war dann zur Graft weitergegangen, einem stillen und mit Seerosenblättern bedeckten Wassergraben. In dem tiefen Frieden dieses Anblicks wurde die Freude auf das neue Haus und die Hoffnung auf eine bessere Zeit von der Ahnung getrübt, dass der Abschied von ihren Spielkameraden auch ein Abschied von den Spielen der Kindheit sein würde. In Kirchrode gab es keine Hinterhöfe, auf denen sich Kinder mit langen Nachthemden und Schleiern aus Gardinenresten als Braut verkleideten, keinen Bräutigam mit alter Anzugjacke und zerknautschtem schwarzen Hut, keine Kinderschar für Brauteltern, Blumenkinder und Trauzeugen. Nicht einmal eine asphaltierte Straße zum Rollschuhlaufen gab es. Die gepflasterten Wege waren zu holprig für die kleinen Metallräder. Auch die bunten Tonmurmeln, das Diabolo, der Pindopp, wie sie die kleinen Kreisel nannten, und der Hinkelkasten würden aus ihrem Leben verschwinden wie das Versteckspiel und Räuber und Gendarm. »Räuber und Schande« hatten sie gesagt. Während diese zwiespältigen Gefühle wieder verblassten, wuchs ein anderes Gefühl. Ihr war, als wüchsen ihr an diesem einsamen Nachmittag neue Augen, als besäße sie mit einem Mal feinere Sinne, so fein, dass sie alles viel intensiver wahrnahm, den Geruch des Wassers, den Ruf einer Taube, das leise Rauschen der Blätter, dazu die Vielzahl der sie umgebenden Farben und Formen. Es war, als dränge alles ohne Filter in ihren Körper ein, und ein bislang kaum bewusstes Gefühl breitete sich aus, das Gefühl des Glückes, allein zu sein mit dieser stillen Schönheit. Der Gedanke, sich für immer von den Gefährten der Kindheit zu trennen, verlor in diesen Augenblicken seinen Schrecken.

Später ging sie hinüber in den Berggarten und glaubte nun zum ersten Mal mit ihren eigenen Augen und ihren eigenen Gefühlen zu spüren, wie ihr Vater den Garten wohl sah, wenn er mit kindlich anmutender Freude an einzelnen Blumen stehen blieb, der Ungeduld und dem Unwillen ihrer Mutter trotzend die Namensschilder las und hin und wieder Samen abpflückte, um sie in einem Blumentopf auszusäen.

Jetzt, viele Jahre später, folgt Lisa denselben vor Jahrhunderten angelegten Wegen wie damals. Nicht weit von der Großen Fontaine entfernt stößt sie auf den Irrgarten. Früher lebten in einem winzigen runden Käfig in seiner Mitte zwei Affen, die sie mit Möhren und Bananen fütterte. Jetzt, wo sie neben dem leeren Käfig den Weg nach draußen sucht, überfällt sie wieder dieselbe Sorge wie früher: Was wäre, wenn sie aus diesem Irrgarten nicht rechtzeitig wieder herausfände? An jenem Tag vor vielen Jahren senkte sich schon die Dämmerung über den Garten und der Turm der Herrenhäuser Kirche stach wie eine schwarze Nadel in den sich verdunkelnden Himmel. Heute steht die Sonne noch hoch am Himmel und auf den Rabatten leuchten Tulpen, Narzissen und Kaiserkronen.

Ein jäher Gedanke an den Schwarzwald macht sie wehmütig. Dort liegt noch immer der Schnee an den Waldrändern, und die Wiesen liegen braun und verdorrt im Winterschlaf. Nur vor den Häusern, wo es warm ist, strecken die Krokusse ihre Kelche der Sonne entgegen, die zu grell ist für die zarten Blüten und sie viel zu schnell verwelken lässt. Ein langes buntes Frühjahr wie im Flachland gibt es nicht dort oben.

Dann war er endlich da, der Tag des Umzugs. Lisas Mutter eilte mit einer großen Tasche durch die Wohnung, sammelte ein, was noch zurückgeblieben war, zwei Zahnbürsten, ein nasses Handtuch, ein einsamer Lockenwickler hinter dem Klo, die angefangene Klopapierrolle, Putzlappen, ein Paar Pantoffeln im Schlafzimmer, Schrauben und Muttern, die vielleicht noch gebraucht wurden, und zuletzt einen Schleuderstab von der Fensterbank im Wohnzimmer, der nicht in die Tasche passte. Währenddessen stand Lisas Vater untätig, dozierte über die beste Strategie bei einem Umzug und war den Möbelpackern im Weg. Erst als Lisas Mutter das Kommando zur Abfahrt gab, hatte er wieder eine Aufgabe. Das Auto war bis zum Dach vollgestopft: Geschirr, Töpfe, Lebensmittel und Kleidung zum Wechseln und manches mehr transportierten sie auf Geheiß ihrer Mutter selbst, man wisse schließlich nicht, wann diese Männer, denen sie zutiefst misstraute, den Möbelwagen wieder auspacken würden. In seiner Aufregung verfuhr sich Lisas Vater auf dem Weg, den er schon hundertmal gefahren war, und als sie in Kirchrode ankamen, stand der Möbelwagen längst vor der Tür. Lisas Vater schloss die Haustür auf, er wollte vorangehen und den Möbelpackern das Haus zeigen, glücklich und stolz wie ein kleiner Junge auf seine erste Eisenbahn, doch zwei der Männer hatten schon den zerlegten Schlafzimmerschrank gepackt, »Wohin kommt der?«, ein anderer eine Stehlampe, deren Schirm die Fahrt in Schieflage überstanden hatte. Das Bettgestell, Tische, Stühle und Schränke folgten, dann die Umzugskisten. Lisas Eltern eilten die Treppen hinauf und hinunter: »Nein, der Tisch kommt nicht nach oben, er gehört ins Wohnzimmer, nein, der Schlafzimmerschrank gehört an die andere Wand, ja, diese Kisten müssen nach oben, ja auch die schwere Nähmaschine, bitte vorsichtig mit den Wänden, es ist alles gerade erst fertig geworden.«

Nach vier Stunden standen die Möbel an ihrem Platz, Schränke und Betten waren aufgebaut und die Zimmer mit den Umzugskisten vollgestellt. Während Lisas Eltern die für das Überleben in den ersten Stunden wichtigen Dinge aus dem Auto holten, ging sie allein durch das Haus. Alles roch neu: der frische Putz der Wände, der Lack an Türen und Heizkörpern und die Kunststoffplatten auf den Böden von Fluren und Schlafzimmern, alles dünstete die neue Zeit aus. In ihrem Zimmer war das String Wandregal mit den Teakholzböden schon aufgehängt, ihr altes Schlafsofa, auf das sie für Wochen hatte verzichten müssen, stand mit einem neuen grau karierten Bezug an seinem Platz, davor lag der rote Hochflorteppich, den sie ihrer Mutter abgetrotzt hatte, obwohl sich Staub darin festsetzen würde, und in den Schubfächern des Schreibtisches steckten glänzende Schlüssel. Sogar die Zimmertür hatte einen Schlüssel. Ihr Zimmer, ihr Reich! In diesen Augenblicken war sie überzeugt, dass sie in diesem Haus, das frei war von den Gespenstern der Vergangenheit, zufriedener und freier leben würde als bislang.

Sie ging in das Zimmer, das Rudis hatte sein sollen. Dort stand sein Klappbett, aber der von ihm ausgesuchte Schreibtisch war nicht geliefert worden. Dessen Platz hatte Mutters alte Pfaff-Nähmaschine mit dem gusseisernen Untergestell eingenommen. Lisa kniete vor der Maschine nieder, wie sie es oft als kleines Kind getan hatte, und bewegte mit beiden Händen das Trittbrett, bis sich das schwere Schwungrad wie rasend drehte.

Sie war gerade wieder aufgestanden, als sie hinter sich ihre Mutter bemerkte. Sie sah mit einem so leeren Blick in das Zimmer, dass Lisa erschrak.

»Ist Rudi tot?«

»Aber Mädchen, wie kommst du denn auf solch schreckliche Gedanken?«

Es war wohl dieser Moment und der Anblick eines Zimmers, das so gar nicht ihrem Bruder ein Zuhause sein konnte, dass sie der Schrecken befiel, er würde womöglich niemals zurückkommen. Auch später gab es immer wieder solche Augenblicke, in denen das Unvorstellbare aufblitzte. Nein, dachte sie dann mit aller Macht, natürlich wird er zurückkommen, sie musste nur geduldig warten. Viel später, als er dann wirklich vor ihr stand, hatte sie gemerkt, dass sie ebenso wenig an seinen Tod geglaubt hatte, wie sie sich ein Wiedersehen hatte vorstellen können.

»Hast du das Wohnzimmer schon gesehen?«, fragte ihre Mutter rasch, als wollte sie den Gedanken an Rudi zudecken. Lisa schüttelte den Kopf. »Komm, du wirst staunen.«

Die nachgemachte Chippendale-Polstergarnitur im Wohnzimmer hatte in den Wochen vor dem Umzug ebenfalls neue Bezüge bekommen, heller Plüsch mit goldfarbenen barocken Mustern: neue Kleider für die Möbel aus dem alten Verhörzimmer. Schrank und Tisch waren unverändert, nur der Kohleofen in der Zimmerecke, das Ofenrohr und der Kasten mit den Briketts fehlten, stattdessen weiße Heizkörper unter den drei großen Fenstern. Der Blick in den Garten war mit gerüschten Gardinen verhängt. Statt mit Öfen wurde nun das ganze Haus mit einer bollernden Ölheizung im Keller beheizt, die Tür davor war feuerfest.

Im Raum neben dem Heizungskeller war eine Waschküche eingerichtet. Lisas Mutter glaubte nicht, dass die Wäsche in ihrer modernen Waschmaschine wirklich sauber würde. Nach einem guten Dutzend Versuche mit dem neuen Gerät sah sie jedoch ihren Irrtum ein. Der riesige Waschkessel, unter dem ein Holzfeuer brennen sollte, hatte ausgedient, ehe er ein einziges Mal benutzt worden war. Keine brodelnde Seifenlauge mehr wie in Hainholz, keine Waschfrau mit dicken roten Armen, die schemenhaft wie eine Spukgestalt inmitten der wabernden Dämpfe stand und eine hölzerne Stange in den Händen hielt wie den Stiel eines Hexenbesens. Keine schrubbenden, knetenden und wringenden Hände, kein Waschbrett, keine Wurzelbürste mehr. In der Legienstraße war die gestärkte Wäsche im Sommer wie im Winter draußen auf dem Balkon getrocknet. »Der alte deutsche Hoffmann spricht, ohne Stärke geht es nicht.« Wieder so eine unbedeutende Erinnerung. War es ihre Mutter, von der sie den Satz gehört hatte, oder war es die Waschfrau? Hatte man die im Winter bretthart gefrorene Wäsche unvorsichtig von der Leine genommen, war sie zerbrochen – auch ohne Hoffmann's Wäschestärke. Jetzt trocknete die Wäsche im Heizungskeller.

Die Chance eines Umzugs bestand darin, allen Dingen, die zuvor im Laufe der Jahre zufällig an irgendeinen Platz im Zimmer oder in den Schränken gestrandet waren, einen wohlüberlegten und sinnvollen Ort zuzuweisen. Aus diesem Grund entleerte Lisa den Inhalt aller ihrer Umzugskisten auf den Boden. Sie brauchte einen Überblick über ihren Besitz. Lediglich die Kleidung verstaute sie gleich in dem Schrank, der im Flur unter der Dachschräge eingebaut war. Als ihre Mutter ins Zimmer kam, war Lisa damit beschäftigt, die Briefmarken aus einer großen Zigarrenkiste nach Ländern zu ordnen und in die Alben einzusortieren.

»Wie bei den Hottentotten«, rief ihre Mutter aus. Sie konnte nicht genug kriegen von diesem Wort, »Hottentotten« rief sie noch einmal und betonte jede Silbe, voller Widerwillen, von dem Lisa nicht wusste, ob es sich auf ihre Unordnung bezog oder auf die dunkelhäutigen Menschen. Früher hatte ihre Mutter von polnischer Wirtschaft gesprochen, wenn es um den Zustand von Lisas Zimmer ging. – Ein neues Haus, ein neues Wort. Als alle Briefmarken in den Alben steckten, war es dunkel geworden.

Beim Aufwachen am nächsten Morgen hatte Lisa den Umzug vergessen. Sie tastete nach dem Lichtschalter, griff jedoch ins Leere. Vergeblich suchte sie die Schnur, um die neue Wandlampe einzuschalten. Vorerst war das vorbei: schon in der Dunkelheit zu wissen, dort ist die Lampe, da ist der Nachtschrank, da ist die Wand. Das Unbekannte musste erst allmählich vertraut werden.

Als sie wieder daranging, ihren Besitz in Schränke und Regale zu räumen, fiel ihr ein Fotoalbum in die Hand. Die Bilder brachten die frühe Kindheit zurück. Das kleine Mädchen auf dem ersten Bild war zur Faschingsfeier als Koch verkleidet. Es blickte unsicher in die Kamera, es schämte sich über das lächerliche Kostüm mit der großen weißen Mütze, die ihm beständig in die Stirn rutschte. Das Malheur war ihm ins Gesicht geschrieben. Die Kleine hatte sich nicht gewünscht, als Koch zu gehen, die Mutter hatte es so bestimmt. Der Mann im Mond, der hatte sie sein wollen oder der kleine Prinz. Nein, keine Prinzessin, sondern der kleine Prinz, der fernab der Erde auf seinem winzigen Himmelskörper mit einer Rose sprach.

Der große Bruder stand neben dem Mädchen als Pirat. Stolz sah er aus und mutig mit seinem gebogenen Piratenschwert und dem Hut mit silbernem Totenkopf.

Auf einem anderen Bild trug dasselbe Mädchen einen gemusterten Pullover. Seine einzige Tante hatte ihn gestrickt. In der einen Hand hielt es ein Schnitzmesser mit einer sehr großen Klinge, in der anderen einen Stock, von dem es die Rinde schälte. Den Kopf hielt das Kind gesenkt, es linste nur aus den Augenwinkeln in die Kamera, verlegen und Bewunderung heischend zugleich. Auf einem früheren Foto, vier Jahre mochte es da alt sein, saß das Mädchen in Turnhose und einem weißen Unterhemd inmitten von anderen Kindern in Turnkleidung, die viel größer waren als es selbst. Stolz und keck blickte es in die Kamera. Noch war sein Blick nicht von Selbstzweifeln zerfressen.

Lisas liebste Fotos waren bei ihrem Großvater in Poggenhagen entstanden. Sie waren die kleinsten von allen Bildern und hatten einen gezackten, gelblich verfärbten Rand. Der Großvater hatte einen krummen Rücken und kein einziges Haar auf seinem eckigen Schädel. Mit dem zu langen grauen Schnurrbart, den ausgetretenen Schuhen und der ausgebeulten Kleidung sah er schmutzig und abgerissen aus. Auf einem Bild war das kleine Mädchen neben dem Großvater zu sehen. Es hielt ein braunes Huhn auf dem Arm. Es presste das Tier an sich wie sein schönstes Spielzeug, ganz in dem Glück versunken, ein lebendiges Wesen im Arm zu halten. Vieles, was in der Erinnerung mitschwang, konnten die Bilder nicht wiedergeben, wie das Gefühl, die derben braunen Zitzen der Ziege zu berühren, um ein paar Tropfen Milch aus dem kleinen Euter herauszupressen, auch nicht die Gerüche, die ihr nur in Poggenhagen begegnet waren: den des Torffeuers im Küchenherd, den stechenden Geruch des Plumpsklos im Garten und den eigentümlichen Duft der Dahlien, wenn im Herbst die nassen Fruchtstände an den Stängeln vermoderten.

Auch das war eine Erinnerung an Poggenhagen, die kein Foto festgehalten hatte: ein großer Stapel Brennholz, aufgeschichtet zu einem nach oben schmaler werdenden Turm, himmelhoch aus der

Perspektive eines Kindes. Käfer und Spinnen wohnten zwischen den Scheiten. Es war Großvaters Holzvorrat, der niemals kleiner wurde, und vielleicht stand der Turm dort bis in alle Ewigkeit. Der Großvater heizte und kochte mit Torf, den er selbst im nahen Moor gestochen hatte. Manchmal kam in Poggenhagen ein Junge aus der Nachbarschaft, um mit ihr zu spielen. Er ging schon in die erste Klasse und sah komisch aus mit seinem zahnlosen Lachen. Weil er sagte, bald würden Lisa sämtliche Zähne aus dem Mund fallen, presste sie ihre Lippen zusammen, sooft sie konnte. Eines Tages schlug er vor, Ficken zu spielen. Sie kannte das Spiel nicht, aber Ficken klang lustig. Es schien ein aufregendes und geheimnisvolles Spiel zu sein, denn sie mussten sich dafür hinter dem Brennholzturm verstecken. Mit dem Gesicht zum Holz sollte sich Lisa bücken. Ganz geheuer war ihr nicht dabei, als er ihren Rock hochhob, ihre Unterhose herunterzog, bis sie ihm ihr nacktes Hinterteil entgegenstreckte, aber er beteuerte, das Spiel müsse man so spielen. Er war der Ältere, er kannte das Spiel und sie harrte geduldig aus, während er mit der Kante seiner Spielzeugschaufel langsam und vorsichtig zwischen ihren Pobacken auf und ab fuhr. Es war ihr Vater, der die beiden entdeckte.

»Du weißt, dass Doktorspiele verboten sind«, rief er in höchstem Zorn. »Zieh sofort deinen Schlüpfer hoch.«

Doktorspiele waren verboten, das wusste sie, ficken nicht. Doktorspiele waren etwas anderes. Ihre Freundin Roswitha hatte ihr gezeigt, was Doktorspiele sind. Sie hatte sich die Unterhose ausgezogen, sich auf den Boden gesetzt und die Beine gespreizt, die Schamlippen auseinandergezogen und das geheimnisvolle Terrain, das keinen Namen hatte, Lisas Blicken preisgegeben. Roswitha wollte die Rollen tauschen, aber Lisa wagte nicht, sich vor der Freundin zu entblößen, ging es doch um dunkle Orte, die sie nicht einmal berühren durfte. An sich herumspielen, dort wo es feucht und finster war und wo es aufregend roch, war verboten.

Der Junge mit den Zahnlücken war längst davongelaufen, als Lisas Vater sie ins Haus schleppte. Er setzte sich auf einen Küchenstuhl. »Zieh den Schlüpfer runter«, sagte er. Sie tat es, wie sie es immer tat, wenn er es verlangte. Er legte sie über seine Knie und dann schlug er und schlug, dass ihre Haut noch Stunden später von den Schlägen brannte. Sie wusste nicht, warum er sie schlug, das wusste sie oft nicht, aber er sagte, er meine es nur gut mit ihr. Nächstes Mal komme die Polizei und die würde sie mitnehmen. Dann komme sie ins Gefängnis bei Wasser und Brot. »Nächstes Mal kommt die Polizei«, sagte auch ihr Großvater, als wäre die Polizei das Schlimmste, was einem Kind zustoßen konnte.

Auf einem viel größeren Foto sind Lisas Eltern als Hochzeitspaar. Die Mutter sieht hübsch aus in dem hochgeschlossenen Brautkleid, das dunkle glatte Haar ist in der Mitte gescheitelt, ein kleiner Schleier ist an einem Myrtenkranz festgesteckt. Der Vater trägt Wehrmachtsuniform. Das Abzeichen am Kragen weist ihn als Mitglied der Luftwaffe aus. Die Schirmmütze mit dem Reichsadler ist zu groß für sein schmales Gesicht. Beide blicken sehr ernst in die Kamera. Von Glück keine Spur.

Es ist nicht viel, was Lisa über die Jugend ihrer Mutter weiß, aber immer wieder sagte sie, dass sie ihre Kinder um deren unbeschwerte Kindheit beneide. Eine solche Jugend habe in ihrem Leben nicht stattgefunden. Statt sich mit Freunden zu treffen, habe sie Arbeitseinsätze beim BDM geleistet, und statt zum Tanzen zu gehen, habe sie vor den Bomben in Luftschutzbunker fliehen müssen. Ihre erste große Liebe starb in Russland für das Vaterland, ihr zweiter Freund fiel in der Normandie. War sie Vater je so zugetan wie den beiden Toten? Von Liebe zu dem zehn Jahre älteren Mann war nie die Rede gewesen, vielleicht hatte sie ihre Liebe zu ihm aber nur im Laufe der Jahre vergessen. Vor ihrer Ehe war sie Sekretärin bei einer großen Firma gewesen. Ihrem Chef sei sie unentbehrlich gewesen. So tüchtig, so schnell, so verantwortungsvoll, so korrekt wie sie sei noch keine seiner Sekretärinnen gewesen, das habe er zu ihr gesagt. Mit der Heirat gab sie ihren Beruf auf, etwas anderes war undenkbar. Weil die Wohnungsnot nach dem Krieg so groß war, zog das junge Paar in das kleine Haus in Poggenhagen. Nach einem Jahr wurde Rudi geboren. Seine Mutter trauerte der Stadt nach, ihrem Beruf und sie ekelte sich. Sie ekelte sich vor dem stinkenden Plumpsklo, den Speiseresten im Bart des Großvaters, seiner ungewaschenen Kleidung und den mit toten Fliegen übersäten klebrigen Papierstreifen, die wie gedrehte Würste unter der Küchenlampe hingen. Sie ekelte sich vor dem Schmutz und dem Hühnerkot auf dem Hof und vor dem Blut auf dem Hackklotz, wenn ein Huhn geschlachtet wurde. Sie ekelte sich vor dem Geruch nach Ziegenstall und vor Ziegenkäse, Ziegenbutter und vor der Ziegenmilch, von der Rudi Hautausschlag bekam.

Doch mit dem Wiederaufbau der Städte ging es auch in ihrem Leben aufwärts. Die Familie bekam die Wohnung in dem zerbombten Haus in der Legienstraße, Mutter gebar ein zweites gesundes Kind, Lisa, doch mit der Mutterrolle war ihr Drang zur Perfektion nicht vereinbar. Verstöße gegen ihre festgefügten Regeln waren unerträglich, Unordnung und Schmutz nicht hinnehmbar, jede Eigenständigkeit und Auflehnung der anderen eine Bedrohung. Der eigenwillige Sohn machte ihr Angst, genau wie der Mann, der sich ihr entzog, und die Tochter, die nicht begriff, wie normale Menschen miteinander umgingen. Ihr Wunsch, wieder arbeiten zu dürfen, blieb unerfüllt. Der Vater verweigerte seine erforderliche Genehmigung.

In der Nacht nach dem Umzug rumorte Lisas Mutter noch lange im Haus. Am nächsten Morgen waren ihre Augen geschwollen und der süßliche Geruch war auch in dieses Haus eingezogen. Ein paar Tage später stand im Wohnzimmer, was der größte Wunsch ihres Vaters gewesen war: eine große Musiktruhe mit Radio, einem Fernseher, der hinter zwei Türen verschwand, und einem eingebauten Schallplattenwechsler. Das ganze Wochenende dröhnte seine Lieblingsmusik durch das Haus, »Der lachende Vagabund« oder »Auf der Reeperbahn nachts um halb eins«, und immer wieder die Lieder von Johannes Heesters, den er verehrte. Die Platten klapperten, wenn eine nach der anderen auf den Plattenteller herunterfiel. Automatisch schwenkte der Tonarm erst zur Seite, um dann auf der nächsten Scheibe aufzusetzen. Lisas Vater stand daneben und freute sich wie ein Kind. Ihre Mutter stellte ein gerahmtes Foto von Rudi auf die Musiktruhe – der Sohn im dunklen Anzug, als ihm der Direktor das Abiturzeugnis überreichte – aber der Vater wollte es nicht, er wollte gar kein Bild von Rudi im Haus sehen, weder hier noch an einer anderen Stelle. Die Eltern rissen sich das Bild gegenseitig aus den Händen, bis es zu Boden fiel und das Glas klirrend in tausend Splitter zerschellte.

Mit dem Umzug ins neue Haus hatte sich Lisa fest vorgenommen, eine gute Schülerin zu werden. Mit lauter guten Vorsätzen im Kopf – täglich würde sie zwanzig Vokabeln lernen, das wären, selbst wenn sie nur von einhundertfünfzig Schultagen ausging, dreitausend in einem einzigen Schuljahr – blätterte sie in den Schulbüchern und freute sich über die Bilder. Von nun an würde sie nicht nur jeden Tag Vokabeln lernen, sondern ihre Hausaufgaben erledigen, selbst die, von denen ihre Mutter nichts wissen konnte. Doch bald lag sie wie früher auf ihrer Couch, ein Schulbuch in den Händen, sodass es aussah, als würde sie lernen. In Wirklichkeit starrte sie zum Fenster oder erträumte sich die Liebe von Roger, dem neuen Französischlehrer, den sie in Gedanken nur mit Vornamen anredete. Wenn der Nachmittag zu Ende ging, hatte sie nicht einen Satz gelesen oder geschrieben und keine einzige Vokabel gelernt. Auch die Hefte sahen bald wieder so schlampig aus wie immer. Nur auf der ersten Seite jedes Heftes, deren Papier jungfräulich und rein anmutete, dabei wunderbar glatt und weich war und willig dem leichten Druck des Füllfederhalters nachgab, war selbst ihre Schrift ein Muster aus schön gerundeten Bögen und Schwüngen. Auf der Rückseite war dieses Wunder schon wieder vorbei: krakelige Auf- und Abstriche, durchgestrichene Buchstaben und über die Worte geschmierte Korrekturen statt Schönschrift.

Ein einziges Mal war sie in dieser Zeit tüchtig gewesen. Vielleicht war es gar nicht ernst gemeint und nur so dahingesagt, als der Deutschlehrer eine Tafel Schokolade als Belohnung versprach, wenn jemand bis zur nächsten Deutschstunde Schillers Glocke auswendig lernen würde.

Mit Lisa hatte er bestimmt nicht gerechnet, doch weil es niemand von ihr erwartete, nahm sie die Herausforderung an, stillschweigend und heimlich. Den ganzen Tag lernte sie und nachts mühte sie sich im Schein der Taschenlampe unter der Bettdecke, das Gedicht auswendig zu lernen. In der nächsten Deutschstunde trug sie das ganze zwölf Seiten lange Werk vor, Zeile für Zeile, Strophe für Strophe bis zum Ende. Am nächsten Tag bekam sie die versprochene Schokolade, dreimal so groß wie eine normale Tafel, und konnte vor lauter Stolz auf ihre Leistung nächtelang kaum schlafen.

Ganz freiwillig nahm sie an der Astronomie-AG teil und meldete sich für ein Referat über eine Supernova. Es faszinierte sie, wie ein Stern in seinem Sterben über sich hinauswuchs und für kurze Zeit millionen- oder milliardenfach heller leuchtete als zuvor, so hell wie eine ganze Galaxie, ehe er zugrunde ging. Außerdem mochte sie den Lehrer und sie gab sich Mühe, ihm zu gefallen. Am Tag des Referates hatte sie mit der Vorbereitung noch nicht einmal angefangen. Auch in der folgenden Woche hatte sie nichts vorzuweisen. Nachts ließen sie schlechtes Gewissen und Scham nicht schlafen. Jede Nacht hätte sie an dem Referat arbeiten wollen, doch ihr Zimmer in dem neuen Haus hatte eine Tür aus geriffelten Glas, und der Lichtschein würde ihre Mutter herbeilocken. Lisa versuchte unter der Bettdecke zu arbeiten, aber lesen, schreiben und die Taschenlampe halten war nicht möglich. Also tat sie nichts, denn Hausaufgaben bei Nacht waren streng verboten, sie mussten gleich nach der Schule erledigt werden. Die Tür zum elterlichen Schlafzimmer stand stets offen, sie müsse sonst schreien, sagte ihre Mutter, sie könne gar nicht anders, wenn die Tür geschlossen sei. Vielleicht war es die Erinnerung an die verschlossenen Türen der Luftschutzbunker, dachte Lisa, und die Angst, nie wieder herauszukönnen, vielleicht hatte es einen anderen Grund, wenn Lisa sie tatsächlich schreien hörte, mitten in der Nacht.

So wartete Lisa auf den nächsten Vollmond und eine klare Nacht, denn wenn das Mondlicht hell ins Zimmer leuchtete, konnte sie am Fenster stehen und lernen und schreiben, bis sie endlich zutiefst zufrieden und todmüde in ihr Bett sank.

Eines Tages fehlten an allen Türen im Haus die Schlüssel, nur die vom Bad und von der Gästetoilette steckten noch in ihren Schlössern. Vergeblich forderte Lisa ihren Zimmerschlüssel zurück.

»In diesem Haus braucht sich niemand einzuschließen«, sagte ihre Mutter. »Hier sind wir doch unter uns.«

Bald fehlten auch die Schreibtischschlüssel. Lisas Mutter behauptete, sie habe sie nicht genommen. »Mädchen, woher soll ich denn wissen, wo du deine Schlüssel gelassen hast?«, sagte sie.

Lisa entdeckte, dass es im Schreibtisch einen Hohlraum unter den Schubfächern gab. Zog sie diese ganz heraus, konnte sie dort die Dinge verstecken, die ihre Mutter nicht finden sollte. Nur flach mussten sie sein.

Ein paar Wochen nach dem Umzug stand auf dem Fensterbrett in ihrem Zimmer eine flache Tonschale mit hellem, feuchten Sand, der mit einer Glasscheibe vor dem Austrocknen geschützt war. Ihr Sonntagsvater hatte ihr erklärt, was sie für ihre Kakteenzucht brauchte. Manchmal stand er neben ihr und sie freuten sich gemeinsam, wie die kleinen schwarzen Samen quollen, dünnhäutiges Grün aus ihnen hervorbrach wie winzige Pilze mit einer Kerbe in der Mitte und aus dieser ein stacheliges Pünktchen wuchs, das dicker und länger wurde, bis endlich zu erkennen war, was es werden sollte: ein richtiger Kaktus.

Als der Sommer kam, wurden Terrasse und Garagenauffahrt mit kleinen Betonsteinen gepflastert. Im Vorgarten hatte der Gärtner Cotoneaster und winzige Koniferen gepflanzt. Die größeren hatten Lisas Mutter in Anbetracht des Schuldenbergs für unerschwinglich gehalten. Vor den Wohnzimmerfenstern auf der Südseite des Hauses wuchsen rote Rosen, Polyantharosen, wie ihr Vater immer wieder betonte, und neben dem Zaun zum Nachbargrundstück Spalierobst an einem Gestell, dessen senkrechte Pfosten doppelt so dick waren wie die Apfelbäumchen selbst. Ein grüner Flaum zeigte an, wo eine Rasenfläche entstand, eingerahmt von kleinen und von Schnecken angenagten Pflänzchen, deren weiße Namensschilder verrieten, was hier einmal blühen sollte. Im Haus waren die Lampen angebracht und vor allen Fenstern hingen Gardinen.

»Herr Liebermann möchte gern mein Haus ansehen«, verkündete Lisas Vater eines Tages beim Mittagessen. Er sprach immer von seinem Haus, was ihre Mutter widerspruchslos hinnahm. Herr Liebermann, sein Chef, würde am kommenden Donnerstag um halb sieben mit seiner Frau zum Essen kommen.

So wie es für Lisa Räume gab, die untrennbar mit Angst verbunden waren, so war dies für ihre Mutter das Wort Liebermann, denn in der Gunst dieses Mannes und kaum weniger in der seiner Frau sah sie die unbedingte Voraussetzung für das Wohlergehen, ja sogar für das Überleben der ganzen Familie. Während sie überlegte, was sie auftischen könnte, sah sie so verzweifelt aus, als sähe sie ein großes Unglück auf sich zukommen. »Schinken- und Käseplatte könnte es geben«, schlug sie endlich vor, »und vorweg eine Mockturtlesuppe.« Sie sagte »Mockturtel«, als hätte das Wort etwas mit Turteln zu tun.

Lisas Vater ging wieder zur Arbeit. Ihre Mutter blieb am Küchentisch sitzen, rauchte eine Zigarette nach der anderen und raufte sich die Haare. Oder ob es besser Schweinebraten mit brauner Soße und Bohnengemüse geben sollte, wollte sie von Lisa wissen, für ihr Rezept für Bohnen mit Tomaten habe sie doch sogar einen Preis gewonnen.

Lisa dachte an verkohlte Frikadellen, angebrannte Kartoffeln und versalzenes Gemüse und empfahl, beim ersten Vorschlag zu bleiben.

Der Tag des hohen Besuchs kam näher. Mutter putzte das Tafelsilber, bügelte die Falten und Knicke aus dem weißen Damasttischtuch und den passenden Servietten, wischte mit dem Geschirrtuch noch einmal über sämtliche Gläser, die vielleicht gebraucht würden – Weißwein- und Rotweingläser, Wassergläser, Sektgläser und Schnapsgläser – und spülte die neuen Cognacschwenker, die eigens für diesen Anlass angeschafft worden waren. Vaters bunte Römer Weingläser mit dem kunstvollen Schliff gab es nicht mehr. Lisas Mutter hatte sie beim letzten heftigen Streit in der alten Wohnung eines nach dem anderen an die Wand geworfen, nachdem der Vater ihre ererbten und über den Krieg geretteten hauchdünnen Mokkatassen zerschlagen hatte.

An diesem letzten Abend vor dem Besuch sank Lisas Mutter erschöpft und mit schmerzendem Rücken ins Bett, und am nächsten Morgen hatte sie geschwollene Augen, aber die von Lisa befürchtete Katastrophe war noch immer nicht eingetreten. Ihre eigene Unruhe hatte mittlerweile ein Ausmaß angenommen, das die Aufregung ihrer Mutter noch zu übertreffen schien. Sie hatte das Gefühl, dem Gang der Dinge ausgeliefert zu sein, und fürchtete das kommende Versagen und unabwendbare Peinlichkeiten.

Am Vormittag kaufte ihre Mutter ein, was noch fehlte, und gegen Mittag saß sie stundenlang unter einer unförmigen Plexiglashaube beim Friseur. Am Nachmittag richtete sie die Platten für das Abendessen. Sie legte kleine Gürkchen zwischen die sehr ordentlich aufgerollten Schinkenscheiben, garnierte die Schmelzkäsescheibletten und den in dünne Scheiben geschnittenen Edamer und Emmentaler Käse mit Salzstangen, dunkelrotem Paprikapulver und Weintrauben, richtete Teller mit Radieschen, Mixed Pickles und Tomatenachteln. Unter ihrer Anleitung portionierte Lisa die Butter mit einem Ausstecher zu kleinen Bällchen und versah jedes einzelne zwischen zwei geriffelten Holzbrettchen mit einem adretten Muster. Gerade noch rechtzeitig merkte ihre Mutter, dass sie die Petersiliensträußchen für die Schinkenplatte und die Salatblätter unter der Butter vergessen hatte. Die Mockturtlesuppe stand auf dem Herd, die Suppentassen zum Erwärmen im Backofen.

An den Scheibletten entzündete sich der Streit. Lisas Vater bestand darauf, dass die Verpackung der einzelnen Scheiben unbedingt entfernt werden müsse, ihre Mutter weigerte sich. Laut schluchzend stürzte sie aus dem Zimmer, weil der Vater den verpackten Käse idiotisch nannte.

Bald darauf klingelte es an der Haustür und Lisas Mutter war plötzlich wieder da. Das weinrote Cocktailkleid, das sie nun trug, passte wunderbar zu ihrem glänzenden kastanienbraunen Haar. Die vom Weinen geröteten Augen konnte nur bemerken, wer sie sehr genau ansah, und wenn sie nach Alkohol roch, so wurde der Geruch vom reichlich benutzten 4711 Eau de Cologne verdeckt.

Lisas Vater ergriff Frau Liebermanns ausgestreckte Hand und führte sie mit einer Verbeugung an seine Lippen. Seinen Chef begrüßte er mit einem tiefen Diener. Dann legte er einen Arm um die Taille von Lisas Mutter. »Meine bessere Hälfte«, sagte er. »Was wäre ich ohne sie.«

Die Mutter lächelte angestrengt.

Lisa ergriff Frau Liebermanns angebotene Hand, dann die ihres Mannes, machte einen artigen Knicks und nahm eine Tafel Vollmilchnuss-Schokolade entgegen. »Danke«, murmelte sie und schaffte es für einen kurzen Augenblick, den Gästen in die Augen zu sehen. Lisas Mutter bekam einen Strauß rosafarbene Nelken und ihr Vater sechs dickbauchige Cognacschwenker. Es entging Lisa nicht, dass sich die Eltern einen raschen Blick zuwarfen, ehe ihr Vater das Geschenk mit großer Begeisterung entgegennahm.

Lisas Vater schenkte Sekt ein, ihre Mutter verkündete, was es zu Essen gebe.

»Oh, Mockturtlesuppe«, rief Frau Liebermann aus. »Mocktörtel«, sagte sie und klärte darüber auf, dass in dieser Suppe eben kein Fleisch von Schildkröten sei, wie Lisas Mutter verkündet hatte, sondern vom Kalb.

Beim Essen erzählte Lisas Vater von Rudi und seinem Medizinstudium in Innsbruck. Die Lüge von der Reise war längst überholt.

»Ja«, lachte sein Chef, »die jungen Leute wissen, wie man es sich gut gehen lässt: Der Papa zahlt das Studium und sie vergnügen sich beim Skilaufen und mit den Mädchen.«

Frau Liebermann warf ein, dass jetzt Sommer sei.

»Rudi liebt die Berge auch im Sommer«, sagte Lisas Mutter leise, während Herr Liebermann meinte, nach dem ersten Wintersemester in Innsbruck kämen die meisten wieder zurück nach Deutschland. Die Studienbedingungen seien in Österreich nicht so gut wie hier und länger als ein Jahr hielten es die wenigsten bei den Österreichern aus.

»Rudi hat sich noch nicht entschieden, wo er in Zukunft studieren wird«, wich Lisas Vater aus. »Unser Sohn denkt sogar daran, von Innsbruck nach Amerika zu wechseln.«

»Nach Amerika! Wenn er als Forscher Karriere machen will, ist es das Beste, was er tun kann.« Herr Liebermann breitete vor Begeisterung die Arme aus. »Das sage ich unserem Sohn auch immer: Du musst nach Amerika gehen, wenn du es bei uns zu etwas bringen willst.«

»Machen Sie sich denn keine Sorgen, wenn Rudi so weit fortgehen will?«, wandte sich seine Frau an Lisas Mutter. »Ich habe gelesen, dass in New York jedes Jahr ein paar Hundert Menschen umgebracht werden.«

»Doch«, sagte diese noch leiser als zuvor. »Doch. Ich mache mir große Sorgen um Rudi.« Sie blickte auf ihren Teller und Lisa wusste, dass sie mit den Tränen kämpfte.

»Ich glaube nicht, dass Rudi nach Amerika geht«, warf Lisa ein. Es sollte ein Trost sein.

Vater machte eine ruckartige Bewegung und auch ihre Mutter fuhr zusammen und stupste sie unter dem Tisch an.

Lisa wusste, es wäre jetzt besser zu schweigen, doch alles in ihr wehrte sich gegen das Lügengebäude, dessen Teil sie sein sollte.

»Warum trittst du mich?«, fragte sie laut.

»Entschuldige«, sagte ihre Mutter. »Ich dachte, es wäre das Tischbein.«

Bald darauf stand ihr Vater auf, strahlte. »Jetzt zeige ich Ihnen meine bescheidene Hütte.«

Er schlug vor, im Keller zu beginnen, und während sich alle in Bewegung setzten, dozierte er über sein unübertreffliches Haus, lobte die hervorragende Lage – der Tiergarten mit seinen alten Bäumen sei ganz in der Nähe –, lobte die Thermopenscheiben der Fenster und die praktischen Kunststoffböden, lobte den guten Geschmack des Architekten. Auch die schwarzen Böden in Bad und Gästetoilette seien dessen Idee gewesen. Lisa ging hinter ihrer Mutter und sah, wie sie die Fäuste ballte und ihre Kiefer mahlten.

»Meine Hütte«, sagte Lisas Vater, als sie im oberen Stockwerk angekommen waren. »Meine Hütte«, wiederholte er und Mutter lächelte zustimmend, ein stolzes Paar, dessen Glück nichts trübte. Die Gäste bewunderten das Haus gebührend, ob pflichtschuldig oder aus Überzeugung, konnte Lisa nicht unterscheiden.

»Und das Zimmer Ihres Sohnes?«

Ihr Vater zeigte auf die Tür, hinter der Mutters Nähmaschine vor einer Blümchentapete stand. »Rudi möchte nicht, dass wir sein Zimmer zeigen, wenn er nicht zu Hause ist.«

In der Nacht hörte Lisa den Streit der Eltern. »Deine Hütte«, schrie ihre Mutter. »Immer nur deine Hütte! Und wer putzt deine Hütte? Wer bohnert das Parkett und wer muss die Flecken von diesen verfluchten schwarzen Fliesen im Bad wegmachen? Stundenlang habe ich wieder am Boden gekniet, aber es nützt ja alles nichts.« Im nächsten Moment hörte Lisa sie laut aufschluchzen. Sie zog sich die Bettdecke über die Ohren, aber schlafen konnte sie nicht.

Als sie am nächsten Tag aus der Schule kam, lag ihre Mutter im Bett. Lisa sprach sie an, doch sie bemerkte es nicht. Der Geruch, der Lisa Angst machte, lastete schwer und süßlich im Zimmer. Mutter selbst roch so, aus ihrem Körper und ihrem Atem dünstete der Geruch des Alkohols. Im Mantel und mit Aktentasche trat ihr Vater ins Zimmer. »Kümmere dich um deine Mutter«, sagte er, dann drehte er sich um und ging zur Arbeit.

Lisa war allein mit dieser beängstigenden Frau, die nichts sah, nichts hörte, nichts sagte. Anstatt mit den Klassenkameraden zum Schwimmen zu gehen, war sie dazu verdammt, zu Hause auszuharren. Es konnte sein, dass ihre Mutter aufstand und dann stürzte, vielleicht im Bad, vielleicht auf der Treppe. Vielleicht würde sie auch wieder einmal versuchen, sich die Pulsadern aufzuschneiden, vielleicht alle ihre Schlaftabletten auf einmal einnehmen, und wenn dann niemand einschreiten würde, könnte das geschehen, was sie nach Meinung des Vaters gar nicht wollte, nämlich sterben. – Einmal hatte Lisa in der Zeitung von einem kleinen Jungen gelesen, der in einer verwahrlosten Wohnung neben seiner toten Mutter ausgeharrt und nicht gewagt hatte davonzulaufen. Erst nach zwei Tagen und zwei Nächten bemerkten Nachbarn sein leises Schluchzen.

Am späten Nachmittag hörte Lisa im Schlafzimmer Geräusche, eine Tür fiel ins Schloss, ihre Mutter wankte die Treppe hinunter. Sie folgte ihr geräuschlos. Durch die angelehnte Tür hörte sie, wie ihre Mutter den Wasserkessel füllte und ein Streichholz anriss, um eine Flamme am Gasherd anzuzünden. Sie kochte Kaffee. Sie würde die Zeitung auf dem Küchentisch ausbreiten, würde sich zum Kaffee eine Zigarette anzünden und alles wäre wie immer.

Ein halbes Jahr nach dem Umzug starb Lisas Großvater. Er hatte sich mit seinem Kabinenroller bei Dunkelheit in der letzten Kurve vor Poggenhagen überschlagen. Ihre Eltern fuhren ohne sie zur Beerdigung, während sie in der Schule war. Poggenhagen sah sie niemals wieder. Für sie hatte es mit dem Tod des Großvaters aufgehört zu existieren. Von Zeit zu Zeit überfiel sie eine würgende Sehnsucht nach dem kleinen Haus, nach den Hühnern, der Ziege und den Bienen, von denen sie nicht wusste, was aus ihnen geworden war. In diesen Augenblicken dachte sie an Magdalena und an das alte Fachwerkhaus in Letter, aber als sie Magdalena besuchen wollte, hatte diese ihr Elternhaus verlassen und wohnte in einer anderen Stadt.

Das Jahr näherte sich seinem Ende. Lisas Mutter packte dieses Mal die Pakete für »drüben« geradezu inbrünstig und ohne die üblichen Verwünschungen. Anstelle der Nylonstrümpfe hatte sie Strumpfhosen gekauft. Vielleicht war sie dankbar, dass sie in einem schönen Haus wohnte und die Familie noch immer nicht an den Schulden zugrunde gegangen war. Vielleicht war sie auch abergläubisch und wollte mit ihren Opfergaben die Dämonen des Neides und der Missgunst beschwichtigen. Missgunst und Neid: beides unterstellte sie den Verwandten, dennoch stellte sie in der Adventszeit Kerzen in die Fenster, die zur Straße wiesen. In vielen Häusern standen jetzt diese Kerzen für die Brüder und Schwestern drüben. Die Appelle der Regierung, die Menschen im anderen Deutschland nicht zu vergessen, waren gehört worden.

Bald war Weihnachten vorüber, Silvester folgte. Das neue Datum war noch fremd. Auf einmal war der Winter vergangen, bald das erste Jahr im neuen Haus. Noch immer war Lisa meist allein in der neuen Umgebung. Eine Freundin hatte sie nicht gefunden und die Klassenkameraden waren ihr fremd geblieben: albern kichernde Mädchen, die sich die Schminke zu dick ins Gesicht schmierten, die Augen zu schwarz umrandeten und künstliche Wimpern an die Lider klebten. Sie lasen die »Bravo« und gaben damit an, was sie mit den Jungs schon alles getrieben hätten. »Wenn ein Mädchen mit fünfzehn noch nicht mit einem Jungen geschlafen hat, ist es ein Grund zur Sorge.« So oder ähnlich musste es in der Zeitschrift gestanden haben. Lisa konnte sich nicht vorstellen, dass die anderen schon mit einem Jungen im Bett waren, um das zu tun, was sie sich noch immer nicht vorstellen konnte und was mit unerträglicher Peinlichkeit verbunden sein musste. Wahrscheinlich wollten sie nur angeben. Mit diesen Mädchen verband Lisa nichts. Sie passte nicht zu den anderen, wollte nicht so sein wie sie und doch dazugehören – irgendwie. So saß sie allein in der letzten Reihe mit ihrem knielangen grauen Rock und dem weinroten Wollpullover, kaute an ihrem Zopf und war froh, wenn mittags die Schultür hinter ihr ins Schloss fiel. Nur der Sport machte ihr Spaß. Sie sprang höher und weiter als die anderen Mädchen, lief schneller, und die Hocke über den langen Kasten machte ihr keines nach. – Nur einmal verpasste sie den Absprung, prallte ungebremst gegen den Kasten, zertrümmerte eine Strebe an dessen Innenseite und zwei ihrer Rippen.

In der achten Klasse wurde der Umgang mit den Klassenkameraden zur Schwerarbeit. Die Mädchen grenzten sie aus und wenn sie, wie so oft, ohne Hausaufgaben in die Schule kam, ließ sie niemand abschreiben, wie es sonst üblich war. Sie schaute den Jungs hinterher, aber die beachteten sie nicht. Die Tatsache, dass sie kein Ziel hatte, lähmte sie. Sie wusste nicht, wofür sie hätte lernen sollen. Ihr Vater ließ keinen Zweifel daran, dass ein Studium für sie nicht infrage käme. »Und wenn du wirklich studiert hast, was dann? Du kriegst Kinder, und wir haben das viele Geld umsonst ausgegeben.«

In dieser Zeit ging sie oft allein spazieren, am Mittellandkanal, im Hermann-Löns-Park, im Tiergarten, und war doch niemals völlig allein. Immer war jemand da, der sie beobachtete, der mit ihr sprach, ein Lehrer, auf dessen Frage sie eine falsche Antwort gegeben hatte und sich rechtfertigen musste, ein Mädchen aus ihrer Klasse, auf dessen höhnische Bemerkung ihr erst jetzt die passende Antwort einfiel, und immer war ihre Mutter bei ihr, Rede und Gegenrede, das Streiten nahm kein Ende. Wenn Lisa wirklich einmal ihre Stimme erhob, redete sie mehr mit Tieren und Pflanzen als mit den Menschen, mit dem Kätzchen, das ihr zutraulich folgte, dem Eichhörnchen, das um Futter bettelte, oder sogar den Kakteen auf ihrer Fensterbank.

Drei Wochen im Jahr verließ Lisa ihre melancholische Welt, sie reiste auf einen anderen Planeten, so kam es ihr jedes Mal vor. Was sie bedrückte, blieb in einer dunklen Ecke der Erde zurück. Auch in den Jahren, in denen Rudi nicht mehr daran teilnahm, blieb die Pfadfinderfreizeit im Sachsenhain die schönste Zeit des Jahres. Sie wohnte jetzt nicht mehr im Zelt wie früher, sondern mit anderen Mädchen unter dem dicken Strohdach eines alten Fachwerkhauses. Zu viert schliefen sie in einem Zimmer in Stockbetten, sie redeten über andere Freizeiten, lästerten über die Leiterinnen oder verehrten sie, zerpflückten die Jungs in den Zelten mit ihren Worten und die Halme des Daches mit ihren Fingern. Sie trockneten ihre Strümpfe und Wäsche auf dem warmen Stroh und bei Gewitter verkrochen sie sich in den unteren Betten. Unter diesen Mädchen fühlte sich Lisa nicht so fremd, sie ähnelten sich, und doch war sie froh über ihren Platz im oberen Bett, wo sie sich unsichtbar machen konnte.

Der Sachsenhain war umgeben von Kiefernwäldern. Hier war der Ort, wo sich Lisa ihre Hütten baute. Die kunstvollen Gebilde aus Ästen, Kiefernzweigen und langen silbrig schimmernden Gräsern waren die Verkörperung des geschützten Raumes, nach dem sie sich immer gesehnt hatte. Das Hüttenbauen erzeugte in ihr ein unbändiges Glücksgefühl, sie schuf sich ihre eigene Wohnung, ihr Refugium, ihr unantastbares Eigentum. Ihre Hütten sollten nicht nur vor Blicken schützen, sondern eine sichere Zuflucht vor Angst und Bedrohung sein, ja vor den Menschen überhaupt. Drei Wochen dauerten die Freizeiten, drei Wochen, die ihr blieben, um vier oder fünf dicht stehende Kiefern mit Ästen zu verbinden und in diesem Grundgerüst ein Gewirr aus senkrechten und waagerechten Ästen zu Wänden emporwachsen zu lassen, das niedrige flache Dach in gleicher Weise darüber. Kiefernzweige, die ihre Nadeln nicht verloren hatten, oder trockene Gräser vom Waldrand, die sie zwischen die Äste flocht, schirmten das Innere der Hütte ab und schützten sogar eine Weile vor Regen. In Gedanken bewohnte sie ein ganzes Haus mit Küche, Wohnzimmer und Schlafzimmer und in einer Ecke baute sie aus kleinen geraden Zweigen und Kiefernzapfen ein Kästchen als ihren Tresor.

An einem Morgen lag mitten in ihrer Hütte zwischen verschmierten Papiertüchern ein großer stinkender Kothaufen. Mit Stöcken räumte sie ihn fort, aber ihr Haus war für immer verdorben. Sie baute unter einem umgestürzten Baum eine neue Hütte, deckte sie, um Zeit zu sparen, mit gelb blühendem Springkraut, aber es verwelkte rasch, wurde schwarz und hässlich und beschützte sie nicht mehr. In diesen Tagen fand sie am Wegesrand eine Weinbergschnecke. Sie hob die Schnecke hoch, die sich sofort zurückzog. Als sie die Schnecke wieder und wieder berührte, sobald diese ihre Fühler ausstreckte, verschloss sie den Eingang. Das Schneckenhaus hatte eine richtige feste Tür. Lisa beneidete das Tier um sein Haus, das es immer bei sich trug und in das es sich jederzeit zurückziehen konnte.

In den glücklichen Tagen ihrer Abwesenheit von zu Hause begriff sie, dass der einzige Schutz vor ihrer Mutter der Abstand war. Sie sehnte sich nach Erlösung von Vorwürfen, Kontrolle und Umklammerung und von dem immerwährenden Schrecken des Alkohols und der Tabletten. Zu glauben, dass es daheim eines Tages besser werden könnte: Schon dieser Gedanke erschien ihr mittlerweile so abwegig, als würde sie ein Lotterielos kaufen in der festen Überzeugung, den Hauptgewinn in den Händen zu halten.

Gegen alles, was Entfernung bedeutete, wehrte sich ihre Mutter, mal mit weinerlichen Klagen, mal mit Drohungen. Niemals wollte sie zulassen, dass ihr zweites Kind seine eigenen Wege ginge. Doch je mehr sich ihre Mutter dagegen wehrte, umso entschiedener wollte Lisa das Haus in Kirchrode verlassen. Sie stellte sich vor, in einem Internat zu leben, das von Wäldern umgeben war, in denen sie Hütten baute wie beim Sachsenhain. Sie wollte fort von ihrer Mutter und gleichzeitig fürchtete sie, sie könnte sie durch ihren Tod verlassen.

In ihrer Klasse war ein Junge, dessen Mutter war an der asiatischen Grippe gestorben, als er vier oder fünf Jahre alt war. Er erinnerte sich, dass sie ihn abends noch ins Bett gebracht hatte. Sie war müde gewesen und hatte immer wieder geseufzt. Mitten in dem Schlaflied, das sie ihm immer gesungen hatte, war sie plötzlich von der Bettkante aufgestanden und aus dem Zimmer gewankt. Am nächsten Tag war eine Tante gekommen und hatte sich um ihn gekümmert. Ein paar Tage später hatte man ihm erzählt, seine Mutter sei nun im Himmel und von dort sähe sie ihm zu. – Manchmal in ihren düsteren Träumen, aus denen sie mit Tränen erwachte, sah Lisa ihre Mutter sterbend oder tot.

Als Lisa den Großen Garten wieder verlässt, sind erst drei Stunden vergangen, seit sie in Hainholz aus dem Zug gestiegen ist. Ihre Reise an die Orte ihrer Kindheit ist ein Wagnis gewesen. Sie hat gefürchtet, die Stadt nur ertragen zu können, wenn sie wieder hinter ihr liegt und die südlichen Leineauen am Zug vorbeifliegen. Doch die Stadt hat ihren Schrecken verloren, die schlimmen Ereignisse sind auf wenige Flecken zusammengeschrumpft, andere Orte sind durch die Erinnerungen schöner geworden. Noch weiß sie nicht, ob sie die kommende Nacht hier verbringen oder mit dem Nachtzug zurückfahren wird. Bislang ist sie nicht überall gewesen, hat nicht alles gesehen, was ihr wichtig ist.

Neben dem großen Parkplatz bei den Herrenhäuser Gärten ist ein ovaler Kiosk mit einem weit vorragenden grünen Kupferdach. Als Lisa ein Kind war, kaufte ihre Mutter an diesem Kiosk Buttermilch, die aus einem Hahn wie im Milchladen in weiße Henkelbecher gezapft wurde. Jahre später kam sie mit Manfred hierher. Die Buttermilch aus dem Hahn gab es damals noch immer.

***

8

Manfred trat in ihr Leben, als sie vierzehn war. Er war schon sechzehn – der einzige Grund dafür, dass sie sich für ihn interessierte. Im Übrigen fand sie ihn langweilig. Manfred stotterte vor Aufregung, als er sie beim Abschlussball der Tanzstunde zum Walzer aufforderte. Seine Hände zitterten, sein ganzer Körper bebte, während er sie auf die Tanzfläche führte, aber er tanzte viel besser als ihr Tanzstundenherr. Manfred machte alles richtig: Haltung, Schrittfolge, Rhythmus, doch er tanzte mit einem angespannten Gesicht, als stellte er sich gerade einer ganz besonderen Herausforderung und dürfte auf keinen Fall einen Fehler machen. Tat Lisa einen falschen Schritt und er stieß deswegen gegen ihren Fuß, entschuldigte er sich wie für ein unverzeihliches Missgeschick. Er wurde schon bei Kleinigkeiten rot, was Lisa jedes Mal an ihre eigene Schwäche erinnerte. Sein Erröten war ansteckend.

Manfred hatte sich in sie verliebt und wollte jedes Wochenende mit ihr verbringen, den Samstagabend und den ganzen Sonntag noch dazu. Freitags rief er an, fragte, wann sie Zeit habe, bettelte, wenn sie vorgab, das Wochenende anderweitig verplant zu haben. Seine Beharrlichkeit gab ihr das Gefühl von Macht. Endlich einmal war sie nicht die Gehemmte, die Sprachlose, die Angst vor den Menschen hatte und vor ihrer Kritik. Jetzt war sie jemand, der zustimmen oder ablehnen konnte, der lieb sein konnte oder verletzend. Lisa entschied, was sie unternahmen, denn Manfred war alles recht, jeden Vorschlag nahm er mit Begeisterung auf, sofern sie nur Zeit für ihn hatte. Er war unterwürfig wie ein braver Hund, der seinem Herrn die Pantoffeln bringt, auch wenn er bei anderer Gelegenheit einen Fußtritt bekommt.

Mit Manfred ging sie durch die Herrenhäuser Gärten und den Hermann-Löns-Park oder sie bummelten durch den Zoo, Hand in Hand, so viel Nähe gestattete sie ihm. Dann sah es aus, als wäre sie in ihn verliebt. Wenn er beim Spazierengehen seinen Arm um sie legen wollte, fragte er zuvor, ob es ihr recht sei. Er liebte ihr rotes Sommerkleid, er liebte ihren langen Zopf, und wenn sie einen Pickel im Gesicht hatte, fand er das niedlich. Wie selbstverständlich trug er die ihr lästige Handtasche, dieses in den Augen von Lisas Mutter unverzichtbare Utensil einer jeden Frau.

Manfred bot Lisa die Geborgenheit und Zuverlässigkeit, nach der sie sich immer vergeblich gesehnt hatte, und wenn er ihr nicht so bedingungslos ergeben gewesen wäre und sie sich seiner Zuneigung nicht so sicher gewesen wäre, hätte sie sich vielleicht sogar in ihn verliebt. So aber behandelte sie ihn schlecht, wo immer sie konnte. Er bot es ihr förmlich an und sie war es nicht gewöhnt, dass jemand ihre Wünsche respektierte. Manfreds Liebe zu ihr tat das keinen Abbruch, ganz im Gegenteil, je mehr sie ihn zurückstieß, umso ergebener bemühte er sich um sie. Sie probierte, wie weit sie gehen konnte, ließ ihn warten, wenn sie verabredet waren, sagte kurzfristig ab, erschien ohne Begründung gar nicht zur vereinbarten Zeit oder ließ ihn, wenn sie zusammen waren, einfach stehen.

An einem warmen Juniabend saßen sie im Hermann-Löns-Park auf einer Bank. Er hatte den Arm um ihre Schulter gelegt und seine andere Hand hielt ihre. Süß und schwer hing der Duft von Lindenblüten zwischen den alten Bäumen und ein fast voller Mond streute helle Flecken über die verlassenen Wege. Jetzt war der richtige Augenblick, sich zu küssen, richtig zu küssen, wie es die anderen Pärchen taten. Manfred schien dasselbe zu denken und näherte sein Gesicht ihrem. Lisa tat, als würde sie es nicht bemerken, und schlug vor, in die Stadt zu fahren. Sie wolle dabei sein, wenn die Straßenbahnen wegen der Fahrpreiserhöhungen bestreikt wurden, sie wolle selbst sehen und miterleben, wovon die Zeitungen voll waren.

Manfred weigerte sich mit einer Entschiedenheit, die sie ihm niemals zugetraut hatte. Auf keinen Fall wolle er mit den Blockierern oder mit deren Unterstützern etwas zu tun haben. Ganz offensichtlich hatte er Angst, und dieses Gefühl war stärker als seine Nachgiebigkeit. Lisa versuchte nicht länger, ihn zu überreden. Sie schüttelte seinen Arm ab und stapfte davon. Er könne ihr mit seiner Spießigkeit gestohlen bleiben, rief sie ihm zu. Manfred folgte ihr, doch sie lief davon und versteckte sich hinter Büschen, bis er sie aus den Augen verlor. An der Straßenbahnhaltestelle in der Kirchröder Straße hielt sie eines der vielen Autos an, die mit einem roten Punkt an der Windschutzscheibe anzeigten, dass sie wegen des Boykotts kostenlos Fahrgäste mitnahmen. Es war ein klappriger VW-Käfer mit einer Fahrerin, die barfuß die Pedale bediente. In einer winzigen Blumenvase am Armaturenbrett nickten Gänseblümchen und auf dem Rücksitz döste ein struppiger Hund. Die Frau, die nur ein paar Jahre älter als Lisa zu sein schien, redete ohne Unterlass. Seit drei Tagen täte sie nichts anderes, als Fahrgäste mitzunehmen. Sie meinte, man müsse denen da oben endlich einmal zeigen, dass man die teuren Verkehrsmittel nicht brauche. Lisa schwieg. Sie fragte sich, ob ihr Manfred auch dieses Mal verzeihen würde. Vielleicht war sie heute zu weit gegangen, als sie ihm an diesem romantischen Abend einfach davonlief. Am Hauptbahnhof stieg sie aus. Mit einem ängstlich aussehenden älteren Ehepaar und seinen zwei großen Koffern fuhr die Frau davon.

Lisa schlug den Weg zum Steintor ein und mit einem Mal war sie mittendrin. Wie bei einem Volksfest war die Stimmung, eine Gaudi mit Nervenkitzel. Überall auf den Straßen und den Gehwegen drängten sich die Menschen in einem beglückenden Akt der Solidarisierung. Am Steintor war die Polizei mit Wasserwerfern angerückt, Fahrzeuge mit meterhohen Räumgittern standen auf den Schienen ohne Chance, die Menge der Protestierenden zu vertreiben. Dann, wie aus dem Nichts, kam ein Trupp Polizisten mit gezogenen Knüppeln auf Lisa zu, trieb sie zusammen mit andern Demonstranten vor sich her. Im Hinterhof eines Kaufhauses brachten sie sich in Sicherheit, während die Uniformierten an der Einfahrt vorübertrabten. Gleich war Lisa wieder am Steintor für die nächste Runde des Katz-und-Maus-Spiels mit den hilflosen Trupps von Polizisten, die mit gezogenen Gummiknüppeln hinter den Demonstranten herrannten wie eine hoffnungslos unterlegene Fußballmannschaft. Nein, ohnmächtig gegenüber der Polizei fühlte sich Lisa nicht. Ganz im Gegenteil: hatte sie sich jemals zuvor so stark gefühlt wie an diesem Abend? Wir, das war der Gedanke, der sie beherrschte, wir stehen zusammen, wir helfen einander, auch wenn Bahnen und Busse nicht mehr fahren. Als die Fahrpreiserhöhungen zurückgenommen wurden, war Lisa stolz, als wäre es ihr Verdienst.

Manfred rief am nächsten Tag an. Er habe große Angst um sie gehabt und bewundere ihren Mut. Sie müsse ihm verzeihen, dass er nicht mitgekommen sei.

Er selbst nahm niemals an Demonstrationen teil. Er hasste Auseinandersetzungen. Wenn er Lisa zu Hause abholte, brachte er zwei Blumensträuße mit, einen für sie und einen für ihre Mutter. Mit seinen kurz geschnittenen Haaren, seiner Krawatte und im Winter einem knielangen dunklen Wollmantel zerstreute er Mutters Sorge, Lisa könne einen von diesen ungepflegten langhaarigen Kerlen mit nach Hause bringen, die plötzlich überall auftauchten wie Unkraut nach dem Regen, für ihre Mutter der Inbegriff von Chaos und Zerfall. In dieser Zeit gesellte sich zu deren Angst vor den Russen und vor finanziellem Ruin eine weitere Angst: die Angst vor den Langhaarigen, die sich gegen alles auflehnten, was die ältere Generation seit dem Krieg geschaffen hatte, ja, gegen alles, was in ihren Augen für Sicherheit und Frieden unabdingbar war und was verhinderte, dass die Welt in Anarchie und Gewalt versank.

Manchmal lud Lisas Mutter Manfred sonntags zum Essen ein, aber wenn er dann kam, waren die Kartoffeln versalzen oder der Braten verbrannt oder sie hatte noch nicht einmal mit den Vorbereitungen begonnen, wenn er an der Tür klingelte.

An einem solchen Tag – sie saßen im »Wienerwald« und aßen Hähnchen statt des versprochenen Schnitzels mit Mischgemüse – fragte Manfred zum ersten Mal nach der Ursache. »Ist deine Mutter krank?«

Lisa fühlte die Schamröte glühend in ihr Gesicht steigen. Sie zuckte bloß mit den Schultern, als ginge sie das Thema nichts an und wäre es völlig belanglos, was mit ihrer Mutter war. Niemand hatte bislang gewagt, diese Frage zu stellen. Kannte Manfred nicht längst die Antwort? Wussten es nicht alle, was die Ursache ihrer Gebrechen war, die Nachbarn, die hinter den Gardinen standen, wenn sie mit unsicheren Schritten nach Hause kam, die Lehrer, die beim Elternsprechtag den Alkohol riechen und die geschwollenen Augen sehen mussten, die Hausärztin, die sie seit vielen Jahren behandelte? Aber niemand schritt ein, niemand half, niemand nannte die Krankheit mit Namen, als gäbe es für sie keine Worte. »Geh doch endlich einmal zu einem anderen Arzt«, sagte Lisas Vater, aber sie ging wieder zu ihrer Hausärztin, die die Schlaftabletten und Beruhigungsmittel verschrieb und eines Tages mit einer Überdosis ihrem Leben selbst ein Ende setzte.

»Sprecht ihr nicht darüber?«, fragte Manfred. Lisa schob ihren Teller fort, obwohl sie die besten Stücke noch nicht gegessen hatte, und schüttelte abweisend den Kopf. Er sah sie verwundert an und fragte nicht weiter. An diesem Tag war Lisa noch stiller als sonst. Auch am Abend beim Schützenfest wollte sich kein Gespräch entwickeln. Das Verschweigen schuf eine zusätzliche Fremdheit zwischen ihnen. Manfred stellte die Frage nach ihrer Mutter nie wieder.

Lisas Leben folgte ihren eigenen Gesetzen. Am Samstag endete die Schule um zwölf Uhr nach dem Sportunterricht. Was dann bevorstand, fürchtete sie mehr als jede Schulstunde, für die sie die Hausaufgaben nicht erledigt hatte: das Wochenende. Jede Stunde, jede Minute zählte, die sie nach der Schule nicht gleich nach Hause kam. Sie traf sich mit ein paar Klassenkameraden in einer verräucherten Eckkneipe, wo niemand nach ihrem Alter fragte, Hauptsache der Umsatz beim Bier stimmte. In dieser Stunde wurde sie zu einer anderen Lisa, war nicht mehr das verschlossene Wesen, das die Zähne nicht auseinanderbrachte und beim Sprechen rot wurde. Nach dem ersten Bier lachte sie, wenn andere Witze erzählten, nach dem zweiten redete sie selbst, nach dem dritten wurde sie übermütig und nach dem vierten träge. Außer ihr gab es nur noch einen Sitzenbleiber, der vier Halbe in der einen Stunde schaffte. Lisas Mutter hatte Verständnis dafür, dass sie nach dem Sport müde nach Hause kam und sich gleich hinlegte. Auch ein Bier nach der Schule war kein Grund zur Besorgnis, ganz im

Gegenteil. Endlich einmal schloss sie sich den Klassenkameraden an, lag nicht stundenlang untätig auf ihrer Couch und verlor sich nicht auf ihren einsamen Spaziergängen. – Lisa hatte eine Meisterschaft darin entwickelt, ohne viele Worte so schnell im Bett zu verschwinden, dass ihr Lallen und ihr schwankender Gang nicht auffielen. – Oder merkte ihre Mutter doch, wie betrunken sie war, und sagte nichts, weil Alkohol zum Leben gehörte und Lisas Zustand sie von ihrer eigenen Schuld reinwusch? Ihr Vater lag, wenn sie zur rechten Zeit kam, nach dem Essen im Wohnzimmer auf dem Sofa. Er ruhte, wie er es nannte. Ihm begegnete sie nicht.

An den Samstagabenden ging Lisa mit Manfred in die Disco, trank einen Campari nach dem anderen, lachte und redete viel, schlabberte mit der Zunge das bittere Zeug aus dem Glas und schlug in ihrem betrunkenen Übermut mit dem ausgestreckten Zeigefinger Löcher in die Bierdeckel, bis die Bedienung sie ihr wegnahm.

»Ich mag das, wenn du nicht so ernst und still bist wie sonst«, sagte Manfred und küsste vorsichtig ihre Nasenspitze.

An einem Abend saß in Lisas Nähe ein Mann, schwarzhaarig, mit dunklen Brauen und dunklem Schnurrbart. Sein schwarzes Brusthaar kräuselte sich aus dem weit geöffneten Hemd, das im Neonlicht bläulich leuchtete. Er zog Lisas Blick an. Wie Omar Sharif als Doktor Schiwago, dachte sie, und sie gab sich der Vorstellung hin, er könne es wirklich sein. Der Mann hatte die Arme vor der Brust verschränkt und sah auffordernd zu ihr herüber. Nach einer Weile beugte er sich vor. Er griff nach ihrer Hand und streichelte ihre Handfläche mit seinen Fingerspitzen. »Was ist«, fragte er. »Tanzen wir zusammen?«

Es war etwas Unabdingbares in seiner Art, verlockend und abstoßend zugleich. Lisa ließ es zu, dass er sie von Manfred fort auf die Tanzfläche zog, geschmeichelt, dass sie etwas an sich hatte, das diesen Mann anzog, der viel älter war als sie. Sie war sofort in ihn verliebt, war es schon gewesen, ehe sich ihre Blicke zum ersten Mal kreuzten. Beim Tanzen bewegte er sich kaum, er presste seinen Unterleib gegen ihren, schob seinen Oberschenkel zwischen ihre Beine. Betäubt vom Alkohol und der lauten Musik schmiegte sie ihren Körper an seinen, wollte sich in seinen Armen auflösen, eins mit ihm werden. Als er sie küsste, war plötzlich seine Zunge in ihrem Mund, erschreckend und erregend zugleich. Der Fremde zog sie in eine dunkle Ecke. »Was ist, wenn Manfred jetzt geht?«, dachte sie, und vielleicht hoffte sie es sogar. Begierig nach seinen Berührungen und seinen Küssen ließ sie zu, dass er seine Hand unter ihren Rock und zwischen ihre Beine schob. Den Mann, der sich zwischen den Tanzenden hindurchzwängte, bemerkte Lisa eher als er sie. Ihr Vater. Es war halb elf. Um zehn Uhr hätte sie vor der Tür stehen sollen, um von ihm nach Hause gebracht zu werden. Am Rande der Tanzfläche trafen sie aufeinander.

»Wo ist Manfred?«

»Auf dem Klo. Ich habe mich schon von ihm verabschiedet.«

Das Ausgehverbot wegen ihrer Verspätung traf Lisa weniger als Manfred. Er habe sich große Sorgen um sie gemacht, sagte er am Telefon. Ob sie nicht gemerkt habe, was dieser Mann von ihr wollte?

Viele Tage und Abende lag Lisa auf ihrem Sofa, Gesicht zur Wand, oft grundlos heulend, verstrickt in ihre freudlose Welt oder geflohen in die Stille ihrer Bücher. Sie verliebte sich mit Desiree in den Grafen Bernadotte, bekam mit ihr unter höllischen Schmerzen das erste Kind. Sie vergrub sich in das Schicksal des Grafen von Monte Christo, durchlitt mit ihm vierzehn Jahre Kerkerhaft und nahm furchtbare Rache an den Verschwörern. Sie las ein zweites Mal Doktor Schiwago, heulte sich die Seele aus dem Leib, als der Held des Romans auf offener Straße tot zusammenbrach, und träumte von dem schwarzhaarigen Fremden aus der Disco, den sie niemals wiedergesehen hatte.

Regelmäßig kam ihre Mutter abends zu ihr. »Kind, hock doch nicht immer allein in deinem Zimmer. Komm doch zu uns runter.« Ganz rammdösig würde sie auf ihrer Couch werden, sagte sie. Im Fernsehen gebe es Bonanza oder die Hafenpolizei oder 77 Sunset Strip, doch Lisa schüttelte dazu immer wieder nur den Kopf. Als der Film »Sissi« im Fernsehen lief, gab ihre Mutter keine Ruhe, bis Lisa ihr ins Wohnzimmer folgte.

Lisa mochte keine Filme ansehen, nicht im Kino und nicht im Fernsehen. Entweder sie langweilten sie oder sie drangen zu tief in sie ein. Ohne Schutz und ohne Rückzugsmöglichkeit war sie den Bildern ausgeliefert. Mit Büchern war das anders. Sie konnte sie zuschlagen, wenn sie Abstand brauchte, und später weiterlesen, sie konnte Seiten überblättern und die Auflösung vorwegnehmen, wenn sie die Spannung nicht mehr ertrug, und sie konnte die schönsten Stellen immer wieder lesen. Meist versenkte sie sich in traurige Bücher, obwohl sie sie immer noch trauriger machten.

Niemals mehr wurde Rudi erwähnt und auch Manfred wusste nicht, dass sie einmal einen Bruder gehabt hatte. Die Familie lebte, als hätte es ihn nie gegeben. Die alten Fotoalben waren auf dem Dachboden verschwunden, Rudis Kleidung, seine Schallplatten und Tonbänder auf irgendeine Weise schon beim Umzug abhandengekommen und sein Plattenspieler und sein Tonbandgerät ohne Erklärung in Lisas Besitz übergegangen. Nach der Auseinandersetzung um Rudis Foto auf der Musiktruhe hatte ihre Mutter nie wieder versucht, ein Bild von ihm aufzustellen. Rudi war zu einem Schatten geworden, der verleugnet wurde und doch beständig durch ihren Alltag geisterte. An den besonderen Tagen des Jahres saß er zwischen ihnen auf dem vierten Stuhl, der immer frei blieb, zu Weihnachten, zu Ostern, an seinem Geburtstag, da konnten sie ihn nicht übersehen. Dann ließ er ihre Münder verstummen und verwandelte ihre Gesichter in Stein.

In dieser Zeit zerstörte Lisa, wo immer sie konnte, nicht nur ihre Beziehung zu Manfred. Mit dem Stechzirkel bohrte sie Löcher in Schultische, ihren Schreibtisch und die Armlehnen ihrer Couch. Indem sie den Zirkel drehte, ritzte sie große und kleine Kreise in das lackierte Holz, färbte sie mit dem Füller blau. Blaue Ringe überall. Sie schnitt mit dem Taschenmesser Kerben in Stühle und Tischplatten, zerkratzte und beschmierte die Türen und Wände der Schultoiletten.

Die Wände zu Hause hat sie nie beschmiert, und das erste Loch in der Tapete war noch harmlos. Klack machte es, als sie die Fingerspitze fest gegen die Tapete in einer Zimmerecke drückte, dort, wo ein winziger Hohlraum vor dem Putz war, dann immer wieder klack, und jedes Mal bekam die Tapete ein Loch, klack, klack, die Löcher, dicht bei dicht, wuchsen zu einem Riss zusammen, hundert Mal, tausend Mal klack, bis die Tapete einer Zimmerecke gespalten war, dann die nächste Zimmerecke, alle Ecken. In Rudis Zimmer hatte sie begonnen, in ihrem Zimmer die Zerstörung fortgesetzt, das Schlafzimmer der Eltern folgte. Im Flur hatte sie ihr Werk beendet. Millionenfach Klack. Erst Tage später wurde der Schaden entdeckt. War die Tapete durch zu starke Spannung zerrissen? Hatte vielleicht der Maler fehlerhaft gearbeitet? War der Putz der Wände noch feucht gewesen, als die Tapeten geklebt wurden?

Später schmerzte Lisa der Schaden, den sie angerichtet hatte. Die hässlichen Risse taten ihr weh, doch irgendwo hatte sie sie lassen müssen, ihre Wut.

Ihre Schulleistungen wurden immer schlechter und eines Tages gab es ihre Mutter auf, die Hausaufgaben zu kontrollieren. Vielleicht war sie ihn leid, den bis zur Erschöpfung geführten Streit, genau wie die nutzlosen Ermahnungen. Lisas Widerstand höhlte ihre letzten Kräfte aus und ließ sie resignieren. Noch gab es die Lehrer, die an Lisa und an die Wende zum Besseren glaubten, der Physiklehrer, der die Astronomie-AG leitete, der Biologielehrer, der ihr die Betreuung der Sammlung übertragen hatte. Aber als niemand in der Klasse mehr bereit war, ihr vor den Schulstunden die Hausaufgaben zum Abschreiben zu geben und sie immer nur leere Hefte vorzeigte, konnten auch sie ihren Absturz nicht aufhalten. Schon lange lernte Lisa keine Vokabeln mehr und unter ihrer letzten Englischarbeit stand eine sechs.

Der Niedergang hatte sich nicht stetig vollzogen, doch die Unterbrechungen hatten nicht ausgereicht, ihrem Leben auf Dauer Optimismus und neuen Schwung zu verleihen. Es waren flüchtige Ausbrüche aus ihrem selbstgewählten Käfig in Welten und Schicksale gewesen, die ganz anders waren als die ihr vertrauten.

So wie beim Aufstieg aus einem Tal der Blick allmählich immer weiter in die Ferne schweift, hatte sich für kurze Zeit ihr Horizont ausgedehnt, doch ihr wuchsen keine Flügel, mit denen sie sich auf Dauer aus ihrer Dunkelheit hätte erheben können.

***

9

Im zweiten Jahr ihrer Freundschaft war Manfred mit seinen Eltern zum Jahreswechsel in die Alpen gefahren. Lisa wollte nicht den Silvesterabend damit zubringen, in ihrem Zimmer auf die weißen Pünktchen der Tapete zu starren und auf Mitternacht zu warten oder auf den Schlaf oder auf beides oder eben auf das, was schneller kommen würde. Sie wollte den Menschen im Wohnzimmer nicht begegnen, die an diesem Abend nicht streiten würden, weil die Nachbarn dabei waren. Mit jeder Stunde würden die Stimmen lauter werden und das Lachen kreischender, wenn sie sich lustig machten über andere, über sie. Nichts war ihnen dafür zu unbedeutend, weder Lisas schrumpelige Kakteen auf der Fensterbank noch ihre Gedichte. Ein einziges Mal hatte sie sich bereit erklärt, eines vorzutragen. Für sie hatte das Gedicht eine große Bedeutung gehabt, aber die anderen hatten gelacht und sie nicht ernst genommen. Sie wollte auch nicht wieder dem Anspruch ausgeliefert sein, um Mitternacht ins Wohnzimmer zu kommen, um mit den anderen auf das neue Jahr anzustoßen. Drei Jahre war Rudi fort, als sie es nicht länger ertrug, zu Silvester wie ein Kind den Besuchern vorgeführt zu werden. »Gib das schöne Händchen, sag bitte, sag danke«, diese Kommandos waren Vergangenheit, aber an der Einstellung hatte sich nichts geändert.

Um dem peinigenden Ritual zu entgehen, beschloss sie, zu einer Silvesterfreizeit in einer evangelischen Akademie zu fahren, wie Rudi es oft getan hatte. Die politischen Diskussionen reizten sie nicht, und die Tatsache, dass Rudi Dutschke im Jahr zuvor eingeladen worden war, interessierte sie nur mäßig. Sie wusste, es würde sie Überwindung kosten, den Seminarraum zu betreten, wo sich die Teilnehmer der Freizeit versammeln würden, denn wenn sie damals einen Raum betrat, ein Wartezimmer, ein Zugabteil, einen Klassenraum mit neuen Schulkameraden, dann niemals mit dem Gefühl, willkommen zu sein. Kaum einmal grüßte sie und wenn doch, dann nur leise und immer hoffte sie, dass niemand sie beobachtete. Standen die anderen in Gruppen beisammen und redeten, sonderte sie sich ab und betrachtete die Bilder an den Wänden oder sah zum Fenster hinaus. Kam sie nicht umhin, mit anderen zu sprechen, lag sie danach nachts lange wach, rief sich immer wieder ihre Worte ins Gedächtnis. Nie war sie zufrieden mit dem, was sie gesagt hatte. Stundenlang probierte sie andere Antworten aus, ganze Gespräche entstanden in ihrem Kopf, von denen sie wusste, dass sie niemals stattfinden würden. Vielleicht hätte sie sich schon damals nicht in ihr Schneckenhaus zurückzuziehen brauchen, vielleicht hätte sie einen anderen Platz im Leben erobern können, aber sie kam nicht einmal auf die Idee, einen solchen Versuch zu wagen.

Die Stühle im Seminarraum waren in einem Kreis aufgestellt und die Plätze vor den großen Fenstern, wo ihr Gesicht vor der gnadenlosen Helligkeit eines sonnigen Wintertages im Schatten versinken würde, waren nicht mehr frei. Als sie sich setzte, spürte sie die fremden Blicke wie Pfeile in ihrem Gesicht. Sie sah, dass sie eine der Jüngsten war. Qualvolle Vorstellungsrunde. Wer bin ich, was erwarte ich? Nichts von dem, was die anderen sagten, drang in ihr Bewusstsein. In ihrem Kopf erschienen groß und unübersehbar die Worte ihres Vaters: »Du musst den Menschen in die Augen sehen. – Du wirst ja ganz rot.« Dann war sie an der Reihe, und sie stellte sich vor, ganz leise, während ihr Herz so aufgeregt und wild schlug, dass sie es am liebsten festgehalten hätte. »Lisa aus Hannover. Zum ersten Mal in Loccum.« Die Röte brannte in ihrem Gesicht. Nicht den kleinsten Schutz vor den Blicken gab es, nirgendwo.

Gegenüber dem Akademiegebäude lag ein altes Kloster, alle Fenster im Gruppenraum waren auf diesen Ort gerichtet, an dem sich im Mittelalter Mönche niedergelassen hatten. Zum Mittagessen folgte Lisa nicht den anderen zum Speisesaal, sondern ging hinüber zu der alten Abtei. In dem einsamen Kreuzgang fühlte sie sich geborgen. Vor mehr als sieben Jahrhunderten hatten Zisterziensermönche die Stiftskirche in ihrer vollkommenen Schlichtheit und Strenge erbaut, Zeichen der Askese und Bescheidenheit. Die lange Zeitspanne, in der die Kirche in ihrer ursprünglichen Gestalt fast unverändert erhalten geblieben war, tröstete und beruhigte Lisa gleichermaßen. Es gab sie doch, die Beständigkeit, die Welt versank nicht in wilden Strudeln, nur ihre Oberfläche änderte sich, aber nicht ihr Wesen.

Lisa war ganz in diesen Gedanken versunken, als ein junger Mann mit kurzen aschblonden Haaren den Kreuzgang betrat. Ob sie allein sein wolle, fragte er. Lisa schüttelte den Kopf. Er sagte, er sei Pavel aus Prag und kenne niemanden aus der Gruppe. Er habe gemerkt, dass auch ihr alle anderen fremd seien.

»Alles ist fremd hier«, sagte sie.

Er sei Student, erzählte er. Durch ein Stipendium habe er nach Deutschland kommen können, aber diese Zeit sei jetzt vorbei. Seine Großmutter sei Deutsche gewesen, von ihr habe er die Sprache gelernt. Jetzt habe er junge Menschen in Westdeutschland kennenlernen wollen. Es interessiere ihn, was sie über sein Land denken, über Sozialismus und über die Amerikaner.

Lisa wusste nicht, was sie über den Sozialismus denken sollte, und über Pavels Land hatte sie noch weniger eine Meinung als über die Amerikaner. Sie war froh, dass er nicht auf eine Antwort wartete. Pavel merkte, dass sie fror, und schlug vor, in die Kirche zu gehen, wo es weniger zugig sein würde als im Kreuzgang. Er sagte, er sei gespannt auf den Film Animal Farm. Er habe davon gehört, aber in Prag würde der Film nicht gezeigt. Pavel lächelte oft beim Sprechen, und Lisa hatte das Gefühl, dieses Lächeln lege in ihrem Kopf einen Schalter um und löse die Kruste auf, die sonst die Gegenwart fremder Menschen über ihr Gemüt legte. Es machte ihr Freude, mit ihm zu reden.

Später beim Abendessen hatte Pavel einen Platz für Lisa freigehalten. Er strahlte, als ihre Augen ihn suchten und sie sich neben ihn setzte. Während sie aßen, erzählte er von seinem Land, von den großen Veränderungen der letzten Zeit und dass er hoffe, dass Dubcek zum Vorsitzenden der kommunistischen Partei gewählt werde. Sie hätte gern ihre Sicht auf den Kommunismus geschildert, aber sie hatte keine. So blieb ihr nur ihr unbedarftes Lächeln, um zu zeigen, dass sie verstand, was er sagte. Es schien ihn nicht zu stören.

Am Silvesterabend gab es eine Podiumsdiskussion über die ungleiche Verteilung von Reichtum und Armut in dieser Welt, aber die Worte gingen ohne Echo an Lisa vorüber. Ihre Gedanken waren noch bei dem Film, den sie gerade gesehen hatten. Animal Farm war ein Zeichentrickfilm, also harmlos, hatte sie gedacht, und wie üblich in solchen Filmen schien das Gute zu siegen: Die Tiere der Farm erhoben sich erfolgreich gegen die Ausbeutung und Vernachlässigung durch ihren menschlichen Besitzer, allen ging es besser. Bald jedoch drängten die Schweine in die Führungsrolle und errichteten schließlich eine Gewaltherrschaft, die schlimmer war als die vorherige. Beim Abendessen sprach Pavel mit ihr darüber, dass George Orwells Roman wohl eine Anspielung auf die Geschichte der Sowjetunion sei, denn auf die vom Volk getragene Revolution gegen das Zarentum folgte letztlich die Gewaltherrschaft Stalins.

Während die anderen noch beisammensaßen und diskutierten, bugsierte Pavel sie hinaus in die kalte sternenklare Silvesternacht. Benommen folgte sie ihm durch die Straßen des kleinen Ortes, die um diese Zeit menschenleer waren. In den gelblichen Lichtkegeln der Gaslampen wuchsen ihre Schatten, wenn sie sich von den Laternen entfernten, knickten an Hauswänden ab, wurden schwächer und spindeldürr, tauchten plötzlich hinter ihnen auf, verschmolzen mit ihren Körpern, wenn sie das Licht von oben traf. Ausgelassen wie Kinder spielten sie mit ihren Schatten, bis Pavel die erste Laterne mit einem kräftigen Fußtritt gegen den Pfahl zum Verlöschen brachte, und Lisa heftig umarmte. Auch die nächste Laterne ließ er verlöschen, die übernächste. Jedes Mal verharrten sie in der selbst geschaffenen Dunkelheit und küssten sich, bis sich über ihnen ein Fenster öffnete und eine Frau schrie, sie würde die Polizei holen, wenn sie nicht sofort verschwänden.

Als sie die Akademie erreichten, hatte es bereits zwölf geschlagen und die Glocken der Klosterkirche läuteten das neue Jahr ein. Vor dem Haus stießen die anderen mit Sektgläsern an, zündeten

Kanonenschläge und Knallteppiche. Bengalisches Feuer färbte die Gesichter glutrot, verlosch wieder. Lisa und Pavel blieben abseits im Schatten der Stiftskirche stehen, wo die Heuler und Knallfrösche sie nicht erreichten, und hielten sich fest umschlungen. Als Letzte kehrten sie ins Haus zurück.

Am nächsten Tag fuhr Lisa nach Hannover und Pavel kehrte nach Prag zurück. Drei lange Wochen später kam sein erster Brief. Lisa hatte ihn gebeten, nicht an sie selbst zu schreiben. Sie wollte nicht, dass ihre Mutter seine Briefe las. Jetzt musste Lisa in die Legienstraße fahren, um die Post bei Roswitha, ihrer Freundin aus Kindertagen, abzuholen.

Pavels Brief war lang, er schien ihn wie im Rausch geschrieben zu haben, in einem Taumel, in dem sich seine Freude wiederspiegelte, doch Lisa war enttäuscht. Der Wahlsieg Dubceks war ihr nicht wichtig, auch nicht die jubelnden Leute auf den Straßen, von denen Pavel schrieb. Sie wollte wissen, ob er sie liebte. Ungeduldig las sie seine Sätze.

> *Alle sind plötzlich ganz verwandelt, als hätte man den alten Menschen begraben und ein neuer wäre vom Himmel gefallen. Überall sprechen die Menschen miteinander. Sie reden über Politik und die Partei, sie sagen, was sie wirklich denken, und niemand fürchtet, deswegen verhaftet zu werden. Du musst wissen, voraus ging eine Zeit, da hatten alle Angst, etwas offen zu sagen. Doch jetzt ist es wie ein Taumel, die Erde dreht sich schneller, die Welt ist eine schönere geworden. Nichts und niemand kann wieder rückgängig machen, was sich in den letzten Wochen verändert hat, weil sich das Volk einig ist.*

Nur die letzten Sätze galten ihr. »Ich mag dich sehr«, schrieb er. »Ich möchte dich wiedersehen.«

Im Februar schrieb Pavel, er wäre der glücklichste Mensch auf der Erde, wenn sie nach Prag käme.

»Ja«, antwortete sie noch am selben Tag. »Ich werde dich besuchen. Irgendwie werde ich es schaffen. Ich kann es kaum erwarten, bei dir zu sein.«

In einer Zeitschrift entdeckte Lisa die Anzeige für eine Studienfahrt nach Prag für Jugendliche. Sie ließ sich einen Prospekt zuschicken und zeigte ihn ihren Eltern. Ihre Mutter blätterte darin, schüttelte immer wieder den Kopf, während ihr Vater anfing, von Prag zu erzählen. Lisa heuchelte Interesse, sie brauchte ihren Vater als Verbündeten, aber als er endlich mit seinem Vortrag am Ende war, hatte sie nur zwei Orte behalten: den Hradschin und das U-Fleku, das Restaurant, in dem er regelmäßig gegessen hatte. Der Rest war an ihr vorübergegangen. Lisas Mutter telefonierte mit dem Reiseveranstalter, stellte tausend Fragen, beklagte, dass sie mit dem Bus reisen würden. Sie hatte Angst, der Bus könne verunglücken, man hörte so oft von schrecklichen Unfällen. Erst vor Kurzem war ein großer Reisebus mit Kindern bei Limburg von der Straße abgekommen und alle bis auf zehn waren gestorben. Lisa verdankte es ihrem Vater, dass sie fahren durfte.

Schon im Bus erzählte sie ihrer Nachbarin, sie habe eine Freundin in Prag. Sie erfand einen Namen, erfand passende Geschichten und dichtete dieser imaginären Vera ein ganzes Leben an. Niemand schöpfte Verdacht, als sie sich am zweiten Tag von der Gruppe abmeldete, um den Tag mit Vera zu verbringen.

Auf der Karlsbrücke würde er auf sie warten, hatte Pavel geschrieben, gleich bei der ersten Figur auf der linken Seite, dem heiligen Ivo. Lisa hatte Angst, ihn unter den vielen Menschen nicht zu erkennen. Das Bild, das sie von ihm hatte, war unscharf geworden, und ihr fiel nichts ein, was ihn schon aus der Ferne unverwechselbar gemacht hätte.

Pavel winkte ihr zu, lange bevor sie ihn erreichte. Er hatte sich verändert, seit sie sich verabschiedet hatten, seine Haare waren länger und in dem weiten Pullover und engen Jeans sah er verwegener aus, als sie ihn in Erinnerung hatte. Im Stillen hatte sie befürchtet, mit der Zeit könnte sie ihn in ihren Gedanken nach ihren Wünschen geformt haben und der Mensch, der sie erwartete, wäre ein anderer als der, dessen Gegenwart sie erträumt hatte. Jetzt, wo sie ihn sah und sie sich umarmten, war sie einfach nur glücklich.

Pavel brannte darauf, ihr seine Stadt zu zeigen, so wie Lisa sie ohne ihn nicht sehen würde. Auf der Kleinseite führte er sie zwischen Wiesen und blühenden Obstbäumen einen Hügel hinauf. Sie gingen langsam, doch der Weg war steil. Außer Atem blieben sie stehen und sahen sich um.

»Hier bin ich zu Hause«, sagte Pavel und es klang, als wäre das alles seins: neben ihnen der Hradschin, wo die dunklen Türme des Veitsdoms die Burg und die Burgstadt überragten, und unter ihnen Prag mit seinen Türmen und Brücken. »Meine Stadt«, sagte Pavel, während er ihr die Kirchen und Paläste erklärte. Lisa beneidete ihn um den Stolz auf seine Heimat, sein Böhmen, sein Prag. Sie hatte bislang solche Gefühle nicht einmal in Erwägung gezogen. Sie überlegte, worauf sie selbst in ihrer Heimat stolz sei, doch ihr fiel nichts ein. Sie stiegen noch ein wenig höher und kamen zum Strahov-Kloster, aber die riesige Anlage und die barocke Pracht der Kirche gefielen Lisa viel weniger, als es die karge Strenge des Loccumer Klosters getan hatte. Vergeblich suchte sie hier nach der Geborgenheit, die sie hinter jenen Mauern gefunden hatte.

Am Himmel zogen jetzt dunkle Wolken auf. Hier und dort verdichteten sie sich zu schwarzen Gebilden und hingen wie riesige Luftschiffe über der Landschaft, die unter Regenschleiern verschwand. Ein leuchtender Regenbogen überspannte das Häusermeer. Ein schwächerer legte sich darüber, als müsste er das Strahlen beschützen. Sie setzten sich auf eine Bank und drehten dem Wind und den Wolken den Rücken zu. So konnten sie das schlechte Wetter vergessen, das sich hinter ihnen zusammenbraute. Das verlängerte die schönen Minuten.

»Muss man eigentlich immer glücklich sein, um glücklich zu sein?«, fragte Lisa.

Pavel überlegte. »Niemand ist immer glücklich«, sagte er. »Aber ich versuche, immer wieder an die Stunden zu denken, in denen ich glücklich war. Dann kommt das schöne Gefühl zurück und verscheucht das Unschöne im Leben.«

Sie redeten noch eine Weile, doch Lisa war müde und hörte nicht richtig zu. Sie lehnte sich an Pavel, sie küssten sich und taten sonst nichts als zu beobachten, wie die Wolken wanderten und der Regenbogen wieder verblasste, bis er plötzlich verschwand.

Zurück in der Prager Neustadt buchstabierte Lisa an einem Restaurant den Namen. »U-Fleku« stand dort, sie konnte es kaum glauben, dass dieses Restaurant noch heute existierte. Sie hatte sich ja nicht einmal vorstellen können, dass es diese Welt ihres Vaters überhaupt jemals gegeben hatte. Pavel hielt nichts davon, ins U-Fleku zu gehen. Das Restaurant sei zu groß und zu laut.

Es war Pavels Wunsch gewesen, am Nachmittag mit Lisa ein Orgelkonzert in der Teynkirche zu besuchen, und Lisa hatte sich nur widerwillig seinem Wunsch gebeugt. Schon beim Betreten der überfüllten Kirche und beim Anblick der vielen jungen Gesichter ahnte sie, dass sich hier etwas Besonderes ereignen würde. So viel Gold, dachte sie, und sie stand und staunte, bis Pavel sie zu einer der mächtigen Säulen am Rande des Mittelschiffs führte. Am Fuße der Säule setzten sie sich auf den Boden, den Blick zur Orgel, die über ihnen auf der Empore thronte, prachtvoll zwischen vergoldeten Engeln und Säulen. Dann wurde es plötzlich still in dem hohen Kirchenschiff, bis die Orgel mit einer Toccata von Bach das Schweigen durchbrach. Eine Folge von wenigen Tönen erfüllte den Raum, schraubte sich in steter Wiederholung höher. Als dann die tiefen Register mit ihrer ganzen Wucht das Thema aufgriffen, fühlte Lisa, wie sie ein Kribbeln befiel und eine Gänsehaut über den ganzen Körper ausbreitete. Noch nie war Musik so in sie eingedrungen wie in diesem Augenblick, noch nie hatte Musik ein solches Glücksgefühl ausgelöst. Die Menschen ringsum, wie sie in dem Zauber gefangen, waren Teil ihres Glücks. Lisa ahnte, dass es nicht nur die Musik war, die sie vereinte. Jetzt in der Kirche spürte sie die gemeinsame Freude und Erleichterung noch stärker, als sie es auf den Straßen getan hatte. Am Ende des Konzertes trat ein kleiner schmächtiger Mann an die Brüstung der Orgelempore und verbeugte sich, der Organist, und Lisa konnte es kaum fassen, dass ein einziger Mensch, noch dazu ein so kleiner, diese Musik hervorgebracht hatte.

Es regnete, als sie aus der Kirche kamen. Pavel legte die eine Hälfte seiner Jacke über ihren Kopf und ihre Schulter, schützte sich selbst mit der anderen Hälfte. So gingen sie eng aneinander geschmiegt durch den sacht fallenden Regen. Wie selbstverständlich und ohne ein Wort darüber zu verlieren, schlugen sie den Weg nach Vinorady ein, wo Pavel wohnte. Im Treppenhaus des alten Hauses in der Luzicka kam ihnen eine Frau entgegen und sah sie neugierig an. Vor einer Wohnung im dritten Stock stolperte Lisa im schwachen Licht des Treppenhauses über die Schuhe ihrer Bewohner. Pavel nahm sie bei der Hand und führte sie bis zum obersten Treppenabsatz. Unbemerkt von Pavels Mitbewohnern schlichen sie in sein Zimmer. Hier war es kalt. Pavel ging zum Bett, holte eine Wolldecke, legte sie Lisa um die Schulter. Er brachte Obstwein in einer Flasche ohne Etikett, zwei Gläser. Sie tranken den Wein, der so wunderbar leicht machte, redeten ein wenig über die vergangenen Monate, küssten sich. Pavel stand noch einmal auf und schob einen Stuhl unter die Türklinke. Niemand sollte sie stören. Lisa hatte ein bisschen Angst, dass sie sich ungeschickt anstellen würde, wenn kam, was unvermeidlich kommen würde, doch als Pavel sie auf sein Bett zog und sie langsam entkleidete, fiel die Angst von ihr ab, dass sie ihm nicht genügen könnte.

Beim Abendessen fühlte sich Lisa in unbegreiflicher Weise verändert und sie dachte, die anderen müssten es sehen oder fühlen oder sonst in irgendeiner Weise wahrnehmen, was eben geschehen war. Die Betreuerin erkundigte sich, was sie mit ihrer Freundin unternommen habe, und Lisa erzählte von dem Konzert. Sie wusste noch, dass das erste Stück eine Toccata von Bach war, »die dorische«, sagte sie und war stolz, das Wort behalten zu haben. Die Namen der tschechischen Komponisten hatte sie sich nicht merken können.

Ihre Zimmernachbarin wollte wissen, ob Lisa noch einmal fortgehe. Sie wollte mit ihrem Freund allein sein, der auch zur Gruppe gehörte. Von nun an hüteten die beiden ihr Geheimnis und Lisa verbrachte die Nächte bei Pavel. Sie kehrte zum Frühstück ins Hotel zurück und ließ die anderen glauben, sie komme von einem kurzen Spaziergang.

Der letzte Tag mit Pavel brach an. Am liebsten wäre Lisa einfach ohne ein besonders Wort verschwunden. Sie hasste die Trauer und die Melancholie beim Abschied. Es betrübte sie, dass Pavel nicht nach Westdeutschland fahren konnte. Ein zweites Stipendium würde er nicht bekommen und eine Reise in den Westen als Tourist wurde nicht erlaubt. Lisa versprach wiederzukommen, sobald ihre Eltern zustimmten.

Als am nächsten Tag vor dem Busfenster die helle Frühlingslandschaft vorüberflog, spürte sie, wie das Licht, das Pavel in ihr angezündet hatte, allmählich wieder verlosch. Nichts, was sie zu Hause erwartete, erfüllte sie mit Freude, und niemand war dort, den sie gerne wiedersehen wollte. Manchmal hatte sie bei der Rückkehr von einer Reise neben ihren Eltern einen dritten Menschen auf sich warten sehen, Rudi, um im nächsten Augenblick zu begreifen, dass dies die Vergangenheit war.

Ihre Eltern waren beide zu dem Parkplatz gekommen, an dem die Reise endete. Die Erleichterung ihrer Mutter, sie nach der langen Busfahrt unversehrt wiederzusehen, rührte Lisa.

»Warst du im U-Fleku?«, wollte ihr Vater wissen, und als sie verneinte, blitzte Unzufriedenheit in seinen Augen.

»Ich war an das Programm der Gruppe gebunden«, sagte sie und merkte zu spät, dass sie sich entschuldigte, ohne es zu wollen.

»Du hast das Beste versäumt.«

Während im Garten Tulpen und Narzissen blühten und die Rosen sattgrüne glänzende Knospen trieben, vergrub sich Lisa in ihrem Zimmer. Die Osterferien waren vorüber und der Schulbeginn versperrte wie eine schwarze Wand den Blick auf alles Schöne, was das Frühjahr mit sich brachte. Manfred rief an. Sie bat ihn um eine Pause in ihrer Beziehung. Unter Liebe stelle sie sich etwas anderes vor als das, was sie für ihn empfinde. Er war sehr betrübt, aber er nahm es hin, wie er alles akzeptierte, was sie sagte.

Erst vier Wochen nach ihrer Rückkehr aus Prag kam wieder ein Brief von Pavel. Sie war enttäuscht, dass er nicht schrieb, wie er die Tage verbrachte und was er fühlte und dachte. Er schrieb von den Feierlichkeiten am 1. Mai. Hunderttausende hätten in den Straßen gejubelt, schrieb er, und dieses Mal sei der Jubel echt gewesen und nicht von der Regierung bestellt. Auf dem Wenzelsplatz hätten Smrkovsky und Dubcek auf der Tribüne gesessen, bis in den letzten Winkel hätten sich auf dem großen Platz die Menschen gedrängt. »Hoch lebe Dubcek«, hätten sie gerufen und viele hätten vor Freude geweint.

Das war nicht das, was Lisa wissen wollte. Nur die letzten Sätze trösteten sie. »Jeden Tag warte ich auf dich«, schloss Pavel, »Wann wirst du wiederkommen?«

Im Sommer erhielt Lisa von ihrem Vater die Erlaubnis, ein zweites Mal nach Prag zu fahren. Die Reise war für 16- bis 26-Jährige ausgeschrieben und es war Zeit zur freien Verfügung vorgesehen. Während Lisas Mutter einmal mehr in einem Meer von Angst und Alkohol versank, hatte ihr Vater Lisa das Versprechen abgenommen, die Orte, die er sorgfältig auf einem großen Blatt notiert hatte, aufzusuchen und zu fotografieren.

Gegen Mittag erreichte der Reisebus Prag, aber nichts war so, wie Lisa es erwartet hatte. Die Stadt war eine andere geworden. Panzer patrouillierten in den Straßen, sie mussten über Umwege fahren, und die Brücken über die Moldau waren für die Bevölkerung gesperrt. Der heilige Ivo auf der Karlsbrücke, ihr vereinbarter Treffpunkt, würde für Pavel unerreichbar sein. Die Rezeption im Hotel war verwaist, die Angestellten umringten mit versteinerten Gesichtern den Fernseher. Niemand kümmerte sich um die Gruppe. Auf dem Bildschirm war das Studio eines Senders, der Sprecher verlas stockend einen Text, und während Lisas Augen noch an dem Fernseher hingen, verstummte er plötzlich. Er sah zur Seite, wo etwas war, was die Kamera nicht erfasste, noch ein paar Worte, dann das Pausenbild, eine Hymne erklang, danach war auf dem Bildschirm nur noch ein weißes Schneegestöber.

»Was hat er gesagt?«

»Jetzt sind sie da«, übersetzte die Reiseleiterin.

»Wer?«

»Die Russen.«

Trotz eines Verbots verließ Lisa am Nachmittag das Hotel. Auf dem Wenzelsplatz hatten sich Tausende versammelt, in ihren Gesichtern Verzweiflung, blankes Entsetzen und Tränen. Panzer waren vor der Statue des heiligen Wenzel in Stellung gegangen, Steine und Flaschen flogen aus der Menge und blieben neben den Geschütztürmen der Panzer liegen. Ein Mann mit einer blutgetränkten Fahne rannte auf die Panzer zu, versuchte einen zu erklettern. Soldaten überwältigten ihn und schleppten ihn fort. Die Kanone eines Panzers schwenkte herum und richtete sich auf die Menschen, zwischen denen Lisa eingekeilt stand. Plötzlich Todesangst. Zwei Jugendliche gingen mit offenen Hemden auf die Mündung zu, wurden von anderen zurückgehalten. Soldaten mit hilflosen Kindergesichtern sahen zu. Jemand stimmte die Hymne an, dieselbe wie eben im Fernsehen, immer mehr sangen mit, inbrünstig wie Gläubige. Irgendwo in der Ferne fielen Schüsse. Von deutschen Touristen erfuhr Lisa, dass Dubcek und Smrkovsky abgeführt und an einen unbekannten Ort gebracht worden waren. Das öffentliche Leben sei zusammengebrochen, hörte sie, die Straßenbahnen führen nicht und alle öffentlichen Gebäude seien geschlossen.

In einer Telefonzelle wählte Lisa immer wieder die Nummer von Pavels Wohnung, lauschte dem Besetztzeichen. Den weiten Weg zur Luzicka ging sie zu Fuß, wie sie es an jenem Abend nach dem Orgelkonzert mit Pavel getan hatte. Sie klingelte an seiner Wohnung, doch niemand öffnete. Die Straße war verwaist und es gab keinen Menschen, den sie nach Pavel hätte fragen können.

Zum Abendessen war sie zurück. Sie war nicht vermisst worden. Das Hotel war groß, es gab Aufenthaltsräume und einen Keller mit Tischtennisplatten, irgendwo hätte sie gewesen sein können.

Auch am nächsten Tag verließ sie das Hotel. Auf dem Wenzelsplatz drängten sich die Menschen wie am Tag davor. Jetzt fielen Lisa die Plakate auf, die an den Hauswänden und Schaufenstern klebten, Hunderte, Tausende, eine Galerie der Wut und des Widerstands, manche in kyrillischen Buchstaben, andere auf Englisch: »Iwan go home«. Zwischen den Plakaten kleine Karikaturen, der

Zorn brach sich in Bildern seine Bahn: der sowjetische Bruder, der dem Tschechoslowaken in der Umarmung ein Messer in den Rücken stieß, Hitler, der Breschnew einen Orden verlieh, ein russisches Ungeheuer, das mit Hammer und Sichel Kinder und eine Friedenstaube schlachtete.

Wieder wählte Lisa Pavels Nummer in einer Telefonzelle, hörte das Tuten wie gestern. Wieder schlug sie den Weg zur Luzicka ein, stand wieder vor dem hohen Haus. Sie läutete, läutete ein zweites Mal. Als sie eben wieder gehen wollte, bewegte sich über ihr im obersten Stockwerk ein Fenster, Pavels Gesicht erschien, bald darauf öffnete er selbst die Tür. Er zog sie ins Haus, umarmte sie. In dem fahlen Licht des Treppenhauses sah sein Gesicht grau und übernächtigt aus.

Pavel war nicht allein in der Wohnung, drei Mädchen und zwei junge Männer umringten den Küchentisch und schoben bei Lisas Eintreten hastig ein paar mit großen Buchstaben beschriebene Blätter unter eine Zeitung. Die Anwesenheit der Mädchen gab Lisa einen Stich. Alle waren älter als sie, vielleicht Studentinnen, vor denen sie sich kindlich fühlte.

»Lisa ist meine Freundin aus Westdeutschland«, sagte Pavel, »vor ihr braucht ihr nichts zu verstecken.«

Mit einem linkischen »Dobry den« grüßte sie in die Runde. Sie wich den neugierigen Blicken aus und starrte auf Farbtuben, Pinsel und das mit großen Buchstaben beschriebene Papier. Unter dem Tisch lag zusammengerollt ein kleiner schwarz-weiß gefleckter Hund, der keine Notiz von ihr nahm. Zwischen schmutzigem Geschirr auf der Spüle und dem Herd standen halbvolle Bierflaschen. Lisa wusste nicht, wie sie sich verhalten sollte, sie war unsicher und aufgeregt. Ihr Erscheinen in der Wohnung war nicht vorgesehen. Sie bot Pavel an, wieder zu gehen. Sie wollte ihm nicht zur Last fallen.

Ein Mädchen mit einem über die Schulter baumelnden Pferdeschwanz breitete die beschriebenen Blätter wieder auf dem Tisch aus. Zusammengelegt ergaben sie einen längeren Text.

»Was steht da?«, fragte Lisa.

»Wir sind ein Volk von 14 Millionen Dubceks, wollt ihr alle ermorden?«, übersetzte Pavel.

»Und da?«

»Auch diese Okkupanten werden wir eines Tages wieder vertreiben!«

»Auch diese Okkupanten?«

»Vor dreißig Jahren hatten wir die Deutschen hier.«

»Mein Vater war damals in Prag«, sagte Lisa leise zu Pavel.

Die Mädchen sahen sie misstrauisch an, sie schienen nicht zu verstehen, was sie gesagt hatte.

Mit einer Bierflasche in der Hand führte Pavel Lisa in sein Zimmer. Er zog sie an sich und küsste sie. Vor der Tür hörte sie die anderen reden, sie fühlte sich wie auf dem Sprung. »Setz dich doch«, sagte Pavel und zog den Stuhl heran, den er früher unter die Türklinke geklemmt hatte. Er bot ihr seine Flasche an. Sie schüttelte den Kopf. »Ist auch schon warm und abgestanden«, sagte er.

Pavels Gedanken waren nicht bei ihr. Er wollte wissen, ob sie in der Altstadt war und was sie gesehen hätte. Erregt hörte er zu und unterbrach sie bald. Er sagte, er hoffe auf den Druck der Westmächte. Auf Dauer würde sich Russland dem nicht widersetzen können, auch nicht dem Widerstand der Bevölkerung. »Das Volk wehrt sich und es ist stark«, sagte er. Er habe gehört, dass Soldaten um Wasser oder um Brot gebettelt hätten, aber niemand hätte es ihnen gegeben. Die Ortsschilder seien zerstört oder verdreht. Wenn die Soldaten nach dem Weg fragten, bekämen sie eine falsche Antwort. Auch die Nachschubzüge kämen nicht ans Ziel. Die Eisenbahner würden sie auf die Abstellgleise leiten.

Lisa hörte nur halbherzig zu und versuchte, ihrer Enttäuschung Herr zu werden. So hatte sie sich das Wiedersehen nicht vorgestellt.

Pavel schien das nicht zu bemerken. »Wir lassen uns nicht einschüchtern«, rief er und er erschien Lisa wie ein Ertrinkender, der sich an die unsinnige Hoffnung klammerte, im alles mit sich reißenden Strudel doch noch das sichere Ufer zu erreichen. Selbst die Übermacht der fremden Truppen schien seine Zuversicht nicht zu zerstören. Lisa dachte an die Kindersoldaten aus dem Film »Die Brücke«, die den Glauben an den Sieg noch nicht verloren hatten, als der Krieg längst verloren war.

Sie verabschiedete sich bald. Sie war falsch hier, sie störte. Er bat sie, morgen Nachmittag wieder zu ihm zu kommen. Die anderen würden auf dem Wenzelsplatz sein und sie wären allein in der Wohnung. Es klang pflichtschuldig, und sie wusste nicht, ob er sich wirklich auf sie freute.

Am nächsten Tag schien sich das Leben zu normalisieren, trotz der Panzer auf den Straßen und der Opfer, die die Auseinandersetzungen zwischen den Besatzern und der Bevölkerung gefordert hatten. Zum zweiten Mal in ihrem Leben ließ sich Lisa mit einer Gruppe durch die Prager Burg führen, bekam die Heiligen auf der Karlsbrücke erklärt, besichtigte die Teynkirche und das Rathaus, wo Handwerker im strömenden Regen damit beschäftigt waren, die Spuren der russischen Gewehrsalven zu beseitigen. Straßenbahnen und Busse fuhren wieder.

Zur verabredeten Zeit stand sie vor dem hohen Mietshaus in der Luzicka. Die Straße war so ausgestorben wie am Tag zuvor. Neben der Haustür lag zertretener Hundekot. Braune Flecken führten zum Bordstein, wo jemand den Schmutz vom Schuh gestreift hatte. Niemand öffnete auf ihr Klingeln. Immer wieder suchten ihre Augen die Vorderseite des Hauses ab, streiften von Fenster zu Fenster in der Hoffnung, eines könne sich öffnen und Pavel würde ihr zuwinken. Es regnete nicht mehr, aber sie fror in ihrer dünnen Kleidung. So kalt war es noch nie in einem August gewesen, dachte sie, als wäre mitten im Sommer der Winter über die Stadt hereingebrochen. In ihr selbst war die Eiseskälte der Angst. Sie musste zum Hotel zurück, ehe Pavel gekommen war.

Beim Abendessen hörte sie, wie die anderen über die Sorgen sprachen, die sich ihre Eltern angesichts der Panzer und der Opfer unter der Bevölkerung machten. – Ihre Eltern: Lisa hatte das Gefühl, neben dem Abgrund ihrer Angst um Pavel täte sich ein zweites Loch auf, die Pflicht, ihre Eltern anzurufen. Sie stellte sich vor, wie ihre Mutter jede freie Minute vor dem Fernseher verbrachte, voller

Sorge, ihre Tochter könne erschossen oder von einem Panzer überrollt werden. Einen ganzen Sack von Ängsten würde sie über ihr ausschütten, sobald sie anrief, und sie würde es über sich ergehen lassen müssen, ohne über ihre eigene Angst sprechen zu können.

Sie wunderte sich, dass im Hotel das Telefon funktionierte, jemand hatte gesagt, alle Leitungen seien tot. Ihre Mutter meldete sich. Sie war betrunken, Lisa hörte es an der verwaschenen Sprache, die ihr auf der Stelle die Kehle zuschnürte.

»Warum hast du nicht längst angerufen?«, klagte ihre Mutter. »Im Hotel ist niemand ans Telefon gegangen. Ich dachte, ihr wäret schon alle tot oder verschleppt. Hundertmal habe ich versucht, dich zu erreichen.« Lisa hörte noch eine Weile zu, dann fiel sie ihrer Mutter ins Wort. »Ich muss jetzt Schluss machen, die anderen wollen auch noch zu Hause anrufen.« Sie legte auf.

Wenn ihre Mutter betrunken war, drehte sie ohnehin jedes von Lisas Worten so um, dass sie daraus einen Vorwurf machen konnte. So weit hatte sie es dieses Mal nicht kommen lassen wollen, doch nach dem abgebrochenen Gespräch fühlte sie sich noch miserabler als zuvor.

Die nächsten Tage in Prag erlebte sie wie einen bösen Traum. Pavel blieb verschwunden. Benommen nahm sie am Programm der Gruppe teil, fuhr mit dem Schiff auf der Moldau, besuchte eine Vorstellung des schwarzen Theaters. Wie die anderen kaufte sie am letzten Tag Schallplatten mit klassischer Musik, die hier spottbillig waren, Beethovens Klavierkonzert Nr. 5, gespielt von einem russischen Pianisten mit dem deutschen Namen Richter, die Moldau von Smetana, das Wohltemperierte Klavier von Bach. Die kyrillischen Buchstaben auf der Hülle konnte sie nicht lesen, aber die Verkäuferin erklärte ihr, es sei derselbe Pianist wie bei dem Klavierkonzert und der beste aller lebenden Pianisten überhaupt.

Nachts konnte Lisa kaum schlafen, die Angst um Pavel quälte sie. In ihren Träumen sah sie ihn mit offenem Hemd vor einem Panzer stehen, doch dann war sie es selbst, auf die der Koloss aus Stahl zurollte und unerbittlich näherkam, bis sie schreiend erwachte.

Entmutigt kehrte Lisa nach Hause zurück. Während ihre Mutter Freudentränen weinte, die Lisa ebenso peinlich waren wie ihre Kummertränen, betrachtete ihr Vater interessiert die Schallplatten. Er versuchte die kyrillischen Buchstaben zu entziffern, aber die Zeit hatte die Erinnerung an das wenige Russisch, das er vor langer Zeit gelernt hatte, ausgelöscht. Nach den Fotos, die sie hatte machen sollen, fragte er nicht.

Später erfuhr Lisa, dass eine halbe Million Soldaten, sowjetische, polnische, ungarische und bulgarische, in die Tschechoslowakei eingedrungen waren. Die ostdeutsche Nationale Volksarmee hatte sich bereitgehalten, war aber nicht einmarschiert. Achtundneunzig Tschechen und Slowaken waren ums Leben gekommen und fünfzig Soldaten. Sie dachte an die Menschen in Prag und glaubte zu verstehen, was sie fühlten. Eine Welle von Mitleid erfasste sie, wurde zum Selbstmitleid, wenn sie an Pavel dachte. Von ihm war keine Nachricht gekommen.

Der Herbst zog ins Land. Die Spalierbäume im Garten trugen überreichlich kleine gelbe Äpfel. Ihr Vater pflückte sie und legte sie mit der ihm eigenen Sorgfalt in flache Holzkisten, die er im Keller stapelte. Regelmäßig ging Lisa nach der Schule in den Hermann-Löns-Park, fütterte die Enten mit ihrem Schulbrot und schlurfte unter alten Bäumen durch raschelndes Laub. Pavel war ihr Begleiter. Stundenlang hielt sie stumme Zwiegespräche mit ihm, hörte sich an, was er erlebt hatte, und breitete ihr eigenes Leben vor ihm aus, wie sie es in Wirklichkeit vor niemandem tat. Dem imaginären Pavel erzählte sie von Rudi, dann vermischten sich die beiden, und Lisa wunderte sich, wie ähnlich sie sich wurden. Manchmal saß sie mit geschlossenen Augen auf einer Parkbank, sie spürte Pavel dicht neben sich, spürte seine Küsse, seinen Körper und verlor sich ganz in ihrer einsamen Lust. Solche Tagträume von Liebe und Zärtlichkeit waren wie eine Droge, an der sie sich berauschen konnte, wo immer niemand sie störte. Sie kreisten um Männer, die nicht erreichbar waren, und die unerfüllte Sehnsucht gehörte zu ihnen wie der wehmütige Schmerz.

Immer wieder hörte sie die Schallplatten, die sie in Prag gekauft hatte. Sie knisterten beim Abspielen und bei Beethovens Klavierkonzert klirrte und schepperte das laute Finale. Trotzdem verliebte sie sich in das Stück. Die Präludien und Fugen des Wohltemperierten Klaviers langweilten sie. Die Musik prägte sich zu wenig ein, um ihr zu gefallen. Die »Moldau« hingegen nahm sie ganz gefangen. Immer wieder ließ sie sich mit der Musik von der Quelle bis zur Mündung mitnehmen. Zehnmal, hundertmal senkte sie den Tonarm auf die Platte, ohne dass sie der Musik überdrüssig wurde. Die Melodien begannen in ihr zu kreisen, wo immer sie war, und ließen unguten Gefühlen keinen Raum. Lisa gelang es, sie als Waffe gegen das Wehklagen und die Vorwürfe ihrer Mutter einzusetzen. Sie brauchte nur die Musik in ihren Gedanken einzuschalten, und eine Welle von Wohlbefinden breitete sich in ihr aus.

»Was machst du für ein Gesicht!«, rief ihre Mutter einmal. »Hörst du mir überhaupt zu?«

Die Musik wirkte auf Lisa wie eine schmerzstillende Medizin. Sie merkte nicht, wie sie sich mit ihrer Hilfe immer weiter von den Menschen entfernte.

Manfred rief nicht mehr an und versuchte nicht länger, sie zu treffen. Er hatte resigniert. Sie erfuhr von anderen, dass er eine Freundin gefunden hatte, die ihr zum Verwechseln ähnlich sah. Es kränkte sie, dass sie ersetzbar war, und sie bereute längst, ihn abgewiesen zu haben. Sie hatte nicht darüber nachgedacht, wie ihr Leben ohne ihn sein würde.

Während im Keller die Äpfel dem Frühjahr entgegenschrumpelten, wartete Lisa noch immer auf einen Brief von Pavel. Er kam, als sie nicht mehr damit rechnete. Schon in der Straßenbahn auf dem Rückweg von Roswitha riss sie den Umschlag auf, las die ersten Sätze. Sie sprang auf, sie konnte nicht sitzen bleiben, als sie die ersten Sätze las. Pavel schrieb, er sei verhaftet worden, während Lisa noch in Prag war. Er hatte die Autonummern von Menschen notiert, die in ein Gebäude gingen, in dem sich die Besatzer eingerichtet hatten. Wer in diesem Haus ein und aus ging, musste mit den

Russen kollaborieren. Das war das Schlimmste, was ein Tscheche nach dem Einmarsch der Soldaten tun konnte. Nach zwei Wochen war Pavel wieder frei gewesen, aber er hatte sein Studium aufgeben müssen. Jetzt arbeitete er als Maurer in einer kleinen Stadt an der Moldau. Cesky Krumlov sei einmal die schönste Stadt in Böhmen gewesen, schrieb er, mit einem Schloss fast so groß wie die Prager Burg, aber jetzt sei alles verfallen. Viele Menschen in der Stadt seien Zigeuner, und Lisa könne sich nicht vorstellen, wie arm sie seien. Selbst im Winter seien die kleinen Mädchen nackt unter ihren zu kurzen Röcken und viele hätten keine Strümpfe.

»Ich denke oft an dich«, schrieb er. »Am liebsten würde ich mich in den Zug setzen und zu dir kommen.«

Lange dachte Lisa über den Satz nach. Lagen in ihm nicht schon von vornherein das Aber und die Verneinung? Der Brief schloss: »Irgendwann werden wir uns wiedersehen.« Das Vage, das Zufällige, das in den Worten mitschwang, machte sie traurig. Es klang, als hielte Pavel eine Begegnung mit ihr für so unwahrscheinlich wie mit einem beliebigen anderen Menschen. Warum schrieb er nicht, dass sie ihn besuchen sollte? Und warum kam sein Brief erst jetzt?

Lisas Schulzeit war zu Ende. Auf dem nachgemachten Chippendaletisch im Wohnzimmer lag ihr Abgangszeugnis aus der zehnten Klasse. Sie selbst saß innerlich auf die Größe eines Kleinkindes zusammengeschnurrt auf einem der plüschbezogenen Sessel, während ihre Eltern über ihren Kopf hinweg redeten. Es war, als gäbe es sie gar nicht, die Versagerin, die das Abitur nicht schaffte. Als sie klein war, hatte sie sich manchmal aus Scham unter dem Tisch verkrochen. Genau dieses Bedürfnis überkam sie jetzt wieder.

Die Eltern diskutierten über ihren Beruf: Eine Banklehre? Einzelhandelskaufmann? Sekretärin? Krankenschwester? Anwaltsgehilfin? Ihre eigenen Ziele beschränkten sich darauf, die Wochen und Monate ohne Katastrophen zu überstehen. Ihr Vater reagierte gereizt, weil sie so wenig Interesse an dem Thema zeigte. »Willst du nicht das Lämmlein hüten?«, begann er sein Lieblingsgedicht von Schiller aufzusagen.

Als sie mit »gerne«, antwortete, schlug er ihr ins Gesicht.

Lisa kratzte sich den Handrücken blutig, mit dem Schmerz verhinderte sie das Weinen. Sie stellte sich vor, Rudi wäre hier. Wenn er geblieben wäre, stünde sie jetzt nicht so allein. Er hätte ihr raten können, er hätte sie davor bewahrt, das verzagte Kind zu sein, das nicht wusste, wohin sein Weg führen sollte.

Zu Beginn der Ferien schleppte ihre Mutter sie zur Berufsberatung und zum Test beim Arbeitsamt. Konzentration, Ausdauer, sogar das Zeichnen eines Baumes: Alles war miserabel. Nach ihren Stärken wurde gar nicht erst gefragt, und ihre Mutter hätte wahrscheinlich keine benennen können. So war das immer gewesen. Wenn sie einmal etwas Großes leistete oder tüchtig war – im Sport bei den Bundesjugendspielen die goldene Urkunde bekam, mehr über Tiere und Pflanzen, über die Natur überhaupt, über die Sterne und die Entstehung der Welt wusste als irgendjemand sonst in der Klasse, interessierte es niemanden. Und weil es ohnehin niemanden interessierte, lohnte es sich auch nicht, häufiger tüchtig zu sein.

Also Krankenschwester? Die wurden immer gebraucht.

Also Krankenschwester, was sonst.

Aber ob sie das Pensum der Ausbildung überhaupt schaffen würde? Der Berufsberater hob zweifelnd die Schultern.

Nicht einmal dazu schienen ihre Fähigkeiten zu reichen.

***

10

Als Lisa nach einem halben Menschenleben zum ersten Mal wieder an dem runden Kiosk bei den Herrenhäuser Gärten steht, hat sie das Gefühl, nur für kurze Zeit fortgewesen zu sein, so wenig hat sich hier verändert. Ihre Frage nach einem Becher Buttermilch nimmt die Verkäuferin ernst. Kakaotrunk gebe es, aber Buttermilch habe überhaupt noch niemand verlangt. Eine grauhaarige Frau, die den Kaffeeautomaten bedient, dreht sich um. Buttermilch hätten sie seit vielen Jahren nicht mehr, sagt sie. Leider, aber die Zeiten hätten sich geändert. Cappuccino oder Latte Macchiato würden die Leute heute verlangen, doch sie erinnere sich noch an die Jahre, als die Menschen hier für einen Becher Buttermilch Schlange standen, weil das etwas Besonderes war, etwas Unverwechselbares. »Ja, damals«, sagt sie und nickt zu ihren Worten.

Nahe dem Kiosk ist eine Straßenbahnhaltestelle. In einer Richtung fährt die Bahn nach Stöcken, in der anderen nach Kirchrode. Die Bahnlinie stellt die Verbindung zwischen Lisas lebenden Eltern und den toten her. Sie entscheidet sich für die Toten. Sie sind leichter zu ertragen.

Auf dem Stöckener Friedhof findet sie mühelos den runden Brunnen aus grauem Sandstein wieder, aus dem sie als Kind mit einer verzinkten Gießkanne Wasser geholt hat, um die Blumen auf dem Grab einer Großmutter zu gießen, an die sie sich nicht erinnern konnte. Auf einem Gräberfeld neben dem Brunnen lagen damals dicht bei dicht die Grabsteine von Urnengräbern. Ein Eichenkeimling, der neben einem Grabstein seine gelappten Blätter entfaltete und seine Äste von Jahr zu Jahr höher reckte, bis er zu einem stattlichen Baum herangewachsen war, ist jetzt verschwunden. Nur wenige Gräber werden noch gepflegt, die Namen sind durch Moos und Verwitterung unleserlich geworden. Die meisten Grabsteine sind abgeräumt und mit ihnen die Stätten der Erinnerung und der Trauer aus der Welt der Lebenden verschwunden.

An das Gräberfeld schließen sich zwischen hohen Rhododendren die Urnengräber von Familien an. Hier ist das Grab ihrer Eltern und der Großmutter. Efeu wächst auf dem schmucklosen Grab und überwuchert das kleine Schild einer Gärtnerei, die sich darum kümmert, dass das Grab nicht völlig verwildert. Der flache Grabstein hat sich auf einer Seite gesenkt und ist an den Rändern mit Moos bewachsen. Ein vierter Name ist eingemeißelt: Friedrich Jäger, der Bruder ihrer Mutter, der im Krieg verschollen ist. Erst nach dem Tod ihrer Mutter, erst als sie die beiden Namen nebeneinander auf dem Grabstein las, hatte sie tief in ihrem Innern begriffen, dass der Verlust des Bruders sie mit ihrer Mutter vereinte.

Einmal hatte sie ihre Mutter um den Bruder weinen sehen. Eine Panzerkolonne war auf der Autobahn neben ihnen auf der rechten Spur ins Manöver gefahren. Ihre Mutter hatte die Fäuste gegen die Ohren gepresst und aus ihren zugekniffenen Augen waren Tränen geflossen, während Lisas Vater einen Panzer nach dem anderen überholte, eine endlose Reihe. Seit ihr Bruder als Panzergrenadier in Russland gefallen war, konnte sie das Rattern und den Anblick von Panzern nicht mehr ertragen.

Den Weg zum Weiher findet Lisa nicht mehr. Aufs Geratewohl läuft sie vorbei an verwitterten Mausoleen mit dem Modergeruch alter Grüfte und an Tempelchen, in denen die Reichen der Stadt beerdigt liegen. Sie geht weiter durch das Labyrinth der Gräber, folgt verschlungenen Pfaden zwischen hohen Büschen, bis sie endlich doch zum Seerosenweiher kommt. Ein Mann bleibt am anderen Ufer stehen und sieht zu ihr herüber. Er winkt ihr zu, ehe er weitergeht. Lisa sieht ihm nach, bis er hinter alten Rhododendren verschwindet. Der Mann ist viel jünger als sie, er muss sie mit jemandem verwechselt haben. Hier kennt sie keine Menschen aus seiner Generation. Endlich steht sie auf der schmalen Holzbrücke, die auf eine kleine Insel im Weiher führt. Es ist alles wie früher: die Karpfen und Goldfische im Wasser, die sie hier gefüttert hat, die Schwertlilien, das Schilf, die Seerosen, die Wasserminze, an der sie so gern gerochen hat, und der braune Morast am Ufer, der zwischen ihren nackten Zehen quoll. Es sind die Kindheitserinnerungen, die sie mit dem Friedhof verbinden, am Grab ihrer Mutter hat sie nicht oft gestanden. Nicht weit vom Ausgang entfernt entdeckt sie auf einem Grabstein ihr eigenes Geburtsdatum. Die Frau hatte nur neunzehn Jahre gelebt. Starb sie durch Krankheit? Durch einen Unfall? Hatte sie selbst den frühen Tod gewählt? Der schlichte Grabstein verrät nichts als ihren Namen, den Tag ihrer Geburt und den ihres Todes.

Ohne es zuvor überlegt zu haben, verlässt Lisa auf der Rückfahrt die Straßenbahn am Herrenhäuser Kirchweg und geht das kurze Stück zum Nordstadtkrankenhaus. Während sie sich den roten Backsteinhäusern nähert, die verstreut unter den alten Bäumen eines Parks liegen, werden ihre Schritte langsamer. Die Überwindung, die es sie kostet, sich dieser Stätte ihres Versagens zu nähern, hat sie unterschätzt.

Ihr Abgangszeugnis hatte ausgereicht, um an der Krankenpflegeschule des Nordstadtkrankenhauses aufgenommen zu werden. Sie rechnete mit einem Zimmer im Schwesternwohnheim, warum sonst hätte sie Krankenschwester werden sollen? Als sich die Hoffnung auf den Auszug von zu Hause zerschlug, fand sie eine andere Begründung: Sie bildete sich ein, sie würde den Beruf wählen, weil die Kranken sie brauchten.

Der Pförtner im Torhaus des Nordstadtkrankenhauses hatte ihr den Weg zur Neurologie erklärt, wo sie sich an ihrem ersten Arbeitstag melden sollte, doch nach ein paar Metern wusste sie nicht mehr, was er gesagt hatte. Nun irrte sie auf dem weitläufigen Klinikgelände umher, das ihr wie ein ganzer hinter einer hohen Mauer verborgener Stadtteil vorkam. Sie las die Schilder an den Häusern, Chirurgie, EKG und Labor, Frauenheilkunde, Innere Medizin, doch die Neurologie fand sie nicht. Die Gebäude ähnelten sich wie die alten Bäume zwischen den Häusern, die Rasenflächen und die Blumenrabatten. Auch die Wege, die die Häuser verbanden, sahen überall gleich aus. An einem Haus las sie »Neurochirurgie« und fragte, ob sie hier richtig sei. Sie wurde weitergeschickt, fand endlich die Neurologie. So kam sie gleich am ersten Tag eine Viertelstunde zu spät auf die Station.

Die Stationsschwester erniedrigte und schikanierte Lisa vom ersten Augenblick an. Sie genoss es auf eine besondere Art, die Schwache ihre Schwächen noch deutlicher spüren zu lassen. Mit einem Frühstückstablett – ein Kännchen Muckefuck, eine seltsame Porzellantasse mit einer Tülle wie bei einer Teekanne, nur ohne Deckel, zwei Scheiben Weißbrot, Butter und Marmelade – schickte sie sie in ein Patientenzimmer.

»Herr Schmidt muss das aufessen, vorher brauchen Sie gar nicht zurückzukommen.«

Der Patient in dem Zimmer war ein Riese, imposant und erbärmlich zugleich. Schwitzend und röchelnd lag er ohne Decke auf dem hohen Bett, bekleidet mit einem weißen Hemdchen, das nur Brust und Bauch bedeckte und im Nacken mit zwei schmalen Bändern zusammengebunden war. Das Gesicht unter dem schütteren pechschwarzen Haaren war gerötet, die Schultern waren mit schwarzen Haaren bedeckt, dicht wie ein Fell.

»Herr Schmidt, ihr Frühstück!«

Der Patient öffnete einen Moment die Augen, ohne sie anzusehen, sein Atem ging schneller und unregelmäßiger, aus dem Röcheln wurde Husten. Herr Schmidt spuckte Schleim, Lisa kämpfte gegen die Übelkeit.

Am Bettgestell hing ein durchsichtiger Plastikbeutel mit einer bernsteinfarbenen Flüssigkeit, ein Schlauch verschwand unter dem Hemd.

Lisa stellte das Tablett auf den Nachttisch. »Herr Schmidt, hören sie mich? Ich bringe Ihnen das Frühstück.«

Herr Schmidt bewegte sich, das Hemd verrutschte und gab den Blick dorthin frei, wo der Schlauch verschwand: schwarze Schamhaare, dicht wie die Wolle eines Schafes, ein dunkler Penis, vom Katheter aufgetrieben. Das Wort Würde lag ihr auf den Lippen. Die Krankheit hatte sie diesem Mann genommen.

»Herr Schmidt, möchten Sie vielleicht etwas trinken?«

Der Kranke brabbelte Unverständliches mit halb geschlossenem Mund.

Sie goss den Kaffee in die merkwürdige Tasse, er roch widerlich, auch der Patient roch übel, vielleicht nach verfaulten Zähnen. Sie schmierte Butter und Marmelade auf ein Weißbrot, schnitt es in kleine Häppchen.

»Herr Schmidt, können Sie sich aufsetzen? Sie müssen doch etwas essen.«

Sie wollte das Kopfteil des Bettes hochstellen, doch Kopf und Oberkörper des Mannes lagen wie Blei auf dem Kissen.

»Herr Schmidt, geht es wohl, dass Sie sich aufsetzen?«

Der Kranke reagierte überhaupt nicht. Sie schob ein Stück Marmeladenbrot in den halb geöffneten Mund, der Kiefer bewegte sich, vielleicht auch nur die Zunge. Beim zweiten Häppchen bekam Herr Schmidt einen Hustenanfall, würgte, spuckte alles wieder aus.

»Möchten Sie etwas trinken?«, fragte sie ein zweites Mal, als ihr eigener Brechreiz nachließ.

Sie hielt den Schnabel der Tasse an Herrn Schmidts Lippen, der Kaffee lief neben seinem Mund über das Kinn und versickerte im Kissen.

Von den Blicken ihrer Mutter und den Belehrungen und Urteilen ihres Vaters verfolgt, begleitete sie ständig die Angst, vor anderen Menschen zu versagen. Wieder einmal erfüllte sie diese Erwartung. Sie wusste nicht, was jetzt das Beste wäre: sich selbst das matschige Weißbrot reinzuwürgen oder einzugestehen, dass Herr Schmidt nichts gegessen hatte.

Sie aß drei von den Bröckchen, den Rest brachte sie zurück. Kein Wort über das vom Kaffee beschmutzte Kopfkissen.

Schwester Gerda wies wortlos auf einen Geschirrwagen, wo sie das Tablett abstellen sollte.

»Was hat Herr Schmidt?«, fragte Lisa.

»Das brauchen Sie jetzt noch nicht zu wissen.«

»Hirntumor«, sagt jemand im Hintergrund. »Inoperabel.«

Schon am ersten Tag lernte Lisa, Schwester Gerda nicht in ihre grünen Katzenaugen zu sehen, sie ließen sie sofort auf die Größe einer Maus schrumpfen. Stattdessen blickte sie auf die Stelle, wo bei anderen Menschen die Augenbrauen wachsen. Bei Schwester Gerda waren dort zwei schmale schwarze Striche. Richtete diese das Wort an Lisa, kreiste deren ganze Aufmerksamkeit fortan um die Frage, ob sie die Härchen sorgfältig entfernte oder ob ihr keine Augenbrauen wuchsen.

Der Gestank, wenn ein Erwachsener in seinem Kot lag, war überwältigend. Das war eine weitere Lektion des ersten Tages und ein Grund, zum ersten Mal an ihre eigene Verwundbarkeit zu denken: sie selbst als Pflegefall. Zeit dazu hatte sie genug, während sie Herrn Schmidt an der behaarten Schulter festhielt, damit er nicht zurück auf den Rücken rollte, während der für sie namenlose Pfleger dem Patienten den Hintern abputzte. Jetzt wurde der Gestank infernalisch. Sie hielt die Luft an, solange es ging, atmete hastig durch den Mund, wenn es sein musste. Herr Schmidt bekam eine neue Windel und sie begriff, dass Kot und Gestank zum Alltag auf einer Station wie dieser gehörten.

Der Pfleger wollte sich totlachen, als sie ihm erzählte, sie hätte heute Morgen Herrn Schmidt das Frühstück gebracht. Das sei eine originelle Idee, lachte er, einen komatösen Patienten mit Marmeladenbrot und Muckefuck zu ernähren. Ob sich Schwester Gerda das ausgedacht habe, wollte er wissen.

Die nächste Lektion war banal: Ein EKG war nicht dasselbe wie ein EEG. Lisa hatte auf die schwarzen Striche über den Augen gestarrt, genickt, als sie den neuen Auftrag entgegennahm, und den Patienten in seinem Bett kreuz und quer über das weitläufige Klinikgelände geschoben, bis sie das EKG fand. Dort hatte sie ihn seinem Schicksal überlassen, wie es ihr aufgetragen war. Zwei Stunden später wurde der Patient auf der Station vermisst, nach einer weiteren Stunde hungrig und ungeduldig im Flur vor dem EKG aufgefunden.

Am nächsten Tag forderte Schwester Gerda sie zum zweiten Mal auf, den Patienten zum EEG zu bringen, dabei sah sie Lisa an wie ein widerliches Insekt, das totgeschlagen gehörte. »Jetzt aber dalli!«

Am Himmel waren dunkle Wolken aufgezogen, die ersten schweren Tropfen fielen. Lisa schob so schnell sie konnte, glaubte Schwester Gerdas Blicke wie Pfeile im Rücken zu spüren, bis sie ihre Stimme hinter sich hörte.

»Wie dumm muss man eigentlich sein, um ein Bett durch den strömenden Regen zu schieben?« Sie warf eine Folie auf das Bett und sah zu, wie sich Lisa unbeholfen mühte, den im Wind flatternden Regenschutz über das Bett zu breiten.

»Am Kopfende müssen Sie die Folie oben über das Gestell ziehen, oder wollen Sie den Patienten ersticken?«

Die Kommandos dieses Drachens mit dem unnatürlich blass geschminkten Gesicht und den schwarzgefärbten Haaren machten Lisa wütend, dienten sie doch einzig und allein dazu, ihr ihre Unfähigkeit vor Augen zu führen. Es tröstete sie wenig, dass deren Beleidigungen auch andere trafen, denn durch ihre Art vergiftete Schwester Gerda nicht nur Lisas Herz, sie vergiftete die ganze Station. An diesen ersten Arbeitstagen sehnte sich Lisa danach, eine einfache Aufgabe zu haben, eine, die sie bewältigen konnte. Sie sehnte sich nach Gewohnheiten, an denen sie sich festhalten konnte. Sie sehnte sich nach Menschen, die ein freundliches Wort an sie richteten und keine unerreichbaren Ansprüche stellten, doch niemand auf Station reichte ihr die Hand und half ihr durch diese Zeit des Unvermögens und der Unsicherheit. Das Gift wirkte in allen Herzen. Von Tag zu Tag fiel es ihr schwerer, mit anderen freundlich umzugehen. Gegen Schwester Gerda entwickelte sie einen ungezügelten Hass, der ihr Angst machte. Sie hoffte, die Katzenäugige würde vor ein Auto laufen oder von einer Straßenbahn überfahren werden. Sie sah sie vor sich, wie sie mit mächtig arbeitenden Kaumuskeln ein Brötchen aß, stellte sich vor, ein Bissen würde ihr im Halse steckenbleiben, und genoss das Bild, wie die Verhasste zu Boden sank, um nie wieder aufzustehen.

Lisa hatte bald gemerkt, dass es auf der Station drei Lager gab, und die Sympathie für das eine schloss gute Beziehungen zu den anderen aus. Ein Teil des Personals buhlte um die Gunst der Stationsschwester und wurde zu ihrem Sprachrohr. Ein paar andere hatten sich mit dem Pfleger verbündet, den sie nur Günther nannten. Günther war ein großer Mensch mit strähnigen aschblonden Haaren, laut, jovial und gesprächig, das Gegenteil von Schwester Gerda. Von ihm hieß es hinter vorgehaltener Hand, er sei am 17.5. geboren. Erst allmählich begriff sie, was das bedeutete: einer, der sich nach Paragraph 175 strafbar machte, ein Homosexueller.

Das dritte Lager hatte sich gegen die anderen beiden verbündet. Den Günther müsse man anzeigen, raunten sie. Er nutze die Abhängigkeit der Patienten, um ihnen in der Badewanne Pornobilder zu zeigen, und dann vergreife er sich an ihnen. Schwester Gerda, meinten sie, kehre dies unter den Teppich. Sie müsse ebenfalls Dreck am Stecken haben und der Günther müsse das wissen, sonst hätte sie längst für Ordnung gesorgt. Im dritten Lager hoffte Lisa, heimisch zu werden, aber mit ihrer Schweigsamkeit öffnete sie keine Türen. Sie gehörte zu niemandem dazu.

In den ersten Tagen auf Station hatte sie sich noch bemüht, keine Fehler zu machen, doch die Fallstricke waren unüberwindlich. Es schien Schwester Gerdas Lebenszweck zu sein, andere ins Unrecht zu setzen. Regelmäßig bei Dienstschluss näherte sie sich scheinbar absichtslos dem Zebrastreifen vor dem Krankenhaus, ging am Bordstein entlang, um plötzlich, wenn sich ein Auto näherte, auf die Straße zu treten. Regelmäßig musste sie zur Seite springen, um sich in Sicherheit zu bringen, ein Anlass, den Fahrer in übelster Weise zu beschimpfen.

Lisa entzog sich Schwester Gerdas Kommandos, sooft es ging. Sie erfand chronisches Erbrechen und ließ sich wochenlang krankschreiben. War sie wieder auf der Station, krümmte sie sich vor Bauchschmerzen und musste nach Hause geschickt werden. In dieser Zeit lebte sie in der ständigen Sorge, jemand könne bei ihr zu Hause anrufen oder sie besuchen wollen. Ihre Eltern wussten nichts von ihren Krankheiten, und wenn sie nicht umhinkonnte, ihnen von ihrer Arbeit zu berichten, schmückte sie ihre wenigen Erlebnisse aus oder erfand neue Geschichten.

Statt zu arbeiten, bummelte sie durch die Straßen und Kaufhäuser der Stadt oder saß in Cafés, aber die Menschen strengten sie an. Jeder Blick, den sie auffing, drang in sie ein: Warum lächelt die Frau? Lacht sie über mich? Lacht sie mich aus? Die nächsten Minuten waren gefüllt mit dem Rätsel, warum die Frau lachte.

Dann wieder verrieten ihr fremde Gesichter ihre Geschichten: Das Gesicht der Verkäuferin mit der geschwollenen Lippe und dem Bluterguss auf der Wange erzählte von einem Mann, der ihre Anhänglichkeit mit Schlägen beantwortete und von dem sie doch nicht lassen konnte. Ein grauhaariges Paar verriet ihr seine junge Liebe. Das Lächeln, die lebhaften Bewegungen, die aufrechten Körper zeigten Lisa das neu gefundene Glück. In einem unsicheren Mädchen mit gesenktem Kopf, das die Welt von unten betrachtete und kaum wagte, den Blick zu heben, erkannte sie sich selbst.

Manchmal war es ein intensives und beunruhigendes Gefühl, die Menschen mit großer Klarheit zu betrachten, so als würde sie über deren Leben schweben. Einmal sah Lisa eine junge Frau ein italienisches Restaurant betreten, und sie kannte ihre Geschichte, noch ehe sie sich ereignet hatte. Die Frau war groß und schlank und sah hübsch aus mit ihrem schmalen Gesicht und den langen blonden Haaren. Sehr aufrecht und ohne Scheu fragte sie nach einem Tisch für zwei Personen, nahm in Lisas Nähe Platz und bestellte ein Glas Rotwein. Mit dem Essen wolle sie noch warten. Sie sprach Englisch mit dem Ober, aber ihr Akzent offenbarte die osteuropäische Herkunft. Es war etwas in ihrem Gesicht, das im Widerspruch zu ihrem selbstsicheren Auftreten stand und das Lisa verriet, dass sie umsonst warten würde, lange bevor ihre Unruhe zutage trat. Nach einer Stunde verließ sie das Lokal wieder – allein.

In der Pflegeschule beteiligte sich Lisa kaum am Unterricht und verlor den Anschluss an die anderen Schwesternschülerinnen. Sie machte sich deswegen keine Sorgen, sie wusste, dass sie nie und nimmer ihr Leben als Krankenschwester verbringen wollte.

Nach vier Monaten auf der neurologischen Station und umgeben von Kranken bemerkte sie ein Kribbeln im Gesicht, eine Schwäche in den Armen und der Boden schien unter ihr zu schwanken. Wochenlang war sie sicher, an Multipler Sklerose erkrankt zu sein.

Sie quälte sich mit der Überzeugung, dass ihr Schicksal besiegelt sei, sprach aber mit niemandem darüber. Sie hatte Angst vor den notwendigen schmerzhaften Untersuchungen und noch mehr fürchtete sie sich davor, die schlimme Diagnose aus dem Mund eines Arztes zu hören. Das hätte ihr das letzte bisschen Hoffnung genommen. Nach einem halben Jahr wurde sie von der neurologischen auf die neurochirurgische Station versetzt und vergaß die Symptome der Multiplen Sklerose. Sie waren eines Tages verschwunden, und Lisa wusste nicht einmal, wie lange sie sie schon nicht mehr bemerkt hatte. Stattdessen hatte sie Kopfschmerzen und fühlte in ihrem Kopf einen riesigen Tumor heranwachsen. Glioblastom, anaplastisches Astrozytom, schon die Worte waren wie Todesurteile.

Auf der neurochirurgischen Station war der Ton freundlicher und sie flüchtete nicht mehr in erfundene Krankheiten, doch je länger sie mit den kranken Menschen umging, umso mehr deprimierten sie ihre Schicksale. Die Patienten klammerten sich an sie, die Unerfahrene, sie überfielen sie mit ihrem Schicksal. Während sie versuchten, Lisa in ihr Leben hineinzuziehen, trachtete sie immer stärker danach, ihnen zu entkommen. Ihr fehlte ein Schutzschild gegen die fremden Leidensgeschichten. Der Filter, mit dem die Erfahrenen das Unglück der anderen draußen hielten, funktionierte bei ihr nicht.

Einer der jungen Ärzte fragte sie, ob sie bei einer Hirnoperation zusehen wolle.

Sie könne kein Blut sehen, sagte sie.

»Das wird schon«, lachte er. Nur der erste Schnitt sei schlimm, überhaupt sei es das Erschreckendste, wenn das Skalpell durch die heile Haut gezogen würde, aber dann, wenn die Haut zur Seite geklappt sei, der Knochen geöffnet und das Operationsfeld abgedeckt, sei das Schlimmste überstanden.

Mit Mundschutz, sterilem Kittel und Haube harrte Lisa in der dritten Reihe am Operationstisch aus, vor ihr die operierenden Ärzte, hinter denen zwei Studenten. So war es leicht, keinen Blick auf den kahl rasierten und mit einer orangefarbenen Flüssigkeit angepinselten Schädel zu werfen. Dennoch rauschte das Blut in ihren Ohren. Die Geräusche und das Wissen um das Geschehen reichten aus, ihr den kalten Schweiß auf die Stirn treten zu lassen. Als sie den ersten Blick wagte, als sie zwischen den vor ihr Stehenden hindurch auf das von grünen Tüchern umgebene Operationsfeld linste, erkannte sie die Oberfläche eines menschlichen Gehirns, noch verhüllt von einer zarten grau schimmernden Haut, in deren Adern das Blut pulsierte. Jetzt hatte es nichts Beängstigendes mehr, wie der Operateur am Rand des aufgesägten Knochens entlang diese Haut mit einer Schere aufschnitt und sie zur Seite zog: das Gehirn eines lebenden Menschen lag frei, ein Anblick, erschreckend und faszinierend zugleich. Das Rauschen in ihren Ohren wurde leiser und die Angst vor Ohnmacht verschwand. Was sie sah, war kein von den eindringenden Instrumenten beschädigter Mensch, sondern ein anonymer vom Individuum losgelöster Teil, den sie mit nüchternem Interesse betrachtete. Ärztin hätte sie werden sollen, dachte sie, als der Tumor entfernt worden war. Dann hätte sie die Fähigkeit, mit ihrem Können in das Leben und Leiden eines Menschen einzugreifen – und die Macht dazu.

Am Ende des ersten Ausbildungsjahres beschloss sie, nicht länger etwas deswegen zu tun, weil andere es von ihr erwarteten. Sie wollte ihren eigenen Weg finden und teilte ihren Eltern mit, dass sie nicht Krankenschwester werden wollte. Ekel vor den Exkrementen, vor Erbrochenem, vor Geschwüren, die bis auf den Knochen reichten und niemals verheilten, die Strapazen der Nachtarbeit und der Dienst an Wochenenden, das würden sie verstehen. Die wahre Begründung behielt sie für sich: das war die Nähe der Menschen und das Gefühl, ihnen ausgeliefert zu sein, den Vorgesetzten gleichermaßen wie den Patienten. Sie war nicht dafür geschaffen, sich mit vielen Menschen zu umgeben.

Sie sagte ihren Eltern, sie wolle auf dem Abendgymnasium das Abitur nachholen und Medizin studieren. Ihre Mutter lachte sie aus. »Unser Dummerchen! Ausgerechnet Medizin! Wie bitte willst du Latein lernen, wenn du dir nicht einmal englische Vokabeln merken konntest.«

Ihr Vater verlangte, dass sie die Ausbildung zur Krankenschwester beendete. »Solange du deine Füße unter meinen Tisch stellst, bestimme ich, ob du deine Ausbildung abbrichst oder nicht.«

Von diesem Tag an hatte Lisa nur noch ein Ziel: zu Hause auszuziehen, das Elternhaus und die Stadt zu verlassen, um endlich frei zu sein. Ihren Plan gab sie auf, noch ehe sie sich zum Abendgymnasium angemeldet hatte, auch wegen einer Ahnung, die sie bei jeder neuen Herausforderung beschlich: Sie würde scheitern, wie so oft in ihrem Leben.

In dieser Zeit träumte sie immer wieder, auf einer Reise zu sein: Voller Erwartungen war sie irgendwohin unterwegs, manchmal zu einem schönen Ziel, manchmal zu einem Treffen mit Menschen, die ihr sehr wichtig waren, aber immer verirrte sie sich, sie fand den Bahnhof nicht oder nicht das Gleis, von dem der Zug fahren sollte. Dann rannte sie entlang endloser Straßen und Gänge, die sie nie zuvor gesehen hatte, oder durch finstere Unterführungen, wo kein Mensch außer ihr war, suchte in völliger Verzweiflung vergeblich den richtigen Weg. In anderen Träumen fuhr sie in einem Zug und verlor ihre Freunde oder ihre Familie aus den Augen, weil die anderen, während sie selbst noch nach ihrem Gepäck suchte, plötzlich ausgestiegen waren. Vielleicht standen sie auf einem Bahnhof, vielleicht saßen sie in einem anderen Zug, der ohne sie davonfuhr. Aus diesen langen Träumen, in der die Welt so befremdlich war wie in ihrem Leben, erwachte sie voller Wut über ihr Versagen.

Ihre Mutter kontrollierte sie immer weniger. Sie war damit beschäftigt, sich selbst aus dem Sumpf zu befreien, in dem sie immer tiefer versunken war. Der Vater hatte zugestimmt, dass sie sich eine Arbeit suchte, ja, er hatte sogar dazu geraten. Was nützte ihm die Frau am Herd, wenn sie nicht mehr in der Lage war, für ihn zu kochen? Eine Halbtagsbeschäftigung an zwei oder drei Tagen ließe ihr noch genügend Zeit, das Haus und den Garten in Ordnung zu halten, die Wäsche zu waschen, einzukaufen und was ihr der Haushalt sonst noch abverlangte. Nachdem eine Kur erfolglos geblieben war, sah er das Heil in der Berufstätigkeit, hatte sie ihm doch bei jeder Gelegenheit vorgehalten, wie glücklich sie als

Chefsekretärin gewesen war! Wenn sie auch jetzt mit bald fünfzig Jahren zu alt war, als Sekretärin einzusteigen, dann doch wenigstens als Stenotypistin. Mit 180 Silben Steno und 250 Anschlägen pro Minute müsste sie auch heute noch eine Stelle finden.

Lisas Mutter las Anzeigen, bewarb sich, stellte sich den Personalchefs vor, bekam eine Absage nach der anderen. Der Alkohol hatte Spuren in ihrem Gesicht hinterlassen und das Zittern ihrer Hände und das Beben im Gesicht waren nicht zu übersehen. Nach jedem vergeblichen Anlauf versank sie tiefer in ihrer Depression. Als niemand mehr damit rechnete, wurde sie doch noch als Schreibkraft in einer kleinen Firma angenommen. Eine neue Zeit brach an, sie war stolz auf das selbstverdiente Geld, blühte auf, kaufte neue Kleider, benutzte Lippenstift und Makeup und trank keinen Alkohol. Es kostete ihre Mutter Kraft, das durchzuhalten, das wusste Lisa, und sie ahnte, dass eines Tages die mühsam erkämpfte Normalität wieder zusammenbrechen würde. Ein heftiger Streit mit dem Vater, eine Enttäuschung über die Tochter oder eine neue Angst würden ausreichen, und sie würde wieder zur Flasche greifen und in einem Strudel aus Depression, Schuldgefühlen und Alkohol versinken. Ein paar Monate ging alles gut, aber dann, nach einem Streit bis in die Morgenstunden ging sie unentschuldigt nicht zur Arbeit. Jetzt war der Damm gebrochen. Am nächsten Tag hatte sie eine Fahne, als sie das Haus verließ.

Sie kämpfte noch um ihre Arbeitsstelle, während Lisa den Kampf in der Pflegeschule längst aufgegeben hatte. Ihre Mutter bemerkte es nicht. Ihr eigener Untergang lenkte sie von dem ihrer Tochter ab. Solange Lisa pünktlich aus dem Haus ging – angeblich zur Arbeit – aufgeschlagene Lehrbücher in ihrem Zimmer lagen und sie die Nächte zu Hause verbrachte, schöpften ihre Eltern keinen Verdacht. Ihre äußere Veränderung nahmen sie widerwillig hin. Lisa schnitt sich den Zopf ab, trug die schulterlangen Haare offen, verzichtete auf einen BH, kleidete sich in dünne Blusen und lange Flatterröcke oder trug Kleider, die so kurz waren, dass sie sich damit nicht bücken durfte.

***

11

Lisas nächster Freund nach Pavel und Manfred war Hans, ein Psychologiestudent, fünf Jahre älter als sie und nur in den Semesterferien zu Hause. Seine Eltern arbeiteten beide, die Wohnung stand tagsüber leer. »Sturmfreie Bude bis um fünf«, sagte er, wenn sie sich am Vormittag bei ihm trafen, doch Lisa wurde keinen Augenblick die Vorstellung los, dass plötzlich die Tür aufgehen würde, Vater oder Mutter von Hans ins Zimmer stürzen und sie im Bett entdeckten. Sie war es einfach nicht gewohnt, vor solchen Überfällen sicher zu sein. Was auch immer sie tat, fremde Augen überwachten sie unentwegt. Noch nie hatte sie sich gänzlich unbeobachtet gefühlt, wenn sie mit einem Mann zusammen war.

Sie brachte Hans niemals mit nach Hause. Nachdem ihre Mutter die beiden einmal zufällig gesehen hatte – sie war mit der Straßenbahn an ihnen vorübergefahren – regte sie sich darüber auf, dass Hans im Winter nur eine Jacke und keinen Mantel trug. Ob er sich keinen Mantel leisten könne? Sie wollte wissen, was sein Vater für einen Beruf habe, aber Lisa wusste es nicht. Sie hatten niemals darüber gesprochen. Hans gab ihr Bücher mit Titeln wie »Spiele der Erwachsenen« von Eric Berne zum Lesen. Zum ersten Mal begriff sie, wie sie sich immer zum unterlegenen Kind gemacht hatte, wem auch immer sie begegnete, und die anderen zu übermächtigen Eltern. Allen war sie nur geduckt und mit dem Gefühl ihrer Unterlegenheit gegenübergetreten, das war immer ihre Rolle gewesen. Selbst bei Pavel hatte sie ihre Kinderrolle nicht abgelegt. Nur mit Manfred war es anders gewesen, da hatte sie den Spieß umgedreht, das Muster war dasselbe gewesen.

Sie beschloss, sich zu ändern, sie wollte den Menschen auf Augenhöhe gegenübertreten, aber sie wusste nicht, wie sie das anstellen sollte. Selbst jede Begegnung auf einem schmalen Gehweg war eine Auseinandersetzung zwischen Macht und Ohnmacht, doch immer war sie die Verliererin. Sie wich auf die Straße aus, drückte sich an Hauswände, zerkratzte sich die Arme an Hecken. Woher wusste die Frau, die mit ihrem Schirm den ganzen Weg einnahm, dass Lisa Platz machen würde, um nicht mit ihr zusammenzustoßen? Woher wusste das Pärchen, dass sie ihm ausweichen würde? Woher wussten alle, selbst die Kinder, dass sie nachgeben würde? Überall in der Stadt lauerten solche Konflikte. Wollte sie in die Straßenbahn einsteigen, kam ihr noch jemand entgegen, den sie nicht gesehen hatte, und maßregelte sie, weil sie nicht gewartet hatte. Wenn sie eine Straße überquerte, wurde sie von einem einbiegenden Auto angehupt, obwohl sie das Vorrecht hatte. An den Türen von Kaufhäusern und Geschäften war sie es, die warten musste, bis der Weg frei war. Sie nahm es persönlich, sah sich als Verliererin, wenn nicht sogar als Schuldige, auch wenn sie es nicht war, und fühlte sich tief verletzt, wenn sie kritisiert wurde. Sie musste etwas an sich haben, was die anderen ermutigte, sie zu missachten oder sogar zu beschimpfen.

An einem Abend stand sie vor dem Spiegel und versuchte herauszufinden, was es sein könnte. Lag es daran, dass sie klein und zierlich war, lag es an ihrem Gesicht? Ihrer Haltung? An ihrer Kleidung und Frisur konnte es nicht liegen. Sie war schon immer der Sündenbock gewesen, auch mit Zopf und altmodischer Kleidung. Oder waren es Signale, die sie aussandte, ohne es zu merken?

Am nächsten Tag versuchte sie etwas Neues: Sie sah zur Seite, als ihr zwei Frauen auf einem schmalen Gehweg begegneten, sie ging sehr aufrecht und betrachtete die Häuser auf der gegenüberliegenden Straßenseite, als hätten die Entgegenkommenden keine Bedeutung, und wich nur so weit aus, wie es die Höflichkeit gebot. Die Begegnung wurde zu einem kleinen Sieg, einem ungewohnten, denn die Frauen ließen ihr genügend Platz. Doch warum in allen Fremden Feinde sehen? Warum kämpfen um jeden Zentimeter, wenn sie genauso gut ausweichen konnte? Warum nicht nachgeben können? Sie gab sich selbst die Antwort: Weil sie immer hatte nachgeben müssen.

Hans kehrte zum Studium nach Göttingen zurück. Nun zogen sich die Tage, an denen sie nicht arbeiten musste und die Schwesternschule schwänzte, zäh und schuldbeladen dahin. Die Kluft zu den anderen Schülerinnen war längst zu groß geworden, um den Rückstand noch aufzuholen. Sie sehnte sich nach einer Veränderung, sie sehnte sich nach einem Ziel, das sie erreichen konnte. Noch immer kam sie sich vor wie auf der Durchreise auf dem Weg vom unselbstständigen Kind zur erwachsenen Frau. Sie träumte davon, unabhängig zu sein und ein selbstbestimmtes Leben zu führen, eine eigene Wohnung zu haben, aber sie trieb immer weiter fort von ihrem Ziel.

An einem wolkenverhangenen Tag im späten September begegnete sie Kalle, der in Wirklichkeit Karl-Heinz hieß. Er hockte groß und aufrecht im Schneidersitz auf dem Plattenweg am Ufer des Maschsees bei der Löwenbastion. Sein langes dunkles Haar hielt er mit einem Stirnband zusammen, um den Hals trug er eine Schamanenkette mit Zähnen, die wie menschliche aussahen. Er legte ein zerlesenes Taschenbuch beiseite, wühlte in einem verschlissenen Matchbeutel, fischte einen Apfel heraus, roch daran, ehe er ihn wieder einpackte, nahm einen anderen, beschnüffelte ihn wie ein Hund sein Futter, biss hinein. Lisa saß drei Meter von ihm entfernt auf einer Bank und beobachtete ihn. Er bemerkte ihren Blick, griff erneut in den Beutel, nahm einen Apfel und bot ihn Lisa an. Sie schüttelte den Kopf.

Er sah den Apfel lange an, beäugte ihn verwundert von allen Seiten, dann warf er ihn weit ins Wasser hinein.

»Warum?«, fragte Lisa.

»Ich will ihn nicht, du willst ihn nicht, sollen ihn doch die Fische fressen!«

Er zog einen Saba-Kassettenrekorder aus dem Matchbeutel. Nach einem Blick zum Himmel packte er ihn wieder ein. Von Westen her hatte sich der Himmel weiter verdunkelt und unter ausgefransten Wolken hingen Regenschleier. »Wird wohl gleich zum Regnen kommen«, stellte er seltsam verschroben fest.

Lisa nickte. Sie stand auf und ging weiter.

»Bis morgen!«, rief er ihr nach.

Am nächsten Tag trafen sie sich am selben Ort. Kalle hatte Abitur und sollte das große Wäschegeschäft seines Vaters am Engelbosteler Damm übernehmen. Er behauptete, dass er das Geschäft sofort verkaufen würde, wenn er der Chef sei. Sein Vater maloche jeden Tag bis tief in die Nacht und wenn er irgendwann den Arsch zukneife, habe er gar nichts vom Leben gehabt und von seinem Geld auch nicht. Kalle bekam dreihundert Mark Taschengeld im Monat und ihm fiel wenig ein, wofür er es ausgeben könnte. »Wir könnten in ein teures Restaurant gehen«, schlug Lisa vor, aber Kalle meinte, da säßen nur die Spießer. Stattdessen grillten sie bei krachendem Donner und heftigen Gewittergüssen unter einer Leinebrücke Würstchen über einem qualmenden Feuer. Mit Kalles Taschengeld fuhren sie auf dem Schützenfest zehn Mal hintereinander mit dem Riesenrad, kauften ein paar Dutzend Lose. Sie gewannen zwei riesige Plüschteddybären und irgendwelchen Krempel, den sie an Kinder verschenkten. Die Bären schleppte Kalle nach Hause, damit, wie er sagte, endlich Leben in die Bude käme. Kalle kaufte die teuersten Karten für das Musical »Hair« und auf dem Nachhauseweg grölten sie »Let the sunshine in«, immer wieder dieselben drei Zeilen, bis sie heiser waren. Bei strömendem Regen fuhren sie stundenlang im Tretboot über den Maschsee. Aus dem Kassettenrekorder im Matchbeutel dröhnte »House of the Rising Sun« und »Bridge over Troubled Water« bis hinüber zum Ufer, wo die Leute stehenblieben und mit dem ausgestreckten Arm in ihre Richtung zeigten. Kalle schleppte seinen Kassettenrekorder überall mit hin. Nur für Lisa hatte er die Platte »Tea for the Tillerman« von Cat Stevens aufgenommen, und wenn der Song »Sad Lisa« kam, spulte er das Band immer wieder zurück, bis sie beide die traurige Lisa für alle Zeiten leid waren.

Kalle schrieb selbst Songtexte und Gedichte, die er bekannten und unbekannten Musikern anbot. Aber die bekannten reagierten nicht und wenn ein unbekannter die Musik dazu schrieb und den Song mit seiner Band bei schlecht bezahlten und schlecht besuchten Veranstaltungen vortrug, schien niemand den Text zu beachten. Kalle hielt sich für genial und wunderte sich darüber, dass dies noch niemand erkannt hatte. Für ihn war dies jedoch nur eine Frage der Zeit.

Lisa wusste nie, ob Kalle anrufen würde oder nicht. Er selbst ging niemals ans Telefon, wenn sie seine Nummer wählte. So brachte sie Stunden damit zu, auf das Klingeln des schwarzen Apparates auf der Musiktruhe im Wohnzimmer zu warten. Manchmal fragte sie sich, ob das Liebe sei, und sie brauchte Monate, um zu begreifen, dass ihr Warten etwas anderes war. Es war das Warten einer, die sich vor der Niederlage fürchtet und voller Sorge hofft, dass dieses Warten nicht für immer andauern würde. Kalle behandelte sie schlechter, als es je zuvor ein Freund getan hatte, und auf Zärtlichkeiten wartete sie vergeblich. Manchmal versuchte sie, den Anfang zu machen, legte ihre Hand auf seinen Oberschenkel oder ihren Arm um seine Taille. Wenn er dann überhaupt eine Reaktion zeigte, so war es ein belustigter Blick, dem sie nicht entnehmen konnte, ob ihm die Berührung recht war oder nicht. Er sah sie dann an wie jemanden, der sich auf amüsante Weise absonderlich benimmt, mit einem Tirolerhut und einer Krachledernen in Norddeutschland in die Oper geht oder im Kaufhaus plötzlich laut zu singen beginnt.

Nach einem Jahr stellte sie verwundert fest, dass Kalle sie noch immer nicht langweilte und sie seiner nicht überdrüssig wurde. Was er sagte, sog sie begierig auf, und seine Meinung, seinen Blick auf die Dinge machte sie zu ihren eigenen. Er war davon überzeugt, dass der Beruf der Krankenschwester das beste Beispiel für die Ausbeutung Abhängiger sei. Seine Worte bestärkten sie darin, den Unterricht zu schwänzen, wann immer ihr danach war.

Jahrzehnte sind seither vergangen, doch jetzt, wo Lisa wieder vor dem Haupteingang des Nordstadtkrankenhauses steht, findet sie alles in unbegreiflicher Weise unverändert: die Inschrift »Städt. Krankenhaus Nordstadt« in großen altmodischen Buchstaben am Torhaus aus roten Backsteinen, die beiden Laternen unter der Schrift und die altertümlichen Sprossenfenster. Sie geht durch das Torhaus hindurch, wie sie es tausendmal getan hat, und die alten Gefühle werden wach. Auch hinter dem Torhaus ist alles wie früher: die roten Backsteinhäuser mit den Stationen und den zentralen Einrichtungen, die Wege, sogar die alten Bäume scheinen sich nicht verändert zu haben. Es kommt ihr vor, als wären auch die Menschen dieselben geblieben. Das ist Schwester Gerda, denkt sie und erschrickt, als ihr eine schlanke schwarzhaarige Frau in Schwesternkleidung entgegenkommt, aber aus der Nähe kann sie keine Ähnlichkeit erkennen. Ohne zu suchen, findet sie die neurologische Station. Sie könnte jetzt hineingehen wie die Angehörigen der Patienten, aber an ihren Füßen hängen plötzlich zentnerschwere Gewichte. Sie bringt es nicht fertig, die Station zu betreten. Sie setzt sich auf eine Bank im Park, lauscht dem Abendlied einer Amsel, die sich ganz oben im noch kahlen Geäst eines Baumes niedergelassen hat, doch es gelingt ihr nicht, sich mit der Vergangenheit zu versöhnen.

Schon auf dem Rückweg zur Straßenbahnhaltestelle weiß sie, dass sie nicht zu ihrem Elternhaus in Kirchrode fahren wird. Die Zeit hat die alten Wunden nicht geheilt, die untrennbar mit diesen Orten verbunden sind. Mit der nächsten Straßenbahn fährt sie in Richtung Innenstadt. Noch immer hat sie sich nicht entschieden, wo sie die Nacht verbringen wird. Das Häusle im Schwarzwald, die Hühner, die Katze: Sie hat vorgesorgt, dass sie nicht sofort zurückkommen muss.

Für ihre Mutter brach eine Welt zusammen, als Lisa nach zwei vergeblichen Versuchen endgültig das Schwesternexamen verpatzt hatte. Wie hatte ihre Tochter sie so täuschen können! Wie hatte sie, ihre Mutter, so lange in dem Glauben leben können, alles sei in Ordnung! Lisas Vater reagierte mit kalter Höflichkeit. »Also bitte, du scheinst es so gewollt zu haben, jetzt musst du die Konsequenzen tragen.«

Lisa beschloss, sich nicht mehr von ihren Eltern reinreden zu lassen, niemals mehr. Die Konsequenzen tragen, damit war sie einverstanden, aber wie sie das tun würde, war ihre Sache. Sie hatte in einer Krankenpflegezeitschrift gelesen, dass eine neurologische Reha-Klinik am Bodensee Pflegekräfte suchte, examinierte und nicht examinierte. Der Bodensee: Das bedeutete, eine Tagesreise von ihrem Elternhaus entfernt zu sein. Ihre Mutter versuchte es mit Tränen und mit Drohungen, sie von ihrem Plan abzubringen. Sie blieb standhaft: Entweder dort oder nirgends würde sie arbeiten.

An einem regnerischen Herbsttag fuhr sie auf dem Rücksitz dem Bodensee entgegen. Lisa fühlte sich, als klebte alles, was sie hinter sich lassen wollte, an ihr wie Kaugummi. Ihre Mutter saß neben dem Vater auf dem Beifahrersitz. Neben Lisa auf der Rückbank stand die neue elektrische Nähmaschine. Ihre Mutter hatte sich darauf eingestellt, vor Ort Gardinen für das im Übrigen möblierte Zimmer zu nähen, in das Lisa einziehen würde.

Das Zimmer erwies sich als enge Mansarde, höchstens zehn Quadratmeter groß. Möbliert war es mit einer Schlafcouch unter der Dachschräge, einem Tisch, der fast den ganzen freien Platz zwischen Couch und gegenüberliegender Wand einnahm, einem kleinen Sessel vor dem Fenster. Neben der Tür und zur Hälfte unter der Dachschräge eingeklemmt war eine Schrankwand mit einem schmalen Kleiderschrank und ein paar offenen Fächern eingebaut. Die Küche und das Bad würde sich Lisa mit zwei italienischen Gastarbeitern teilen, die das andere Zimmer im Dachgeschoss bewohnten. Die Wohnung lag an der Straße, die den Ort in seiner ganzen Länge durchquerte und den Durchgangsverkehr nach Konstanz aufnahm. Die Häuser auf der gegenüberliegenden Straßenseite waren niedriger als ihres, und dahinter, fast völlig verdeckt durch Bäume, schimmerte pfützengroß ein Stückchen Bodensee. Gardinen brauchte sie hier nicht. Während sich ihre Mutter sofort nach einem anderen Zimmer umsehen wollte – dieses hier sei unzumutbar – keimte in Lisa das Gefühl, zwischen diesen engen Wänden endlich frei zu sein. Sie atmete auf, als ihre Eltern nach einer Nacht in einem kleinen Gasthof wieder in ihr Auto stiegen.

Damit hatte sie nicht gerechnet: Sie verstand nicht, was die Menschen redeten. Für sie klang es, als wäre sie von lauter Schweizern umgeben. Eine junge Schwester führte sie über das weitläufige Klinikgelände, erklärte ihr die verschiedenen Einrichtungen und Stationen. Worte wie Patienten, Hallenbad oder Verwaltung begriff sie, aber die Zusammenhänge blieben ihr ein Rätsel. Manchmal wollte die Schwester etwas von Lisa wissen, aber deren Antworten quittierte sie mit einem verwunderten Lächeln. Wahrscheinlich hatte Lisa die Fragen nicht begriffen. Nach ein paar Wochen gewöhnte sie sich an den alemannischen Dialekt und daran, dass die Menschen jeden zweiten Satz mit »oder?« beendeten. Statt Brötchen kaufte sie beim Bäcker Wecken und Seelen und statt auf Wiedersehen sagte sie Ade. Nur an den Nebel, der eines Tages Häuser und Bäume verschluckt hatte und für lange Wochen die Landschaft hinter einem grauen Vorhang verbarg, gewöhnte sie sich nicht. In ihrer winzigen Mansarde war sie glücklich, doch den Kontakt mit den Gastarbeitern vermied sie. Sie wusste, wann sie morgens aufstanden und aus dem Haus gingen und wann sie abends zurückkehrten. Verließ sie ihre Wohnung, während die anderen zu Hause waren, horchte sie an ihrer Tür, ob im Flur alles still war, ehe sie ihre Wohnung verließ. Sie wusste nicht, wie sie mit ihnen hätte umgehen sollen. Mit fremden Menschen zu sprechen, ohne einen Anlass zu haben, war noch immer eine Aufgabe, der sie sich nicht gewachsen fühlte. Sie beneidete ihre Kolleginnen, die stundenlang über Nichtigkeiten redeten, während sie selbst fürchtete, mit jedem überflüssigen Wort die anderen zu langweilen. Sie war traurig, als ihr das Zimmer nach einem halben Jahr gekündigt wurde, weil ein dritter Gastarbeiter dort einziehen sollte. Gerade noch rechtzeitig fand sie eine kleine Einliegerwohnung in einem der Einfamilienhäuser am Hang über der Hauptstraße: Gartenzwerge im Vorgarten, schmiedeeiserne Gitter vor den Fenstern im Erdgeschoss, Glasbausteine am Windfang. Gartenzwerge waren nicht das Schlimmste, was ihr widerfahren konnte. Immerhin hatte ihre Wohnung einen separaten Eingang.

Ihre Vermieter waren Rentner. Herr Eichhorn war für den Haushalt zuständig. Frau Eichhorn hatte Asthma, trug eine strohblonde Perücke mit in ihrer Form erstarrten Locken und bewegte sich mit pfeifendem Atem im Schneckentempo. Vom Küchenfenster hatte sie den Eingang zu Lisas Wohnung im Blick. Trotz ihrer

Langsamkeit schaffte sie es regelmäßig, ihre Mieterin am Gartentor festzunageln, wenn diese aus dem Haus ging. In manchen Nächten träumte Lisa von einem gelben Drachen vor dem Haus, der Frau Eichhorns Perücke trug, und beim Aufwachen sehnte sie sich nach dem engen Zimmer mit dem Lärm des Straßenverkehrs. Sobald Frau Eichhorn auf sie einredete, fühlte sie sich an die Tage am Chippendaletisch zurückversetzt, wenn sie den Predigten ihres Vaters ausgeliefert war. Sie suchte nach Wegen, Frau Eichhorns Gerede am Gartentor erträglicher werden zu lassen, und versuchte, in ihrem Kopf die Moldau einzuschalten, aber die Alte rückte beim Reden so dicht an Lisa heran, dass sie die Töne aufsaugte. Sie gab diesen Trick auf und gewöhnte sich an, nach einem kurzen Gruß einfach weiterzugehen, ohne auch nur eine Minute zuzuhören oder eine neugierige Frage zu beantworten, mochte die Alte von ihr denken, was ihr beliebte. Es wollte ihr nicht recht gelingen, sich dadurch freier zu fühlen, sie hatte ein schlechtes Gewissen, als hätte sie ihre Vermieterin geohrfeigt.

In Lisas erster Bleibe hatte es nur ein Telefon im Flur gegeben, um dessen Klingeln sich niemand kümmerte, jetzt konnte sie sich nicht mehr so leicht dem Zugriff ihrer Mutter entziehen. Deren Klagen, die sie mit ermattet lallender Stimme vortrug, waren eintönig geworden: »Kind, wenn du wüsstest, wie schlecht es mir geht.« Ihr Rücken schmerze, sagte sie, dazu komme eine ständige unüberwindliche Schwäche. »Wenn mir doch bloß jemand helfen könnte!« Für weitere Einzelheiten reichte ihre Kraft nicht aus. Lisa hatte ohnehin erwartet, dass das Leben ihrer Mutter mit dem Tag ihres Auszugs völlig zum Stillstand kommen und sie entweder im Alkohol untergehen oder in ihrem Bett erstarren würde. Sie wunderte sich erst, als sich ihre Mutter von einem Tag zum anderen und ohne einen für Lisa ersichtlichen Grund aus ihrer Kummergruft befreite. Sie war nüchtern, wenn sie anrief, klagte nicht mehr oder nur ein wenig und hatte sich zu einem zweijährigen Kurs angemeldet, aus dem sie als Hauswirtschaftsmeisterin hervorgehen wollte. Wozu der Meistertitel letztendlich gut sein sollte, wusste sie allerdings selbst nicht. Während Lisa in ungewohnter Regelmäßigkeit einer Arbeit nachging, bei der sie sich eher als Servicedame denn als Krankenschwester fühlte, hielt ihre Mutter sie in den Telefongesprächen über kostengünstige Haushaltsführung, den Umgang mit Lehrlingen und den Sinn und die Zusammensetzung von Diätkost auf dem Laufenden. Lisa beeilte sich, auf die ihr eigene Weise Karriere zu machen und berichtete ihrer Mutter vom erfolgreich nachgeholten Schwesternexamen. Der Pflicht, zu Weihnachten nach Hause zu fahren, entzog sie sich mit der Behauptung, über die Feiertage arbeiten zu müssen, und wenn ihre Mutter fragte, wann sie denn endlich zu Besuch komme, vertröstete sie sie auf später.

Nicht weit von Lisa entfernt wohnte Hanne, eine junge Frau mit roten Haaren und blasser Haut, die in der Klinikverwaltung arbeitete. Sie hatte sich einer Gruppe von jungen Schwestern und Krankengymnastinnen angeschlossen und fragte Lisa, ob sie nicht an ihren Ausflügen teilnehmen wolle. Von nun an wanderte Lisa an den Wochenenden mit den anderen zwischen Streuobstwiesen und Wäldern auf dem kleinen Bergrücken über dem See, radelte am Ufer entlang nach Konstanz oder badete im Bodensee. Manchmal zogen sie mit selbstgemachten Salaten, Käse, Weißbrot und zwei oder drei Flaschen Wein in den Rucksäcken hinauf zu einem der vielen schönen Plätze, von wo sie den See wie einen matt gewordenen Spiegel weit unter sich sahen. Sie breiteten die mitgebrachten Decken aus, aßen und tranken und redeten. Lisa beteiligte sich wenig an den Gesprächen, aber sie genoss die Nähe der anderen, die sie akzeptierten, so wie sie war. An einem Tag kam sie auf die Idee, über eine abschüssige Wiese hinunterzurollen. Mit ausgestreckten Armen und Beinen kullerte sie den Hang hinab, immer schneller, bis sie Angst bekam, nie wieder anhalten zu können. Am Ende der Wiese versuchte sie aufzustehen, doch der heftige Schwindel warf sie wieder ins Gras. Sie musste lachen und hörte nicht mehr auf damit, bis die anderen es ihr nachtaten und ausgelassen wie Kinder über die Wiese hinunterrollten.

Einmal wurde Lisa auf einem Segelboot mitgenommen, das dem Freund einer der Krankenschwestern gehörte. Es ging ein leichter Wind und Lisa durfte die Ruderpinne übernehmen, aber entweder fuhr das Boot im Kreise und das Segel schlug krachend zur anderen Seite oder sie blieben stehen, weil Lisa das Boot gegen den Wind gesteuert hatte. Die anderen lachten über ihre vergebliche Mühe, das Boot auf Kurs zu halten, doch auch Hanne gelang es nicht besser.

Der lange Sommer ging mit einem jähen Temperatursturz zu Ende. In den folgenden grauen Wintermonaten war Lisa wieder oft allein. Sie konnte nicht Ski laufen und blieb am See zurück, wenn die anderen in die Alpen fuhren.

Es war ein Tag im Mai, die Apfelbäume in den Hausgärten standen in voller Blüte und der Bodensee war hinter dem frischen Grün der Bäume verschwunden, als Frau Eichhorn Lisa mit der Miene einer Todesbotin ans Telefon holte. »Wie schrecklich«, sagte sie ein ums andere Mal. Dass ausgerechnet der gelbe Drache eine wichtige Nachricht als Erste entgegengenommen hatte, gab Lisa einen Stich, noch dazu, wo der alten Schwätzerin der Triumph über den Wissensvorsprung ins Gesicht geschrieben stand. Dann hielt sie selbst den Hörer ans Ohr. Das laute Weinen ihrer Mutter erschreckte sie, Rudi ist tot, dachte sie, und die Angst fuhr ihr mit einer solchen Wucht in die Glieder, dass sie kaum den stammelnden Worten ihrer Mutter folgen konnte. Lungenkrebs hatte der Vater, heute Morgen hatte ihnen der Arzt die Diagnose mitgeteilt. Sie verging vor Verzweiflung und Angst, bald allein dazustehen. Vergessen war der beständige Streit, ausgelöscht waren Eifersucht und Vorwürfe.

Vier Wochen später stand Lisa vor ihrem Elternhaus. Im Vorgarten waren die Koniferen akkurat geschnitten wie immer und aus einem Rhododendron, den sie noch nicht kannte, hatte jemand die verwelkten Reste der Blüten sorgfältig entfernt. Niedrige Begonien säumten die kleine Rasenfläche wie in jedem Jahr, Friedhofsblumen in Lisas Augen. Das Küchenfenster und die vergitterten

Fensterchen im Flur waren geputzt. Mit bleischweren Füßen stieg sie die wenigen Stufen zur Haustür hinauf. Sie fühlte sich wieder wie das Kind, das beim Heimkommen mit klopfendem Herzen die Klappe des Briefkastens in der Haustür hob und die Nase an den Schlitz in der Tür hielt. Der Geruch verriet ihr, was sie da drinnen erwartete.

Einmal hatte es anders gerochen, es war ein unbekannter Geruch gewesen, der noch beängstigender war als der vertraute des Alkohols. Nach dem Klingeln hatte sie lange warten müssen. Ihre Mutter hatte im Nachthemd die Tür geöffnet, schwankend und lamentierend, sie alle seien schuld, also auch Lisa, dass sie nicht mehr leben wolle. Ihre Bettdecke hatte sie vor dem Gasherd ausgebreitet, nur das rote Inlett lag dort, der Bezug war abgezogen, vielleicht um ihn zu schonen. Die Tür des Backofens stand offen. Der beängstigende Geruch kam vom Herd, es roch nach Gas, weil ihre Mutter alle Hähne aufgedreht hatte. Vater war wütend, als er davon erfuhr. Ein Funke hätte gereicht und das ganze Haus wäre in die Luft geflogen, schrie er.

Ein Funke könnte genügen, dachte Lisa fortan, wenn sie den Finger auf den Klingelknopf legte, und ihre Angst wurde riesengroß.

Jetzt musste sie dreimal klingeln, ehe ihre Mutter öffnete. Ihre Haare waren strähnig und ungekämmt. Schwankend hielt sie sich am Türrahmen fest. »Endlich«, sagte sie und schon in diesem ersten Wort hörte Lisa eine Rüge. Ihre Mutter begann zu weinen und sofort tat sich vor Lisa der immergleiche Sumpf aus Vorwürfen und Schuldzuweisungen auf, der jedes ihrer Worte zu einem Wagnis machte. Sie zog die Schuhe nicht aus, wie sie es sonst immer getan hatte, und wie es fast jeder tat, der dieses Haus betrat. Stattdessen schlupfte sie in die übergroßen Filzpantoffeln für Besucher, die ihre Schuhe nicht ausziehen mochten. Am liebsten hätte sie sich ganz mit dem dicken Filz umgeben, die Augen verhüllt, die Ohren, um nichts von dem an sich herankommen zu lassen, was dieses Haus für sie bereithielt. Mit schlurfenden Schritten folgte sie ihrer Mutter, die sich nach ihr umsah wie nach einer Fremden, die sich auf dem Weg zur Küche verlaufen könnte.

»Vater ist wieder im Krankenhaus«, sagte sie, nur diesen Satz, als wären nicht Monate vergangen, seit sie sich zum letzten Mal gesehen hatten. Lisa nickte. Sie wusste, dass am Vortag die zweite Chemotherapie begonnen hatte.

»Ich werde Vater im Krankenhaus besuchen.«

»Etwas anderes wird dir nicht übrigbleiben, wenn du ihn sehen willst. Wir können morgen zusammen zu ihm fahren.«

»Ich möchte Vater heute noch besuchen.«

»Morgen ist auch noch ein Tag. Monatelang hast du dich hier nicht blicken lassen, aber kaum ist es dein Vater, der krank ist ...«

Sie vollendete den Satz nicht und Lisa spürte so etwas wie Eifersucht, Eifersucht auf den Mann, dem mit seiner Krankheit gelungen war, was sie mit ihren Bitten nicht erreicht hatte.

»Ich trage deine Tasche nach oben, du wirst ja sicher in deinem Zimmer schlafen wollen.«

Lisa zögerte. Sie bereute, dieses Haus überhaupt betreten zu haben. Überall standen die Objekte schlimmster Erinnerungen: der Gasherd, der Schrank unter der Spüle, in dem ihre Mutter die Schnapsflaschen hinter dem Mülleimer versteckte, der Küchentisch, an dem sich ihre Eltern bis zur Erschöpfung gestritten hatten. Und dann dieser Geruch nach Alkohol! Die Monate am Bodensee waren lang genug gewesen, nicht mehr an ihn zu denken, aber zu kurz, um ihm seinen Schrecken zu nehmen. Der Gedanke, Wand an Wand mit ihrer Mutter die Nacht zu verbringen, war plötzlich unerträglich

»Nein«, sagte sie. »Ich komme morgen wieder.« Vergeblich suchte sie nach einer Begründung, die weniger verletzend für ihre Mutter gewesen wäre als die Wahrheit.

»Aber Mädchen, warum denn das!« Wie sie es sagte, war es keine Frage. Es war die reine Empörung.

»Ich kann in diesem Haus nicht schlafen.«

»Was hat dir das Haus denn angetan?«

»Willst du es wirklich wissen?«

Ihre Mutter schwieg. Sie blieb am Küchentisch zurück, unbeweglich und wie versteinert, während Lisa sich verabschiedete, ihre Tasche nahm und davonging.

Weil du betrunken bist: Nur einmal hatte Lisa gewagt, diese Worte auszusprechen. Ihre Mutter hatte sie mit einem Wust von Beschimpfungen überschüttet, hatte ihr ihre Dummheit und ihr Versagen vorgeworfen und gefragt, ob sie allen Ernstes behaupten wolle, dass sie, ihre Mutter, die sich immer um alles gekümmert hatte, Alkoholikerin sei. Lisa hatte sofort ihre Worte zurückgenommen, sie hatte sich nicht stark genug gefühlt, auf der Wahrheit zu beharren. Schweigen, verbergen, vertuschen, etwas anderes war nicht möglich gewesen.

Mit der Straßenbahn fuhr Lisa zum Krankenhaus. Sie wusste nicht, ob sie vorgelassen würde, die Besuchszeit war vorüber, vor allem aber wusste sie nicht, wie sie ihrem Vater entgegentreten sollte. Verbot sich nicht sogar das kleinste Lächeln angesichts der Todesnähe? Oder musste sie ihn mit einem heiteren Gesicht begrüßen, um ihm nicht sofort zu zeigen, dass sie an sein baldiges Ende glaubte? Wie sollte sie mit ihrem kranken Vater reden, wo schon die Gespräche mit dem gesunden qualvoll gewesen waren?

In dem Zimmer, in das man sie schickte, standen zwei Betten. Ein grauhaariger Mann saß aufrecht in dem Bett neben der Tür, vor sich sein Abendessen auf einem Tischchen, das am Nachtschrank befestigt war. Das zweite Bett war leer. Vor dem Fenster standen ein kleiner Tisch und ein mit blauem Kunstleder bezogener Lehnstuhl, dessen Sitzfläche zum Fenster ausgerichtet war. Von dem Mann auf dem Stuhl sah sie nur einen Arm und eine zitternde Hand, die eine Tasse auf den Tisch zurückstellte. Alles andere war von der hohen Rückenlehne verdeckt. Der Mann beugte sich etwas zur Seite, sah um die Lehne herum zur Tür, deren Öffnen und Schließen er gehört haben musste. Es war ihr Vater, ihr winziger, dünner, erbarmungswürdiger Vater. Er war alt geworden in den acht Monaten, in denen sie ihn nicht gesehen hatte.

»Bleib doch sitzen«, sagte sie, als er Anstalten machte, sich zu erheben, zu Tode erschrocken über seine Veränderung. Sie reichte ihm die Hand – hatte sie das jemals zuvor in ihrem Leben getan? – und fühlte seine warm und schlaff in ihrer. Wie blau seine Augen sind, dachte sie und merkte erst jetzt, wie selten sie ihn aufmerksam angesehen hatte. Hätte sie jetzt nicht fragen müssen, wie es ihm ging? Sie wagte es nicht. Ganz offensichtlich freute er sich über ihr Kommen. »Meine Tochter«, stellte er sie vor, und zu Lisas Überraschung hörte sie Stolz in seiner Stimme. Dann gratulierte er ihr zum erfolgreichen Schwesternexamen, das es nicht gegeben hatte.

Er wolle gern mit ihr in den Garten gehen, allein dürfe er das nicht, sagte er.

Lisa war froh, dem engen Zimmer zu entkommen und dem Krankenhausgeruch, der sich überall ähnelte: Putz- und Desinfektionsmittel, Essensgerüche, Bettenmief.

Mit dem Fahrstuhl fuhren sie ins Erdgeschoss, wo sie nach dem Weg in den Garten fragen mussten. Draußen kamen sie nicht weit, das Gehen strengte ihren Vater an. Auf zwei weißen Plastikstühlen im Schatten einer Blutbuche ließen sie sich nieder, und jetzt, wo sie sich gegenübersaßen, sah sie noch deutlicher, wie schmal sein Gesicht geworden war. Es war schwül. Schweißperlen standen auf der Stirn ihres Vaters, die er mit einem großen Taschentuch sorgfältig abwischte. Er betrachtete das Tuch, faltete es wieder zusammen und steckte es in die Hosentasche. Noch nie hatte Lisa ihn mit einem Papiertaschentuch gesehen, immer hatte er die weißen Tücher mit den bunten Rändern benutzt, die Lisas Mutter gewissenhaft bügelte.

»Ich will mit dir reden«, sagte er und für einen Augenblick spürte Lisa, wie sich die Röte über ihr Gesicht ausbreitete und ihr Herz heftiger schlug. Der Blick ihres Vaters und die Ankündigung eines Vieraugengesprächs setzten die alten Muster in Gang.

Ein neues Leben wolle er beginnen, um Mutters ewigem Streiten zu entgehen, sagte er. Seine eigene Schuld schien er nicht zu erkennen. In einem kleinen Kneipp-Heilbad im Westerwald habe er eine möblierte Wohnung gemietet. Jetzt, wo er wisse, wie schnell das Leben zu Ende gehen könne, habe er beschlossen, sich von ihrer Mutter zu trennen. Viel Zeit bleibe ihm nicht mehr, ein zufriedenes Leben ohne Zank und Streit zu führen. Ein Jahr gäben ihm die

Ärzte noch, aber er glaube ihren pessimistischen Prognosen nicht. Sein neues Leben würde ihm Kräfte geben, von denen die Ärzte nichts ahnen könnten. Ihre Mutter wisse nicht, dass er nicht zurückkommen werde. Sie glaube, er führe zu einer ganz normalen Kur. Erst wenn er fort sei, würde sie die Wahrheit erfahren. Sie würde sonst alles tun, um ihn zu hindern. »Du kennst ja deine Mutter«, sagte er und zum ersten Mal hatte Lisa das Gefühl, von ihm ernst genommen zu werden. Geradezu heiter sprach er von seiner Krankheit, die ihm diese Chance eröffne. Eine Operation des Tumors sei nicht nötig gewesen, das sei ein gutes Zeichen, nur Chemotherapie bekomme er, einen Zyklus habe er schon hinter sich, der zweite habe begonnen, zwei weitere würden noch folgen. Gleich danach würde er die Stadt verlassen. Die Behandlung sei nicht so schrecklich, wie alle erzählten, er fühle, dass der Krebs so gut wie besiegt sei. Platin bekomme er, ein ganz neues Medikament, das der Krankheit ihren Schrecken nehme. Außerdem rauche er nicht mehr, keine einzige Zigarette habe er angefasst, seit er die Diagnose erfahren habe.

»Ja«, sagte Lisa. »Ich verstehe deine Entscheidung.« In ihrem Kopf kreiste ein Wort, das sie für sich behielt: Inoperabel, zu spät für eine Operation. Wahrscheinlich war das die Wahrheit, von der ihr Vater nichts wusste.

Dann begann ihr Vater doch, über sie zu sprechen. Er habe immer nur das Beste für sie gewollt, das wisse sie ja, und jetzt, wo sie das Schwesternexamen bestanden habe, sei er froh, dass aus ihr doch noch etwas Ordentliches geworden sei. Eine gute Erziehung sei eine harte Erziehung, sagte er, ganz ohne Schläge sei die Vorbereitung auf ein erfolgreiches Leben als Erwachsener nicht möglich.

Danach schwiegen sie lange.

Lisa fragte nicht nach, sie widersprach nicht. Sie wusste, dass ihr Vater seine Worte nicht zurücknehmen würde, sich nicht entschuldigen für die Prügel wegen Nichtigkeiten, und nicht für die Erniedrigung, wenn sie mit nacktem Po über seinen Knien das hatte ertragen müssen, was er eine gute Erziehung nannte. Womöglich sollte sie ihm dafür dankbar sein. Alles, was sie eben noch mit ihm verbunden hatte, war mit einem Schlag zerstört. Sie dachte daran, einfach aufzustehen und davonzugehen, doch dann sah sie sein eingefallenes Gesicht und seine gebeugte Gestalt und beschloss, ihre Wut zu zügeln, bis sie das Krankenhaus wieder verlassen hatte. Sie nahm seinen Arm und hakte sich bei ihm ein. So führte sie ihn zum Fahrstuhl, einen kranken Mann, von dem keine Gefahr mehr ausging.

»Das wird schon wieder«, sagte er.

»Ja, das wird schon wieder.«

Zurück im Zimmer wollte er sich wieder ins Bett legen. Er wollte die Schwester rufen, damit sie das Kopfteil des Bettes höher stellte, aber Lisa griff schon zu.

»Möchtest du aufrecht im Bett sitzen oder soll ich es dir nur etwas höher einstellen?«

»Nur etwas höher.« Ihr Vater sah ihr zu, schwach und hilfsbedürftig, lächelte. »Wie schön, dass ich eine Krankenschwester als Tochter habe.«

Sie legte die Bettdecke am Fußende zusammen, half ihm ins Bett.

»Gut so?«, fragte sie.

Er nickte.

Beim Abschied versprach sie, ihn zu besuchen, sobald er seine Wohnung im Westerwald bezogen habe.

In dieser Nacht, die sie in der Jugendherberge beim Maschsee verbrachte, quälte sie die Frage, wie sich das Leben ihrer Mutter mit dem Auszug ihres Vaters verändern würde. Würde sie sich an ihre Tochter klammern? Würde sie gänzlich untergehen? Oder plötzlich leben? Lisa hatte niemals verstanden, was ihre Eltern über die Jahrzehnte hinweg aneinandergeschweißt hatte, und sie wagte nicht zu urteilen, wer die größere Schuld an den immerwährenden Kämpfen trug.

Am nächsten Morgen war ihre Mutter nüchtern und begrüßte sie ungewöhnlich freundlich. »Was meinst du zu Vater?«, fragte sie. »Als Krankenschwester kennst du dich ja aus.«

»Er ist schmal geworden.« Über seinen Optimismus wollte Lisa nicht reden. Jedem zuversichtlichen Wort würde ihre Mutter sofort widersprechen. Sie würde ihre Tochter mit den düstersten Visionen überschütten und die ganze Litanei des Schreckens herunterbeten, bis dieser auch von Lisa Besitz ergreifen und sie selbst dann nicht loslassen würde, wenn die Stadt längst hinter ihr lag.

»Kann ich etwas für dich tun?«, wollte Lisa wissen, um im nächsten Augenblick ihre Frage zu bereuen, denn da war es schon, das verhasste Klagen. Niemand könne ihr helfen, jammerte ihre Mutter, und nie sei jemand bereit gewesen, etwas für sie zu tun, auch Lisa nicht, warum sonst habe sie ihr Elternhaus verlassen?

»Wie du meinst«, entgegnete Lisa. Sie hätte gerne ein paar versöhnliche Worte gewechselt, aber die vorwurfsvollen ließen sie verstummen.

»Können wir uns denn nicht einmal jetzt vertragen, wo es Vater so schlecht geht?«, sagte ihre Mutter. »Ich hätte dir so gern etwas gezeigt, was Vater sicher freuen wird.«

»Dann zeig es mir doch.«

Lisa folgte ihrer Mutter. Diese Treppe ins obere Stockwerk! Diese Glastür vor ihrem Zimmer! Die Tür zu dem Zimmer, das Rudis hatte sein sollen! Das Schlafzimmer!

Auf dem Nachtschrank ihrer Mutter entdeckte Lisa das Foto ihres Vaters, ein freundlich lächelnder Herr mit vollem Gesicht und schütterem, sehr ordentlich nach hinten gekämmten Haar. Über den Ehebetten lag eine neue Tagesdecke. Die alte gesteppte mit den Flecken und den abgewetzten Rändern war verschwunden. Das war es, was sie sich ansehen sollte.

»Wie gefällt dir die neue Decke?«

»Sehr gut.«

»Vater hat sich schon lange über die alte beschwert. Er wird sich freuen, wenn er wiederkommt.«

»Bestimmt«, sagte Lisa.

Auf der Fensterbank lag ein in weißes Papier gehülltes Paket.

»Was ist das?«

»Die neue Gardine. Aber du hast ja sicher keine Zeit mehr, sie mit mir aufzuhängen.«

Noch zwei Stunden, dachte Lisa. Noch zwei Stunden, dann säße sie wieder im Zug. Sie beschloss, noch einmal ihre Wut zu zügeln, wie sie es im Krankenhaus getan hatte. Warum dieser verletzende Ton, dachte sie. Warum kann mich Mutter nicht einfach bitten, die Gardine mit ihr aufzuhängen?

»Ich habe noch eine halbe Stunde, bis ich zum Bahnhof fahren muss. Das wird reichen.«

Sie holte selbst die kleine Leiter aus der Abstellkammer, sie kannte sich noch aus. Wortlos schob sie Haken für Haken auf die Leiste, während ihre Mutter die Gardine hielt. Sie war nicht nach Lisas Geschmack, sie fand die Rüschen am unteren Rand sogar hässlich.

»Schön«, sagte sie. »Vater wird sich sicher freuen.«

Ihre Mutter versuchte, sie noch zum Bleiben zu überreden, aber Lisa behauptete, am nächsten Tag wieder arbeiten zu müssen. Sie hatte es plötzlich eilig, das Haus zu verlassen. Nach ein paar Schritten blieb sie noch einmal stehen und drehte sich um. Ihre Mutter stand in der Tür und zum ersten Mal sah Lisa in ihr eine alte Frau: das ergraute Haar, die schmal gewordenen Lippen, die Falten.

In der Straßenbahn spiegelte sich ihr Gesicht im Fenster und zum ersten Mal fiel ihr die scharfe Falte zwischen Mundwinkel und Nase auf. Ich bin selbst älter geworden, dachte sie. Ich bin kein Kind mehr, auch keine Heranwachsende, sondern eine erwachsene Frau. Im selben Augenblick überfiel sie der Gedanke, dass sie vielleicht selbst einmal so alt aussehen würde wie ihre Mutter.

Etliche Wochen später klingelte Frau Eichhorn an Lisas Wohnung. Ihr Vater sei am Telefon, rief sie und eilte vor Lisa her in ihre Wohnung, als dürfte dieser Mann, von dessen Krankheit sie wusste, keine Sekunde seines Lebens durch Warten verlieren. Es war das erste Mal, dass Lisas Vater selbst ihre Nummer gewählt hatte.

Er sei froh, dass er den Schritt gewagt habe und ausgezogen sei, erklärte er ihr. Seit er vor langer Zeit in Prag gewohnt habe, sei es ihm nie wieder so gut gegangen wie jetzt in der eigenen Wohnung, wo Mutter nicht mehr mit ihm streiten und ihm keine Vorschriften machen könne. Kommende Woche gehe er für ein paar Tage ins Krankenhaus, die Herzmedikamente sollten besser eingestellt werden, auch die Zuckerkrankheit bedürfe einer Überprüfung, aber dann würde er sich freuen, wenn Lisa zu Besuch komme.

Es war das letzte Mal, dass sie seine Stimme hörte. Zehn Tage später lebte er nicht mehr. Im Krankenhaus war er schwächer geworden, eine Lungenentzündung folgte, gegen die kein Medikament wirksam war. Ihre Mutter wahrte den Schein der guten Ehefrau. In der Nacht seines Todes war sie bei ihm – das Happy End einer erbärmlichen Ehe. Kein Wort darüber, dass er niemals hatte zurückkommen wollen.

Mit dem Nachtzug fuhr Lisa zur Beerdigung. Im Schlaf sah sie ihren Vater. Er war groß und stark. Sie suchte an ihm nach Zeichen seiner Krankheit, aber sie entdeckte nichts und das erleichterte sie. Sie wollte auf ihn zugehen, aber wo er eben noch gestanden hatte, war niemand mehr. So sehr sie auch suchte, sie konnte ihn nicht finden. Sie wachte auf und musste weinen, weil ihre Suche vergeblich gewesen war. Dann fiel ihr ein, dass er nicht mehr lebte, und sie weinte über seinen Tod und konnte sich nicht wieder beruhigen.

* * *

12

Die fünf Jahre am Bodensee waren die beste Zeit ihres bisherigen Lebens, doch Lisa war ihn eines Tages leid, den kleinen Ort, vor allem die Menschen in der Nachbarschaft, deren einziges Thema die Gewohnheiten und Fehler der anderen war. Sie verabscheute es, wie sie die anderen verurteilten, weil sie sich selbst nicht gut genug waren, nicht anders, als es ihre Mutter tat. Sie hasste ihre Engstirnigkeit, in der sich die Angst vor jeglichem Unbekannten spiegelte. Und sie war die Wochen und Monate des Winternebels leid genau wie die Kranken – die Hirnverletzten und die mit den Schlaganfällen, die Sprachlosen, die Humpelnden und die, die im Rollstuhl saßen und ihr Tag für Tag ihre eigene Verletzlichkeit vor Augen führten. Zwölf Jahre war Rudi fort, als sie beschloss, nach Berlin zu ziehen.

Jetzt, wo sie seit langer Zeit zum ersten Mal ihre Heimatstadt wiedersieht und die Erinnerungen an den großen, starken Bruder ihrer Kindheit überall lebendig werden, überfällt sie die quälende Frage, ob Rudi vielleicht noch leben würde, wenn sie sich damals nicht für Berlin, sondern für eine andere Stadt entschieden hätte, für eine kleine Studentenstadt, Tübingen oder Göttingen vielleicht, die ihm hätte Heimat werden können.

Berlin war ein Versuch, über dessen Ausgang sie sich nicht sicher war. Sie hoffte, in dieser großen Stadt unbehelligt leben zu können, ohne von einer Frau Eichhorn oder neugierigen Nachbarn belästigt zu werden. Kein Mensch würde sich dafür interessieren, wie sie ihre Tage verbrachte und ob sie einer geregelten Arbeit nachging, schon deswegen nicht, weil es für viele keine Arbeit gab. Berlin war die Stadt, in der sie untertauchen konnte und die ihre Mutter seit dem Mauerbau nie wieder betreten hatte. Nach Neukölln oder Kreuzberg Südost 36 wollte sie ziehen, wo es billige Wohnungen in heruntergekommenen Altbauten geben sollte und Kneipen, die eine Frau allein betreten konnte, ohne angestarrt zu werden. Und was das Wichtigste war: In Berlin lebte Christoph.

Sie war verliebt in Christoph, was nicht unbedingt viel bedeutete. Eine kurze Begegnung, eine paar Worte hatten in dem öden Nest am Bodensee gereicht, um tagelang mit ihren Gedanken an einem Mann zu hängen. Als sie tatsächlich einmal mit einem zusammengezogen war, weil sie dachte, er sei ihre große Liebe, hatten ein paar Wochen gereicht, dann war die Liebe wieder vorbei gewesen. Mit Christoph, so redete sie sich ein, würde es anders sein.

Christoph war einer der wenigen Patienten, die nahezu gesund die Rehaklinik verließen. Ein Motorradunfall irgendwo auf einer Bergstrecke in der nahen Schweiz hätte ihn beinahe das Leben gekostet. Ein Rennradfahrer hatte die Spuren des Unfalls auf dem Asphalt bemerkt und das Motorrad weit unterhalb der Straße entdeckt. Er war weitergefahren, aber nach ein paar hundert Metern noch einmal umgekehrt, weil ihm das herrenlose Motorrad nicht aus dem Kopf ging. Erst dann hatte er den Körper eines Menschen in schwarzer Motorradkleidung im dichten Gebüsch gesehen. Die Bergwacht musste den Verunglückten aus dem steilen Gelände bergen. Nach tagelanger Bewusstlosigkeit war Christoph noch im Rollstuhl vom Krankenhaus in Konstanz zu ihnen verlegt worden und sorgte, kaum dass er wieder laufen konnte, für Unruhe auf der Station. Er trug ausgefranste Jeans und legte auch im Haus seine abgewetzte Lederjacke nicht ab. Über seinem Bett hing ein Bild von Bob Marley, das er aus einer Zeitschrift herausgeschnitten hatte. Seine Haare hatte er zu den gleichen verfilzten Locken gedreht, wie sein Idol sie trug, was zu Ekel bei den einen und Bewunderung bei den anderen führte.

An einem Tag traf Lisa den Affen, wie er hinter seinem Rücken genannt wurde, nackt in seinem Zimmer an. Sie spürte die Röte glühend auf ihren Wangen, zwang sich, nicht seinen Körper zu betrachten, sondern ihren Blick an sein Gesicht zu heften, und teilte ihm mit, dass er zu einer Untersuchung ins Arztzimmer kommen solle. Und dann, ohne dass sie es wollte, wanderte ihr Blick doch für einen kurzen Augenblick nach unten.

»Hey, Sie werden ja ganz rot«, rief er aus. »Ich habe gedacht, für eine Krankenschwester sei der Anblick eines nackten Mannes nichts Ungewöhnliches.«

Sie suchte vergeblich nach einer schlagfertigen Entgegnung, löste schweigend die zwischen Fenster und Rahmen eingeklemmte Gardine, räumte eine leere Wasserflasche vom Nachttisch und verließ das Zimmer mit der Ermahnung, er möge pünktlich beim Arzt sein.

In der folgenden Nacht erschien ihr Christoph im Traum. Sie saßen gemeinsam mit anderen an einem Feuer, es konnte bei einem Pfadfinderlager sein oder bei einem zufälligen Treffen mit Freunden. Ganz unvermittelt begann er, sie zu streicheln und zu küssen. Ohne dass sie wusste, wie es dazu kam, waren sie plötzlich beide nackt. Sie war sehr erregt und hoffte, er möge nicht aufhören mit seinen Liebkosungen. Nichts wünschte sie sehnlicher, als dass er mit ihr schlafen würde, doch sie wachte auf, ehe es dazu gekommen war.

Am nächsten Morgen war sie noch ganz erfüllt von dem Traum, als Christoph ihr auf dem Klinikgelände entgegenkam. Sie wusste, dass er es war, lange, bevor sie sein Gesicht erkannte. Erst war es ein Schreck, sie hatte das Gefühl, ihr Herz stehe still für einen Augenblick, ehe es zu rasen begann in einer plötzlichen Freude. Dann, als sie auf einer Höhe waren, nickte sie und wünschte ihm einen guten Morgen, als wäre er ein Patient wie jeder andere. Er erwiderte ihren Gruß. Seine Stimme war rau und etwas heiser. Dann sah er zu Boden. Du weißt es auch, was heute Nacht geschehen ist, dachte sie für einen Moment. Du weißt es und es ist dir peinlich, weil wir es vor den Augen der anderen getan haben, bis sie merkte, wie unsinnig der Gedanke war.

Bei Dienstschluss stand er vor der Klinik und rauchte eine von seinen selbstgedrehten Zigaretten. Er machte keinen Hehl daraus, dass er auf sie gewartet hatte.

»Wie halten Sie es bloß aus in diesem Nest?«, fragte er. Für ihn seien schon die sechs Wochen unerträglich, die er hier absitzen müsse. Wie ein Knast ohne Gitter, aber mit Aussicht auf Blumenwiesen sei die Klinik. Das Krankenhaus in Konstanz und die Reha hier seien für ihn ein Grund, nicht mehr Motorrad zu fahren. Ohne Jane Fonda in Easy Rider wäre er nie auf die Idee gekommen, in die Schweiz zu fahren und sich eine Maschine zu leihen. Er habe ja noch Glück gehabt, wenn er sich mit den anderen Patienten hier vergleiche.

Christoph schwärmte von Berlin, seiner Heimatstadt. Er sagte, sie müsse ihn unbedingt dort besuchen. Sie könne bei ihm übernachten. Er schrieb seine Telefonnummer auf einen alten Kassenzettel und gab ihn Lisa. Ein paar Tage später wurde er entlassen.

Sie erzählte Hanne von Christophs Angebot. »Ich frage mich, wie viele er außer mir noch eingeladen hat, wahrscheinlich die halbe Belegschaft.«

»Glaube ich nicht. Er hat gemerkt, dass du in ihn verliebt bist, deswegen sollst du ihn besuchen.«

Lisa protestierte. Sie sei nicht in ihn verliebt.

»Ich habe euch beobachtet, wie ihr miteinander gesprochen habt. Du leuchtest förmlich, wenn er in der Nähe ist. Du hast ganz andere Bewegungen, lebhafter und biegsamer als sonst, wie eine Birke im Wind.«

Noch einmal sechs Wochen später, in denen Lisa sich eingestand, dass Christoph der Mann ihrer unerfüllten Sehnsüchte war, fasste sie den Entschluss, ihm zu folgen. Ihre Mutter nahm es hin. Die großen Kämpfe hatten sie ausgetragen, als Lisa zum ersten Mal ihre Heimatstadt verlassen hatte.

Christoph anzurufen und ihn zu fragen, ob sie bei ihm wohnen könne, war der mutigste Schritt auf dem Weg nach Berlin gewesen. Hundert Mal hatte sie die ersten Ziffern gewählt, hundert Mal wieder aufgelegt, ehe sie die ganze Nummer der Kneipe wählte, in der er arbeitete. Sie solle sich seine Bude ansehen, hatte er gemeint, und dann könne sie selbst entscheiden, ob sie bleiben wolle oder nicht.

Sechs weitere Wochen später stand sie an einem stürmischen Nachmittag vor dem Wohnhaus des Mannes, den sie aus sicherer Ferne zum Objekt ihrer Begierde gemacht hatte. Christoph lebte damals in Schöneberg im ersten Hinterhaus eines Wohnblocks in der Crellestraße. Unter der Wohnung war eine Tankstelle zwischen zwei Häusern eingepfercht, das bedeutete Gestank und

Lärm von Motoren, Klappen von Autotüren und laute Stimmen. Seine Wohnung war im dritten Stock. Lisa schleppte ihren Rucksack über eine knarrende Treppe, dessen grünes Linoleum in der Mitte der Stufen bis zum nackten Holzboden abgetreten war. Die Klingel funktionierte nicht. Christoph öffnete auf ihr Klopfen. Er hatte geschlafen und öffnete die Tür barfuß und in Unterhose. Er erkannte sie nicht gleich. »Ach, du bist die Lisa«, sagte er überrascht. »In Zivil siehst du ganz anders aus als in der Klinik.«

Er zog eine Latzhose an, die genauso aussah wie die des Tankwarts unten an der Straße, und ließ sie eintreten. Äußerlich war sie ruhig, als sie ihm in die Wohnung folgte, aber ihr Herz schlug wie verrückt.

»Wenn du Luxus suchst, bist du bei mir richtig«, sagte er und zeigte auf eine rohe Tischlerplatte über zwei schlichten Holzböcken, die ihm in dem einzigen Zimmer als Tisch diente.

»Schön«, bemerkte sie. »Das gefällt mir.«

Das Regal bestand aus sonnengelb lackierten Brettern mit roten Mauersteinen als Abstandhalter.

»Steine und Bretter habe ich mir auf einer Baustelle organisiert.«

»Praktisch«, urteilte sie. »Und die beiden Korbstühle?«

»Habe ich auf dem Sperrmüll gefunden.«

Ein Bett gab es nicht, nur eine dreiteilige Matratze, die Christoph mit einem ringsum laufenden Seil zusammengebunden hatte.

Lisa betrachtete die filigranen Gardinen. Sie bewegten sich anmutig im Wind, der durch den bröckeligen Kitt pfiff und die ungeputzten Scheiben klirren ließ.

»Sieht toll aus«, sagte sie und meinte es auch.

Richtige Gardinen seien unbezahlbarer Luxus, erklärte Christoph. Deswegen habe er weißes Papier in schmale Streifen geschnitten, diese mit kleinen Löchern verziert, aufgefädelt und oben am Fensterrahmen befestigt. Ohne seine Erfindung hätte man direkt auf eine riesige unverputzte Brandmauer geblickt.

Auf der Spüle in einer winzigen Küche stapelten sich schmutzige Becher und Teller. Geschirrschränke oder Regale gab es nicht.

»Praktisch«, sagte nun Christoph. »Ich wasche nur ab, was ich gerade brauche.«

Neben der Spüle stand ein Gaskocher, der mit einem roten Schlauch direkt an die Gasleitung angeschlossen war. Eine Wand der Küche bestand aus Brettern. Dahinter sei das Klo, das er mit den Nachbarn teile, erklärte er. Es habe einen Zugang vom Flur.

»Nicht so praktisch«, urteilte sie.

»Purer Luxus«, widersprach er. »Früher gab es nur ein Plumpsklo im Hof, so eines mit einem Loch in einer hölzernen Bank und einem Trichter, durch den die Kacke fiel. Frag mich nicht, wohin.«

»Schade«, sagte sie und dachte an Poggenhagen. »Wäre romantisch gewesen.«

»Es zieht durch die Bretterwand«, sagte er. »Aber immerhin funktioniert der Kachelofen.«

»Ich bleibe«, entschied sie. Ihr Unbehagen über die Anwesenheit eines anderen Menschen in der Einzimmerwohnung musste sie aushalten. Sie wollte wissen, wo sie ihre Sachen lassen konnte. Christoph wies auf einen abgestoßenen Klappstuhl in einer Ecke.

»Kein Schrank?«

»Immerhin ein Stuhl.« Er zeigte auf seine Kleidung und Wäsche, die ungeordnet in einer Ecke auf dem Boden lagen. Er finde Schränke überflüssig, sagte er. Er hole die Wäsche aus der Waschmaschine in der Remise im Hof und packe sie so, wie sie sei, in die eine Zimmerecke. Die schmutzige Wäsche komme bis zum nächsten Waschtag in eine andere Ecke. »Du bist doch so fürs Praktische.«

Christoph, der erst die Schule und später eine Schlosserlehre abgebrochen hatte, jobbte im »Leuchtturm«, einer Kneipe ein paar Häuser weiter in der Crellestraße, in der angeblich Leute wie Wim Wenders verkehrten. Seinen Lohn besserte er mit einem kleinen Haschischhandel auf. Gleich am ersten Abend nahm er Lisa mit in die Kneipe. Er schob sie zu einem Tisch, an dem schon ein paar Leute saßen, brachte ihr ein Bier und zwei Buletten.

Eine junge Frau mit streichholzkurzen blau gefärbten Haaren fragte, ob sie zu Besuch in Berlin sei. Lisa sagte, sie werde länger bleiben. Die andere fragte weiter, woher sie komme und ob sie Berlin schon kenne. Dann erzählte sie von sich, empfahl Lisa dies und jenes, was diese gleich wieder vergaß. Das Reden machte sie müde und sie suchte nach einem Grund, es abzubrechen, weil sie in ihrem Kopf längst ganz andere Gedanken bewegte. Sie ging zum Musikautomaten und drückte ein paar Songs, die sie kannte. Bei Leonard Cohens »Suzanne« versuchte sie den Sinn zu verstehen und bewegte stumm die Lippen. Die mit den blauen Haaren bemerkte Lisas Mühe und übersetzte den Text.

Jesus war ein Seemann
Wenn er auf dem Wasser ging
Lange stand er und blickte
Von seinem einsamen Turm aus Holz
Als er sicher wusste
Dass nur Ertrinkende ihn sehen
Sprach er: Jeder wird ein Seemann sein
Bis das Meer ihn frei macht

»Verstehst du das?«, fragte Lisa und fing einen Blick auf, als wäre ihre Frage gänzlich abwegig.

In der ersten Nacht hatte sie neben Christoph auf einer Luftmatratze auf dem Boden geschlafen, enttäuscht, weil er keine Anstalten machte, sich ihr zu nähern, wie sie es sich in ihren Tagträumen vorgestellt hatte. In der nächsten Nacht kam er erst bei Sonnenaufgang nach Hause, als endlich die letzten Gäste den »Leuchtturm« verlassen hatten, und schlief sofort ein. Erst am dritten Abend rückte er an sie heran, schob das Herrenhemd, das sie nachts trug, bis über ihre Brüste hoch und begann sie zu streicheln. Als er in sie eindrang, rutschte durch ihre Bewegungen das Seil von der Matratze ab und die Teile drifteten auseinander. Sie blickte in Christophs angestrengtes Gesicht und musste plötzlich lachen, bis er sich beleidigt von ihr abwandte und aufstand. Den Rest der Nacht verbrachte er auf der Luftmatratze.

Am nächsten Tag kniete er am Boden und versuchte, die Matratzenteile besser gegen das Verrutschen zu sichern. Der Erfolg war bescheiden.

Zwei Tage später stand unten die Polizei vor Tür. Christoph ließ den Haschischvorrat in einem Hohlraum unter einer Diele verschwinden, den er für diesen Fall vorbereitet hatte, aber deswegen kamen sie nicht. Sie baten Christoph mitzukommen, um einen Toten zu identifizieren, einen seiner Freunde. Der musste schon seit zwei Tagen tot gewesen sein. Er hatte aus einer Plastiktüte Klebstoff geschnüffelt und war an Erbrochenem erstickt. Sein Gesicht sei ganz schwarz gewesen, sagte Christoph, als er blass und tief betroffen zurückkam, und nur an seinen Haaren und seinem Ohrring habe er ihn sicher erkannt.

Eines Tages brachte Christoph ein Damenrad ohne Sattel und mit platten Reifen mit nach Hause. Er reparierte es, und an einem schönen Nachmittag radelten sie am Landwehrkanal entlang bis zum Görlitzer Ufer. Neben einer Brücke gingen sie zwischen Büschen hindurch und kamen zu einem Trampelpfad am Kanal. Es war noch heiß und das Gras am Ufer war vertrocknet. Unter einer Trauerweide fanden sie einen schattigen Platz. Am anderen Ufer standen die Wachtürme, man sah Zäune und einen breiten Streifen ohne Bäume und Gebüsch. Christoph zog sich aus und bereitete aus seinen Sachen ein Lager am Ufer. Er streckte den Arm nach Lisa aus und wollte sie entkleiden, aber sie wehrte sich. Sie war sicher, dass sich alle Ferngläser von den Wachtürmen auf sie richteten. Vielleicht war es ja das, was Christoph wollte, und vielleicht war das der einzige Grund, warum er an diesem Ort mit ihr schlafen wollte.

Immer öfter dachte sie jetzt daran, eine eigene Wohnung zu beziehen. Sie brauchte Rückzugsmöglichkeiten, sie brauchte eine Tür, die sie hinter sich schließen konnte und die niemand außer ihr öffnete. Sie wollte nicht für immer allein sein, doch Christophs fast ständige Anwesenheit störte sie immer mehr. Anders als bei Pavel suchte sie vergeblich in ihrem Inneren nach einem Gefühl, das sie Liebe nennen konnte.

Eines Tages wurde eine Wohnung in einem heruntergekommenen Hinterhaus in der Treptower Straße frei, in der bislang ein Freund von Christoph gewohnt hatte. Sie einigten sich darauf, dass sie dort einziehen würde, und stellten den Vermieter vor vollendete Tatsachen.

Lisa sah eine neue Zeit anbrechen wie an dem Tag, an dem sie das Dachkämmerchen am Bodensee bezogen hatte. Die Wohnung war im vierten Stock und niemand würde sich hier für ihren Tagesablauf interessieren oder ihr zu nahe kommen. Wie still es hier oben war, dachte sie, wie im Bergfried einer Burg und durch hohe Mietshäuser abgeschirmt von den Autos auf der nahen Sonnenallee. An dieser Straße gab es alles, was sie zum täglichen Leben brauchte: Bäcker, Fleischer, Zigarettenladen, Kohlenhändler, Schuster, einen Tante-Emma-Laden, sogar eine Heißmangel, eine Moschee und ganz in ihrer Nähe zwei Kneipen. Genauso hatte sie sich ihr Berlin vorgestellt.

Gleich am ersten Abend ging sie in die Kneipe in einem großen Eckhaus am Ende der Treptower Straße. Die Atmosphäre hier war ihr fremd und das Dunkel schien ihr bedrohlich. Im rötlichen Schummerlicht blieben Teile des Raumes verborgen, die Menschen in den Ecken waren nur zu erahnen. Es kostete sie Überwindung, nicht gleich wieder zu verschwinden. Mit linkischen Bewegungen erklomm sie einen Barhocker neben zwei stark geschminkten Frauen, die Cocktailgläser in ihren Händen drehten. Als sie ein Bier bestellte, klang ihre Stimme piepsig und fremd. Eine blonde Frau im Alter von Lisas Mutter und mit Tränensäcken unter den Augen musterte sie mit einer Mischung aus Belustigung und Widerwillen. »Du bist hier wohl falsch.«

Lisa fühlte, wie die Röte ihr Gesicht überschwemmte, und versuchte die Peinlichkeit, in einem Puff gelandet zu sein, mit einem Lächeln zu überspielen. Ohne ein Wort verschwand sie wieder. Ihr Gesicht brannte wie nach einer Ohrfeige.

Als sie im Hinterhaus in der Treptower Straße wieder die knarrende Treppe hinaufstieg, hörte sie in einer Wohnung eine Frau erbärmlich schreien. Ein Mann brüllte etwas in einer fremden Sprache, dann war es still. Da war sie wieder: die Angst.

Nachts beim Einschlafen auf ihrer Luftmatratze hatte Lisa das Gefühl, über die Stadt hinwegzuschweben. Sie spürte einen Sog und ihr war, als würde sie in ihm körperlos davontreiben. Der Zustand erschreckte sie so, dass sie mit einer Hand nach ihrem Gesicht griff, um sich vor dem Spuk zu befreien. In den Morgenstunden wurde sie wach, weil jemand aus der Nachbarwohnung die Treppe zur Toilette hinuntertrampelte, die sie gemeinsam benutzten.

Die nächsten Wochen brachte sie damit zu, die Wohnung einzurichten. Sie hatte in der Berliner Morgenpost die Anzeige einer Haushaltsauflösung gelesen, bei der das Inventar verschenkt wurde. Mit Christoph und einem geliehenen Lieferwagen fuhr sie zu der angegebenen Adresse, aber die guten Sachen waren längst weg. Einen Campingtisch mit zwei Stühlen nahm sie mit und ein weiß angestrichenes eisernes Bettgestell auf Rädern, das sie an Krankenhausbetten erinnerte. Statt eines Lattenrostes hatte es ein Netz aus starken Drähten, das mit Spiralen am Rahmen befestigt und unter Spannung gehalten wurde. Bei einer anderen Haushaltsauflösung erstand sie für wenig Geld eine Matratze, ein Sofa, Kühlschrank und Küchenschrank. Am nächsten Wochenende fuhr sie mit der U-Bahn zum Sophie-Charlotte-Platz, wo auf einem Flohmarkt gebrauchter Hausrat angeboten wurde. Sie feilschte um jeden Pfennig und schleppte am Ende zwei prall gefüllte Einkaufstaschen nach Hause. Jetzt hatte sie erreicht, was sie für ihr Berlin erhofft hatte, sie war stolz auf ihre eigenen vier Wände, doch nachts ließen sie das Schreien und Streiten betrunkener Stimmen nicht schlafen und brachten die Albträume der Kindheit zurück.

Ein paar Wochen später erschien sie wieder im »Leuchtturm«. Hinter der Theke stand eine Frau, die ihr ähnelte: kurze rote Haare, eine enge schwarze Lederjacke, dunkler Lippenstift, schnippisches Gesicht. Sie war Lisa nicht sympathisch. Lisa musste warten und dachte, dass sie nicht so sein wollte wie die Frau, aber wie sie stattdessen sein wollte, wusste sie auch nicht. Die Frau erzählte ihr, dass Christoph nach Wannsee gezogen sei. Er lebe dort mit seinem sechsjährigen Sohn zusammen, von dem er nie erzählt hatte, und habe einen Job als Hilfskraft für die Technik in einem Krankenhaus angenommen. Im »Leuchtturm« sei er nur noch selten.

Danach wurde er wieder für Wochen Lisas Sehnsuchtsmann, bis er eines Abends vor ihrer Wohnungstür stand, um bei ihr auf dem Sofa zu übernachten. Er hatte Spätschicht im Krankenhaus und wollte sich die nächtliche Fahrt nach Wannsee ersparen. Am nächsten Tag bemerkte Lisa staunend, dass sich mit Christophs Erscheinen der Sehnsuchtsmann schlagartig in Luft aufgelöst hatte und sich zu ihrem Bedauern nicht wieder herbeizaubern ließ.

Der leibliche Christoph kam nun öfter und Lisa gab ihm einen Schlüssel, um ihm nicht nachts die Haustür aufschließen zu müssen. Manchmal schlief er auf ihrem Sofa, aber meist legte er sich zu ihr ins Bett und sie liebten sich. Hin und wieder kam er früher und sie zogen durch die Kneipen, in denen er Stammgast war. Lisa brauchte Christoph, um sich zu beweisen, dass sie nicht allein war in der großen Stadt, und wenn sie über ihn sprach, nannte sie ihn ihren Freund. Bisweilen sagte er, dass er sie liebe, aber in ihren Ohren waren es leere Worte, und sie hätte nicht gewusst, was sie mit seiner Liebe anfangen sollte.

Manchmal dachte sie darüber nach, ob sie glücklich war mit ihrem Leben, aber sie konnte sich nicht für eine Antwort entscheiden. Im Grunde wusste sie nicht einmal, was Glück für sie überhaupt bedeutete. Das weite Gefühl in der Brust, das mit Glück verbunden war, kannte sie, solche Augenblicke gab es, aber sie waren selten. Sie dachte an die Worte, die Pavel zu ihr gesagt hatte, als sie vom Strahov-Kloster auf Prag hinuntergesehen hatten: »Ich versuche, immer wieder an die Stunden zu denken, in denen ich glücklich war. Dann kommt das schöne Gefühl zurück und verscheucht das Unschöne im Leben.« Sie versuchte, danach zu leben, aber oft waren die bedrückenden Gedanken stärker. Wie eine schwere Decke erstickten sie die schwachen Flämmchen der glücklichen Erinnerungen.

Sie sprach mit Christoph darüber. Er sagte, er sei glücklich, seit er seinen Sohn zu sich genommen habe, obwohl es manchmal nicht einfach mit ihm sei. »Du brauchst eine Aufgabe oder ein Ziel, um glücklich zu sein«, riet er Lisa, aber sie wusste nicht, woher sie das eine oder das andere nehmen sollte.

II

13

Es war ein kalter Tag im frühen März, die Flockenwirbel am Nachmittag hatten die schmutzigen Schneereste an den Straßen zugedeckt, und durch die undichten Fenster hörte Lisa den Schneematsch unter den Rädern der Autos auf der Treptower Straße zur Seite spritzen. Die Dunkelheit senkte sich schon über die Stadt, als die Türklingel sie aufschreckte. Später fragte sie sich, warum sie schon beim allerersten Ton aufgestanden, ja sogar aufgesprungen war, ihren Hausschlüssel genommen hatte und die Treppen vom vierten Stock hinuntergeeilt war. Wenn es eine Ahnung war, so war sie ihr nicht bewusst.

Sie erkannte Rudi nicht, als sie ihr Gesicht an den Spalt presste, den sie zwischen Tür und Rahmen aufgetan hatte. Der hagere Mann mit den scharfen Falten um den Mund und den kurzen Haaren war ein Fremder. In der schlecht geschnittenen Winterjacke mit künstlichem Pelzkragen und mit einer Reisetasche aus rot-schwarz kariertem Stoff sah er aus wie jemand aus einem anderen Land.

»Meine Schwester?«, fragte er leise, als sie die Tür schon schließen wollte, »lebt hier nicht meine Schwester?«

Dreizehn Jahre, ihr halbes Leben, war sie niemandem eine Schwester gewesen, hatte keinen Bruder mehr gehabt. Die gemeinsame Zeit hatte sie in einem dunklen Winkel abgelegt, in den sie nicht mehr hineinsah. Sie wollte keinen Gedanken mehr an Rudis Glück oder Unglück verschwenden, keine Angst um ihn haben, keine Trauer empfinden. In den dreizehn Jahren war sie weiter von ihm abgerückt, als sie es sich als Kind jemals hatte vorstellen können.

»Lisa«, sagte er. »Ich bin es, Rudi.«

Nun doch ein kurzer ungewollter Augenblick des Glücks, er musste es ihr ansehen, denn auch um seine Mundwinkel zuckte ein schwaches Lächeln.

Sie öffnete ihm die Tür. »Komm doch rein, Rudi.«

Zögernd trat er in das dunkle Treppenhaus, in dem es nach Knoblauch und Kreuzkümmel roch wie immer, seit die türkische

Familie im Erdgeschoss eingezogen war. Die beiden Alten, die dort unten gehaust hatten, waren ausgezogen und mit ihnen waren Kohlgeruch und Zigarettenqualm verschwunden, die sich in jedem Winkel festgesetzt und alle anderen Gerüche zugedeckt hatten. Rudi stieg hinter ihr die Treppen hoch wie ein alter Mensch oder wie jemand, der etwas Schweres mit sich schleppt, eine Krankheit vielleicht oder ein Unglück, das sich ihr gleich offenbaren würde. In der Wohnung zog er die Jacke aus, faltete sie zusammen und legte sie auf die Reisetasche, die er neben die Tür gestellt hatte, als wollte er gleich wieder gehen. Die Schuhe behielt er an, grobe schwarze Lederstiefel, auf denen der Schneematsch weiße Ränder hinterlassen hatte. Die obere Hälfte des Schaftes war aus grauem Filz. Es waren seltsame Stiefel, wie sie sie noch nie gesehen hatte.

Zögernd betrat er das kleine Zimmer, in dem sie lebte und schlief.

»Möchtest du Pantoffeln anziehen?«, fragte sie. Sie müssten dir passen, mir sind sie zu groß.«

Rudi wurde ärgerlich; er wolle die Pantoffeln nicht, fuhr er sie an.

»Aber du machst alles schmutzig«, sagte sie und hörte nun selbst in ihren Worten die Stimme der Mutter. Ihre ersten Sätze waren ein Vorwurf, sie waren falsch. Rudi drohte, gleich wieder zu gehen, wenn er die Stiefel ausziehen müsse.

»Du kannst die Schuhe anbehalten. Ich dachte nur, die Pantoffeln seien angenehmer als die dicken Stiefel.«

Rudi war nicht besänftigt. Anderthalb Jahre habe er in Pantoffeln herumlaufen müssen, neunzehn Monate, herrschte er sie an. Ob sie sich vorstellen könne, was das bedeute, tagein, tagaus immer nur in Filzpantoffeln herumzulaufen? »In Filzpantoffeln bist du kein Mensch mehr.«

Sie wusste nicht, wovon er sprach. »Ich koche uns einen Tee«, schlug sie vor, beklommen und erschrocken über einen Rudi, den sie so nicht kannte. Er folgte ihr in die türlose Nische, die sie Küche nannte: ein weiß emaillierter Gaskocher mit zwei Flammen auf einem von ihr eigenhändig und in Erinnerung an Christophs

Regal sonnengelb gestrichenen Küchenschrank, ein viereckiges Becken aus Emaille, unter dessen defektem Abfluss ein verbeulter Zinkeimer die Tropfen auffing, ein matt gewordener Spiegel über dem Becken, dazu der alte Kühlschrank und der wackelige Campingtisch mit den zwei Stühlen, die sie bei Haushaltsauflösungen erbeutet hatte. Plötzlich sah sie die ganze Unzulänglichkeit mit den Augen ihres Bruders.

Nach Obst fragte er, nach Apfelsinen, die sie nicht hatte. Sie bot ihm an, einen Döner zu holen, aber er schien nicht zu wissen, was sie meinte.

»Für Apfelsinen ist es zu spät«, sagte sie. »Das Geschäft hat schon geschlossen.«

Wo kommst du her, wo warst du so lange, hätte sie gern gefragt, aber der fremde Mann mit den scharf geschnittenen Zügen einer Marionette blickte an ihr vorbei ins Leere und ihr klebte die Zunge am Gaumen.

Der Wasserkessel pfiff, sie tat die getrocknete Pfefferminze in die Kanne, goss das kochende Wasser über die Blätter, stellte zwei Becher so auf den Tisch, dass sie die Flecken auf dem Kunststoff verdeckten. Die gewohnten Handgriffe befreiten sie aus ihrer Erstarrung. »Die Pfefferminze habe ich bei einem Ausflug selbst gesammelt«, sagte sie. »Diese Ecke von Neukölln«, fuhr sie fort, während Rudi schwieg, »ist kein schlechter Stadtteil zum Wohnen. Der Bus zum Hermannplatz hält ganz in der Nähe. Von dort kommst du überall schnell hin.«

Rudi blickte über den Tisch hinweg zum Fenster, er starrte hinaus, und sie erzählte vom Karstadt am Herrmannplatz, das vor fünfzig Jahren das größte Warenhaus in ganz Europa gewesen sei, obwohl sie nicht wusste, ob er ihr zuhörte. Die Nähe zum Flughafen Tempelhof sei auch kein Problem, sagte sie. Die meisten Flugzeuge würden ohnehin Tegel anfliegen und ab dem Sommer würden gar keine zivilen Flugzeuge mehr in Tempelhof landen. Auch in diesem Haus lasse es sich aushalten. Die Verwaltung achte darauf, dass nicht noch mehr Türken kamen, in der Tat gebe es von ihnen schon zu viele, aber dafür seien die Mieten niedrig.

Sie suchte Rudis Blick, doch er bemerkte es nicht. »Wo findest du schon eine Wohnung, die nicht einmal zweihundert Mark Warmmiete kostet?«

Sie griff zerstreut nach der Kanne, stellte sie aber gleich wieder hin. Der Tee war fast so hell wie Wasser, er musste noch länger ziehen. Hier im Haus wohne auch eine Familie aus Italien, erzählte sie. Der Mann habe Arbeit, und sogar ein Auto könnten sie sich leisten. Die gehörten nicht zu denen, die ihre Tage mit Schnorren und Kiffen verbringen. Sie tue das auch nicht, sagte sie, das war einmal, aber jetzt gehe sie putzen, zwar schwarz, ein- oder zweimal in der Woche, das reiche zusammen mit dem Geld vom Sozialamt, um anständig leben zu können. Minutenlang redete sie auf Rudi ein, der nur in die Ferne blickte, vielleicht hinüber zu den wenigen beleuchteten Fenstern in den hohen Mauern des Vorderhauses, vielleicht nirgendwohin. Endlich sah er sie an, doch den Sinn ihrer Worte schien er nicht zu erfassen. Sie hätte genauso gut in einer fremden Sprache auf ihn einreden können. Sie brach ab. Ihr Gerede hatte nur dazu gedient, die Stille zu übertönen, die zwischen ihnen stand.

»Wie geht es dir?«, fragte sie nun, ohne das Unbehagen abschütteln zu können, und versuchte ein Lächeln.

Rudi erwiderte das Lächeln nicht. »Wie es mir geht?« Er schüttelte den Kopf. »Ich habe aufgehört, mich zu fragen, wie es mir geht.«

Er ging in ihr einziges Zimmer, ohne von seinem Tee getrunken zu haben. Ein abgeschabtes Schlafsofa stand dort, ein Schrank, ein kleiner weiß gestrichener Tisch unter dem Fenster, ein Stuhl und an der gegenüberliegenden Wand ihr Bett.

»Ich möchte hier bleiben«, sagte er plötzlich leise, es klang schüchtern und sie wusste nicht, woran sie war mit diesem fremden Mann. Hatte Rudi früher jemals »ich möchte« gesagt? Früher hatte er siegessicher gelächelt und sich genommen, was er wollte. Es hatte an seiner Art gelegen, dass man es ihm nicht übelnahm.

»Für eine Nacht?«

»Für länger«, antwortete Rudi.

Sie schwieg und versuchte in diesem Menschen ihren großen Bruder zu erkennen, versuchte dem wächsernen Gesicht die Farbe von einst zu geben, den Haaren die Fülle von früher. An Rudis Oberkiefer fehlten vorn zwei Zähne, die anderen waren verfärbt wie bei einem alten Mann, und er roch übel aus dem Mund.

»Dreizehn Jahre warst du fort«, sagte sie und dachte, er ist gealtert, als wenn es zwanzig Jahre oder mehr gewesen wären. »Wo bist du so lange gewesen?«

»Du weißt es doch oder hast du es vergessen?«

»Nichts weiß ich. Ich sehe dich immer noch, wie du in den Zug gestiegen bist und dich aus dem Fenster gebeugt hast, stumm und ohne jede Erklärung. Danach habe ich niemals wieder etwas von dir gehört.«

Eine Weile stand Rudi reglos vor ihr, ehe er zu laufen begann, immer auf und ab mit seinen plumpen Stiefeln über die ächzenden Dielen.

»Rudi, bitte«, sagte sie, »was hast du denn?«

Rudi antwortete nicht, er hörte nicht auf zu rennen, und sie wusste, dass seine Schritte durch den Altbau dröhnten und das Geschirr in den Küchenschränken zum Klirren brachte.

»Zweimal habe ich euch geschrieben«, rief er aus, ohne anzuhalten.

»Ich habe keinen Brief gesehen.«

Jetzt blieb er stehen. »Den ersten Brief habe ich aus dem Aufnahmelager in Barby geschrieben, den zweiten drei Wochen später, als ich wusste, dass ich drüben bleiben kann. Von euch ist nie ein Brief gekommen.«

»Drüben«, wiederholte sie. »Drüben? Meinst du die DDR? Bist du damals nach drüben gegangen?«

»Vergiss es«, sagte Rudi barsch.

Er fragte nach der Toilette. Sie gab ihm den Schlüssel für die Tür auf halber Treppe.

Nach drüben ist Rudi gegangen, hämmerte es in ihrem Kopf. Nach drüben, als die Mauer längst gebaut war und die Menschen ihr Leben aufs Spiel setzten, um diesem zweiten Deutschland zu entkommen. Während sich andere durch Stacheldraht quälten, durch Flüsse schwammen, durch Tunnel krochen, sich in den Hohlräumen von Autos versteckten, hat Rudi freiwillig die andere Seite gewählt. WARUM BIST DU GEGANGEN? Und was ist mit den Briefen? Sie mussten verloren gegangen sein, viele Briefe aus der DDR blieben irgendwo auf der Strecke und viele nach drüben kamen nie an. Doch im nächsten Augenblick begriff sie: Ihre Eltern hatten immer gewusst, wo Rudi war. Deswegen hatten sie niemals nach ihm gesucht. Aus Scham hatten sie Lügengeschichten erfunden. »Unser Sohn ist in die DDR gegangen«, mit dieser Wahrheit hatten sie nicht leben wollen. Sie hatten gewusst, dass er lange fortbleiben würde, vielleicht für immer. Deswegen hatte statt der von Rudi gewünschten dunklen Tapete eine mit Blümchen in dem Zimmer geklebt, das er hatte beziehen sollen. Deswegen hatte dort ein Bügelapparat gestanden, wo sein Schreibtisch hatte stehen sollen. Mit einem Mal war sie wieder da, die verdrängte Welt ihrer Kindertage mit ihren Lügen, ihrer Angst und der Einsamkeit. Die Wut über die Verlogenheit schnürte ihr die Kehle zu. Hoffentlich kommt Rudi nicht so schnell zurück, dachte sie. Sie brauchte Zeit, um wieder mit ihm sprechen zu können, Zeit zum Begreifen.

Lange Minuten verstrichen, bis sie das vertraute Knarren der Stufen hörte, jede knarrte in einem anderen Ton. Rudi klingelte, er hatte nicht gemerkt, dass am Toilettenschlüssel auch ein Wohnungsschlüssel hing.

»Voller Scheiße«, sagte er und musste die Toilette meinen, die wieder einmal nicht geputzt worden war. Vor Rudi schämte sie sich für das schmutzige und vom rostigen Wasser braun gefärbte Klo, für den Bindfaden, der die abgerissene Kette des Spülkastens ersetzte, und für die dicke Schmutzschicht auf den Rohren hinter der Toilette. Solange sie allein war, hatte sie darüber hinwegsehen können.

»Woher weißt du, dass ich hier wohne?«

»Ist es dir nicht recht, dass ich gekommen bin?«

»Rudi bitte, ich habe dir kein Unrecht getan. Ich habe nichts von den Briefen gewusst.« Ihr fiel das Sprechen schwer. Die alte

Trauer um den verlorenen Bruder war plötzlich wieder gegenwärtig. »Für mich warst du verschollen.«

Rudi wusste nicht, ob er ihr glauben sollte, sie sah es an seinem Gesicht. »Von Mutter«, sagte er endlich.

»Du warst bei ihr?«

»Ich habe sie angerufen.«

»Mutter war noch nie hier, sie will nicht durch die DDR fahren, sie will nicht die Grenzkontrollen ertragen müssen. Sie sagt, sie habe Angst vor den Maschinengewehren, und vor einem Flug nach Berlin habe sie auch Angst.« Lisa verschwieg, dass sie ihre Mutter niemals eingeladen hatte.

Rudi ging in die Küche, öffnete den Kühlschrank, schloss ihn wieder.

»Der Kühlschrank ist leer«, sagte sie. »Ich kann dir nichts anbieten.«

»Hast du kein Bier?«

»Doch.« Sie holte zwei Flaschen von dem winzigen Balkon, der noch viel kleiner war als der aus Kindertagen in der Legienstraße. Ein Blumentopf, in dem das Gerippe einer Fuchsie den Winter durchlitten hatte, ein Kasten Bier, ein Stuhl, mehr hatte keinen Platz.

»Wo kommst du jetzt her?«, wagte sie die nächste Frage, aber Rudi antwortete in Rätseln. Aus dem Vogelkäfig komme er, sagte er. Sein Lachen war böse. »Sie schmeißen dich raus, ob du es willst oder nicht.«

»Was meinst du?«

»Ich will jetzt nichts erzählen, hörst du! Ich kann und will jetzt nicht darüber reden, was gewesen ist!«

»Natürlich«, sagte sie, »ich verstehe«, obwohl sie nichts verstand.

Sie tranken das Bier aus der Flasche, Lisa saß auf dem Sofa, auf dem Rudi schlafen würde, während er nun wieder mit dem Laufen begann, wenn auch langsamer. Sie schwiegen und sie dachte, dass der Bruder, den sie einmal hatte, vielleicht nie wieder zurückkommen würde, weil es ihn nicht mehr gab.

Rudi stoppte auf einmal. »Mein Uher«, rief er aus, ärgerlich, als würde er ein Unrecht entdecken. In der Tat stand da sein Tonbandgerät, sein Uher Universal 5000, auf das er ebenso stolz gewesen war wie auf seinen Dual-Plattenspieler, und das vor dreizehn Jahren in Lisas Besitz übergegangen war. Er klappte den Deckel auf, drückte auf die Tasten. Das Gerät funktionierte, die Spulen begannen sich zu drehen. »Sind so kleine Hände, winzge Finger dran«, Bettina Wegeners Stimme ertönte zwischen ihnen, »darf man nie drauf schlagen, die zerbrechen dann.«

Rudi weinte plötzlich, er sank neben ihr auf das Sofa und schlug die Hände vor das Gesicht, er weinte, wie sie noch nie einen Mann hatte weinen sehen, er konnte gar nicht wieder aufhören. »Ist so 'n kleines Rückgrat, sieht man fast noch nicht, darf man niemals beugen, weil es sonst zerbricht«, sang die Wegener. Rudi sprang plötzlich auf. Er riss die Spulen vom Gerät, versuchte, das Band zu zerreißen, aber es gelang ihm nicht, das Band schnitt tief in seine Finger, immer wieder versuchte er es vergeblich, bis er die Spulen in verzweifelter Wut durch das Zimmer warf.

Rudi verließ die Wohnung, ohne seine Tasche mitzunehmen, auch seine Jacke ließ er zurück. Er lief davon, die Wohnungstür blieb offen und seine schweren Stiefel polterten auf der Treppe.

Ich bringe mich um, hatte Lisas Vater an einem Abend gedroht, als sie noch ein Kind war, und war davongelaufen. Ein Streit war dem vorausgegangen, den Grund kannte sie nicht, hatte ihn nie gewusst. Sie lag in ihrem Bett, krank vor Angst und Verzweiflung, und sah ihren Vater mit der schweren Pistole, die seit Jahren im Nachttisch lag, sie sah die Waffe in seiner Hand, schwarz und groß und glänzend und sie heulte und schrie, bis ihre Mutter zu ihr kam. »Der bringt sich nicht um«, sagte sie. »Der ist viel zu feige.«

Und jetzt du, Rudi! Was hast du vor? Warum hast du nicht einmal deine Jacke mitgenommen? Und vor allem: Was war so schlimm gewesen eben? Hätte sie das Tonbandgerät nicht benutzen dürfen? Oder war es das Lied?

Sie zog ihre Schuhe an, ihren Mantel, eilte die Treppen hinunter. Rudi war fort. Sie lief auf die Sonnenallee zu, doch Rudi schien die andere Richtung eingeschlagen zu haben.

Nicht weit vom Schifffahrtskanal entfernt bemerkte sie vor sich die Gestalt eines Mannes ohne Jacke oder Mantel: Rudi. Er ging sehr langsam und schleppend wie ein Betrunkener. An der Brüstung der Treptower Brücke blieb er stehen. Eine Weile blickte er reglos auf das Wasser. Dann sah sie, wie er sich ein Stück emporstemmte und sich weiter über die steinerne Brüstung lehnte, als wollte er unter der Brücke etwas beobachten. Er ließ sich wieder zum Boden zurückgleiten, stemmt sich aber gleich darauf ein zweites Mal mit derselben Langsamkeit in die Höhe, beugte sich noch weiter vor, als würde ihn das dunkle Wasser anziehen.

»Rudi!«

Ihr Aufschrei erschreckte ihn, er plumpste auf den Boden zurück, ließ die Brüstung los.

»Rudi, komm zurück.« Sie griff nach seiner Hand, sie war eiskalt wie der Stein, auf den er sich gestützt hatte. »Du kannst so lange bei mir wohnen, wie du möchtest.«

Er wehrte sich nicht, er ließ sich wie ein Blinder von ihr führen, den Weg zurück, den er eben gegangen war. Er zitterte vor Kälte.

An der Sonnenallee war eine von den Dönerbuden, die überall in Neukölln die alten Kneipen verdrängten. Lisa wollte nicht mit ihm allein sein in ihrer Wohnung, und sie war hungrig und hatte nicht genug zu essen für sie beide. »Komm«, sagte sie und zog ihn mit sich in den kleinen Raum. Sie waren die einzigen Deutschen, wie ihr schien, die anderen waren Türken, alte und junge. Keine Frauen außer ihr. Rudi blieb neben der Tür stehen. Sein Blick streifte die sich drehenden Fleischspieße, die aufgeschnittenen Teigtaschen, die Salatschüsseln, die billigen Stühle und Tische und blieb an den Männern hängen. Er schüttelte wortlos den Kopf, drehte sich um und floh hinaus in die Kälte.

An der nächsten Straßenecke war eine Kneipe. Jetzt war Rudi einverstanden und trat mit ihr in die verräucherte Gaststube. Es war eine von jenen alten von Deutschen besuchten Kneipen, wie sie in dieser Ecke von Berlin selten geworden waren, mit ungepolsterten Holzstühlen und schlichten fleckigen Tischen. Der Tür gegenüber stand die Theke mit den Zapfhähnen, neben der Tür zu den Toiletten blinkten die Lichter von zwei einarmigen Banditen, daneben stand ein Flipperautomat. Rudi setzte sich nicht. Er wolle flippern, sagte er und bat sie um fünfzig Pfennig für ein Spiel, er habe kein Kleingeld. Sie gab ihm das Geld und sah zu, wie er sich über den Flipperautomaten beugte, wie er in höchster Konzentration die Hebel bediente, ganz vertieft in die Kugeln, die er auf Rampen hinaufrollen ließ, schiefe Ebenen wieder hinunter, um Karussells herum und in Löchern verschwinden. Sie bestellte für sie beide Buletten und Bier. Rudi, der eins mit dem Automaten geworden war, blickte nicht auf.

Nach dem Spiel kam er an den Tisch. Ohne sich zu setzen, hob er sein Glas und trank es leer. »Sieben Spiele kosten zwei Mark«, sagte er. Das Geld könne er ihr zurückgeben, es sei noch etwas übrig von der einmaligen Unterstützung, die er im Notaufnahmelager in Gießen bekommen habe. Seit einer Ewigkeit habe er keinen Flipperautomaten mehr gesehen. Jetzt war Lisas Lächeln echt. In diesem Augenblick entdeckte sie an ihm etwas wieder, was sie von ihrem verschollenen Bruder kannte. Sein Gesicht zeigte denselben flehenden Ausdruck wie früher, wenn seine Wünsche nicht gleich erfüllt wurden. Sie zählte ihr Geld. Es blieb noch etwas übrig, wenn sie Bier und Buletten bezahlte. Zwei Mark gab sie ihm und sah ihm beim Spielen zu. Mit jeder Runde wurde er lebhafter, er sprang hierhin und dorthin, er rüttelte am Gerät, wenn die Kugel sich nicht für die gewünschte Richtung entscheiden wollte, schnipste die Kugeln immer wilder über die Bahnen.

Mit geröteten Wangen kam er zurück. Seine Augen hatten etwas von ihrer alten Lebendigkeit zurückgewonnen. »Danke«, sagte er.

Für ein Bier reichte ihr Geld noch, sie tranken es gemeinsam aus einem Glas.

Nach dem Bier wurde er müde und sie kehrten in ihre Wohnung zurück. Sie überließ ihm ihr Bett, sie hatte ihn gefragt, wo er schlafen wolle, und er hatte auf das Bett gezeigt. Als er schlief, ging sie zur Telefonzelle. Die Lüge! Sie musste mit Mutter sprechen, aber in der ersten Telefonzelle steckte Kaugummi im Schlitz für die Münzen, und als sie in der nächsten Zelle ihre letzten vier Groschen einwarf und die Nummer wählte, nahm ihre Mutter den Hörer nicht ab. Später lag Lisa auf dem Sofa, dessen Sprungfedern schmerzhaft am Rücken drückten, und starrte ins Dunkel. Rudi atmete tief und gleichmäßig. Er schien zu schlafen. Sie kam nicht zur Ruhe. Seine Gegenwart hielt sie wach und die Wunden, die er ihr mit seinem Verschwinden zugefügt hatte, bluteten wieder.

»Ganz schön kalt in deiner Bude.«

Rudis Worte weckten sie. Sie musste doch geschlafen haben, denn mittlerweile war es hell geworden. Er saß auf der Bettkante, die Decke über die Schultern gelegt. Seine Füße steckten nun doch in Filzpantoffeln. Er musste sie in seiner Reisetasche mitgebracht haben. Sie sahen neu und ungetragen aus wie der zu weite weiße Schlafanzug mit einem lächerlichen Muster aus roten Kreisen oder Blümchen. So sahen sie aus, die Klamotten aus der DDR, genau wie die seltsamen Stiefel mit dem Filzbesatz und die geschmacklose Reisetasche. Sie hätte das gleich erkennen können.

Jetzt hätte sie Feuer im Kachelofen machen müssen, aber der Aschekasten war randvoll.

»Auf dem Kaßberg war es wärmer.«

»Kaßberg?«, fragte sie nach, aber Rudi machte keine Anstalten, ihr zu antworten.

Sie stellte den Heizlüfter ein, der Ventilator schepperte. Die letzte Stromrechnung hatte sie noch nicht bezahlt, aber es wurde etwas wärmer im Zimmer. Richtig warm wurde es im Winter nie. In den hohen Räumen stieg die Wärme nach oben, es zog durch die vergammelten Fensterrahmen, und die Fenster mit den zwei Oberlichtern und den beiden großen Scheiben ließen die Kälte fast ungehindert herein. Heute Nacht waren dort Eisblumen gewachsen, zarte geschwungene Muster, die an den Rändern wie ein Flussdelta aus großer Höhe aussahen.

Rudi fragte nach dem Schlüssel für das Klo, er hatte vergessen, dass er an einem Nagel neben der Wohnungstür hing. Später rasierte er sich vor dem Spiegel über dem Spülbecken, während sie ihre Decke und das Laken vom Sofa räumte und Rudis Schlafanzug vom Boden aufklaubte. VEB Eichsfelder Bekleidungswerke Heiligenstadt, stand auf dem Etikett.

»Du hast ja nicht einmal ein Bad«, stellte Rudi fest, als sie wieder in die Küche kam.

Statt zu antworten kochte sie Tee und stellte auf den Tisch, was sie noch hatte: Knäckebrot, Margarine, einen Rest Marmelade.

»Auf dem Kaßberg gab es Kaffee und Toast zum Frühstück.«

»Warum bist du dann hier, wenn dort alles besser war?«, entgegnete sie ärgerlich.

Rudi wandte sich zur Tür. Einen Augenblick dachte sie, er wolle die Wohnung verlassen, doch dann setzte er sich wortlos an den Campingtisch.

Sie goss den dünnen Pfefferminztee in die Becher, reichte ihm Brot und Margarine. »Was ist der Kaßberg?«, fragte sie. »Und warum hast du gestern gesagt, du kämst aus dem Vogelkäfig?«

»Du weißt das nicht?«, fragte er gereizt. »Habt ihr denn alle keine Ahnung, was drüben passiert? Ihr im Westen wisst doch sonst immer so gut Bescheid. Der Vogelkäfig auf dem Kaßberg ist das Paradies, und der Knast in Cottbus war die Hölle.« Er schrie sie plötzlich an. »Vogel. Rechtsanwalt Vogel, hast du den Namen noch nie gehört?«

Lisa antwortete nicht auf seine Frage. »Warst du drüben im Knast, weil du versucht hast zu fliehen?«

»Nein.« Rudi stand auf. Seinen Tee trank er im Stehen. Dann zog er Stiefel und Jacke an.

Sie verstellte ihm den Weg zur Wohnungstür. So wortlos wollte sie ihn nicht gehen lassen, obwohl sie ahnte, dass er sich jeder Frage entziehen würde.

»Was ist? Willst du mich etwa aufhalten?«

Lisa fragte nichts. »Du musst mir Geld geben, wenn ich heute für uns einkaufen soll.«

Er reichte ihr zehn Mark. »Mehr kann ich dir nicht geben.«

Vogel, dachte sie, als Rudi gegangen war, das musste der DDR-Rechtsanwalt sein, der den Freikauf und Austausch von Häftlingen aushandelte. Vielleicht hatte Rudi deswegen vom Vogelkäfig gesprochen. In ihrem Lexikon suchte sie nach Kaßberg, fand aber nichts darüber.

Sie gab die Suche auf und notierte, was sie einkaufen wollte. Für zehn Mark würde sie nicht viel bekommen. Morgen Mittag würde sie dreißig Mark fürs Putzen in der Tasche haben, immer noch zu wenig für zwei.

Als sie vom Einkaufen zurückkam – Spaghetti, Tomatensoße, billiges abgepacktes Brot und Käse, zwei Flaschen Bier, zwei Apfelsinen – war Rudi noch nicht wieder zurückgekehrt.

Sie spülte das Frühstücksgeschirr, brachte den Aschekasten nach unten, wusch ihre Strümpfe im Spülbecken und hängte sie zum Trocknen über den Wasserhahn. Dann ging sie zur Telefonzelle und rief die alleinerziehende Mutter von drei Kindern an, bei der sie alle zwei Wochen putzte. Sie sagte, es sei besser, wenn sie für drei anstatt für zwei Stunden käme oder aber jede Woche, auf Dauer sei die Wohnung sonst nicht sauber zu halten. Die lehnte empört ab, sie solle nicht glauben, das Geld liege für sie auf der Straße, nur weil sie bei der Bank arbeite. »Wenn Sie ein Telefon hätten, könnte ich Sie vielleicht an eine Bekannte vermitteln, aber so …«

Fünf Groschen hatte Lisa noch und genügend Wut im Bauch, als sie die Nummer ihrer Mutter wählte. Deren Stimme klang müde.

»Gar nichts habe ich gewusst«, sagte sie in dem tiefen Ton der Entrüstung, als Lisa sie mit Vorwürfen für ihre Heuchelei überhäufte. Lisa kannte ihren empörten Ton von früher. Er sollte ihre Mutter davor bewahren, einen Fehler zugeben zu müssen. Fehler waren Sache der anderen.

Sie warf den letzten Groschen in den Schlitz, aber er fiel durch. Sie versuchte es ein zweites Mal, wieder vergeblich.

»Du lügst«, schrie sie, »du lügst!« Das Gespräch brach ab.

Zurück in der Wohnung spürte Lisa eine Unruhe in sich aufsteigen, eine unbestimmte Bedrohung, die sie lähmte. Von klein auf kannte sie dieses Gefühl, auf eine irgendwie geartete Katastrophe zuzusteuern, wenn sie ihre Mutter angegriffen oder ihr wehgetan hatte. Sie kannte die Angst, die sich in den Eingeweiden einnistete und alle anderen Gedanken erstickte, bis sie wieder miteinander gesprochen hatten, beide ängstlich darauf bedacht, das Trennende wortlos zuzudecken. Wieder war der Graben zwischen ihnen tiefer geworden, das quälte sie, obwohl sie sich schon lange nichts mehr zu sagen hatten. Wegen ihrer Mutter hatte sie kein Telefon, denn wo immer ein Telefon stand, konnte sie sie mit ihren Vorwürfen überfallen. Pflichtschuldig rief sie einmal im Monat zu Hause an und gaukelte ihrer Mutter eine heile Welt vor. Für sie arbeitete Lisa im Städtischen Krankenhaus Neukölln und war gerade zur stellvertretenden Stationsschwester aufgestiegen. Sie hatte einen Verlobten erfunden, der Ingenieur war und in wenigen Jahren die Werkzeugmaschinenfabrik seines Vaters übernehmen würde. Auch sie selbst brauchte diese Geschichten, um zufrieden zu sein. Manchmal vertiefte sie sich ganz in ihre erfundene Welt. Sie stellte sich vor, tatsächlich in dem Krankenhaus zu arbeiten, jeden Tag im Schichtdienst, mal früh morgens, mal bis zum Abend, häufig am Samstag und Sonntag und immer wieder auch des nachts. Die Gedanken an ermüdende Arbeitstage bewahrten sie vor Unzufriedenheit mit ihrem Leben und angesichts ihrer Untätigkeit empfand sie keine Scham, sondern Erleichterung.

Anstatt sich als Krankenschwester zu schinden, setzte sie sich in ein Café, um stundenlang Zeitung zu lesen, froh über ihr bescheidenes Leben und die Freiheit, die sie genoss. An Sommertagen fuhr sie an den Wannsee zum Baden, bei Regenwetter ging sie manchmal schon am frühen Nachmittag ins Kino, wenn ihr danach war. In solchen Momenten bemerkte sie ein Gefühl der Befriedigung und dachte, das ist genug, was ich habe, das ist mehr, als ich mir erhofft hatte. Menschen, die sich Tag für Tag und selbst beim schönsten Sonnenschein an ihrem Arbeitsplatz einfanden, um unverdrossen einer eintönigen Tätigkeit nachzugehen, betrachtete sie mit zunehmender Verwunderung.

Sie wusste, dass ihre Mutter ihren Freundinnen vom beruflichen Aufstieg ihrer Tochter und dem zukünftigen Schwiegersohn erzählte und damit den Schein wahrte, die gute Mutter einer erfolgreichen Tochter zu sein. Lisa aber konnte auf diese Weise Abstand halten, ohne sich ganz von ihr zu trennen. Sie jetzt wieder anzurufen hieße, ihre Lüge zu verzeihen, aber wenn sie es nicht täte, würde sie bis zu deren Tod und darüber hinaus ihren Zorn und die stummen Vorwürfe im Nacken spüren.

Gegen ein Uhr mittags war Rudi immer noch nicht zurückgekommen, ein Anlass zu neuer Sorge. Lisa schaltete den Gasherd ein, setzte Wasser für die Spaghetti auf. Dann tat sie nichts, als in die kleinen blauen Flämmchen zu starren, zwischen die sich in unregelmäßigen Abständen und scheinbar grundlos rötliche Splitter mischten. Sie wartete, bis das Wasser kochte, und schaltete den Herd wieder aus. Sie mochte jetzt nichts essen. Eine Zeitung müsste sie haben oder irgendetwas anderes, das sie ablenkte. Sie schlich die Treppe hinunter, um den *Tagesspiegel* aus dem Briefkasten der Italiener zu holen, doch der war nicht mehr da. Sie stellte das Radio an, aber jeder Sender, den sie ausprobierte, verstärkte ihre Unruhe.

Rudi kam am späten Nachmittag, nachdem sie längst gegessen hatte. Er trug zwei Tüten vom Kaufhaus des Westens, wo er fast sein ganzes Begrüßungsgeld für zwei Levi's Jeans und schwarze Bluebird-Unterhosen von Schiesser ausgegeben hatte. Auf der Rückfahrt hatte er die U-Bahn in die falsche Richtung gewählt. Ohne einen Fahrschein zu lösen, war er zurückgefahren und kurz vor dem Herrmannplatz in eine Kontrolle geraten. Weder war ihm genug Geld geblieben, um die Angelegenheit gleich zu regeln, noch war er gewillt, Strafe zu bezahlen, weswegen er sich ausweisen musste. Rudi sagte, der Kontrolleur habe ihn beschimpft, als er seinen Aufnahmeschein zeigte.

»Warum beschimpft?«

Rudi ballte die rechte Hand zur Faust, ohne zu antworten.

»Was hat er gesagt?«

»Die schicken uns rüber, weil sie uns auch nicht haben wollen.« Er schlug mit der Faust auf den Tisch. »Kriminelle, Asoziale und

Alkoholiker seien wir, Penner, mit denen man jetzt fertig werden müsse.«

»Das hast du dir gefallen lassen?«

Rudi antwortete nicht.

»Du musst dich beschweren, das kannst du nicht auf dir sitzen lassen!«

Er atmete schwer, er ächzte wie unter einer schweren Last, ehe er Luft holte und zu brüllen begann: »Aussteigen! Kopf runter! Hände auf den Rücken! Geh'n Se! Glotzen Se nicht rum!« Wieder schlug er mit der Faust auf den Tisch. »Alles ausziehen! Können Sie nicht hören? Alles, habe ich gesagt! Arschbacken auseinander!«

Im nächsten Augenblick begann Rudi wieder zu schluchzen, aber nicht wie beim ersten Mal, er weinte leiser, verhaltener. »Und du sagst, ich solle mich wehren«, brachte er schließlich hervor.

»Entschuldige«, sagte sie. »Was der Kontrolleur gesagt hat, ist ja auch nicht so wichtig.«

»Nicht so wichtig«, wiederholte Rudi tonlos. Dann mit den Worten des Königs aus »Alice im Wunderland«: »Wichtig, unwichtig, unwichtig, wichtig.« Und plötzlich so laut, dass Lisa zusammenfuhr: »Schlagt ihm den Kopf ab, brüllte die Königin.«

Dann sackte er wieder in sich zusammen und schwieg.

Sie fragte ihn, ob er etwas essen wolle, aber sie war nicht sicher, ob die vage Kopfbewegung ein Nicken sein sollte oder nicht. Wortlos sah er ihr zu, wie sie zum Herd ging und die übriggebliebenen Spaghetti aufwärmte. Die Tomatensoße setzte sich am Topfboden an und die Nudeln klebten aneinander. Ohne darüber zu murren verschlang er das Essen, was sie nach seinem heftigen Ausbruch wunderte. Als sein Teller leer war, holte sie zwei Apfelsinen und schälte sie für sie beide. Rudi bedankte sich mit einem Lächeln.

Später fragte er, warum sie ihre Haare so kurz trüge. Sie sehe aus wie ein Igel, der in einen roten Farbtopf gefallen war.

»Was hast du gegen kurze Haare?«

Wieder antwortete Rudi nicht und in seinem Schweigen lag ein Vorwurf, den sie nicht verstand. Erst Wochen später erzählte er ihr von einem Überfall auf offener Straße. Ein Auto hatte neben ihm gehalten. Drei Männer waren herausgesprungen, hatten ihn festgehalten und ihm seine langen Haare abgeschnitten. Das war 1969 gewesen, als die DDR ihr zwanzigstes Jubiläum feierte. Langhaarige passten nicht in einen Arbeiter- und Bauernstaat. Rudi erzählte es ohne Wut, doch er schien sich dafür zu schämen, dass der Staat, dessen Bürger er freiwillig geworden war, die Menschen so demütigte.

An einem Abend fragte Rudi nach Fotos vom Haus in Kirchrode. Sie besaß nur ein einziges. Das Haus war vom Garten aus fotografiert. Es zeigte die Terrasse mit den roten Sandsteinplatten, die Herr Liebermann, der Chef ihres Vaters, auf seiner eigenen Terrasse ausgemustert und seinem Prokuristen geschenkt hatte, Platten, die bei Regen glitschig und gefährlich wurden. Der Kaffeetisch war gedeckt. Auf den dicken geblümten Polstern der hochlehnigen Gartenstühle saßen Frau Liebermann und Lisas Eltern, die angestrengt in die Linse lächelten. Lisas Mutter hatte auf dem Foto das immergleiche erstarrte Gesicht, das sie sofort aufsetzte, wenn sich eine Kamera auf sie richtete: die Schneidezähne entblößt, die Mundwinkel auseinandergezogen, den Kopf ein klein wenig nach rechts geneigt, den Blick starr auf den Fotografen gerichtet. Sie trug ein rotes Cocktailkleid mit ausgestelltem Rock, dazu die hochhackigen Pumps, mit denen sie kaum hatte gehen können. Ihre Haare schimmerten in einem auffälligen Kastanienbraun und waren kunstvoll frisiert. Offenbar war sie kurz zuvor beim Friseur gewesen. Trotzdem wirkte sie bieder neben der Frau des Chefs, die mit einem hellen Kostüm bekleidet war. Deren breite Halskette und das Armband mussten aus Gold sein. Rudi betrachtete das Foto lange. Er wollte wissen, ob sie sich in dem Haus wohlgefühlt und ob sie Freude an dem Garten gehabt hätten. Lisa erzählte ihm von den leuchtenden Azaleenblüten und den sorgfältig gestutzten Koniferen im Vorgarten, von Vaters Rosen – rote Polyantharosen vor dem Wohnzimmer und Edelrosen in allen Farben rings um den Rasen – und vom Spalierobst entlang dem Nachbargrundstück, von den Apfelkisten im Keller.

»Vater hat die Rosen und die Obstbäume geschnitten und Mutter hat das Unkraut gejätet.« Sogar der kurzgeschorene Rasen sei ohne Unkraut gewesen, erzählte sie, nur ein einziges Gänseblümchen habe einmal geblüht, ehe die Mutter es entdeckte.

»Dann ging es Mutter dort besser als in der Legienstraße?«

»Nicht, solange ich dort gewohnt habe.«

Mehr erzählte sie nicht, sie wollte nicht das ganze Elend wiederauferstehen lassen, das in dem Haus nur noch schlimmer geworden war. Darüber zu sprechen hätte bedeutet, den Schrecken noch einmal zu erleben, vor dem sie geflohen war. Vielleicht, dachte sie, würde sie Rudi später schildern, wie ihre Mutter immer wieder erfolglos versucht hatte, sich umzubringen. Doch ihre Pulsadern trotzten Jahr für Jahr den halbherzigen Schnitten, und die Überdosis Schlaftabletten reichte nicht aus, ihr Leben zu beenden. So waren die Jahre vergangen, der Garten wurde gepflegt, die Gardinen wurden gewaschen, die Fenster geputzt, die Nachbarn grüßten freundlich und die modernen Thermopenscheiben ließen kein Laut nach draußen dringen. Die heile Fassade hatte erst Risse bekommen, als ihre Mutter nach Hause gebracht wurde, weil sie mit den schweren Einkaufstaschen am Lenker betrunken vom Fahrrad gestürzt war. Lisas Vater hatte ihr längst verboten, mit dem Fahrrad zu fahren, aber wie hätte sie die schweren Einkaufstaschen nach Hause schaffen sollen ohne ihr Rad?

»Vater lebt nicht mehr«, sagte Lisa.

»Ich weiß. Mutter hat es mir am Telefon gesagt.«

Lisa stand auf. Sie räumte Rudis Teller ins Spülbecken, füllte den leeren Kochtopf mit Wasser, setzte sich wieder. »Das Haus habe ich vor sechs Jahren verlassen und es nur zweimal wieder betreten«, sagte sie.

Rudi schwieg mit gesenktem Kopf und schien eignen Gedanken nachzuhängen.

»Warum so selten?«, wollte er dann doch plötzlich wissen.

Sie musste überlegen. Es fiel ihr schwer, ihre Gefühle in Worte zu kleiden. »Es waren die Erinnerungen und vielleicht war es die Angst, für immer dort bleiben zu müssen, wenn ich meinen Fuß nach Vaters Tod noch einmal über die Schwelle gesetzt hätte. Mutter lebte dort allein, und das Haus hatte viele leere Zimmer.« Sie wartete darauf, dass Rudi sie ansehen würde, er hob den Kopf, blickte zum Fenster.

Plötzlich war sie es, die weinte. Sie sah sich wieder als das versehrte Kind, heimatlos in diesem Geisterhaus, und sie weinte aus Selbstmitleid, weil sie gezwungen gewesen war, in dem Jammertal auszuharren. Rudi war einfach davongegangen, sie hatte die Vorwürfe der Eltern allein ertragen müssen ebenso wie den Streit und das Leiden ihrer Mutter. Und ihre eigene Angst. Jetzt endlich sprach sie ihn aus, diesen tausendfach gedachten und niemals gesagten Satz: »Du hättest mich nicht einfach alleinlassen dürfen.«

Rudi saß reglos. Er blickte sie nicht an, so sehr sie darauf wartete.

»Warum bist du fortgegangen?« Sie fragte, obwohl sie die Hoffnung auf eine Antwort längst aufgegeben hatte, stellte die nächste Frage in sein Schweigen hinein: »Bist du wegen unserer Eltern gegangen? Bist du gegangen, weil du es zu Hause nicht mehr ertragen hast?«

Rudi drehte jetzt den Kopf in ihre Richtung, ganz langsam tat er das. Er sah sie verwundert an. »Nein.«

Lisa griff nach seiner Hand, die er ihr jedoch sofort entzog. »Aber warum dann?«

Rudi starrte wieder nach draußen, als gäbe es dort etwas, dem er seine ganze Aufmerksamkeit widmen müsste. Auf ihre Frage reagierte er überhaupt nicht. Er stand auf und schwieg. Lisa schien er vergessen zu haben.

»Ich werde heute Nacht wieder in meinem eigenen Bett schlafen«, sagte sie in einem plötzlichen Zorn über seine Verschlossenheit. »Wenn du hierbleiben willst, musst du das Sofa nehmen.«

Jetzt kam Leben in Rudi, er fand Worte, begann zu verhandeln. Er sei der Größere von ihnen beiden, das Sofa sei zu kurz für ihn. Außerdem habe er neunzehn Monate und zwanzig Tage auf einer Holzpritsche schlafen müssen.

Sie gab sich unerbittlich, wie sie es früher ihm gegenüber nie gewesen war.

»Hörst du, fast zwanzig Monate«, wiederholte er.

Eine Weile starrten sie sich an wie Feinde, wie Gegner, die sich vor dem Duell gegenüberstanden, gefasst darauf, dass der andere als Erster die Waffe zog.

»Auf dem Sofa oder gar nicht.«

»Gar nicht«, sagte er.

Sie schwieg. Sie wollte diesen Streit jetzt aushalten, obwohl er ihr Angst machte.

Rudi verließ den Platz am Fenster, zog seine Reisetasche unter dem Bett hervor. Er packte hinein, was er in den Kaufhaustüten heimgebracht hatte, faltete den Blümchen-Schlafanzug zusammen, sammelte sein Rasierzeug in der Küche ein.

»Wohin gehst du?«

»Zu Mutter.«

»Das wirst du nicht wirklich tun wollen«, versuchte sie die Niederlage abzuwehren. Die beiden in trauter Eintracht verbündet gegen sie, das halsstarrige Kind, das unfähig war, sich auf andere Menschen einzulassen, das konnte sie nicht hinnehmen.

Ein kurzer innerer Kampf, dann gab sie nach. »Wir könnten uns abwechseln«, schlug sie vor.

Rudis Stirn glättete sich rasch. Er war es gewohnt, von ihr zu bekommen, was er wollte. Auch in dieser Nacht schlief sie auf dem Sofa.

Am nächsten Morgen hörte sie das Klappen der Ofentür, das Kratzen des Feuerhakens auf den Schamottesteinen und das Poltern von Briketts. Rudi heizte den Ofen an. Mit geschlossenen Augen blieb sie liegen, bis sie die ungewohnte und wohltuende Wärme spürte.

Beim Frühstück studierte Rudi die Aufschrift auf dem Marmeladenglas, hielt eine Scheibe von dem säuerlich riechenden Brot unter seine Nase. »Ich mag das nicht.« Er verzog angewidert das Gesicht. »Auf dem Kaßberg war das Frühstück besser«, wiederholte er seine Klage. »Und in Gießen sowieso.«

Sie nahm ihm das Brot aus der Hand, zog Marmelade, Margarine und den Käse zu sich herüber. »Wenn du mir erzählst, was der

Kaßberg ist, kaufe ich dir morgen besseres Brot, Butter und Wurst vom Fleischer.«

Rudi schwieg lange. Er sah unglücklich aus. »Lieber Schinken«, sagte er endlich.

»Also Schinken.«

Es war nicht viel, was Rudi ihr offenbarte. Kaßberg, sein Paradies, war ein Gefängnis. Es war das Sprungbrett in die Freiheit für die Freigekauften, war Knast, Sanatorium und Mastanstalt in einem, um die Spuren der Haft zu mildern, die körperlichen zumindest. Nach monatelanger oder jahrelanger Demütigung war der Kaßberg die letzte Station der Gefangenen. Aus Cottbus kamen sie hierher, aus Bautzen, aus Halle die Frauen und von überall, wo politische Häftlinge einsaßen. Rudi war in Cottbus inhaftiert gewesen.

Nach den wenigen Sätzen verstummte er. Mit abwesendem Blick sank er ganz in sich hinein, schien sich in Erinnerungen zu verlieren, an denen er sie nicht teilhaben ließ. Erst als er den Blick hob und nach dem Kaffeebecher griff, stellte sie ihre Frage. »Warum warst du im Gefängnis?«

Rudi schwieg und sie fühlte sich betrogen.

Am nächsten Nachmittag kaufte sie Sekt, ein Gläschen unechten Kaviar, Gänseleberpastete, Serranoschinken, Butter und Weißbrot, obwohl sie das Geld für die Stromrechnung hätte sparen müssen. Rudi lag auf dem Sofa, als sie nach Hause kam. Sie legte ein sauberes Geschirrtuch über den Campingtisch und deckte ihn so festlich, wie es mit ihrem zusammengesuchten Geschirr und einem Teelicht möglich war. Rudi blieb auf dem Sofa liegen, rührte sich auch nicht auf ihr Rufen hin. Er stand erst auf, als sie ihn bat, die Sektflasche zu öffnen.

Wortlos betrachtete er den gedeckten Tisch. »Kannst du dir vorstellen, wie das ist, wenn du nach neunzehn Monaten zum ersten Mal wieder mit deinem Namen angeredet wirst?«

»Setz dich doch«, sagte sie und goss Sekt in die Wassergläser.

»›Strafgefangener Rödel, raustreten zur Arbeit‹ ist doch besser als ›Strafgefangener 46/2, Hände auf den Rücken, Gesicht zur Wand!‹«

»Viel besser«, sagte sie und reichte ihm ein Glas. »Prost auf dein neues Leben!«

»Prost auf die neue Scheiße«, antwortete Rudi bitter. Und im nächsten Augenblick: »Entschuldige, du hast das toll gemacht.«

Rudi aß langsam. Er lobte die Pastete, den Schinken und den Kaviar. Die alten Regeln kannte er noch. Der Sekt machte ihn übermütig. Er redete ohne Zusammenhang mal von diesem, mal von jenem, lachte plötzlich: »Und weißt du, was ich sehe?« Er lachte noch mehr, wollte sich plötzlich ausschütten vor Lachen. »Ich sehe«, gluckste er, »wie sich am vorderen Bus plötzlich das Nummernschild umdreht.«

»Doch, wirklich«, beteuerte er, als er Lisas ungläubiges Gesicht sah. »Aus dem I für Ost-Berlin wurde KS für Kassel. Verstehst du denn nicht, aus dem Ost-Bus wurde ein West-Bus und keiner sollte das merken.«

»Sprichst du von dem Bus, mit dem du in den Westen gekommen bist?«

Er nickte. »Prost, Schwesterchen. Also dann: auf das neue beschissene Leben.«

Immer öfter begann Rudi nach diesem Abend, von früher zu erzählen, manchmal redete er über belanglose Kleinigkeiten und konnte nicht wieder aufhören, dann wieder waren es nur kurze Bemerkungen. In den zwei Wochen auf dem Kaßberg habe er Kartoffeln geschält, sagte er einmal, acht Stunden am Tag, das sei besser gewesen als tatenlos die Unsicherheit über sein Schicksal auszuhalten. Jeder Häftling in diesem Trakt habe gewusst, dass die Entlassung bevorstand, aber ob nach Ost oder West, das wusste niemand. Ein anderes Mal erzählte er, dass hinter der Grenze junge Mädchen in den Bus gekommen waren und Apfelsinen und andere Dinge verteilt hatten, die es drüben nicht gab. Er sagte, er habe nichts angenommen. Er habe sich nicht bestechen lassen wollen.

»Wer sollte dich bestechen und warum?«

Auch diese Frage beantwortete er nicht.

Am nächsten Tag kam er auf die Idee, Apfelsineneis essen zu wollen. Plötzlich war er ganz versessen auf den Gedanken, das Eis selbst zu produzieren. »Erinnerst du dich, wie Vater für uns auf dem Balkon Eis gemacht hat, noch bevor wir einen Kühlschrank hatten?«

Lisa schüttelte den Kopf. »Aber heute ist Tauwetter«, wandte sie ein. Trotzdem besorgte sie ihm, was er brauchte: eine Schüssel, einen leeren Joghurtbecher, Apfelsinensaft und viel Salz. Rudi ging fort und kam mit einem Beutel voll kleiner Eisschollen vom Kanal zurück. Er zerkleinerte das Eis, mischte es mit dem Salz, tat beides in die Schüssel und stellte einen Becher mit Apfelsinensaft so hinein, dass er von allen Seiten mit dem schmelzenden Eis in Berührung kam.

Nach einer Stunde auf dem Balkon war der Saft gefroren.

»Du bist ja ein Zauberer«, sagte Lisa. Rudi sah zufrieden aus und sein Lächeln schien ihr wie ein kleines Wunder. »Zu Weihnachten schenke ich dir einen Gutschein für das nächste Eis«, sagte er.

»Weißt du, dass du einen Gutschein von mir nie eingelöst hast und ich deswegen ganz traurig war?« Rudi erinnerte sich nicht mehr. »Ich hatte dir mit dem Gutschein zum Geburtstag versprochen, dir ein Stück auf der Blockflöte vorzuspielen. Ich hatte lange darüber nachgedacht, was ich spielen würde, und eine ganze Woche geübt. Ich hatte gehofft, dass du mich lobst und sagst, ich sei eine Künstlerin.«

Rudi lächelte. »Schade«, sagte er, »dass ich den Gutschein vergessen habe. Deine Musik hätte mir sicher gefallen.«

Lisa lächelte nun auch, glücklich, dass die unguten Gefühle, die sie für ihn empfand, für einen Augenblick unbedeutend und gleichsam schwerelos geworden waren.

* * *

14

Der erste Brief von ihrer Mutter steckte eine Woche nach ihrem Telefongespräch im Briefkasten. Sie schrieb von Jahren der Ungewissheit, die nun endlich hinter ihr lägen, Jahren, in denen sie um Rudi geweint habe, ohne zu wissen, wo er sei und ob es ihm gut gehe. Sie habe ja nicht einmal gewusst, ob er überhaupt noch am Leben sei. Niemals habe sie von seinem Aufenthalt in der DDR erfahren. Ihre Behauptung, sie habe Lisa verschwiegen, was sie längst wusste, sei eine böse Unterstellung, die sie sehr getroffen habe. Dann bat sie Lisa, sie doch ganz bald mit Rudi zu besuchen. Sie könne es kaum erwarten, ihre Kinder wiederzusehen.

Lisa beantwortete den Brief nicht. Ihre Mutter musste gewusst haben, wo Rudi war. – Oder hatte sie es doch nicht gewusst? Die Sorge, sie könne ihr Unrecht getan haben, weil sie sie der Lüge bezichtigte, raubte ihr den Schlaf.

Sie gab Rudi den Brief. Er las ihn ohne Kommentar.

»Wollen wir Mutter besuchen?«, fragte sie.

»Nein.«

Am nächsten Abend fuhr sie mit Rudi nach Kreuzberg. An der Gneisenaustraße stiegen sie aus. Sie hakte sich bei ihm ein und führte ihn zwischen verfallenden Altbauten durch die Zossener Straße. Sie wollte ihm ein Stück von jenem Berlin zeigen, das anders war als alle anderen Städte, und sie wollte ihm Kneipen zeigen, in denen sich die Leute die ganze Nacht trafen, weil es in Berlin keine Sperrstunde gab. »Wir leben hier auf einer Insel«, sagte sie. »Der Westen beschützt uns und die Bonner Regierung spendiert das Geld, damit wir uns wohlfühlen.« Sie merkte plötzlich, dass sie immer von wir und uns sprach, ohne zu wissen, wen sie meinte. Trotzdem waren diese Worte nicht falsch. Überall hatte sie das Gefühl der Zusammengehörigkeit erlebt, ob mit Alteingesessenen oder Neuankömmlingen wie ihr. Die Grenze zum düsteren Ostberlin war nah und die Umklammerung durch das Monster der sowjetisch besetzten Zone schweißte die

Menschen aneinander, aber außer Christoph hatte sie keine engen Freunde gefunden.

Vor einem verwahrlosten Eckhaus aus der Gründerzeit am Ende der Zossener Straße blieb sie stehen. Hier war der »Leierkasten«, in dem sie ein paarmal mit Christoph gewesen war. Wenige Wochen noch, dann würde das Haus dem Abrissbagger zum Opfer fallen. Rudi sträubte sich ein wenig, als sie ihn über die drei Stufen am Eingang in die verräucherte Kneipe schob. Lautes Stimmengewirr schlug ihnen entgegen und aus der Jukebox dröhnte »Golden Years« von David Bowie. Die Bühne für Livemusik im Hinterzimmer war leer. »Früher war Günter Grass hier und hat sich mit den anderen Malerpoeten getroffen«, rief sie Rudi durch den Lärm zu. Sie glaubte, sich für die heruntergekommene Kaschemme entschuldigen zu müssen. Vergeblich suchten sie einen Platz an einem der Tische, die ebenso fleckig vom verschütteten Bier waren wie der Boden. Am Tresen waren noch zwei Plätze frei. Sie tranken das Bier, das hier nur eine Mark achtzig kostete, aus Halblitergläsern, aßen Schmalzstullen dazu. Nach dem zweiten Bier fühlte sie sich an Rudis Seite so wohl, wie sie es als Kind getan hatte. Seine Unsicherheit wollte sie nicht sehen.

Am Tisch neben dem Tresen ereiferten sich ein paar Leute über die leerstehenden Häuser, die zerfielen und unbewohnbar wurden, während Menschen wie sie eine Wohnung suchten. Es müsse gelingen, sie wieder bewohnbar zu machen, meinte einer.

»Wie hast du drüben gewohnt?«, fragte sie Rudi, aber er war mit seiner Aufmerksamkeit woanders. Er beobachtete einen Rothaarigen mit jungenhaftem Pickelgesicht, der neben ihm auf einem Barhocker saß und auf den Mann am Zapfhahn einredete. Der Pickelige erzählte, dass er vor ein paar Wochen aus Bremen nach Berlin gekommen sei. Er wolle bleiben, bis er zu alt für den Barras sei und nicht mehr eingezogen werden könne. Er habe auch überlegt, nach drüben zu gehen statt nach Westberlin, sagte er. Zur Volksarmee müsse man als Bundesbürger schließlich auch nicht, und wenn man es richtig anstelle, ließe es sich auch drüben gut leben.

Ob er meine, die Bundeswehr sei schlimmer als das Leben mit der Stasi im Nacken, fuhr Rudi plötzlich auf.

»Bist du beim Bund oder warum mischst du dich ein?«

Rudi presste die Lippen zusammen und verstummte.

Der Rothaarige ereiferte sich plötzlich. Die Geschichten über die Stasi seien ohnehin alle übertrieben, wenn nicht sogar erfunden!

»Wenn du dich da mal nicht irrst«, bemerkte der Mann am Zapfhahn trocken.

»Du musst nur wissen, wie man mit den Leuten umgeht, dann läuft es schon.« Der Rothaarige hob sein Glas in Rudis Richtung. »Prost!« Als er sah, dass dessen und Lisas Glas leer waren, gab er eine Runde aus.

Rudi atmete heftiger, Lisa sah, dass er zu zittern begann. »Was meinst du mit richtig umgehen?«, brach es aus ihm heraus. »Meinst du, deine Freunde und Nachbarn bespitzeln? Oder als Abschnittsbevollmächtigter bei der Polizei anheuern, ja? Deine Augen und Ohren überall haben?« Er klopfte mit den Fingerknöcheln auf den Tisch, immer wieder. »Alle bespitzeln sie dich: die Nachbarn, der Hausmeister, die Verkäuferin, die Kollegen.« Er kämpfte plötzlich wieder mit den Tränen. »Nie kannst du dich sicher fühlen.«

Der Rothaarige lachte. »Du hast ja keine Ahnung. Ich täte so, als würde ich mich als Spitzel zur Verfügung stellen, aber dann würde ich denen nur so 'n Zeug erzählen, das sie sowieso wissen.«

Rudi stand auf, äußerlich ganz ruhig. »Manchmal bleibt ja auch die Erde stehen«, sagte er. Er hob sein Glas, prostete dem anderen zu, dann schüttete er ihm das Bier ins Gesicht. Der andere holte aus, aber sein Schlag verfehlte Rudi. Der hatte sich umgewandt und verließ das Lokal, ohne sich noch einmal umzusehen.

Als Lisa aus der Kneipe kam, regnete es heftig, und aus kaputten Regenrinnen plätscherte das Wasser auf den Gehweg. Ein paar Häuser weiter sah sie eine gebeugte Gestalt, die mit schleppenden Schritten auf die Gneisenaustraße zuhielt. Rudi. Sie folgte ihm, bis sie schweigend nebeneinander hergingen. Wohl ohne es zu merken, hatte er die Gneisenaustraße überquert und den Weg zum

Bergmannkiez eingeschlagen, aber als sie vor einer der Kneipen standen, weigerte er sich, noch ein Lokal zu betreten. Über den Vorfall im »Leierkasten« sprachen sie nicht. Rudi wollte wissen, ob es hier leerstehende Wohnungen gebe.

»Vielleicht«, sagte sie, aber hier waren die Türen und die Fenster im Erdgeschoss nicht mit Brettern verrammelt und die dunklen Fenster verrieten nicht, ob die Häuser unbewohnt waren. »Am Heinrichplatz, aber der ist weit«, sagte sie. »Wir müssten mit der U-Bahn fahren.«

Rudi wollte trotzdem dorthin. Vor der Marheineke-Markthalle saß unter einer Laterne ein Mann in Regen und Nässe auf der Bordsteinkante. Sein Rumpf, seine Schultern und Beine waren mit schwarzen Müllsäcken umhüllt. Die Arme waren nackt und an den bloßen Füßen trug er Ledersohlen, die er römischen Sandalen gleich mit schmalen Riemen an Knöcheln und Unterschenkeln befestigt hatte. Seine langen ungekämmten Haare hingen unter einem dunklen Lappen hervor, den er wie einen Turban um den Kopf gewickelt hatte. Er sah auf, als sie an ihm vorbeigingen. »Können Sie mir sagen, wie spät es ist?«

Lisa sagte es ihm.

»In sechs Minuten fährt an der Gneisenaustraße die U 7 nach Spandau. Wenn Sie sich beeilen, erreichen Sie sie noch. Die nach Rudow fährt in acht Minuten.«

Lisa bedankte sich.

»Nutzen Sie die kurze Zeit, die Ihnen noch bleibt«, rief er ihnen nach.

Rudi eilte so hastig davon, als ginge von dem Mann eine Gefahr aus.

Die oberen Stockwerke der meisten Häuser am Heinrichplatz waren dunkel, Putz bröckelte von den Fassaden, und in manchen Häusern waren etliche Fensterscheiben zerbrochen. Dahinter lebte niemand mehr. Nur aus den zahlreichen Kneipen im Erdgeschoss drang lautes Stimmgewirr. Hier waren das »Café Jenseits«, das »Delirium«, die »Rote Harfe«, »Engelhards Bierbar«, Kneipen, die sie durch Christoph kennengelernt hatte. Mitten auf dem Platz stand ein achteckiges, stinkendes Pissoir. In der Oranienstraße gefielen Rudi die vielen kleinen Geschäfte. Antiquarische und neue Bücher konnte man hier kaufen, echte Blumen und Kunstblumen, Wolle, Bilderrahmen. Auch ein Lebensmittelgeschäft gab es, kaum größer als Lisas Wohnung, dazu Cafés und kleine türkische Läden. Vor einem Geschäft für Malerbedarf blieb Rudi staunend stehen. Wie die Präsentation eines Museums sah das kleine Schaufenster aus, Pinsel aller Größen und Formen waren genauso sorgfältig nebeneinander aufgereiht wie an anderer Stelle Tuben und Döschen mit Farben und Pigmenten.

In einem der Häuser waren alle Fenster dunkel. Die Haustür war unverschlossen. Im finsteren Flur huschte eine fette Ratte an ihnen vorbei. Vor der Treppe lag Schutt, und das Geländer fehlte. Es stank nach Müll und Urin.

»Wäre das was für uns?«, fragte er.

Sie schüttelte nur den Kopf. »Komm«, sagte sie. »Hier können wir nicht leben.«

Langsam gingen sie zurück durch den Regen, der zu einem sanften Nieseln geworden war. Der Heinrichplatz war nicht der einzige Ort, an dem es leerstehende Wohnungen gab. Auch anderswo fielen ihnen jetzt die lichtlosen Häuser auf, trostlos und einsam mit zerbrochenen Fensterscheiben und den mit Brettern versperrten Haustüren.

»Drüben hatten wir sogar ein eigenes Klo«, sagte Rudi.

»Meinst du im Gefängnis?

Rudi schüttelte den Kopf.

Sie fragte ihn, was er mit wir meinte, eine Freundin vielleicht, aber auch auf diese Frage antwortete er nicht. Er schwieg, bis sie wieder zu Hause waren. Fremde Ohren scheute er. Ohne Jacke oder Stiefel auszuziehen, blieb er mitten im Zimmer stehen. »Es ist kalt«, sagte er. Sie schaltete den Heizlüfter in der Küche ein, doch Rudi rührte sich nicht. Er sah sich um, als hätte er vergessen, wie er hierher gekommen war und was er hier suchte. Lisa kochte Pfefferminztee, stellte zwei Becher auf den Tisch, zündete eine Kerze an und knipste die Deckenbeleuchtung aus.

»So dunkel«, stellte Rudi fest, aber dann zog er seine Jacke aus und setzte sich zu ihr.

»Weißt du«, sagte er nach einer Weile, »ihr müsst nicht glauben, dass im Westen alles besser ist.« Danach schwieg er. Sie legte ihre Hände um den heißen Becher, um sie zu wärmen, er sah es und tat dasselbe.

»Nicht wahr, so lässt es sich aushalten«, sagte sie, und wirklich, Rudi lächelte ein ganz klein wenig. Dann, als sie gar nicht mehr damit rechnete, begann er zu erzählen.

Schon bald nach seiner Ankunft in Jena hatte sich Rudi der Jungen Gemeinde angeschlossen und fand eine Bleibe bei einem Lehrling und einem Schüler, die in einer Gartenlaube in halber Höhe am Landgrafen über der Stadt hausten. Die beiden waren Rudi anfangs mit Misstrauen begegnet, als er in der Jungen Gemeinde in Jena auftauchte. Sie zweifelten daran, dass er wirklich aus dem Westen kam, und argwöhnten, er könne ein Spitzel der Stasi sein, ließen ihn aber bei sich wohnen, weil der Pfarrer sie darum bat. Unter dem mit Teerpappe vor Regen geschützten Dach spielte sich das ganze Leben in einem einzigen Raum ab. Das Wasser trugen sie von einer hundert Meter entfernten Wasserstelle in Kanistern in die Laube, das Plumpsklo befand sich in einem morschen Herzhäuschen im Garten.

In dieser Zeit verdiente Rudi sein Geld als Hilfsarbeiter in einer Fabrik und holte an der Volkshochschule das Abitur nach. Sein westdeutsches war nicht anerkannt worden. Er wollte Sozialpsychologie studieren, wurde aber ohne Begründung nicht zum Studium zugelassen, weder für dieses noch für ein anderes Fach. Er hätte sich zunächst ein Jahr in der Produktion bewähren sollen, dann hätte er erneut einen Antrag stellen können. Produktion, das wäre für ihn Untertagearbeit im Kaliwerk Volkenroda gewesen. Er begrub seine Hoffnung auf ein Studium und absolvierte eine Schreinerlehre. Er wollte nicht in tausend Meter tiefen Schächten auf Sonne und Regen, ja auf die ganze Welt verzichten. Im Bergwerk hätte er sich gefühlt wie lebendig begraben. Mittlerweile verdächtigte ihn niemand mehr, mit der Stasi zusammenzuarbeiten.

Später wohnte er mit zwei Lehrlingen und einem Studenten in einer Eineinhalbzimmerwohnung. Die Wasserleitungen hatten noch funktioniert, als sie die Wohnung zugewiesen bekamen, das Klo und ein Waschbecken waren in der Wohnung vorhanden, aber es gab keine Elektrizität. Einer der Lehrlinge war Elektriker. Er ließ an seiner Arbeitsstelle Kabel und Sicherungen mitgehen, und sie hatten Strom, ohne dass es einen Stromzähler gab. Rudi ersetzte die morschen Stufen der Treppe zum ersten Stock mit Holz von einer Baustelle, an der schon seit Monaten niemand mehr arbeitete.

Wenn Rudi erzählte, tat er es nicht etwa, ohne innezuhalten, ganz im Gegenteil, immer wieder machte er Pausen. Er schien sich erst mühsam daran erinnern zu müssen, wie das Leben in Freiheit gewesen war. Nie sah er Lisa dabei an. Sein Blick war auf die Kerze gerichtet und sein Gesicht ein flackernder Fleck in dem dunklen Zimmer. Seine Worte klangen nicht vorwurfsvoll. Er erzählte, als wäre er in dieses Leben hineingeboren und hätte kein anderes kennengelernt, ja, als könnte er sich nicht einmal vorstellen, dass ein anderes möglich gewesen wäre. Jeder solle eine Zeit lang in der Fabrik oder im Handwerk arbeiten, um die andere Seite kennenzulernen, sagte er, auch jeder, der studieren wolle.

»Vater«, unterbrach er sich plötzlich und sah Lisa an. »Wie ist Vater gestorben?«

Sie erzählte, wie er aus dem Haus in Kirchrode ausgezogen war, schon vom Lungenkrebs gezeichnet, um in einem Kurort im Westerwald in einer kleinen Wohnung ein neues friedliches Leben zu beginnen. »Mutter hat immer nur von einer Kur gesprochen«, sagte sie. »Der Wahrheit hat sie nie ins Auge gesehen. Sie hörte, dass er mit einer Lungenentzündung im Krankenhaus lag, und ist zu ihm gefahren. Sie war bei ihm, als er starb.«

Sie wartete, was Rudi dazu sagen würde, aber er schwieg. An diesem Abend sprachen sie nicht mehr miteinander. Ohne darüber ein Wort zu verlieren, schlief Rudi in dieser Nacht auf der Couch.

Gegen Mitternacht kam Christoph. Seit drei Wochen hatte sie ihn nicht mehr gesehen und seit Rudi bei ihr wohnte, auch nicht mehr an ihn gedacht. Sie hörte, wie sich der Schlüssel in der Wohnungstür drehte, die Tür geöffnet wurde und sie gleich darauf leise wieder ins Schloss fiel. Christoph knipste das Licht im Flur an, die Tür stand offen und der Schein der nackten Glühbirne fiel auf das Sofa. Sie sah wie er auf Rudi starrte, der von alledem nichts merkte.

»Mein Bruder«, flüsterte sie.

»Seit wann hast du einen Bruder?«

Sie stotterte, wusste nicht, was sie sagen sollte, die Geschichte war zu lang, um sie mit ein paar Worten zu erzählen. »Schon seit meiner Geburt«, sagte sie, während Christoph den schlafenden Rudi mit Blicken durchbohrte, sich dann umwandte und davonging, ohne die Türen hinter sich zu schließen. Ihren Schlüssel fand sie am nächsten Tag im Klo, wo er vor der Biegung zum Siphon liegengeblieben war. Sie schrieb Christoph einen Brief, in dem sie ihm sein Misstrauen vorwarf und ihm mitteilte, dass er ihr in Zukunft gestohlen bleiben könne.

Der zweite Brief ihrer Mutter kam zehn Tage nach dem ersten.

Liebe Lisa, ich warte immer noch vergeblich auf Deinen Brief oder Anruf. Liebes Kind, glaubst Du wieder einmal, Dir sei ein Unrecht geschehen? Glaubst Du wirklich, ich hätte verschwiegen, wo Rudi ist, wenn ich es denn gewusst hätte? Es waren fürchterliche Jahre der Ungewissheit. Sie haben mich krank gemacht, aber das weißt Du ja.

Ein zweiter Brief im Briefkasten war an Rudi adressiert. Er las ihn, ohne ihn ihr zu zeigen.

»Ich werde Mutter nicht besuchen«, sagte er. »Wenn sie mich sehen will, soll sie selbst kommen.«

»Schreibst du ihr das?«

»Ich schreibe ihr nicht.«

»Rufst du sie an?«

»Ich habe keine Lust, mir noch einmal ihre Vorwürfe und ihr Gejammer anzuhören.«

In den folgenden Wochen räumte Lisa die Wohnung regelmäßig auf, saugte Staub und Krümel weg und spülte das Geschirr, auch wenn im Schrank noch sauberes war. Sie achtete darauf, dass das Klo in einem erträglichen Zustand war, und wusch ihre Haare regelmäßig.

»Mutter glaubt, ich arbeite im Krankenhaus«, schärfte sie Rudi ein.

Nach ein paar Wochen ließ ihre Sorge nach, ihre Mutter könne eines Tages unangemeldet vor der Tür stehen. Hin und wieder telefonierten sie miteinander. Ihre Mutter beklagte, dass Rudi weder schrieb noch anrief, und Lisa erklärte ihr, dass er ganz damit beschäftigt sei, sich wieder im Westen zurechtzufinden. Jedes Gespräch endete mit denselben Sätzen.

»Wann kommt ihr endlich mich besuchen?«

»Sobald sich Rudi dazu in der Lage fühlt.«

Eine koreanische Familie zog in die bislang unbewohnte Mansardenwohnung über ihnen ein. Die drei Kinder gingen noch nicht zur Schule, den ganzen Tag rannten sie über ihren Köpfen hin und her. Der Mann in der Wohnung nebenan war immer häufiger betrunken. Das Schreien seiner Frau, wenn er sie im Bett bedrängte, weckte sie fast jede Nacht. Wenn Lisa ihr im Treppenhaus begegnete, drehte sie manchmal ihr Gesicht zur Seite, aber sie sah doch die blauen Flecken auf ihren Wangen und das zugeschwollene Auge. Dem Mann begegnete sie manchmal vor dem Klo. Wenn er sie sah, fasste er sich in den Schritt und machte obszöne Bewegungen. Sie sagte der Nachbarin, sie solle diesen Mann rausschmeißen oder zur Polizei gehen und ihn anzeigen, aber sie tat es nicht. Sie meinte, sie würde ihn lieben. Kaum besser zu ertragen als dieser Mann war eine Irre, die im zweiten Stock wohnte. Nachts tigerte sie durchs Treppenhaus und stieß laute Verwünschungen gegen ein unsichtbares Lebewesen aus, das hier wohne und ihr Leben bedrohe.

Nach einer schlimmen Nacht sagte Rudi, er könne so nicht leben, er wolle fort, er wolle in eine andere Stadt, Berlin sei ein Gefängnis. Er wollte, dass sie mit ihm ginge. »Wie hältst du es hier aus?«, fragte er.

Sofort glaubte sie, sich verteidigen zu müssen. Schon immer hatte sie sich gerechtfertigt, wenn sie Kritik erfuhr, ja wenn sie nur glaubte, dass etwas an ihr oder ihrem Handeln für falsch befunden wurde. Sie beteuerte, genau dieses Leben habe sie sich vorgestellt, als sie nach Berlin zog. Hier sei sie endlich ungebunden und frei. Ihr ganzes bisheriges Dasein habe nur aus Zwängen bestanden, aber hier könne sie leben und arbeiten, wann und wie auch immer sie es wolle. »Den im Westen üblichen Druck gibt es hier nicht«, sagte sie. »Überall, wo du hinkommst, triffst du nette Leute. Du kannst in eine Kneipe gehen, du setzt dich einfach zu den anderen und niemand schaut dich deswegen komisch an.«

»Aber du gehst nicht aus. Du putzt den Dreck anderer Leute weg und teilst dir das vollgeschissene Klo mit gewalttätigen Menschen. Wenn du warmes Wasser haben willst, musst du es auf dem Herd erhitzen und für einen Kneipenbummel reicht dein Geld nicht.«

»Für ein Bier reicht es immer.«

»So?«, meinte Rudi.

Lisa schaute in eine andere Richtung. »Doch. Ich bin zufrieden, ich kann mir alles leisten, was mir wichtig ist.«

Rudi lachte sie aus.

»Erzähl mir von deinem Leben«, sagte er ein anderes Mal, als sie im Schein einer Kerze am Campingtisch saßen. »Wie hast du die letzten Jahre verbracht?«

Kannst du nicht lieber von dir erzählen, dachte sie, denn sie wusste nicht, was sie ihm offenbaren könnte. Für ihn hatte sie keine Geschichte parat wie für die vom Alkohol umnebelten Zufallsbekanntschaften in den Kneipen oder die in die Jahre gekommenen Männer im Café, die Interesse heuchelten und doch nur nach einem Stichwort suchten, um ihre eigene Großartigkeit vor ihr auszubreiten. Für sie alle hatte sie verschiedene Versionen ihres Lebens parat, sie brauchte sich nur die jeweils passendste auszusuchen, tausendmal hatte sie sich die Geschichten selbst erzählt, sie warteten nur darauf, dass ihnen jemand sein Ohr schenkte. Jede

Version war wahr, irgendwann hatte es so etwas einmal gegeben, wenn auch nur für kurze Zeit: das einsame Mädchen, das Hütten im Wald baute, um eine Zuflucht zu haben, das junge Mädchen, das sich in seinem Zimmer vergrub und Romane verschlang, oder die ausgebeutete Schwesternschülerin. In diesen Geschichten war sie die Einsame oder die Schwache, doch wenn sie Mitgefühl spürte, war ihr das peinlich. Die siegreiche Sportlerin, die talentierte Naturforscherin, die erfolgreiche und beliebte Ärztin war sie nur in ihren geheimen Fantasien. Nur von einem erzählte sie ihnen nie: von dem, was war, als sie klein war. Kein Wort über das, was sie in Kindertagen verstört hatte. Das Tabu der Kindheit wirkte noch immer. Hatte sie ihre Geschichte erzählt, fühlte sie sich eingesperrt in ihr, weil sie nur einen Teil von ihr wiedergab. Das, was sich seither verändert hatte, passte nicht in sie hinein. Dann haderte sie mit sich selbst, weil sie glaubte, heute ganz anders zu sein als in den alten Geschichten.

Jetzt bei Rudi war es anders, er kannte sie, er hatte ein Bild von ihr, dem sie nicht mehr entsprechen wollte: ein kleines ängstliches Mädchen, das sich an seinen großen Bruder klammerte. Sie überlegte, sie hätte ihm gern von ihren Erfolgen erzählt, aber sie fand nichts, was sie seinem alten Bild überzeugend entgegensetzen konnte.

»Was möchtest du denn wissen?«, fragte sie.

Rudi gab darauf keine Antwort.

***

15

Am nächsten Morgen stand Rudi um neun Uhr auf, viel früher als gewöhnlich. Er wollte mit ihr zum Bahnhof Zoo fahren, unbedingt wollte er dorthin. Mit nichts ließ er sich von der Idee abbringen, an diesem kalten und regnerischen Tag sofort und noch bevor sie gefrühstückt hatten aus dem Haus zu gehen. Was ihn dorthin trieb, erzählte er nicht. Es war sein bettelndes Jungengesicht und sein Charme von früher, der so unerwartet aufblitzte, dass Lisa nicht Nein sagen konnte.

»Was hast du vor und warum brauchst du mich?«

Rudi antwortete nicht auf ihre Fragen. »Du kommst also mit«, sagte er und schien erleichtert. Er hatte es eilig, er zog die Stiefel an, kaum, dass sie genickt hatte. Dann stürmte er voran zur Busstation, stand schon am Straßenrand, während sie noch belegte Brötchen beim Bäcker kaufte. Im Bus bot sie ihm eines an, aber Rudi wollte nichts essen. Er schwieg. Auch in der U-Bahn sprach er kein einziges Wort. Sein angespanntes Gesicht machte ihr Angst. Es zeigte dieselbe Entschlossenheit wie damals, als er seinen Koffer gepackt hatte, um seinem bisherigen Leben zu entkommen.

Am Bahnhof Zoo stürmte Rudi über den großen Vorplatz, ohne auf die Busse und Autos zu achten. Am Haupteingang des Zoologischen Gartens blieb er heftig atmend stehen und sah sich um. Er schien den richtigen Weg nicht mehr zu wissen, lief dann aber auf dem Fußweg zwischen Bahngleisen und Zoo weiter. Auf der Brücke über den Landwehrkanal blieb er abrupt stehen, als wäre er am Ziel. Unter ihnen fuhr ein fast leeres Ausflugsschiff in die Schleusenkammer hinein. Zwei Frauen saßen tief in ihre Mäntel vergraben auf dem Oberdeck und winkten ihnen zu.

»Hier war es«, rief Rudi erregt. »Hier habe ich sie entdeckt, auf einem grün-weißen Schiff wie diesem. Dort unten hat sie mit ihrer Klasse auf dem Deck gesessen. Und dann hat sie mich auf der Brücke erkannt.«

Rudi lief plötzlich hinunter zur Schleuse, wo eben das Ausflugsschiff festmachte, und kletterte über das niedrige Geländer. Ein Wärter stellte sich ihm in den Weg, ehe er das Schiff erreichte.

»Es ist verboten, außerhalb der Anlegestellen zuzusteigen.«

Rudi gab erst auf, als ein weiterer Mann hinzukam und sich drohend vor ihm aufbaute. Er kehrte um, überwand ein zweites Mal das Geländer und kam auf die Brücke zurück. Schweigend beugte er sich neben ihr über das Geländer.

»Rudi, was soll das?«

»Ich dachte ...«, hob er an. Er brachte den Satz nicht zu Ende. »Lass uns gehen.«

Schweigend folgten sie einem Weg in den Tiergarten hinein, gingen ziellos unter tropfenden Bäumen, folgten kleinen Pfaden neben trüben Gewässern, wo ihnen kein Mensch begegnete. Im nun stärker fallenden Regen war die Welt sanft und grau geworden, die Gerüche hatten sich verändert, waren intensiver geworden, der Erdboden, das Laub vom Vorjahr, die nasse Baumrinde, alles begann zu riechen, als wären es lebendige Wesen. Rudi ging langsam, tief in Gedanken versunken, an denen er Lisa nicht teilhaben ließ, nur manchmal stieß er ein Geräusch aus, das klang, als wollte er seine Stimme erproben. Auch über den Weg hatten sie nicht gesprochen. Wie durch eine geheime Übereinkunft waren sie mal rechts, mal links abgebogen. Lisa hatte längst die Orientierung verloren, als sie die goldene Victoria auf der Siegessäule zwischen den kahlen Ästen schimmern sah.

»Wo müssen wir gehen?« Es waren Rudis erste Worte, seit sie die Schleuse verlassen hatten. Auch Lisa wusste es nicht, sie war sich nicht sicher, von welcher Seite sie sich der Säule genähert hatten. Schließlich schlugen sie einen Weg ein, der endlos geradeaus zu führen schien.

»Ich war plötzlich ganz sicher, dass Magdalena heute auf dem Schiff sein würde«, begann Rudi plötzlich doch zu reden. »Ich hatte es mir gar nicht anders vorstellen können.«

Seine Stimme war sehr leise und noch waren es nur Andeutungen, aber das Schweigen war jetzt ein anderes. Es war gefüllt von seinen Gedanken und der Suche nach Worten, mit denen er ihr erklären würde, warum sie zur Schleuse fahren mussten. Das Gehen verband sie, ohne dass die Nähe anstrengend wurde. Der Anblick der Landschaft ließ ihren Gedanken Freiräume und Rückzugsmöglichkeiten und das Gespräch war nicht bestimmt durch den regelmäßigen Wechsel von Rede und Gegenrede wie an einem Tisch, an dem sie sich gegenübersaßen. Sie hatten Zeit und so wartete sie geduldig, bis Rudi ihr erzählen würde, was er ihr offenbaren wollte. Dann fand er die richtigen Worte und jetzt trat der Rudi von früher wieder zutage. Die Erinnerung an die alte Zeit verwandelte ihn zurück in den Bruder, mit dem sie stundenlang hatte reden können. Die Ausbrüche von Jähzorn und Verzweiflung schienen Vergangenheit zu sein.

»Ich war zur selben Zeit in Berlin wie Magdalena«, erzählte er. »Sie war hier auf Klassenfahrt. Ich bin ihr nachgereist und wohnte in der Jugendherberge wie sie. Ich wollte sie dort mit meinem Besuch überraschen. Ich musste mit ihr an einem Ort reden, wo weder sie noch ich zu Hause war. Ich war sicher, dass sie in ihrer gewohnten Umgebung ablehnen würde, was ich ihr vorschlagen wollte.«

Rudi ging langsamer, blieb plötzlich stehen. Er sah sich um, vielleicht um sich zu vergewissern, dass ihnen niemand folgte, vielleicht um sich die Richtung des Weges einzuprägen. Erst im Weitergehen fuhr er fort zu erzählen.

»In Berlin, dieser großen fremden Stadt, wäre es anders, habe ich gedacht. Am ersten Tag und noch ohne sie gesehen zu haben, bin ich vom Bahnhof Zoo zum Tiergarten gegangen. Da entdeckte ich sie auf dem Schiff, das eben in die Schleuse einfuhr. Kannst du dir vorstellen, wie glücklich ich in diesem Augenblick war? Sie sah mich ebenfalls und winkte mir zu. Ich war mir sicher, dieser unglaubliche Zufall müsse eine Bedeutung haben.«

Der lange gerade Weg stieß auf den Landwehrkanal, aber Lisa war sich nicht sicher, ob sie nach rechts oder links gehen mussten, um zum Bahnhof Zoo zurückzukommen. Sie blieben stehen, und jetzt, wo der Kies nicht mehr unter ihren Füßen knirschte, hörten sie in der plötzlichen Stille das leise Sirren, wenn die fallenden Tropfen die Wasseroberfläche trafen. Ein Mann mit einem hinkenden Hund kam auf sie zu, aber Rudi wollte nicht, dass Lisa ihn nach dem Weg fragte. Er folgte ihr widerspruchslos in die Richtung, die sie auf gut Glück vorgab. Er schwieg, bis der Mann außer Hörweite war. Erst als der andere hinter einer Biegung des Weges verschwunden war, schilderte er, wie er auch damals nicht an der Schleuse hatte zusteigen dürfen. Er hatte den Bus zum Schloss Charlottenburg genommen, wo das Schiff für eine Stunde anlegen sollte. Er eilte von der Bushaltestelle zum Anleger und sah dort mehrere Schiffe liegen. Drei von ihnen waren grün und weiß wie das, auf dem Magdalena gesessen hatte. Vielleicht war ihr Schiff längst wieder fort, vielleicht war es eines von den wartenden. Vom Anleger lief Rudi in großer Eile zum Schloss zurück, merkte aber, dass er Magdalena dort niemals finden würde, selbst wenn sie noch nicht weitergefahren wäre. Das Gebäude war viel zu groß, die Wege von einem zum anderen Flügel waren zu weit und zu viel Zeit war mittlerweile vergangen. Zutiefst enttäuscht hatte er den Park durchquert, hatte sich wieder der Spree genähert, als er unter der Statue eines nackten griechischen Sportlers ein Mädchen im Gras sitzen sah. Es war Magdalena. Sie war allein, die anderen waren längst mit dem Schiff weitergefahren.

»Wirklich«, sagte Rudi und blieb stehen. »In dem großen, unübersichtlichen Park hatte ich sie gefunden. Kannst du dir das vorstellen? Jetzt war ich sicher, sie werde mich nicht abweisen. Ich dachte, das sei Gottes Wille, dass wir uns hier trafen.« Er hob seinen Blick zu den Wipfeln der tropfenden Bäume, hielt sein Gesicht in den Regen. »Unter den alten Linden dort bei der Statue sollte sich entscheiden, welche Richtung mein Leben einschlagen würde, ob sich meine geheimen Pläne erfüllen würden. Ich war sehr aufgeregt. Ich habe sie gefragt, ob sie mich liebe. Ich wollte wissen, ob sie mit mir fortgehen und meinetwegen ihre Eltern verlassen würde, ihre Geschwister, ihre Freunde. Ich hätte mein ganzes Leben mit ihr teilen wollen, aber nicht dort, wo wir unsere Kindheit verbracht hatten.«

Rudi blieb stehen. Er hob einen Ast auf, der auf dem Weg lag, und holte Schwung, um ihn weit weg zu schleudern. Nach wenigen

Metern traf der Ast einen Baum, zerbrach und fiel zu Boden. Er suchte nach einem zweiten, fand aber keinen. Lisa wartete geduldig, bis Rudi endlich leise weitersprach: »Magdalena sah mich mit großen Augen an, und dann, nach einer Ewigkeit, wie mir schien, schüttelte sie den Kopf, ganz langsam, aber mit großer Entschiedenheit. Sie sagte, dass sie noch warten wolle. Es sei viel zu früh, sich an einen Mann zu binden. Sie wisse ja noch gar nicht, ob sie mich wirklich liebe, ja, sie wisse nicht einmal, was Liebe wirklich sei. Dann stand sie auf. ›Sieh mal dort‹, sagte sie und zeigte auf die Statue. Dort, wo das Gewand des Sportlers, das er über dem ausgetreckten Arm trug, den Sockel berührte, lugte eine steinerne Schildkröte hervor. ›Sie soll mich vor einer falschen Entscheidung bewahren‹, sagte sie. ›Warum hat sie sich sonst hierher verirrt? Sie passt doch gar nicht zu der Statue.‹ Ich fragte sie, wie sie das meine. ›Die Schildkröte steht für Beständigkeit. Das soll mein Weg sein.‹ Sie küsste mich wie zum Trost, aber ihr Kuss war falsch, ein Judaskuss. Ich fühlte mich von ihr verraten.«

Sie standen noch immer an der Stelle, wo Rudi den Ast aufgehoben hatte. Lisa fror, die Nässe drang langsam durch ihre Jacke und die Kapuze. Rudi schien die Kälte nicht zu spüren, aber er folgte ihr, als sie langsam weiterging. »Ich bat Magdalena, darüber zu schweigen, was ich sie gefragt hatte, und ich glaube, sie hielt sich dran. Wenn sie gesagt hätte, sie liebe mich, aber wisse nicht, ob sie mit mir fortgehen würde, wäre alles anders gewesen. Ich wäre bei ihr geblieben. Ihr Nein und ihre strikte Ablehnung haben alles verändert. Im Stillen hatte ich gehofft, sie würde mit mir nach drüben gehen. Nach außen blieb zwischen uns alles wie bisher, doch über das, was mich wirklich beschäftigte, konnte ich nicht sprechen. Es gab niemanden, den ich in meine Pläne einweihen konnte. Vielleicht wäre sonst alles anders gekommen.«

»Wie meinst du das?«

Rudi zögerte. »Man kann nicht überprüfen, ob eine Entscheidung die richtige war, weil man sie nicht mit dem Ergebnis einer anderen, die man nicht getroffen hat, vergleichen kann. Wir können die Zeit nicht zurückdrehen. Wir können nicht noch einmal in der Vergangenheit neu anfangen und unserem Leben eine ganz andere Richtung geben als diejenige, für die wir uns damals entschieden haben.«

»Hättest du manches anders machen wollen? Wärest du lieber im Westen geblieben?«

Rudis Nein klang wie das eines trotzigen Kindes, das eine andere Antwort gar nicht in Erwägung zieht.

»Aber wieso hast du geglaubt, Magdalena wäre heute wieder dort?«

»Ich habe sie diese Nacht gesehen. Sie saß auf dem Schiff, genau dort, wo vorhin die Frauen saßen. Ich war ganz sicher, dass sie heute wieder dort sitzen würde. Es konnte gar nicht anders sein.«

Mit einem Mal war Rudi von dem Gedanken besessen, eine der Frauen könne Magdalena gewesen sein, er habe sie nur nicht erkannt. Er machte sich Vorwürfe, dass er nicht wie damals in den nächsten Bus gestiegen war, um Magdalena beim Schloss Charlottenburg zu suchen.

»Rudi, die beiden Frauen waren um die zwanzig. Magdalena ist dreizehn Jahre älter geworden, seit du sie zuletzt gesehen hast.«

Er entgegnete nichts darauf und Lisa hatte Zeit, über die letzten Stunden nachzudenken. So lange und ausführlich wie noch nie hatte er ihr von der Vergangenheit erzählt, aber er hatte von der Zeit gesprochen, als er noch zur Familie gehörte. Das, was sich in den letzten Jahren ereignet hatte, schien er erst von einer Schutzschicht befreien zu müssen, von dem Schorf, der eine Wunde bedeckte.

Rudi wollte wieder nach Hause. Schweigend gingen sie an der Schleuse vorbei zum Bahnhof Zoo zurück. An diesem trüben Tag war es besonders dunkel in der Unterführung. Alles hier schien Lisa heute abstoßend und bedrohlich, die Drogenabhängigen und die Strichjungen, die Betrunkenen, die in den Nischen lagen, die Bettler und die blutjungen Prostituierten mit den leeren Gesichtern. Plötzlich sah sie alles mit Rudis Augen, sie nahm das Elend wahr, wie sie es nie zuvor gesehen hatte. Ein Mädchen mit blassem

Kindergesicht baute sich direkt vor Rudi auf und sprach ihn an. Er blieb stehen und starrte das Mädchen an. Lisa zog ihn weiter.

»Kinder«, sagte er verwundert. Nach ein paar Schritten drehte er sich noch einmal um. »Das ist der Westen. Das ist das Unrecht, das der Kapitalismus geschaffen hat.«

Am nächsten Tag rief Lisa Magdalenas Mutter an. Magdalena habe vor drei Jahren geheiratet, erzählte sie, und lebe mit ihrem Mann und zwei Kindern in der Nähe von Rotterdam. An Rudi erinnerte sie sich gut, er sei ein liebenswürdiger, aber weltfremder Querdenker gewesen. Dass auch Lisa ihr einmal begegnet war, wusste sie nicht mehr.

Die Auseinandersetzung in der Kreuzberger Kneipe war in dieser ersten Zeit das einzige Mal, dass sie Rudi mit fremden Menschen hatte reden hören. Er vermied Gespräche in der Öffentlichkeit wie jemand, der sich von Spitzeln umgeben fühlt. Manchmal sah sie ihn wie gehetzt durch ihre Straße laufen. Er schlug Bogen um andere Menschen, als könnte er jederzeit von ihnen angehalten und verhaftet werden.

In diesen Tagen schälte sich der Frühling ohne Vorboten aus dem Grau des vergangenen Monats wie ein bunter Falter aus seiner Puppe. Die Menschen verbannten die dunkle Winterkleidung in die Schränke, an den Balkonbrüstungen blühten gelbe und blaue Stiefmütterchen, die Böschung des Schifffahrtkanals schmückte sich mit Gänseblümchen, und bei den U-Bahn-Stationen wuchsen aus dem grauen Asphalt Verkaufsstände, an denen Tulpen und Narzissen aus Holland zu Spottpreisen angeboten wurden. Vor einer Rolltreppe fand Lisa ein Fünfmarkstück. Sie kaufte einen Tulpenstrauß und bekam noch Geld zurück. In diesen Tagen war die Welt voller kleiner Schätze.

In ihrer Kindheit war der Frühling die Zeit der Erlösung gewesen. Die dicken braunen Wollstrümpfe waren im Schrank verschwunden und mit ihnen die Leibchen mit den langen ausgeleierten Strumpfhaltern. Der warme Windhauch auf der nackten Haut ihrer Beine war jedes Jahr aufs Neue das Versprechen einer besseren Zeit gewesen.

Um Rudi eine Freude zu machen und ihm zu zeigen, dass sie sich das leisten konnte, lud sie ihn an seinem Geburtstag zum Essen ein. Dreiunddreißig wurde er an diesem Tag. Sie erzählte ihm, sie hätte beim Putzen von seinem Geburtstag erzählt und gesagt, sie habe kein Geld für ein Geschenk. Sie habe daraufhin vierzig Mark extra bekommen, damit sie den Tag gebührend feiern könnten. Rudi glaubte ihr sofort, eine Lüge zog er gar nicht in Erwägung.

Das von einem Griechen geführte Lokal war ein Tipp, der schon lange nicht mehr geheim war, aber es schien ihr wie geschaffen für sie beide. An den Wänden ein Griechenland, wie sie es sich in Urlaubsträumen vorstellte, weiße Kirchen mit blauen Kuppeln, antike Tempel vor Abendrot, einsame Buchten mit Segeljachten, Windmühlen wie weiße Türme mit nackten Propellern.

Die Tische im Lokal standen versteckt hinter hohen Brüstungen, über die giftgrüne Rankgewächse ihre verstaubten Plastikblätter breiteten, an der Decke hingen Fischernetze mit künstlichem Meeresgetier.

»Was wollen wir hier?«, fragte Rudi. Er schlug die Speisekarte nicht einmal auf. Er habe keinen Hunger, sagte er, als der Ober ihre Bestellung aufnehmen wollte.

Auf der Karte entdeckte Lisa geschmortes Kaninchen nach griechischer Art. Sie dachte an Magdalena und die Kaninchenställe hinter dem Haus, dachte an Poggenhagen und wählte das Gericht, obwohl es teuer war. Der Wirt selbst brachte den bestellten Retsina, dazu Oliven und Weißbrot. Rudi redete kaum. Er sah sich von Zeit zu Zeit um, nicht neugierig, sondern sein Blick war ängstlich und voller Misstrauen wie der eines Verfolgten. Er aß die Oliven. Langsam und gleichmäßig spießte er eine nach der anderen auf und schob sie in den Mund, als müsste er ein Plansoll erfüllen.

Er hob sein Glas, trank einen Schluck. »Was ist das für ein Zeug?«

»Retsina«, sagte sie, »geharzter griechischer Wein.«

Rudi beteuerte, ihn niemals zuvor getrunken zu haben, und piekste die letzte Olive aus dem Schälchen.

Nach dem zweiten Glas begann er plötzlich zu reden. »Alkohol gab es keinen«, raunte er ihr zu, als würde er ihr ein Geheimnis offenbaren. »Aber zwei Wochen haben sie uns behandelt wie im Sanatorium.«

Sie brauchte eine Weile, um zu begreifen, dass er wieder vom Kaßberggefängnis sprach. Warum erzählst du gerade das, dachte sie, warum immer wieder der Kaßberg, warum ausgerechnet diese zwei kurzen Wochen, aber nicht das, was in den Jahren davor geschah?

»Aufgepäppelt haben sie uns, ehe sie uns in den Westen schickten«, sagte er, »richtig gemästet. Die wollten nicht, dass jemand sieht, was sie uns im Knast angetan haben.«

Er hob wieder sein Glas, trank einen Schluck, trank einen zweiten. »Stell dir vor«, sagte er, »stell dir einmal vor, du hast monatelang gehungert und plötzlich kannst du fressen, soviel du willst, Fleisch, Gemüse, Obst. Seit einer Ewigkeit hast du das nicht mehr gesehen. Du kannst Bücher haben, so viele, wie du nur willst. Du kannst im Hof spazieren gehen. Die lassen dich sogar mit anderen reden.«

Er schwieg, wieder ein misstrauisch suchender Blick zur Seite. »Da sitzt du dann in deinem Schlaraffenland und weißt genau, ein paar Meter weiter, im anderen Trakt, da hocken solche armen Schweine, wie du es auch einmal warst. Von denen weiß keiner, wann die Qual ein Ende haben wird.«

Vom Tisch in Rudis Rücken linste jetzt eine Frau verstohlen durch die künstlichen Pflanzen zu ihnen herüber. Rudi bemerkte es nicht.

»Rudi«, fragte Lisa, als er eine Pause machte und vom Retsina trank, »möchtest du nicht doch etwas essen?«

»Oliven«, sagte er. »Gern noch ein Schälchen mit Oliven.«

Schweigend wartete er auf die Oliven, die sie für ihn bestellt hatte, und Lisa hoffte, er würde nicht für den Rest des Abends verstummen wie so oft.

Das Kaninchen wurde gebracht, kleine und große Fleischstücke, aus denen spitze Knochen ragten, dazu Gemüse in einer braunen Soße und Nudeln, klein wie Reiskörner. Rudi sah auf ihr Essen, als müsste er es bewerten.

Sie fragte ihn, ob er etwas davon probieren wolle, aber er schüttelte den Kopf. Er war mit seinen Gedanken schon weiter. »Kannst du dir vorstellen, wie das ist, wenn du nach Jahren zum ersten Mal wieder in einem Bett schläfst, einem richtigen Bett mit Matratze und Kopfkissen?«

Sie nickte.

»Kannst du nicht«, fuhr er sie ärgerlich an.

Zwei Betten hätten in seiner letzten Zelle gestanden, keine harten Holzpritschen, erzählte er, auch ein Waschbecken mit verchromtem Wasserhahn habe es gegeben. Er prostete ihr zu. »Und, Schwesterchen, davon kannst du nur träumen: Aus dem Hahn im Knast kam warmes Wasser, ob du es glaubst oder nicht.«

Rudi schwieg nun, den Kopf in die Hände gestützt, ein Grübelnder, dessen Gesicht sich veränderte, Ärger oder Verachtung, sie konnte den Ausdruck nicht deuten, bis die Enttäuschung deutlicher wurde. Vielleicht war es auch Trauer, die sich in seinen Zügen spiegelte. »Was hätte ich denn tun sollen«, stieß er plötzlich hervor. »Was hatte ich denn für Möglichkeiten? Sie haben mich einfach rausgeschmissen, ausgespuckt wie etwas Ekelhaftes. Sie hatten Angst vor Leuten wie mir, weil wir etwas verändern wollten. Wir hätten weitergemacht, das wussten sie, wir hätten die alten Betonköpfe weggefegt und das ganze Land verändert. Es wäre nur eine Frage der Zeit gewesen.«

Die folgende Pause dehnte sich noch länger als die davor. Rudi griff nach seinem leeren Glas. Er hielt es ihr hin, damit sie es wieder füllte, trank es mit einem Zug zur Hälfte aus.

Als sie schon nicht mehr damit rechnete, setzte er seine Erzählung fort. »Zwei Wochen ging das so und dann«, seine Stimme wurde plötzlich laut, »Strafgefangener Rödel, mitkommen!«

Er merkte selbst, dass er viel zu laut gesprochen hatte, er erschrak und sah sich um. Sehr leise redete er weiter. »Ich schlappe dann mit meinen Pantoffeln vor diesem Stasi-Knecht die langen Gänge entlang zum Büro. Du musst dir das vorstellen, die blaue Trainingshose rutscht dir über deinen dünnen Hintern, der Schritt hängt in den Kniekehlen und der Stasi-Mensch mit seinen Kommandos immer hinter dir her. Und dann ...« Rudi biss sich auf die Lippen. Er schien mit den Tränen zu kämpfen.

Seine Stimme war heiser, als er endlich weitersprach: »Das Büro war riesig, völlig idiotisch in seiner Größe. Hinter dem Schreibtisch saß ein Mann, breit wie ein Bulle, rote Haare mit Bürstenschnitt, kantiges Gesicht, schmale Lippen, wie mit einem spitzen Bleistift gezogen, und völlig kalt, nicht die geringste Regung. Da stehst du dann, du kleines lächerliches Würstchen, und der drückt dir eine Urkunde in die Hand.«

Rudi stand plötzlich auf, ging zur Toilette. Er bewegte sich ganz steif und mit hochgezogenen Schultern. Beim Zurückkommen brauchte er eine Weile, bis er ihren Tisch entdeckte. Er setzte sich, griff nach dem Weinglas, nahm einen Schluck und wischte sich den Mund mit dem Handrücken ab. Er sah müde aus, rieb sich mit beiden Händen die Augen.

»Was für eine Urkunde?«, fragte sie vorsichtig.

»Urkunde?«

Sie musste ihn daran erinnern, was er ihr eben erzählt hatte. Er hatte es vergessen.

»Hiermit sind Sie gemäß Paragraph soundso aus der Staatsbürgerschaft der DDR entlassen.« Monoton wie ein Automat sprach er die Worte aus. Dann zog er seinen Stuhl näher an den Tisch, stützte die Ellenbogen auf und vergrub die Stirn in beiden Händen. »Ich habe gesagt, ich wolle den Wisch nicht, ich hätte nicht um die Entlassung gebeten.«

Mit abgewandtem Gesicht sprach er langsam weiter. »Ich stehe da in dieser abscheulichen Trainingshose und mit den lächerlichen karierten Pantoffeln an den Füßen, eine Witzfigur, dazu grinst der Honecker in seinem taubenblauen Anzug von der tapezierten Wand, und dieser Stasimann nimmt mich überhaupt nicht ernst.« Er trank das Glas leer. »Du hast ja keine Ahnung, wie du dich fühlst, wenn du deine Hose immer am Hosenbund festhalten musst. So jemanden braucht man nicht ernst zu nehmen. Die wollten mich einfach nur loswerden.«

Die Frau vom Nebentisch versuchte, einen Blick auf den Sprechenden zu werfen, Lisa sah, wie sie den Kopf drehte. Als sich ihre Blicke kreuzten, blickte sie sofort in eine andere Richtung. Rudi bemerkte es nicht. Er redete weiter, und zum ersten Mal sah er sich nicht nach heimlichen Zuhörern um. Rudi war betrunken.

Lisa hatte Mühe, seinen Worten zu folgen. Er erinnerte sie an die Menschen, die an der Theke stehen und vor der Bedienung ihr Herz ausschütten, gleichgültig ob jemand zuhört oder nicht. Was sie verstand: Am nächsten Tag wurden die Häftlinge einzeln in einen Saal geführt, dreißig Mal ging die Tür auf und als sie sich zum letzten Mal schloss, waren dreißig dort versammelt. Es war mucksmäuschenstill, während einer nach dem anderen aufgerufen wurde. Noch hätte alles ein Irrtum sein, noch hätten sie wieder zurückgeschickt werden können, nach Bautzen oder nach Jena oder wo sie sonst im Gefängnis gesessen hatten. Später wurden sie in den Hof geführt. Zwei Reisebusse von Magirus-Deutz standen dort, westdeutsche Busse. Einer war schon voll besetzt, als Rudi den Hof betrat. Es war dunkel, aber im Scheinwerferlicht konnte er die bunten Wimpel an den Frontscheiben erkennen.

Während Rudi das erzählte, hingen seine Augen an dem Teelicht, das in einem hohen Glas auf dem Tisch stand. Es flackerte, es hörte überhaupt nicht auf damit. Rudi kniff die Augen zusammen, öffnete sie wieder. »Das Geflacker stört mich«, rief er plötzlich und blies die Kerze aus.

Er trank sein Glas leer. »Wunderbusse«, rief er mit einem Mal. In seiner Stimme klang ein Hohn, den Lisa nicht verstand. »Durch den Hintereingang waren sie in den Hof gefahren und durch den Hintereingang würden sie uns wegschaffen.« Rudi wurde wieder lauter: »Und warum taten sie das? Weil wir untragbar geworden waren für den sogenannten Arbeiter-und-Bauern-Staat und sie obendrein noch einen Haufen Geld für jeden einzelnen von uns bekamen. Für die waren wir Schmarotzer, die zu nichts zu gebrauchen waren.« Er wiederholte das Wort Schmarotzer, voller Wut und Abscheu.

Rudi meinte, der Staat lasse die Abweichler eine Weile ihre Strafe absitzen, zur Abschreckung für die anderen. »Warum sollten die uns danach nicht wegjagen?«, fragte er ohne eine Antwort zu erwarten. »Warum sollten wir in ihren Gefängnissen sitzen und uns durchfressen?« Rudi beugte sich vor und drang mit seinen Worten auf sie ein. Sie dachte, es sei doch ein Segen und großes Glück, vorzeitig aus dem Gefängnis in die Freiheit entlassen zu werden, aber sie unterbrach ihn nicht.

»Die sind ja nicht dumm da drüben«, rief Rudi. »Jeder Spion, jeder Flüchtling, jeder Abweichler, den sie in den Westen schicken, bedeutet ein Problem weniger und mehr Geld in der Kasse. Politischer Giftmüll!« Er sah sie an, als trüge sie in irgendeiner Weise dafür die Verantwortung. »Politischer Giftmüll sind wir!«

Das Lokal hatte sich gefüllt. Alle Tische in ihrer Nähe waren besetzt. Der Wirt kam an ihren Tisch und fragte, ob sie noch Wünsche hätten. Sie bestellte eine zweite Flasche Retsina. Rudi wartete, bis die Flasche gebracht wurde, dann erst sprach er weiter. Seine Stimme war fast tonlos, aber eindringlich. Er schilderte, wie sie zur Grenze gefahren waren. Zwei Stasi-Leute hatten die Häftlinge begleitet. Solange sie im Bus waren, hatten alle geschwiegen, wohl aus Angst, doch wieder zurückgeschickt zu werden. Den Konvoi hatte ein goldener Mercedes angeführt, protzig und wirklich in der Farbe von Gold. Manfred Vogel saß darin, der Drahtzieher auf der ostdeutschen Seite. Irgendwo vor der Grenze hatte der Bus gehalten und Vogel war eingestiegen.

»Er hat uns einen Maulkorb verpasst«, sagte Rudi. »Nichts dürften wir erzählen, was wir während unserer Haft erlebt hatten, auch kein einziges Wort über den Ablauf unserer Freilassung, kein Wort über den Kaßberg, kein Wort über die Busse. Wir seien verantwortlich dafür, ob noch andere Häftlinge freikämen oder nicht. Dann hat er gesagt, auch im Westen habe die Stasi ihre Ohren und inoffizielle Mitarbeiter gebe es überall.«

Er hob sein Glas, das er eigenhändig wieder gefüllt hatte, und versuchte sie mit seinem unsteten Blick zu fixieren. »Prost, Schwesterchen, auf die Spitzel unter uns!«, rief er mit lauter Stimme.

Plötzlich machte Lisa die Frau Angst, die sie belauschte.

»Dann ist der Vogel wieder ausgestiegen«, fuhr Rudi fort, »und dann …«

Sein Gesicht verdüsterte sich, seine Augen wurden schmaler und sein Mund verzog sich, als täte ihm etwas weh. »Dann hat der Busfahrer gesagt: Willkommen in der Freiheit, Sie sind jetzt Bundesbürger.«

Sie sagte nichts dazu, fragte auch nicht nach. Sie ahnte, dass der Satz des Busfahrers für Rudi eine endgültige Bestätigung seines Scheiterns in seinem selbstgewählten Leben war.

Rudi schluchzte jetzt leise vor sich hin, den Kopf tief über die Tischplatte gebeugt. Es fiel Lisa schwer, sein Weinen nicht als das tränenreiche Selbstmitleid eines Betrunkenen abzutun und ihn mit ihrer Mutter zu vergleichen, wenn der Alkohol sie sentimental machte.

Nach einer Weile beruhigte er sich wieder. »Irgendjemand hat plötzlich das Deutschlandlied angestimmt und alle haben so inbrünstig gesungen wie Gläubige in ihrem Heiligtum.« Er schüttelte den Kopf, ehe er weitersprach: »Aber dann wie auf ein geheimes Zeichen fingen sie an zu jubeln. So verrückt wie kleine Kinder gebärdeten sie sich.«

Die Gäste am Nebentisch zahlten und standen auf. Beim Gehen warfen ihnen die beiden Begleiter der Frau neugierige Blicke zu, sie selbst sah angestrengt in eine andere Richtung. Auch dies entging Rudi. Er redete. Er erzählte, wie plötzlich aus den Lautsprechern Musik dröhnte, *Girls, Girls, Girls*. »Ich dachte, das macht der Busfahrer jedes Mal so«, sagte er, »immer dasselbe Theater, und die armen Schweine fallen darauf rein, die grölen mit, als wäre die Musik nur für sie geschrieben worden. Aber dann«, er machte eine Pause, »dann schaute ich zur Seite und sah meinen Nachbar weinen, er heulte, und dann lachte er wieder, immer abwechselnd dieses Heulen und Lachen, und da musste ich auch heulen.«

Rudi sah plötzlich wieder ganz verzweifelt aus und sie glaubte ihn vor sich zu sehen, ein Einsamer inmitten der jubelnden und glücklichen Menschen, einer, der nicht dazugehören wollte. Als sie wieder auf seine Worte achtete, wusste sie nicht gleich, wovon er sprach, Tunnel hörte sie, nachrutschender Sand, Absenkung im Pflaster, bis sie verstand, dass Rudis Nachbar im Bus vergeblich versucht hatte, durch einen Tunnel in die Freiheit zu entkommen.

»Kannst du dir das vorstellen?«, hörte sie Rudi fragen »Kannst du dir vorstellen, dass uns Bad Hersfeld wie eine hell erleuchtete Metropole erschien?« Als er ihren skeptischen Blick sah, beteuerte er: »Wirklich. Bad Hersfeld war ein Lichtermeer nach der Finsternis auf der anderen Seite der Zonengrenze.«

Sie füllte ihre Gläser mit dem letzten Wein. Die junge Griechin, die das Geschirr abgeräumt hatte, fragte, ob sie noch Wünsche hätten. Lisa verneinte. Die Rechnung, dachte sie, vielleicht fragt sie jetzt, ob sie die Rechnung bringen soll, aber sie lächelte und ging davon.

Rudi war unterdessen stiller geworden. Ganz langsam wie ein verglimmendes Feuer war sein Eifer erloschen. Er schloss die Augen und als er den Kopf auf die Brust senkte, sah er aus, als würde er schlafen.

Sie stieß ihn vorsichtig an. »Wir haben kein Brot mehr«, sagte sie. »Du solltest welches kaufen, ehe das Geschäft schließt. Ich komme nach, wenn ich gezahlt habe.« Sie gab ihm ein paar Münzen und beschrieb ihm den Weg zum Lebensmittelladen in der nächsten Querstraße.

Rudi schwankte beim Aufstehen und sie musste ihm ein zweites Mal erklären, wo er das Geschäft finden würde. Sie wartete, bis er das Lokal verlassen hatte, dann ging sie zur Toilette. Auf dem Weg dorthin bat sie die junge Griechin um die Rechnung. Sie spürte deren misstrauischen Blick im Rücken, ihr Nacken verkrampfte sich, aber sie ging weiter, ohne zu zögern, und verließ das Lokal durch den Hintereingang neben den Toiletten.

Rudi entdeckte sie nicht weit von dem Lebensmittelgeschäft entfernt. Er stand vor dem Schaufenster eines Trödlers und betrachtete die Auslagen. Brot hatte er nicht gekauft. Er bemerkte Lisa nicht, die sich neben ihn stellte. Seine Augen waren auf eine Munitionskiste gerichtet. Sie hatte dieselbe Größe wie die, in der sie vor vielen Jahren den Großmummrich versteckt hatten, aber ihre Beschläge waren weiß lackiert und ohne Rost.

»Für unseren Großmummrich«, sagte sie.

Rudi drehte sich langsam um. »Großmummrich«, wiederholte er mit schwerer Zunge. »Komisches Wort. Dass du das noch weißt!«

Er wollte sich nach dem Preis der Kiste erkundigen, aber die Ladentür war verschlossen. Das Lebensmittelgeschäft hingegen hatte noch geöffnet, Brot gab es keines mehr.

In der U-Bahn schlief Rudi ein und sie hatte Zeit, sich wegen der geprellten Zeche zu schämen. Doch was bedeutete eine unbezahlte Rechnung? Rudi hatte mehr von sich preisgegeben als je zuvor. Vielleicht würde er nie wieder so viel erzählen.

»Wach auf, wir müssen gleich aussteigen«, sagte sie, als sie die Schönleinstraße hinter sich gelassen hatten, aber Rudi öffnete die Augen nur kurz und schlief weiter. Gemeinsam fuhren sie bis zur Endstation Herrmannstraße und ohne Fahrschein wieder zurück zum Herrmannplatz.

An diesem Abend schlief Lisa im Bett und Rudi auf der Couch. Sie hatten das Licht schon gelöscht, da hörte sie seine Stimme. »Eine Ewigkeit hatte ich nicht mehr an Kalle Blomquist und unser Versteck für den Großmummrich gedacht«, sagte er leise, »erst wieder im Knast. Nicht die kleinste Kleinigkeit konntest du verschwinden lassen. Sie fanden alles.«

»Ja«, sagte sie. »Es ist schlimm, wenn man nichts vor den anderen verbergen kann. Ich weiß, es ist sehr schlimm.«

Rudi erinnerte sich noch an die Namen der Kinder, mit denen sie damals in der Legienstraße spielten, Detlef, Veronika, Rasmus und Helga nannte er.

»Rasmus war ein Junge aus Astrid Lindgrens Geschichte«, korrigierte sie. Immer mehr Details der Kindheitsspiele fielen ihnen ein. Lisa tat es gut, darüber mit Rudi zu reden, von Bett zu Bett in der Dunkelheit, wie sie es vor langer Zeit getan hatten. Sie war froh, dass jemand da war, der die alten Erinnerungen teilte.

Rudi musste plötzlich lachen, er gluckste leise vor sich hin, scheinbar grundlos, es kam so plötzlich über ihn wie vorhin die Tränen. Sie wartete, bis er sich wieder beruhigt hatte. Dann erzählte sie, wie sie nach seinem Verschwinden ihr Diebesgut aus einem Kaufhaus in der Munitionskiste versteckt hatte, aber er traute ihr nicht zu, jemals gestohlen zu haben. »Nein, so etwas hättest du niemals getan.« Er schüttelte den Kopf. »Nein, niemals.«

»Warum?«

»Dir fehlt der Mut. Du hättest viel zu viel Angst vor Entdeckung.«

Nach ihrem Ausflug zu dem Griechen vergingen Tage, an denen sie nur ein paar Worte miteinander wechselten. Manchmal stand Rudi halb bekleidet stundenlang am Küchenfenster, presste die Stirn gegen die Scheibe und zum Schmutz von Staub und Regen kamen die schmierigen Flecken von seinen ungewaschenen Haaren. Er wusste nichts mit sich anzufangen. Vielleicht lag es daran, dass man ihn von seinen Zielen abgeschnitten hatte, dachte sie, ausgebürgert wie einen Wolf Biermann und über die Grenze entsorgt.

»Möchtest du nicht irgendetwas Sinnvolles tun?«, fragte sie einmal. »Hättest du nicht Lust, wieder Gitarre zu spielen?«

Geduldig wartete sie auf eine Antwort, betrachtete seine nackten Beine, die ganz dünn geworden waren, wie knotige Stöcke sahen sie aus. Rudi rührte sich nicht, blickte nur stumm aus dem Fenster, wo sich über den Häusern dunkle Wolken auftürmten und himmelwärts wuchsen. Ein Gewitter braute sich zusammen, das erste in diesem Jahr.

»Wo ist deine Gitarre geblieben?«

»Vielleicht liegt sie noch in meiner Wohnung, vielleicht hat sie jemand mitgenommen«, rief Rudi ärgerlich aus, ohne sich umzudrehen, »woher soll ich das wissen?«

»Wie kann das sein?«, fragte sie, um im nächsten Moment zu begreifen, dass zwischen Gefängnis und dem Wunderbus gar nichts war, nicht die kleinste Gelegenheit, von seinem früheren Leben Abschied zu nehmen, auch nicht von den Dingen, die ihn vor seiner Verhaftung umgeben hatten.

Ohne ein weiteres Wort verließ Rudi seinen Platz am Fenster, rumorte im Flur, und dann stürmte er aus der Wohnung, wie er es schon oft getan hatte. Er polterte die Treppen hinunter mit den mit Filz besetzten Stiefeln, die er trotz der Wärme immer noch trug. Sie sah ihm durchs Fenster nach, wie er auf dem Hinterhof durch den Regen rannte, als würde er verfolgt. Sie wusste, erst viele Stunden später würde er zurückkehren, durchnässt, ein müder, trauriger Schatten des Bruders, den sie einmal hatte.

In den nächsten Wochen kam der Sommer in Fahrt, die koreanischen Kinder spielten im Hof und im Haus wurde es ruhiger, doch an ihnen ging der Sommer vorbei. Rudi wurde ihr mit jedem neuen Tag fremder. Seine schleppenden Schritte durch die Wohnung, seine müden Augen konnte sie kaum noch ertragen. Nur die Erinnerungen an die Kindheit und die Schrecken, die sie begleitet hatten, verbanden sie noch mit ihm. Sie wollte nicht länger in sein ausdrucksloses Gesicht sehen und sein Schweigen erdulden. Sie wollte nicht immer ein schlechtes Gewissen haben, wenn es ihr einmal gut ging. Sie wollte die warmen Sommertage auskosten und lachen, wenn ihr einmal danach war. Sie hasste es, jede zweite Nacht auf dem fürchterlichen Sofa zu schlafen, doch sie sah keinen Ausweg. Die Verantwortung, die sie für ihren Bruder spürte, knebelte sie.

»Ich weiß nicht, warum ich das alles tue, Aufstehen, Rasieren, Zähneputzen, Anziehen; alles sind Handlungen ohne jede Bedeutung, ohne Zweck«, sagte er einmal, aber oft tat er nicht einmal das.

Sie war sicher, es würde Rudi aufheitern, wieder zu singen und Gitarre zu spielen, wie er es früher oft stundenlang getan hatte. Solange sie bei der alleinerziehenden Bankangestellten putzte, hing im Zimmer der ältesten Tochter eine Gitarre an der Wand und setzte Staub an. Lisa bat darum, das Instrument für Rudi ausleihen zu dürfen, und brachte es mit nach Hause. Rudi streifte die Gitarre mit einem Blick, sagte Danke, aber rührte sie kein einziges Mal an. Unbenutzt lehnte sie mit verstimmten Saiten in einer dunklen Ecke im Flur und Lisa ahnte, dass er niemals darauf spielen würde.

Jeden Morgen stand Rudi später auf, und nach den Nächten, in denen er in ihrem Bett geschlafen hatte und sie auf dem Sofa, blieb er bis zum Nachmittag liegen, kam auch nicht zum Essen, wenn sie etwas zubereitet hatte. Eines Tages drohte sie an, sie würde nicht mehr für ihn kochen, wenn er noch einmal tagsüber im Bett bliebe.

»Darf ich das nicht?«, fuhr er auf. »Komme ich jetzt in Isolierhaft, weil ich mich tagsüber hingelegt habe?«

»Du weißt, darum geht es nicht«, versuchte sie ihn zu besänftigen.

Er funkelte sie an mit einer Wut, die sie früher nie an ihm gesehen hatte. »Schlagt ihm den Kopf ab!«, brüllte er.

»Reiß dich zusammen«, herrschte sie ihn an.

Rudi zuckte zusammen, als hätte sie ihn geschlagen.

So konnte es mit ihnen nicht weitergehen. Sie mussten etwas tun, Rudis Verzweiflung steckte sie an.

An einem warmen Sommerabend konnte sie Rudi überreden, gemeinsam zum Wannsee zu fahren. In der U-Bahn fing er plötzlich an zu singen, völlig verrückt fand sie das, erschreckend und peinlich. »Pack die Badehose ein, nimm dein kleines Schwesterlein und dann nischt wie raus nach Wannsee.« Er sang immer lauter, die Leute in der Bahn sahen sich nach ihm um, lachten. Lisa bereute längst, nicht allein gefahren zu sein. Rudi sang, bis sie an der Yorckstraße in die S-Bahn stiegen. Das Strandbad erreichten sie erst in der Dunkelheit. Das Tor war verschlossen.

»Komm«, sagte Lisa und zog Rudi auf dem Uferweg weiter. Der Abend war schwül und windstill mit Wetterleuchten in der

Ferne: große Wolken mit roten Rüschen vor flackerndem Himmel. Ein einzelnes Glühwürmchen geisterte zwischen den Büschen, verlosch, als sie sich ihm näherten. Bei einem Bootsverleih zogen sie sich aus. Das Wasser war warm, es kostete Lisa keine Überwindung, darin einzutauchen. Schon bei den ersten Zügen überkam sie eine große Ruhe. Behutsam teilte sie das still daliegende Wasser mit ihren Armen, fast geräuschlos entfernte sie sich vom Ufer, schwamm weit hinaus dem flammenden Himmel entgegen, ganz allein mit dem dunklen Wasser und der Zeit, die stillzustehen schien. Als sie sich umsah, war das Ufer in weite Ferne gerückt. Genauso langsam, wie sie auf den See hinausgeschwommen war, kehrte sie zum Ufer zurück.

Rudi saß auf dem Bootssteg, ein dunkler, unbewegter Klumpen vor dem hellen Sand.

»Warst du nicht im Wasser?«

»Nö«, sagte er.

Während sie sich anzog, sprang er plötzlich vom Steg, warf seine Kleidung in den Sand und rannte mit lautem Klatschen ins Wasser, schwamm weit hinaus in den See. Mit ruhigen Zügen kehrte er zurück. Mittlerweile war das Gewitter nähergekommen. Wie glühende Schriftzeichen erleuchteten die Blitze die Dunkelheit und zwischen den Wolken leuchtete der Himmel wie die vom Wind angefachten Glutnester in einem niedergebrannten Feuer.

Auf dem Rückweg begann es zu regnen. Unter der Krone eines hohen Baumes blieben sie dicht nebeneinander stehen, trocken in dem Schutz und der Geborgenheit unter dem lebendigen Schirm. Ringsum hörten sie das Rauschen des Regens, von dem unten nichts ankam. Es regnete irgendwo in der Höhe. Sie hoffte, er würde jetzt den Arm um ihre Schulter legen wie früher, aber es war nicht wie früher. Sie musste sich damit abfinden, dass sie in verschiedenen Welten lebten. So plötzlich, wie der Regen begonnen hatte, hörte er wieder auf.

Unter den wenigen Dingen, mit denen Rudi zu ihr gekommen war, befand sich eine Broschüre mit Hinweisen und Ratschlägen »für den ehemaligen politischen Flüchtling«, ein achtzig Seiten dickes Heft, in dem Rudi vielleicht nie gelesen hatte. Sie fragte ihn, wo die Broschüre sei. Er sah nicht einmal auf, doch er erlaubte ihr, nach dem Heft zu suchen. Sie fand es zuunterst in seiner Reisetasche.

Schon die Hinweise innen im Umschlag mussten mit ihrem belehrenden Ton einen Menschen wie Rudi wütend machen:

Aufheben, weil wahrscheinlich öfter nachgeschlagen werden muss. In Ruhe lesen. Gründlich lesen.

Auch die nächsten Seiten strotzten vor Aufforderungen, die einem in Lethargie versinkenden Menschen nur noch tiefer in die Depression stürzen mussten.

SIE müssen hinterher sein, SIE müssen fragen, SIE müssen sich informieren! Und etwas später: *SIE müssen aktiv sein.*

Lisa blickte auf Rudis zusammengesunkene Gestalt am Küchentisch und beschloss, wenigstens sein Leben in die Hand zu nehmen, wenn es ihr mit ihrem eigenen schon nicht gelungen war. An Mutmachersätzen in der Broschüre fehlte es nicht.

Wir wissen, wie belastend es ist, unter der nervlichen Anspannung der letzten Tage in der DDR plötzlich in einer anderen Welt zu landen … und ruhigen Blutes eine schier endlos scheinende »Bürokratie« zu durchlaufen.

Rudi hatte sich dieser »Bürokratie« verweigert. Er hatte keine Papiere bis auf die Entlassungsurkunde aus der Staatsbürgerschaft der DDR und seinen Aufnahmeschein. Er war weder beim Einwohnermeldeamt gewesen, noch hatte er einen Personalausweis beantragt. War das ihre Schuld, weil sie ihn nicht ermahnt hatte? Musste sie die Verantwortung für ihn übernehmen und ihm ein Ziel überstülpen, das nicht seins war?

»Rudi, du musst dich anmelden, du bekommst sonst kein Geld.«

Auf Rudis Stirn erschienen Falten, als täte ihm etwas weh.

»Wann meldest du dich an?«

Schweigen.

»Antworte doch wenigstens!«

Rudi versuchte es. Er hob den Kopf, atmete ein und öffnete den Mund, aber es kam kein Wort über seine Lippen.

Rudis Schwäche gab Lisa Kraft. Am nächsten Tag kaufte sie im Papiergeschäft ein Anmeldeformular für das Einwohnermeldeamt. Sie füllte es aus und bat Rudi zu unterschreiben. Er schob es zur Seite. »Ich will hier nicht leben!«

»Du musst dich trotzdem anmelden, damit du einen Personalausweis bekommst und das dir zustehende Geld beantragen kannst.«

»Ich brauche keinen Personalausweis.«

Sein blasses Gesicht war verhärtet in dieser Überzeugung, während ihr Zorn wuchs. Sie war kurz davor, Rudi einfach anzubrüllen, wie sie es noch nie zuvor getan hatte.

»Ich will«, fuhr er ungehalten fort, »dass du mich als eigenständige Person wahrnimmst, als jemanden, der einen eigenen Willen und eigene Wünsche und Bedürfnisse haben darf.«

Sie krallte die Hände in das Fleisch ihrer Oberarme, als müsste sie verhindern, dass sie sich selbstständig machen würden und sie Rudi ins Gesicht schlagen könnte, wie es ihre Mutter bei ihr oft in ihrer Wut getan hatte. Der Schmerz an ihren Armen brachte sie zur Besinnung. Sie holte die Einkaufstasche aus dem Flur, räumte den Kühlschrank leer, nahm die letzten drei Bierflaschen, legte auch das Brot und die Kekse aus dem Küchenschrank in die Einkaufstasche. Nur Mehl, Salz, Zucker und die Gewürze ließ sie zurück.

»Was tust du da?«

»Ich gehe zu Christoph. Du kannst sehen, wie du allein und ohne Geld klarkommst.«

Rudi sprang auf und begann im Zimmer von einer Wand zur anderen zu laufen wie in einer Zelle, die keinen Ausgang hat. Endlich unterschrieb er das Formular. Er war auch bereit, Passbilder anfertigen zu lassen und mit ihr zum Einwohnermeldeamt zu gehen.

Die Einkaufstasche ließ sie gepackt im Flur stehen, als sie sich auf den Weg machten, eine Drohung, die sie nicht hätte wahrmachen können. Seit der Nacht, in der Christoph Rudi auf dem Sofa entdeckt hatte und ihrem wütenden Brief waren sie sich nicht mehr begegnet.

Nach dem Besuch im Einwohnermeldeamt vertiefte sie sich wieder in die Broschüre: Entlassungsgeld, Übergangsbeihilfe, Arbeitslosengeld, Krankengeld, Sozialhilfe, Eingliederungshilfe, Darlehen und Beihilfen für den Aufbau einer eigenen Existenz und für die Beschaffung von Wohnraum und Hausrat: Es gab so viele Töpfe, die Rudi anzapfen konnte. Alles war kompliziert und sie fragte sich, wie ein Mensch, der gerade aus dem Gefängnis kam und aus einem System stammte, in dem Eigeninitiative ein Fremdwort war, dies alles bewältigen sollte.

Rudi stellte keinen einzigen Antrag. Sie versuchte, es für ihn zu tun, aber sie wurde abgewiesen.

»Es ist immer noch dein Leben«, sagte sie. »Du musst es in die Hand nehmen. – Oder worauf wartest du noch?«

Er sagte, er warte auf ein Wunder, aber an welches Wunder er dachte, verriet er nicht.

In dem Bedürfnis, mit irgendjemanden, der Rudi kannte, über ihre Not zu sprechen, rief sie ihre Mutter an. Sie schilderte ihr, wie schwer sich Rudi mit der westdeutschen Bürokratie tat und dass sie ihm vieles abnehmen musste.

»Dein Bruder ließ sich schon immer gern bedienen«, sagte ihre Mutter.

Sie überredete Rudi, mit ihr zum Arbeitsamt zu gehen. Das zuständige Amt, ein langgestreckter roter Backsteinbau, lag in der Sonnenallee, nur ein paar Bushaltestellen von der Treptower Straße entfernt. Mit schlurfenden Schritten ließ sich Rudi von ihr zur Anmeldung und weiter in die Wartezone führen, hilflos wie ein kleines Kind. »Setz dich«, sagte sie zu ihm. Sie rückte ihm einen Stuhl zurecht, dann verließ sie ihn.

Am Nachmittag war Rudi immer noch nicht zurück. Sie fand ihn in einer Kneipe in der Treptower Straße, nur ein paar Häuser von ihrer Wohnung entfernt, wo er, versenkt in Schwermut, mit dem Finger im Bierglas herumrührte. Er hatte das Amt wieder verlassen, ehe er an der Reihe war. Er sagte, er würde es nicht aushalten, zwischen fremden Menschen zu sitzen und zu warten, bis sein Name aufgerufen würde. Er wünschte sich das schmale grüne Büchlein von drüben zurück, in dem alles verzeichnet war: Schule, Ausbildung, Arbeitsstellen, Krankheiten. Später wäre dort seine Rente eingetragen worden und am Ende sein Sterbedatum.

In den nächsten Tagen verbrachte sie mit Rudi viele Stunden in den Wartezonen von Behörden und Versicherungen und bei Ärzten. Nach dem Fehlschlag im Arbeitsamt harrten sie gemeinsam aus, bis Rudi an der Reihe war, wo auch immer er warten musste.

Einmal erschien ein Bild vor Lisas Augen: sie selbst in der Wartezone des Arbeitsamtes, neben ihr ihre Mutter. Angespannt mit verkrampft nestelnden Händen warf sie hin und wieder einen missbilligenden Blick auf das Wesen neben ihr, die Tochter, die sich nicht einmal bemüht hatte, das zu erreichen, was sie ihren Eltern schuldig war. Doch jetzt neben Rudi entdeckte Lisa in den Blicken ihrer Mutter etwas, was ihr damals entgangen war: Angst. Angst vor dem, was ihr mit dieser Tochter noch bevorstehen würde.

Rudi war wütend über den Ton, der in den Ämtern herrschte. »Die tun so, als ob es ihr eigenes Geld wäre, das sie zu verteilen haben.«

Abends hingen sie in Kneipen rum, Geld hatten sie durch Rudis Arbeitslosengeld, das er dank einer Sonderregelung für politische Flüchtlinge bekam, fürs Erste genug, und er war nicht knausrig. Immer öfter waren sie jetzt im »Delirium«. Aus den Lautsprechern dröhnte Hardrock, das Bier war billig, und fast immer ließ irgendjemand einen Joint rumgehen. An einem dieser Abende kam Rudi lange nicht vom Herrenklo zurück. Sie suchte nach ihm und fand ihn im Vorraum neben dem Waschbecken auf dem Boden. Ein Mann beugte sich über ihn und versuchte, ihn wieder auf die Beine zu stellen. Rudis Hose war nass von seinem Urin.

Am nächsten Morgen wusch sie Rudis stinkende Hose im Spülbecken aus. »So geht das nicht weiter«, schimpfte sie.

»An mir liegt es nicht«, konterte Rudi. »Ohne dich habe ich nie so viel gesoffen und gekifft schon gar nicht.«

Sie versuchte, ihm klar zu machen, dass Kiffen in Neukölln und Kreuzberg nichts Besonderes sei, Haschisch gebe es hier so einfach wie frische Brötchen am Morgen. Es liege an ihm selbst, dass es immer weiter bergab ging. »Du musst arbeiten«, sagte sie. »Dann geht es dir besser.«

»Du mit deinen Ratschlägen«, rief Rudi erregt und verließ die Wohnung.

Mit einem Plattenspieler vom Flohmarkt und Schallplatten aus den Sechzigerjahren kam er zurück. Er hatte alles mit seinem Krankengeld bezahlt.

Bis tief in die Nacht saß er davor und hörte die alten Songs von den Rolling Stones und Bob Dylan und immer wieder »The Wind cries Mary« von Jimi Hendrix. Es waren die Songs, die sie mit seinem Dual-Plattenspieler in den Jahren gehört hatte, die sie in ihre eigene Trauer und Lethargie vergraben hinter der heilen Fassade eines gepflegten Einfamilienhauses verbracht hatte.

Rudi drehte die Lautstärke voll auf, die ganze Wohnung dröhnte, jemand hämmerte an die Wohnungstür und schrie, sie sollten endlich Ruhe geben. Lisa konnte erst schlafen, als sie die Sicherung rausgedreht hatte und Rudi ihr glaubte, der Strom sei ausgefallen. Am nächsten Morgen ging er früh aus dem Haus. Gegen Mittag kam er zurück und brachte Kopfhörer mit, außerdem eine Taucherbrille und einen Schnorchel. Er setzte Taucherbrille und Kopfhörer auf, steckte den Schnorchel in den Mund. Dann setzte er sich wieder vor den Plattenspieler und drehte die Lautstärke bis zum Anschlag auf.

Sie schrie ihn an, weil sie den Anblick nicht ertragen konnte. Sehr ruhig nahm er den Schnorchel aus dem Mund und setzte die Kopfhörer ab. »Was ist denn daran so ungewöhnlich?«, fragte er.

Am nächsten Abend stiegen sie am Herrmannplatz aus dem Bus, ohne zu wissen, wo sie den Abend verbringen würden. Im »Leierkasten« waren sie nach Rudis Streit nie wieder gewesen, auch das »Delirium« mieden sie, seit Rudi dort zusammengebrochen war. Sie standen am Straßenrand, Autos fuhren lärmend an ihnen vorbei. Ein Mann, der zur grünen Ampel hastete, stieß mit ihnen zusammen und fluchte. Dann zeigte die Ampel Rot, zeigte wieder Grün, zeigte Rot. Sie standen noch immer.

»Was willst du hier?«, fragte Rudi.

»Nichts.«

Sie überquerten die Straße, stiegen in die U-Bahn, ohne Fahrscheine gelöst zu haben. Neben der Tür saß in sich zusammengesunken eine junge Frau mit zwei alten, verschlissenen Reisetaschen. Plötzlich kam Bewegung in vier Männer, die in ihrer Nähe standen. In großer Eile packten sie Instrumente aus: zwei Trompeten, eine Posaune und eine Klarinette. Der Dixieland veränderte die gleichgültigen Gesichter der Fahrgäste, sie hellten sich auf, wurden wie die Gesichter von fröhlichen Kindern. Niemand konnte sich der Musik entziehen, auch Rudi nicht. Lisas Blick fiel auf die Frau mit den Reisetaschen. Sie presste die Hände gegen die Ohren, ihr Gesicht war voller Schmerz. So eilig wie sie die Instrumente aus ihren Hüllen genommen hatten, packten die Musiker sie wieder ein. An der nächsten Station verschwanden sie, ohne Geld eingesammelt zu haben, und ließen verwandelte Menschen zurück.

»Wir steigen aus«, sagte Lisa, als der Zug in die Station Kleistpark einfuhr. Es war der plötzliche Gedanke an Christoph, der sie leitete, und die vage Hoffnung, ihn im »Leuchtturm« wiederzusehen, Sehnsucht nach seiner Haut, seinen Haaren, seinem Geruch und ihr Verlangen nach Liebe auf einer dreiteiligen Matratze.

»Christoph«, würde sie sagen. »Das ist Rudi, und er ist wirklich mein Bruder.«

In der Crellestraße kamen sie an dem Haus vorbei, in dem sie bei Christoph ihre ersten Wochen in Berlin verbracht hatte. Rudi wartete auf der Straße, während sie durch den Torbogen in den Hinterhof ging. In der Wohnung, in der Christoph gewohnt hatte, waren alle Fenster dunkel und sie konnte nicht sehen, was für Leute jetzt dort eingezogen waren. An der Tankstelle kickte ein Junge seine Vespa an, es stank nach Abgasen wie immer.

Rudi wollte nicht mit in den »Leuchtturm« kommen und blieb in der offenen Tür stehen. Lärm schlug ihnen entgegen. Er habe keine Lust, mit ihr in diese Kneipe zu gehen, sagte er, er habe kein Bedürfnis nach Menschen, aber dann folgte er ihr doch. Am Tisch neben der Theke saßen immer noch dieselben Leute wie früher. Es tat ihr gut, dass sie von ihnen begrüßt wurde, als hätten sie sie die ganze Zeit schmerzlich vermisst. Von ihnen erfuhr sie, dass Christoph schon lange nicht mehr in seinen Stammkneipen auftauchte.

Rudi setzte sich nicht zu ihnen. Er sagte, sie solle ihm ein Bier bestellen, und zog sich ins Hinterzimmer zurück, wo ein Tischfußballspiel stand und Glücksspielautomaten an der Wand hingen.

Später ließ er sich doch neben Lisa auf dem verschlissenen roten Polster der breiten Bank nieder, ohne die anderen zu begrüßen. Er mied ihre Blicke und pulte die zerkratzte schwarze Farbe von der hohen breiten Armlehne. Als er genug gepult hatte, schenkte er seine ganze Aufmerksamkeit der vom Zigarettenqualm braunen Decke mit den Stuckrosetten, unter denen alte Leuchter baumelten, und den Bildern an den Wänden: kitschige Gemälde neben Fotos von alten Häusern, dazwischen Jugendstilplakate. Er musterte sie so intensiv wie Exponate einer bedeutenden Ausstellung.

Er trank ein Bier nach dem anderen und endlich brach er sein Schweigen. Mit der Logik eines Betrunkenen entwarf er Zukunftspläne, und Lisa war froh, dass er überhaupt mit ihr sprach. Er sagte, er wolle Medizin studieren, er fühle sich nicht zu alt und die Zulassung habe er ja schon bekommen. Er würde BaFög beantragen und ihr das Geld zurückgeben, das sie für ihn ausgegeben hatte. In ihrer Zeit als Schwesternschülerin hätte sie sicher auch Anatomie gelernt. Anatomie wäre zu Beginn des Medizinstudiums das wichtigste Fach. Vielleicht könnte sie mit ihm lernen und er würde sich die ersten beiden Semester sparen können.

Beim Hinausgehen blieb Rudi bei der uralten Registrierkasse neben dem Tresen stehen. Er drückte auf die Knöpfe, als wäre sie ein Spielautomat, bis das Mädchen hinter dem Tresen seinen Arm um ihn legte und ihn behutsam nach draußen führte.

Ohne dass Rudi es wusste, erkundigte sich Lisa am nächsten Tag nach den Bedingungen für einen Studienplatz. Seine alte Zulassung zum Medizinstudium war längst verfallen und ob er je eine neue bekommen würde, war ungewiss. Außerdem war an allen Hochschulen die Bewerbungsfrist für das neue Semester längst abgelaufen. Sie erzählte ihm von ihren Erkundigungen, aber er erinnerte sich nicht mehr an seinen Plan, Medizin zu studieren, und verfolgte ihn nicht länger.

Sie konnte ihn überreden, noch einmal mit ihr zum Arbeitsamt zu gehen. Ihm wurde eine Stelle als Verkäufer in einem Möbelgeschäft angeboten, als gelernter Schreiner hätte er für diesen Beruf die optimalen Voraussetzungen, aber Rudi sagte, er könne nicht mit fremden Menschen reden. Auch die Aussicht auf eine steuerfreie Zulage von acht Prozent auf seinen Verdienst, die Berliner »Zitterprämie«, konnte ihn nicht umstimmen.

Sie lebten von Rudis Arbeitslosengeld und Lisa fürchtete, es würde ihm wieder gestrichen, wenn er jede angebotene Stelle ablehnte. Sie schlug ihm vor, eine Kopie von seinem Abiturzeugnis bei seiner Schule zu besorgen, damit sich seine Chancen auf dem Arbeitsmarkt verbesserten, aber er hatte kein Interesse daran. Die Zeugnisse aus der DDR, die ihm nicht wieder ausgehändigt worden waren, hätten auf seine eidesstattliche Erklärung hin im Westen neu ausgestellt werden können, aber auch davon wollte er nichts wissen.

Eines Tages meinte er, Lisa solle wieder regelmäßig arbeiten. Als Pflegehelferin würde sie sofort eine Stelle bekommen, dafür brauche sie kein Schwesternexamen und die Zulage bekomme sie auch. An diesem Tag war im Bierkasten auf dem Balkon keine einzige volle Flasche mehr, und der Kühlschrank war leer bis auf einen Becher Sonnenblumenmargarine, an dessen Rand sich ein grünschwarzer Schimmelfleck ausgebreitet hatte. Die Toilette war mit eingetrocknetem Kot verschmutzt, auf der Treppe lagen ausgetretene Zigarettenkippen und ein angebissenes Butterbrot. In dieser Woche war sie mit Putzen an der Reihe, doch sie war am Ende, kein Wunder, wenn sie sich immer allein um alles kümmern musste, auch um Rudis Angelegenheiten, als hätte sie nicht schon mit sich selbst genug zu tun. Sie könnte Rudi zum Einkaufen schicken, dachte sie, aber sie wusste, dass es schiefgehen würde, weil auf ihn kein Verlass war. Irgendetwas würde er kaufen, irgendein Angebot würde ihn so locken, dass er nicht widerstehen konnte, und wenn er nach Hause käme, wäre das Portemonnaie leer und vielleicht würde er zwei Flaschen Bier mitbringen, aber Brot, Käse und Margarine hätten sie immer noch nicht. Trotzdem wollte sie es noch einmal versuchen, in der Hoffnung, dass er sie wenigstens dieses eine Mal nicht enttäuschen würde. Also schrieb sie alles exakt auf, rechnete zusammen, was es kosten würde, und gab ihm zehn Mark von ihrem Geld. Mehr würde er nicht brauchen.

Rudi nahm das Geld. »Ich gehe später«, sagte er. »Vielleicht morgen.«

An anderen Tagen erwachte Lisa morgens voller Tatendrang: heute würde sie mit Rudi mit einem Ausflugsschiff durch Berlin fahren oder mit dem Rad zum Wannsee oder sie würden in den Zoo gehen, aber wenn er mittags immer noch im Bett lag, erlahmte ihr Eifer. Immer wieder versuchte sie, sich in Rudi hineinzudenken. Sie achtete darauf, die Schubladen, in denen er sein Innerstes verbarg, nicht gewaltsam aufzuziehen, und versuchte seine Schweigsamkeit zu verzeihen, aber das gelang ihr nicht. Seine Trägheit und seine Verschlossenheit machten sie wütend.

Er hatte sich ein in Leder gebundenes Büchlein besorgt, ein Poesiealbum oder Tagebuch mit einem kleinen goldfarbenen Schloss. Oft saß er jetzt am Küchentisch, den Kopf tief gebeugt, den linken Arm um das Büchlein gelegt, um es vor ihren Blicken zu schützen, den Stift in der Rechten. Was er notierte, blieb für sie ein Mysterium. Schrieb er über sie? Über sie beide? Über seine Vergangenheit? Schrieb er überhaupt etwas? Mit seiner Geheimnistuerei stieß er sie zurück in die Zeit, in der sie nicht wissen durfte, womit sich der große Bruder beschäftigte, während sie selbst in einem Schaukasten lebte, der an allen Seiten gläserne Wände hatte.

Jeden Tag drückte die Bitternis stärker in ihrem Magen, wenn sie Rudis schmutzige Strümpfe unter dem Bett aufsammelte oder seine Unterhose neben dem Sofa: Als wenn sie sein Mädchen für alles wäre. Der Campingtisch klebte dort, wo er gesessen hatte, von verschmierter Marmelade, und unter seinem Stuhl lagen Erbsen, die ihm von der Gabel gekullert waren, ohne dass er sich darum gekümmert hatte. Auch seine Putzfrau wollte sie nicht sein.

Sie dachte an ihre Mutter und wie sie Vaters Socken unter dem Klappstuhl hervorgeklaubt hatte, unter den er sie jeden Abend warf, damit sie ihm nicht im Wege lagen. Es war das Schicksal ihrer Mutter gewesen, vor Vaters schmutzigen Socken niederzuknien.

An einem Tag war es besonders schlimm mit Rudi. Im Grunde genommen war es von Tag zu Tag schlimmer geworden. In der vergangenen Nacht hatte er sich ins Spülbecken übergeben und am Nachmittag lag er noch immer im Bett. An diesem heißen Julitag fuhr Lisa von der Treptower Straße mit dem Bus zur Endstation. Sie ging noch ein kleines Stück weiter auf die Mauer zu, auf dieses jähe Ende der Sonnenallee zwischen Neukölln und Treptow, das nur von Westberlinern mit einem Berechtigungsschein überwunden werden konnte. Hinter der Mauer war Sperrgebiet, während im Westen auf beiden Seiten der Sonnenallee Wohnblöcke aus dem Boden wuchsen. Jenseits der Mauer graue Erstarrung, diesseits, wo einmal Schrebergärten waren, die High-Deck-Siedlung, der zu Materie gewordene Traum eines Architekten. Unten auf schmalen dunklen Straßen zwischen Betonwänden die Autos, darüber die Wege für Fußgänger, dahinter zu beiden Seiten die Wohnungen, eine perfekte Wohnmaschine, die einmal sechstausend Menschen aufnehmen sollte, eine Wohnmaschine mit Bäumen und Büschen zwischen den Häusern, eine Maschine mit Treppen, vor allem damit. Allein fünfunddreißig Stufen führten von der Sonnenallee zu einer Haustür im Michael-Bohnen-Ring. Hinter der Tür und noch einmal vier Stockwerke höher war in einer hellen Zweizimmerwohnung mit Küche und Bad und mit Blick auf die Mauer ihre beste Putzstelle. Dort verbrachte das steinalte Fräulein Krüger ihre Tage im Rollstuhl. Fräulein Krüger konnte ihre Wohnung nur verlassen, wenn jemand sie die rund hundert Stufen hinuntertrug und den Rollstuhl noch dazu, was nur selten geschah.

Sobald Lisa klingelte, pflegte Fräulein Krüger auf den Türöffner zu drücken. Sie erreichte ihn gerade noch, wenn sie ihren buckeligen Rücken so weit wie möglich streckte und sich auf den Fußstützen des Rollstuhls nach oben stemmte, so gut es eben ging. Wenn sie nicht öffnete, schloss Lisa selbst Haustür und Wohnung auf. Das Fräulein trug Sommer wie Winter eine langärmelige weiße Spitzenbluse und einen langen manchmal weinroten, manchmal grauen Rock aus schwerem Stoff, der ihre gelähmten Beine verbarg. Ihr blutleeres Gesicht ragte aus der Bluse wie eine zerbrechliche alte Porzellanvase. Fräulein Krüger hatte drei Zeitschriften abonniert. Sobald Lisa mit dem Putzen begann, folgte sie ihr. Mit den zitternden Fingern der einen Hand ergriff sie ein Rad des Rollstuhls und bewegte ihn dorthin, wo Lisa gerade arbeitete, in der anderen knochigen Greisenhand hielt sie eine Zeitschrift.

Einmal äußerte das alte Fräulein, Lisas Bruder sei doch einer von denen, die freiwillig in die Zone gegangen sei. Lisa nickte, und Fräulein Krüger wollte wissen, ob auch er wegen Schulden oder wegen der Bundeswehr nach drüben gegangen sei. Lisa widersprach heftig. Rudi habe keine Schulden gehabt und als Medizinstudent hätte er erst nach dem Staatsexamen zur Bundeswehr gemusst. Fräulein Krüger glaubte ihr nicht. Wenn in der »Quick« stand, dass nur Schuldner, Spinner und Deserteure in die Zone gingen, ließ sie sich nicht vom Gegenteil überzeugen. Das geschriebene Wort war für sie unumstößlich. Nach drei Stunden, von denen sie wie immer eine mit Reden verbracht hatten, verließ Lisa das Fräulein mit lauter Fragen im Kopf. Nicht Schuldner, nicht Deserteur, also Spinner?

Draußen brannte die Sonne auf die Waschbetonplatten des Fußwegs neben der Sonnenallee. Der Gestank von Hundekot mischte sich mit dem von frisch gerösteten Kaffee, den der Südwestwind von der Jacobs Kaffeerösterei herübertrieb. Sie stutzte, als sie den Grenzübergang Sonnenallee sah. An diesem abgelegenen Übergang, wo sich nie die an anderen Kontrollstellen üblichen Schlangen bildeten, standen etliche Menschen. Sie verdeckten einen Mann, der in höchster Erregung irgendetwas schrie. Sie sah nur seinen Arm, der mit heftigen Bewegungen die Luft zerteilte, und seine Hand, die irgendetwas hielt. Gleichzeitig mit zwei Polizisten in grünen Uniformen erreichte sie die Gruppe. Eine Gasse öffnete sich für die Uniformierten und jetzt sah sie den ganzen Mann. Es war Rudi. Die Polizisten redeten auf ihn ein, aber er verstummte nur für einen Augenblick, dann schrie er wie zuvor. Ein Polizist fasste ihn am Arm und wollte ihn vom Grenzübergang fortziehen, doch er setzte sich zur Wehr. Er fuchtelte mit seinem Ausweis. Er wolle rüber, brüllte er. Er sei Bürger der Deutschen Demokratischen Republik und niemand könne ihn zwingen, in diesem Scheiß-Westen zu leben. Er beruhigte sich auch nicht, als Lisa ihn ansprach, er schrie weiter immer dieselben Sätze, wie ein Zwang war das, und er merkte nicht, wie peinlich er sich benahm.

Dann stutzte er. »Ihr seid doch von drüben«, rief er den Polizisten zu, vielleicht hatte er bislang nicht gemerkt, dass die blauen Uniformen der Westberliner Polizei allmählich verschwanden und durch die neuen grünen ersetzt wurden. Grün, das war für ihn die Farbe der Volkspolizei.

»Kennen sie den Mann?«, fragte ein Polizist Lisa, und sie schüttelte den Kopf, nickte, tat beides gleichzeitig. »Mein Bruder«, sagte sie schließlich.

»Der kommt öfter hier her und will rüber.«

Sie merkte, dass der Polizist ihren Blick suchte, aber sie ertrug es nicht, ihn anzusehen. Sie fasste Rudi am Arm. »Komm!«

Weil er sich wehrte und die Füße in den Boden stemmte wie ein störrischer Esel, griff sie mit ihrer zweiten Hand zu und zog ihn mit sich. Jetzt gab er nach, zitternd, erschöpft und mit schweißbedecktem Gesicht. Widerstandslos duldete er, dass sie ihn zum Heidekampgraben führte, einem zugewachsenen und mit Entengrütze bedeckten Gewässer in einem verwilderten Grünstreifen entlang der Mauer, wo ein paar halb vermoderte schattige Bänke standen. Dort saßen sie lange, ohne zu reden. Rudi schluchzte lautlos vor sich hin, ein beschädigter heimatloser Mensch, der kein DDR-Bürger mehr sein durfte, kein Bundesbürger sein wollte. Er ließ es zu, dass sie seine Hand nahm.

»Weißt du«, sagte er nach einer Ewigkeit, »das Gefängnis, das steckt man nicht so leicht weg.« Dann schwieg er wieder.

»Aber warum willst du trotzdem zurück?«, fragte sie, ohne eine Antwort zu erwarten.

Rudi atmete heftiger, ballte die Hände zu Fäusten. »Ich bin kein Krimineller«, schrie er sie plötzlich an. Dann sprang er auf und machte sich davon. Er kehrte zurück zum Grenzübergang, dachte sie, aber Rudi lief auf der Sonnenallee Richtung Westen, er rannte immer weiter die Straße entlang, bis sie ihn aus den Augen verlor. Verwirrt und traurig kehrte sie zur Bushaltestelle zurück. Sie sagte sich, es sei wegen dieser Erfahrungen im Gefängnis, dass er so seltsam geworden war, so undurchschaubar und fern. Die Jahre der Erniedrigung hatten aus ihm das gemacht, was er heute war. Ohne das Gefängnis, da war sie sicher, wäre Rudi der andere geblieben, der Bruder, den sie einmal hatte.

Sie entdeckte Rudi in ihrer Küche. Er saß an dem wackeligen Campingtisch und blätterte in ihrem Fotoalbum. Er war so vertieft, dass er ihr Kommen nicht bemerkte. Sie sprach ihn an und er zuckte zusammen, als hätte sie ihn bei etwas Verbotenem ertappt. Die Bilder, die er betrachtete, waren aus der Zeit, als er nicht mehr bei ihnen gewesen war.

»Du lächelst nie«, stellte er ganz ruhig fest, als hätte es seine Verzweiflung und Besessenheit am Grenzübergang nie gegeben.

Wirklich, das Mädchen mit dem selbstgenähten karierten Rock, das so linkisch und verschämt in die Kamera blickte und seine langen Haare manchmal zum Zopf geflochten, manchmal als Dutt auf dem Kopf festgesteckt hatte, sah immer aus wie kurz vor dem Weinen.

»Das bin nicht ich«, sagte Lisa, so wollte sie sich nicht sehen, nicht mit der langweiligen Frisur, der altmodischen Kleidung und dem verschämten Gesicht, als wäre ihr gerade etwas Peinliches widerfahren.

»Doch, natürlich bist du das«, beteuerte Rudi. »An den karierten Stoff erinnere ich mich noch. Du wolltest dir einen Rock daraus nähen, aber solange ich zu Hause war, ist er nicht fertig geworden. Und dein Zopf, ich kenne niemanden, der einen so langen Zopf hatte. Überhaupt: Wer sollte denn immer wieder auf den Fotos zu sehen sein, wenn nicht du?«

Rudi musste sich irren. Sie war auf keinem dieser Bilder. Auch die unscheinbare Person auf einem anderen Bild wollte sie nicht sein, das Mädchen in dem von einer alten Schneiderin auf Geheiß der Mutter genähten steifen dunkelgrauen Kleid, umarmt von einem pickeligen Tanzstundenpartner, der einen halben Kopf kleiner war als es selbst. Auf demselben Foto entdeckte sie Manfred. Er tanzte mit einer anderen, die viel hübscher und selbstbewusster aussah als sie selbst. Sie strahlte Manfred an, man ahnte, dass sie in ihn verliebt war. Blick und Lächeln gaben Lisa einen Stich. Sie konnte nicht mehr verstehen, dass sie Manfred, der sie seiner hübschen Tanzpartnerin vorgezogen hatte, so verachtet hatte. Mit ihm hätte sie glücklich sein können. Mittlerweile wusste sie: Damals konnte und wollte sie nicht glücklich sein.

Rudi blätterte weiter durch die Jahre, Lisas Röcke wurden kürzer, der Saum rutschte vom Knie fast bis zur Mitte der Oberschenkel. Der Zopf tauchte nicht mehr auf und die Haare waren plötzlich schulterlang und glatt. Ihr Gesicht wurde hübscher, wenn auch das Lächeln fehlte. Auf einem Foto, auf dem sie ein seidenes hellblaues Kopftuch trug, gefiel sie sich besonders gut. »Romy Schneider trug auch oft ein Kopftuch«, sagte sie, als müsste sie sich für das aus der Mode gekommene Kleidungsstück entschuldigen, »und Jackie Kennedy ebenfalls.«

Zwischen den letzten beiden Seiten lag ein sehr kleines Foto in Schwarz-Weiß, das irgendwo herausgefallen war. Die weite Ostsee war darauf, bleigrau und unbewegt, kein Strand, überhaupt kein Land, nur die in zwei langen Reihen in den Boden geschlagenen Stämme einer Buhne wie ein Weg, der im Wasser versinkt. Die einzige Unterbrechung in dieser leeren Welt war ein Kind von vielleicht vier oder fünf Jahren in einem zu kleinen Badeanzug und mit einem Schwimmreifen um die Brust. Es stand bis zur Taille im Wasser, ganz allein – sie war es selbst – offenbar frierend, aber tapfer. Kein Mensch war zu sehen außer ihr, und wenn nicht jemand das Foto geschossen hätte, könnte man meinen, sie wäre das einzige menschliche Wesen auf dieser Erde.

Immer wieder tauchte später in ihren Träumen dieses Meer auf, endlos und einsam und schön. Dann fielen ihr die Tage an der Ostsee wieder ein, die bescheidene Ferienunterkunft, das grün gestrichene Toilettenhäuschen im Hof mit dem schweren Riegel, dazu das Mädchen mit dem zu kleinen Badeanzug, das den Riegel nicht zur Seite schieben konnte. Es hatte dringend zum Klo gemusst, doch die anderen waren am Strand geblieben. Keiner war da, der half, die Tür zu öffnen, und dann – die Aufregung tat das ihre – wurde sein Schlüpfer nass, die Beine, die geringelten Söckchen. Als es losging, war kein Halten mehr möglich. Hatte es den Hohn verdient und die Vorwürfe? Allen Mut hatte es zusammennehmen müssen, um ganz allein den weiten Weg zu dem grünen Häuschen zu laufen.

Nach dem letzten Bild stand Rudi auf und schaltete das Radio ein, ein altes Röhrenmodell, das immer einige Zeit brauchte, bis es aufwachte mit seinem grünen Auge. Rudi, der sonst nie die Nachrichten hörte, drehte an den Knöpfen und stellte einen Sender ein, vielleicht zufällig, vielleicht von einer plötzlichen Ahnung getrieben. Was sie hörten: Der Arbeitgeberpräsident Hanns Martin Schleyer war entführt worden, sein Fahrer und drei Polizisten waren im Kugelhagel gestorben.

Sie hatten den Namen Schleyer noch nie gehört, mit dem Entführten verband sie so wenig wie mit einem Flugzeug, das vor ein paar Tagen irgendwo in Südamerika abgestürzt war.

Nach dem Abendessen waren Rudis Gedanken noch immer bei der Entführung. »Der Schleyer ist ein Schwein«, sagte er, aber als sie wissen wollte, warum, stellte er nur fest, alle Arbeitgeber seien Schweine und deren Präsident folglich ganz besonders.

»Warum meinst du das?«

»Weil sich diejenigen, die das Geld haben, den Erlös der Arbeit unrechtmäßig unter den Nagel reißen. Sie zahlen einen Hungerlohn und streichen die fetten Gewinne ein.«

Rudi mochte recht haben, teilweise zumindest, trotzdem regte es sie auf, wie er das sagte. Es erinnerte sie an die Predigten ihres Vaters am Küchentisch, seine Thesen, die er für unumstößlich hielt. »Das war drüben vermutlich anders«, entgegnete sie gereizt. »Oder gab es dort irgendwo fette Gewinne?«

Rudi ging nicht darauf ein. Er begann über das Wohlergehen der Menschen zu dozieren und die nötige Abkehr vom individuellen Profit und von der Gier. Lisa stand auf. Sie stellte sich ans Fenster und sah hinaus, so war Rudis Gerede leichter zu ertragen. Mit vielen Worten führte er aus, dass das Bewusstsein der Arbeitgeber verändert werden müsse und zwar von außen, denn soziales Verhalten sei davon abhängig, ob Anreize und Sanktionen die Menschen leiteten, anständig miteinander umzugehen.

Oder Vorbilder, dachte sie, oder vielleicht haben manche Menschen auch einfach Freude daran, sozial zu sein.

»Die Unternehmer trachten nur danach, immer mehr Gewinn aus ihren Firmen zu pressen. Haben sie sich verkalkuliert, schicken sie die Leute in die Wüste. Für die sind die Arbeiter keine Menschen, sondern nur Arbeitskräfte, die funktionieren müssen. Verstehst du, was ich meine?«

Sie nickte. Das verstand sie

In den nächsten Stunden und Tagen kristallisierte sich heraus, was hinter der Entführung steckte. Mit dem Arbeitgeberpräsidenten als Geisel wollten die Terroristen der RAF die Gefangenen freipressen, die in Stammheim ihre lebenslänglichen Strafen absaßen, Andreas Baader, Gudrun Ensslin und Jan Karl Raspe, außerdem noch andere, deren Namen Lisa nicht kannte.

In der ersten Woche nahm Rudi noch Anteil an der Entführung und hörte die Nachrichten, doch dann erlahmte sein Interesse. Immer tiefer versank er wieder in seiner Lethargie. Wieder gab es

Tage, da stand er kaum noch auf. Er lag nur bekleidet mit einer Unterhose auf dem Sofa, den Plattenspieler am Boden neben sich. Durch die Kopfhörer dröhnte jetzt die Musik von Black Sabbath und anderen Heavy-Metal-Bands und schirmte ihn vor der Umwelt ab. Schnorchel und Taucherbrille gab es nicht mehr. Er hatte sie in einem Wutanfall aus dem Fenster geworfen, als sie ihn deswegen kritisiert hatte.

Manchmal zerriss der Schleier seiner Apathie, dann stürzte er davon, bei Tage oder nachts, er brauche Luft, schrie er und dann rannte er wieder durch die Straßen, bis er Stunden später erschöpft und oftmals völlig durchnässt zurückkehrte. Wenn sie jedoch das Fenster zum Lüften öffnete, schloss er es sofort wieder. Er könne das Geschrei der Kinder auf dem Hof nicht aushalten. Der Lärm würde in ihn eindringen, nicht nur über die Ohren, sondern über den ganzen Körper. Er habe das Gefühl, von ihm aufgefressen zu werden.

»Du hörst doch gar nichts, wenn die Musik so laut ist.«

»Aber ich fühle den Lärm.«

Auf Lisas Vorschläge und Ermahnungen, endlich etwas zu unternehmen, ging er nicht ein, er schien sie nicht einmal wahrzunehmen. So blieb ihr nur die Hoffnung, dass er von allein irgendwann aus seiner Welt erwachen würde und aus seinem Selbstmitleid, das ihn festhielt und blind machte für das, was er zu tun hatte. Selbst die Neuigkeiten, über die er sich hätte freuen können, nahm er kaum zur Kenntnis: In wenigen Wochen sollte er eine Stelle in einer kleinen Schreinerei in Berlin Spandau antreten und ganz in deren Nähe wurde eine kleine Wohnung für ihn frei. Schreiner, das war die einzige Tätigkeit, die er sich vorstellen konnte.

Seine Eingliederungshilfe wurde ausgezahlt. Er warf einen Blick auf den Betrag und gab sich wieder seiner Musik hin.

Am nächsten Morgen war Rudi früh auf den Beinen, er wusch und rasierte sich und zog eine frische Unterhose an, ein sauberes T-Shirt und seine Levi's-Jeans.

»Ich will verreisen«, sagte er, »mit dem Geld von meiner Eingliederungshilfe.«

»Du wirst das Geld für andere Dinge brauchen.«

»Die Reise ist meine Eingliederungshilfe.«

Rudi ging fort und kehrte ein paar Stunden später mit Prospekten von Neckermann und TUI für Reisen nach Italien und Spanien zurück. In wachsender Ungeduld blätterte er sie durch. »Diese Hotelburgen kotzen mich an«, rief er und fegte die Hefte mit einer Armbewegung vom Tisch.

»Wo willst du denn hin?«

»Ich will raus hier.«

Später war es Rudis eigene Idee, einfach loszufahren, das Nötigste im Rucksack dabei, immer weiter zu reisen, ohne Plan von Ort zu Ort und zu bleiben, wo es schön war. »Wir könnten in Jugendherbergen übernachten«, sagte er, »dann würde das Geld länger reichen.«

»Wir?«

»Du kommst natürlich mit.«

***

16

Drei Tage später fuhren sie mit dem Transitzug über Bebra nach Fulda. Rudis Elan, mit dem er die Reiseprospekte geholt hatte, war noch am selben Tag in sich zusammengebrochen. Lisa war es, die die Jugendherbergsausweise und die Fahrkarten besorgt und für Rudi auf dem Flohmarkt einen Rucksack gekauft hatte.

»Wir sollten über Helmstedt fahren und Mutter besuchen«, hatte sie vorgeschlagen, aber Rudi weigerte sich. Mittlerweile war er ein halbes Jahr in Berlin, und seit seinem ersten Anruf hatte er weder mit Mutter telefoniert noch einen ihrer Briefe beantwortet.

»Willst du nicht wenigstens sehen, was aus dem Haus geworden ist?«

»Nein. Das Haus interessiert mich noch weniger als Mutter.«

»Warum willst du Mutter nicht besuchen?«

»Weil sie mich verachtet. Weil sie mich dafür hasst, dass ich im Gefängnis war. Weil sie sich schämt, einen Sohn zu haben, der gescheitert ist.«

Dabei sah er sie an mit einem schmerzlichen Blick, der ihr wehtat. Im nächsten Augenblick lachte er, und es klang wie das Meckern einer Ziege. »Anders als ihre tüchtige Tochter, die es bis zur Stationsschwester gebracht hat.«

»Zur stellvertretenden«, korrigierte sie. »Als Stationsschwester habe ich mich bislang nicht ausgegeben.«

»Du musst Mutter verstehen«, versuchte sie es am nächsten Tag noch einmal. »Sie wollte immer nur das Beste für uns. Um jeden Preis wollte sie tüchtige Menschen aus uns machen. Das war ihr Lebenszweck. Es muss ein Schock für sie gewesen sein, als sie hörte, dass du aus dem Gefängnis kamst.«

»Für dich nicht?«

»Wir hier in Berlin sind dichter dran; wir wissen, dass es nicht das Gleiche ist, ob jemand in West oder in Ost im Knast gesessen hat«, antwortete sie. Was sie dachte, sprach sie nicht aus. Du selbst bist für mich der Schock, hätte sie ihm sagen müssen, das, was aus dir geworden ist.

»Ich möchte wissen, warum du im Gefängnis warst«, sagte sie und wie immer wartete sie vergeblich auf eine Antwort.

Bis zuletzt, bis zu dem Augenblick, als sie die Fahrkarten über den Grenzübergang Bebra in den Händen hielt, hatte sie gehofft, Rudi würde noch einlenken und sie würden ihre Mutter besuchen. Ein vollständiger Bruch zwischen den beiden machte ihr Angst, als wäre sie dafür verantwortlich. Ihre Mutter tat ihr trotz allem leid.

In Fulda entdeckten sie nicht weit von der Jugendherberge entfernt zwischen Wiesen zwei Teiche, deren Ufer alte Bäume säumten.

»Wir könnten ein Feuer machen und grillen«, schlug Rudi vor.

»Was denn grillen? Fische aus dem Teich vielleicht?«

»Auf dem Weg zur Jugendherberge habe ich einen Discounter gesehen«, sagte Rudi.

Im nächsten Augenblick waren sie wieder das Geschwisterpaar von früher, das sich wegen der häuslichen Aufgaben stritt. Wer wäscht ab, wer trocknet ab, wer kauft das von Mutter vergessene Mehl, wer holt Vaters Schuhe vom Schuster, wer bringt den Müll nach draußen, wer holt die Kohlen aus dem Keller?

»Holst du die Würstchen? Du weißt, wo es sie gibt«, schlug Lisa vor.

Rudi sank auf eine Bank, streckte die Beine aus und verschränkte die Arme hinter dem Kopf. »Den Laden findest du. Du brauchst nur den Weg zurückzugehen, auf dem wir gekommen sind.«

»Aber das Grillen war doch deine Idee!«

»Dann grillen wir eben nicht.«

Sie wollte nicht mit Rudi streiten, wollte aber auch nicht nachgeben, gleich am ersten Tag ihrer Reise, doch insgeheim freute sie sich. Rudi kämpfte so wie früher um seinen Vorteil und nicht mit den Waffen der Depression und Verzweiflung. – Sie gingen gemeinsam.

Auf dem Rückweg zu den Teichen trug Rudi die Plastiktüte mit Grillwürsten und Bierdosen und sie das Brot. Unter tief hängenden Zweigen drangen sie auf einem Trampelpfad bis zur Spitze einer bewaldeten Landzunge vor, wo auf einer kleinen Lichtung ein Ring aus Steinen und Asche von früheren Feuern zurückgeblieben war. Heute Abend gehörte der Platz ihnen allein. Jetzt im September senkte sich die Dämmerung früh über das Land. Rudi begann, kleine und große Äste zu sammeln, um sie zu einer steilen Pyramide aufzuschichten. Er war schon in seiner Pfadfinderzeit ein Zauberer gewesen, wenn ein Feuer entfacht werden sollte.

»Es riecht gut, so wie früher«, sagte Rudi, als der Wind den Rauch zu ihm hinübertrieb. Eine Ente schnatterte, dann war es völlig still bis auf das Knistern und Knacken des Feuers. Sie zogen die Schuhe aus, traten ins seichte Wasser und ließen den Matsch zwischen den nackten Zehen hervorquellen, und zum ersten Mal, seit Rudi in die Enge ihrer Wohnung eingedrungen war, überkam sie ein intensives Gefühl von Glück.

Als die hellen Flammen verloschen waren, setzten sie sich an das Feuer und hielten die Würstchen an langen Stöcken über die Glut. Rudi sah entspannt aus, wie sie ihn seit seiner Rückkehr noch nie gesehen hatte. An diesem Abend waren die schönen Seiten ihrer gemeinsamen Vergangenheit auferstanden mit ihren Gerüchen, ihren Geräuschen und ihren Gefühlen, doch sie wusste, dieser Zustand war so zerbrechlich wie Glas.

»Früher«, sagte Rudi, »früher war ich nie so allein wie jetzt.« Er machte eine Pause. »Nein, auch drüben nicht. Besonders dort war ich es nicht.«

Sie wusste, wenn sie jetzt nachfragte, vertat sie die kleine Chance, dass er mehr preisgeben und wieder eine der Lücken füllen würde, aus denen seine Vergangenheit für sie noch immer bestand. Sie schwiegen lange, aßen und blickten in die verlöschende Glut, die nur hin und wieder rötlich aufleuchtete, wenn ein Windhauch sie zu neuem Leben erweckte. Endlich begann Rudi zu erzählen. Seine Gedanken sprangen hin und her und es war schwer, ihnen zu folgen, doch sie verbot sich, ihn zu unterbrechen. Mit dem, was er ihr offenbarte, wollte er ihr keine Geheimnisse anvertrauen, er erzählte auch nicht, um sich zu rechtfertigen. Sie hatte das Gefühl, er erzählte, um sie teilhaben zu lassen an dem, was ihm wichtig gewesen war und wofür er gelebt hatte und vielleicht noch heute leben wollte.

»Wir alle waren uns einig«, sagte er, »wir alle, die zu dem engen Kreis in der Jungen Gemeinde gehörten. Wir wollten den Staat verändern und die Partei. Deswegen hatte uns die Stasi schon lange im Visier.«

Rudi stand auf, holte die letzte Bierdose, öffnete sie und reichte sie ihr, damit sie zuerst trinken konnte. Dann leerte er sie, ohne abzusetzen.

»Typen wie wir, die langhaarig und mit Parka, Schlafdecke und Umhängebeutel am Straßenrand standen und mit ausgestreckten Daumen auf ein Auto warteten, um Freunde in irgendeiner anderen Stadt zu besuchen, waren dem Staat sowieso nicht geheuer. Die hatten Angst vor uns, also schikanierten sie uns.« Er verstummte.

»Das Feuer«, sagte Lisa und stand auf. »Das Feuer geht aus, wenn wir uns nicht drum kümmern.«

»Jedes Feuer geht aus, wenn man sich nicht darum kümmert, früher oder später«, sagte Rudi und sah zu, wie Lisa ein paar trockene Äste in die Glut legte, die sofort entflammten.

Rudi, der im Schneidersitz gesessen hatte, streckte die Beine aus, verschränkte die Arme hinter dem Kopf und legte sich rücklings ins Gras. Am Himmel über ihnen leuchteten zwei kleine Sterne, die anderen waren hinter Wolken versteckt. Der Mond war nicht zu sehen. Rudi drehte sich zur Seite, angelte sich die Bierdose, aber sie war leer.

»Bei jeder nur denkbaren Gelegenheit mussten wir unsere Ausweise zeigen, kein Mensch sonst musste das. Wir mussten es sogar anmelden, wenn wir uns mit ein paar Leuten zum Feiern versammeln wollten, und dort, wo man sich am liebsten traf, durften wir sowieso nicht hin.«

Rudi schwieg wieder. Obwohl das Feuer niedergebrannt war und der Mond die Nacht nicht erhellte, war es nicht völlig dunkel. Das Licht schien von den Wolken zu kommen, der Widerschein von den Lichtern der Stadt.

»Einer von uns war ein Asozialer«, fuhr er nach einer Weile fort. »Das war der Wolfram. Er malte und schrieb Gedichte. Weil seine Bilder und Texte dem Staat nicht gefielen, nahm ihn kein Künstlerverband auf. Weil er in keinem Künstlerverband war, hatte er keine Arbeitsstelle, und weil er keine Arbeitsstelle hatte, war er ein Asozialer. So einfach war das.«

Er setzte sich wieder auf. »Wir wollten keine Staatsfeinde sein, verstehst du? Wir wollten nicht den Sozialismus abschaffen, ganz im Gegenteil, aber wir wollten Sozialismus und Freiheit vereinen.« Seine Stimme wurde leidenschaftlicher: »Ich glaube an den Sozialismus. Jeder muss bekommen, was er braucht, ohne Ansehen seiner Herkunft. Wenn im Westen dein Papa Arbeiter ist, hast du schon von vornherein schlechte Chancen. Oder sieh dir die Bettler an und diese erbarmungswürdigen Nutten am Bahnhof Zoo. Halbe Kinder müssen schon auf den Strich gehen: So was hat es drüben nicht gegeben, nirgends und niemals. Das sind doch die Folgen, wenn das Geld so ungleich verteilt ist.« Er schüttelte heftig den Kopf. »Der Kapitalismus ist keine brauchbare Alternative.«

»Das hast du schon damals gesagt, als du dich mit Vater am Küchentisch gestritten hast«, sagte Lisa, aber er schien sich nicht zu erinnern.

Später entwickelte er Parallelen zwischen Christentum und Marxismus und behauptete allen Ernstes, Che Guevara habe die Arbeit von Jesus Christus mit der Waffe fortgeführt. »Jesus war Sozialist«, sagte er. »Oder willst du das bestreiten?«

Sie bestritt es nicht. Rudi schwieg nun, drehte die leere Bierdose zwischen den Händen und versank ins Grübeln.

»Wie ist eigentlich die Schleyer-Entführung ausgegangen?«, fragte er plötzlich.

»Ich glaube, noch gar nicht.«

Rudi starrte ins Dunkel, die Entführung schien ihn zu beschäftigen, aber als er endlich wieder sprach, waren seine Gedanken zur Vergangenheit zurückgekehrt. »In Jena gab es viele junge Leute, die nicht damit einverstanden waren, wie der Staat mit den Menschen umging. Gegen den Kapitalismus waren sie trotzdem.« Leise fuhr er fort: »Wir wollten doch nur sagen, was wir dachten«, fuhr Rudi fort. »Wir wollten unsere Kritik am System aussprechen dürfen. Diese Freiheit muss doch jeder Staat seinen Bürgern gewähren. Wenn du nicht einmal die Musik hören darfst, die dir gefällt, oder Bücher lesen, die man im Westen überall kaufen konnte, wenn du Haare und Klamotten nicht nach deinem Geschmack tragen darfst, dann musst du dich wehren. Nicht mit Morden und Bomben wie ihr mit eurer RAF.« Er sagte das so eindringlich, als wäre Lisa ein Teil davon. »Unser Weg war das nicht. Wir haben nie an einen gewaltsamen Umsturz gedacht. Trotzdem war die Stasi hinter uns her.«

Es war so dunkel, dass sein Gesicht nur noch wie eine helle Scheibe war. Trotzdem glaubte sie, plötzlich ein Lächeln darin zu entdecken.

»Ohne dass die Stasi es merkte, haben wir sogar eine kleine Bibliothek mit verbotener Literatur aus dem Westen zusammengetragen«, flüsterte er. Noch immer schien er Lauscher zu fürchten. »Ich bin mit einem ganz normalen grünen Rucksack vollgestopft mit Papier zum Ostbahnhof gefahren und habe mich in ein Café gesetzt. Der Thomas kam aus dem Westen und ist in den Transitzug Berlin-Zoo – Warschau gestiegen. Am Ostbahnhof ist er gleich wieder ausgestiegen. Jetzt rate einmal, was er auf dem Rücken trug.«

»Einen grünen Rucksack?«

»Genau! Du hast es erraten, Schwesterchen. Sein Rucksack sah genauso aus wie meiner. Thomas hat auch einen Kaffee getrunken, rein zufällig direkt neben mir. Dann ist er mit einem Rucksack voller Papier zurückgefahren, und ich hatte die Bücher. Kann ja mal passieren, dass man seinen Rucksack vertauscht. Nach dem dritten Mal hat er Schiss gekriegt und wollte nichts mehr von uns wissen.«

Es war kühl geworden. Lisa fror, sie wäre jetzt gern aufgebrochen, aber Rudis Worte waren wichtiger als die Kälte.

»Wir haben ja noch andere Sachen gemacht, für die wir ins Gefängnis kommen konnten, das halbe Strafgesetzbuch konnten sie auf uns anwenden. Paragraph 106: Staatsfeindliche Hetze, darauf stand Gefängnis bis fünf Jahre, oder Paragraph 220: verächtlich machen von staatlichen Organen, zwei Jahre Knast. Bandenbildung oder staatsfeindliche Gruppenbildung hätten sie ohnehin jedem von uns vorwerfen können, wenn sie gewollt hätten: drei bis zwölf Jahre Knast nach Paragraph 107. Aber sie wollten nicht. Solange wir uns im Gemeindehaus trafen oder sonst wo in der Öffentlichkeit, waren wir in ihren Augen nicht gefährlich.«

Das Feuer war am Verlöschen. Rudi stand auf, sammelte ein paar trockene Zweige und Rindenstücke, legte sie in die Glut. Sie glomm ein wenig auf, als er hineinblies, aber die Zweige fingen nicht Feuer.

Als sich Rudi wieder setzte, bewegten sich seine Kiefer, als müsste er etwas Hartes zerkleinern. So heftig biss er die Zähne zusammen, dass sie knirschten. »Das Schlimme war, dass du niemals sicher sein konntest, wer Feind war und wer Freund«, stieß er leise hervor. »Die Stasi streute Gerüchte, dass jemand aus der Gruppe für sie arbeiten würde, und lockte uns auf die falsche Fährte. Die wahren Spitzel fielen nicht auf.«

Da war es wieder: Rudis plötzliches erschrecktes Innehalten, scheinbar grundlos. Sein suchender Blick blieb an den Bäumen hängen, die den Platz wie eine schwarze Wand umgaben. »Was war da?«, fragte er.

»Nichts«, sagte Lisa. »Da war gar nichts.«

Rudi wartete minutenlang, bis er sicher war, dass er sich getäuscht hatte. Erst dann sprach er weiter. »Die Erika war so eine. Ich habe mich sofort in sie verliebt, als sie in unserer Gruppe auftauchte. Sie war sieben Jahre älter als ich, aber das hat mich nicht gestört. Manchmal haben wir an einem See gegrillt so wie wir jetzt. Wir rückten ganz eng zusammen und mit ganz leiser Stimme erzählte sie aus ihrem Leben. Sie tat mir leid, weil sie Schlimmes ertragen musste. Sie sagte, ihr Mann schlage sie, wenn er betrunken sei. Die arme Frau, habe ich gedacht, der musst du helfen. Es war doch klar, dass ich sie hin und wieder bei mir wohnen ließ. Irgendwann habe ich ihr erzählt, dass Wolframs Gedichte unter meiner Matratze liegen. Sie war die einzige außer Wolfram und mir, die das wusste. Wolframs Gedichte gegen die Gleichgültigkeit waren die besten, die er je geschrieben hat. Sein Vater hatte sie heimlich vervielfältigt, damit wir sie verbreiten konnten.«

Aus der Asche züngelte plötzlich eine kleine Flamme, als sich die Zweige entzündeten. Ein Rauchwölkchen stieg auf, ehe das Feuer endgültig verlosch.

Rudi gab einen Laut von sich, es klang wie ein Stöhnen. Sein Gesicht konnte sie nicht erkennen. Mit einem großen Zorn in der Stimme sprach er weiter. »Dann kamen sie. Sie haben an die Tür gewummert, frühmorgens, so gegen sechs. Sie haben nicht gewartet, ob wir öffnen würden, sie haben die Tür eingeschlagen. Alles haben sie durchwühlt. Bücher, Tonbänder, Schallplatten haben sie mitgenommen, das war klar, aber die privaten Fotos und Notizen haben sie uns auch nicht gelassen, das war viel schlimmer. Maria, Wolframs Freundin, war schwanger und hatte in jener Nacht auch in der Wohnung geschlafen. Sie stellte sich den Stasi-Leuten in den Weg, aber die haben sie geschlagen und zu Boden gestoßen. Wolframs Gedichte haben sie natürlich gefunden. Tagelang haben sie uns verhört. Sie taten so, als wären wir Feinde des Staates. Aber sie haben uns erst für die Öffentlichkeit dazu gemacht. Da, schaut sie euch an, den Abschaum der Gesellschaft! Auch Wolframs Vater hat gewaltigen Ärger bekommen. Er hat seinen Job als Lehrer verloren und wurde in die Landwirtschaft abkommandiert.«

»Maria?«

»Ist tot. Sie wollte mit Wolfram durch die Elbe schwimmen. Er hat es nach Hitzacker geschafft, sie wurde erschossen. Mit dem Kind im Bauch.«

»Was für eine fürchterliche Geschichte!«

Rudi schüttelte ärgerlich den Kopf. »Ach, was weißt du denn!«

Er fuhr heftig zusammen, als in ihrer Nähe plötzlich ein Frosch laut zu quaken begann. Ein zweiter fiel ein. Lisa lauschte und dachte an die Stunden an der Graft in Herrenhausen und wie dort von Zeit zu Zeit Frösche mit ihrem Getöse die Stille unterbrochen hatten.

»Das wirst du nie wieder los«, sagte Rudi. »Spitzel, Verhöre, Wohnungsdurchsuchungen. Je mehr wir uns versteckten, umso heftiger waren sie hinter uns her. Wir trafen uns überall, mal in den Kneipen, mal in Wohnungen, mal in den dunklen Ecken vom Volkspark, aber nie waren wir wirklich sicher. Konspirative Treffen, da waren sie empfindlich, weil sie nicht wussten, was ihnen entging.« Er machte eine Pause, ehe er sehr leise weitersprach. »Diese Angst immer«, sagte er. »Du kannst dir das nicht vorstellen.«

Fremde Stimmen näherten sich und Rudi verstummte. In der fast völligen Dunkelheit tastete er nach den leeren Bierdosen, sammelte sie hastig auf. Ehe ein junges Pärchen den Platz erreichte, war er schon fort. Lisa folgte ihm langsamer. Der Faden zwischen ihnen war wieder abgerissen.

Am nächsten Tag fuhren sie weiter nach Stuttgart. Nie zuvor waren sie in dieser Stadt gewesen und ihre Aufgeräumtheit und Sauberkeit waren Lisa fremd, mehr noch, sie fand sie befremdlich. Wo gab es für Menschen, die weder ordentlich noch fleckenlos waren, in dieser Stadt einen Platz?

Es war noch warm, als sie zum Schlossplatz schlenderten. Der Mond schwebte als schmaler gebogener Silberstreif über dem Königsbau, und den Himmel erleuchtete eine letzte Spur der Helligkeit des Tages. Noch war die Stadt laut und lebendig. Über dem Platz hing Stimmengewirr wie das Summen eines in die Sommernacht verirrten Bienenschwarms. Gemeinsam gingen sie hinüber zu einem großen Brunnen und setzten sich auf seinen steinernen Rand. Manchmal wehte der Wind ein paar Wassertropfen zu ihnen herüber. Neben ihnen legte sich ein Mädchen bäuchlings auf den Rand des Brunnens und ließ die Spitzen seiner Haare ins Becken rieseln. Nach einer Weile zog es seine Schuhe aus und hielt seine Füße ins kühle Wasser.

Lisa schwang ihre Beine über den Brunnenrand. Ein unwiderstehliches Bedürfnis zog sie hinein in das im Licht der Scheinwerfer glitzernde Wasser. Sie hob ihren Rock über die Knie und stieß mit langsamen Schritten weiter zur Mitte des Brunnens vor, gelangte zwischen den schillernden Vorhängen der wasserspeienden Löwenköpfe bis zu den steinernen Putten. Hier war das seltene Gefühl von Freiheit und tiefem Glück so stark wie am Abend zuvor, und sie machte Rudi Zeichen, er möge es ihr nachtun. Er winkte lachend zurück, aber folgte ihr nicht. Wer sie so sah, musste sie für ein glückliches übermütiges Liebespaar halten. Sie umfasste den Fuß einer steinernen Figur, zog sich zu ihr hinauf. Neben Rudi war ein Mann stehengeblieben, gestikulierend und wütend. Er brüllte zu ihr hinüber, dies sei kein Planschbecken.

Lisa tat, als würde sie ihn nicht bemerken, setzte ein verklärtes Gesicht auf und ließ sich auf dem Schoß der Putte nieder, doch ihre Freude verwandelte sich in Bitterkeit und Scham. Warum war es ihr nicht egal, was Menschen, die sie niemals wiedersehen würde, über sie dachten? Warum hatte sie immer noch ein schlechtes Gewissen, wenn sie sich anders verhielt, als die anderen von ihr erwarteten? Warum fühlte sie sich immer noch verpflichtet, normal zu sein? Warum tat sie nicht, was sie wollte, wenn es niemandem schadete? Warum aß sie nicht mit den Händen, wenn ihr danach war? Warum sang sie nicht ein lautes Lied, wenn es sie glücklich machte?

Sie wartete, bis der Mann schimpfend davongegangen war, dann kehrte sie zu Rudi zurück.

»Was ist los mit dir?«, fragte Rudi verwundert. Er lächelte und in seiner Stimme war keine Spur eines Vorwurfs. Er schien in seiner Schwester immer noch das ängstliche und angepasste Wesen zu sehen – das sie in ihrem Innersten auch geblieben war.

»Wir müssen gehen«, sagte Rudi und erhob sich vom Brunnenrand.

Sie griff nach seiner Hand. »Lass uns doch noch bleiben!«

»Wir müssen gehen«, wiederholte er in einem Ton, der keinen Widerspruch erwartete.

Natürlich hatte Rudi recht, sie mussten zurück, wenn sie keine Scherereien in der Jugendherberge bekommen wollten, aber sie ärgerte sich über ihre Fügsamkeit.

Am Beginn der Königstraße hing im Schaufenster eines Reisebüros ein Werbeplakat für eine Reise nach Prag.

»Die Teynkirche.« Sie sagte das so nebenbei, sie hatte seit Jahren nicht mehr an ihre Reisen nach Prag gedacht. Rudi sah sie ganz merkwürdig an, als sie den Namen der Kirche aussprach, sie merkte, dass ihn etwas beschäftigte und ihm zusetzte.

»Warst du dort?«, fragte er nach einer Weile. Jetzt erzählte sie von ihrer ersten Reise nach Prag im Frühjahr 1968, von dem Orgelkonzert in der Teynkirche, das sie nie vergessen würde, sprach von den Menschen, die vereint waren in ihrer Freude und Zuversicht und der Überzeugung, dass sich alles zum Besseren wenden würde. Während sie langsam weitergingen, erzählte sie von Pavel, seiner Begeisterung für sein Land und seinem Vertrauen, dass es ihnen gelingen werde, jedem Einzelnen und dem ganzen Volk gemeinsam, was sich Dubcek auf die Fahnen geschrieben hatte, nämlich einen Sozialismus mit menschlichem Antlitz zu schaffen. Vieles habe damals noch im Argen gelegen, sagte sie, die Theken und Regale in den Geschäften hätten sich nicht von selbst gefüllt und die alten Strukturen in der Politik seien auch nicht von heute auf morgen verschwunden, nur weil Dubcek Parteivorsitzender geworden war.

»Ein gutes politisches System ist nie fertig. Das liegt in der Natur alles Menschlichen«, unterbrach Rudi schroff. Dann schwieg er wieder.

Lisa erzählte von ihrer zweiten Reise nach Prag im August desselben Jahres und wie sich von einem Tag zum anderen alles verändert hatte, als hätte man das bunte Bild der Zuversicht in schwarzer Farbe ertränkt. Vertieft in die Erinnerungen war sie unwillkürlich langsamer gegangen. Sie blickte zur Seite und jetzt nahm sie wahr, wie sich Rudis Gesicht verändert hatte. Er hatte die Lippen zusammengepresst und sah wieder so verschlossen aus, wie er es in Berlin gewesen war.

»Komm jetzt endlich«, sagte er barsch.

Lisa ging schneller und schwieg. An der Konrad-Adenauer-Straße blieb Rudi plötzlich stehen. Seinen Zorn, für den Lisa keine Erklärung hatte, schien er überwunden zu haben, und er wollte wissen, wo Pavel in Prag gewohnt hatte. Als sie sagte, in Vinorady in der Luzicka, äußerte er nichts, sah sie nur verwundert an, geradeso als hätte sie etwas Ungeheures offenbart. Jetzt wollte er mehr wissen über Pavel, er vermutete, er habe ihn gekannt, aber dann war es doch ein anderer, dem er in Jena begegnet war und der auf der anderen Seite der Moldau in dem großen Studentenwohnheim beim Strahov-Stadion gewohnt hatte. Danach schwieg Rudi beharrlich und sie erfuhr nichts über seinen Pavel und nichts darüber, was die beiden verband, und ob Rudi die Stadt an der Moldau kannte.

In der Jugendherberge hatten sich ein paar Jugendliche im Gemeinschaftsraum eingefunden. Ein Mädchen klimperte auf einer Gitarre ein paar unbeholfene Akkorde. Rudi war in der Tür stehengeblieben und sie merkte, wie er mit sich rang, ob er den Raum betreten sollte. Sie ging an ihm vorbei zum Getränkeautomaten, holte sich eine Fanta und ließ sich an einem freien Tisch nieder. Rudi folgte ihr zögernd. Er setzte sich, wechselte gleich noch einmal den Platz, sodass die Jugendlichen in seinem Rücken saßen. Lisa wollte mit ihm über ihre weiteren Reisepläne sprechen, aber er war nicht bei der Sache. Er hörte kaum zu, und als sie ihn nach seinen Wünschen fragte, wusste er nichts zu sagen. Von Zeit zu Zeit sah er sich nach dem Mädchen mit der Gitarre um. Als sie das Instrument beiseitelegte, stand er auf und nahm es an sich, ohne zu fragen. Er trug seinen Stuhl in die äußerste Ecke des Raumes und setzte sich ans Fenster mit Blick auf die hell erleuchtete City von Stuttgart.

Er musste die Töne suchen, die Finger fanden sich nicht gleich zurecht, aber dann wurde sein Spiel flüssiger, er summte die Lieder vor sich hin, leise und verhalten, kaum hörbar für die anderen. Das Mädchen stand auf und ging zu ihm. »Kannst du ›Über den Wolken muss die Freiheit wohl grenzenlos sein‹ von Reinhard Mey spielen?«

»Nein«, sagte er barsch. Er legte die Gitarre an ihren Platz zurück und setzte sich neben Lisa.

»Spiel doch weiter«, bat das Mädchen, aber Rudi weigerte sich.

Auf dem Weg nach Konstanz mussten sie in Singen umsteigen. Hier regnete es und die Felswände des Hohentwiel ragten grau und hässlich wie eine nasse Betonwand in den trüben Himmel. Der Zug auf dem Nachbargleis fuhr in die Schweiz, aber Rudi bestand darauf, dass ihr nächstes Ziel Konstanz sein sollte.

Kurz hinter Radolfzell kam ihr Zug auf freier Strecke zum Stehen. Jedes Mal, wenn ihr Zug an einer Station nicht gleich weiterfuhr oder auf offener Strecke hielt, überfiel Lisa eine Unruhe, als ginge durch den außerplanmäßigen Halt irgendetwas in ihrem Leben endgültig verloren. Es war das Unbeherrschbare, was ihr Angst machte, das Gefühl, einer Störung wehrlos ausgeliefert zu sein, deren gutes Ende nicht absehbar war. Beim Blick aus dem Fenster sah sie jetzt den Zugführer an einem Bahnübergang neben dem Gleis stehen. Irgendetwas tat er dort, bis sich der Zug endlich in Bewegung setzte. Immer wieder stoppte der Zug, er hielt vor jedem Bahnübergang. Eine halbe Stunde verspätet erreichten sie Konstanz. Rudi an ihrer Seite schlief.

In der Stadt am See war das Wetter nicht besser. Mit dem Bus fuhren sie zur Jugendherberge. Ganz oben im siebten Stock des alten Wasserturms direkt unter dem alten Wasserbehälter überließ ihnen der Herbergsvater ein Vierbettzimmer, das sie mit niemandem zu teilen brauchten. Lange standen sie schweigend am Fenster und blickten auf den See, der unwirtlich und grau tief unter ihnen lag. Der Sturm trieb Schaumkämme über das Wasser und am Ufer blinkten grell die orangefarbenen Lichter der Sturmwarnung, in der Ferne war Donner zu hören.

»Warum bleiben wir nicht hier?«, sagte Rudi. »Hier könnte ich ewig wohnen. Es ist ...«, er suchte nach Worten. »Alles ist so grenzenlos. Du siehst aus dem Fenster und da ist nichts, was sich dir entgegenstellt.« Er stockte wieder. »So sieht für mich die Freiheit aus.«

»Aber alles ist grau«, sagte Lisa leise, »der Himmel, der See, sogar das Ufer.«

Am nächsten Tag war der Sommer zurückgekehrt. Im Bus, der sie in die Stadt bringen sollte, war es heiß und sie fanden keine Sitzplätze mehr. Bei jedem Halt stiegen weitere Menschen ein. Rudi stand mit zusammengepressten Lippen heftig atmend neben ihr. Sein Gesicht war schweißbedeckt. Mit einer Hand wischte er die Schweißperlen von der Stirn, mit der anderen klammerte er sich an eine Haltestange. Eine Frau mit brüllendem Kind im Kinderwagen stieg ein. Rusi riss heftig an Lisas Arm und zog sie zur Tür, doch die schloss sich in diesem Augenblick, öffnete sich auch nicht wieder, als Rudi auf den Türöffner drückte. Er fluchte laut und hämmerte außer sich vor Wut mit der Faust gegen die Tür. An der nächsten Haltestelle sprang er hinaus, als müsste er sich vor einer Gefahr in Sicherheit bringen.

Sie standen an einer stark befahrenen Kreuzung nicht weit von der Brücke entfernt, unter deren weit gespannten Bögen der Rhein vom Obersee in den Untersee floss. Die Menschenmenge, die über den schmalen Fußweg der Brücke drängte, nahm sie mit in die Altstadt. Rudi war immer noch voller Unruhe. Ohne Rücksicht auf Zusammenstöße eilte er vor ihr her, hatte auch keinen Blick für die Schönheit des Sees und das klare Wasser des Rheins. Erst als sie durch die Gassen der Altstadt gingen, wurde er ruhiger.

Vor einem Schuhgeschäft blieben sie stehen. »Lass uns ein Paar Schuhe kaufen«, sagte sie, »ich brauche Schuhe und du auch.«

Drinnen standen sie lange vor den Regalen, doch sie konnten sich nicht entscheiden, ob sie noch leichte Sommerschuhe brauchten oder schon Winterschuhe. Sie gingen weiter, ohne etwas zu kaufen. Später schlenderten sie am Hafenbecken entlang. An der Grenze zur Schweiz sahen sie, wie Fußgänger den Zoll passierten, ohne ihre Ausweise zeigen zu müssen. Rudi blickte sich unsicher um und zögerte, während sie auf die Zollstation zugingen. Ein Schweizer Zöllner hielt sie an und wollte ihre Ausweise sehen. Sie hatten sie nicht dabei und mussten umkehren.

Bei einem Kiosk zwischen Rheinbrücke und Hafen standen alte Männer mit Bierflaschen in den Händen. Lisa fielen die langsamen Bewegungen auf, wie eingefroren war jede ihrer Gesten, jeder Schritt. Wie bei einer Maschine, die nach dem Ausschalten noch ein paar Umdrehungen läuft, dachte sie. Sie versuchte sich vorzustellen, wie sie sich als junge Männer bewegt haben mochten, ehe sie im Laufe ihres Lebens immer langsamer wurden und noch langsamer werden würden bis hin zum völligen, endgültigen Stillstand im Grab.

Rudi kaufte für sie beide Bockwurst mit Brötchen und Dosenbier. Damit setzten sie sich auf die Steinstufen am Wasser, aßen und tranken und sahen den Schiffen zu, die die Hafeneinfahrt passierten. Eine Schwanenfamilie mit drei Jungen zog gemächlich vorbei, ein riesiger Schwarm kleiner silbrig glänzender Fische näherte sich dem Ufer und verschwand in einer plötzlichen gemeinsamen Bewegung so überraschend, wie er gekommen war. Über allem lag eine tiefe Ruhe, auch sie sprachen nicht, saßen nur und schauten. Am Nachmittag mieteten sie ein Ruderboot. Mit kraftvollen Schlägen trieb Rudi das Schiffchen durch das sich im Wind kräuselnde Wasser. Prachtvolle Stadthäuser glitten am Ufer vorüber, gepflegte Parks mit Villen in ihrer Mitte, ein Spielkasino. Segelboote kreuzten ihren Weg.

Bei einem Strandbad an der Spitze einer Landzunge nahm Rudi die Ruder aus dem Wasser. »Weißt du noch«, sagte er und um seinen Mund spielte ein Lächeln, das seine schlechten Zähne entblößte. »Weißt du noch, damals auf dem Maschsee?«

Sie wusste sofort, was er meinte. Rudi der unerschrockene Held. Rudi der Lebensretter.

Ein Segelboot, eines mit flachem Rumpf und einem Säbel als Segelzeichen, hat damals ihren Weg gekreuzt. Der Segler kämpft mit den Böen, die unberechenbar von den Straßenschluchten herüberfegen. Er ist nicht allein. Neben dem Schwertkasten liegt ein Kind, ein Baby wohl, am Boot festgebunden mit einem Tragetuch. Das Boot kentert, das Kind in dem Tuch nun schwebend zwischen Himmel und Wasser, lautlos, vielleicht schlafend. Der Vater im Wasser greift in höchster Aufregung nach dem hölzernen Schwert, weit über ihm ragt es aus dem gekenterten Rumpf, schwingt sich hinauf, richtet das Boot wieder auf. Er fällt zurück ins Wasser, lässt das Boot los, nur einen Augenblick, und der Wind fasst ins festgemachte Vorsegel. Mit dem Kind schießt das Boot davon, auf die Ufermauer zu, unerreichbar für den im Wasser treibenden Vater.

Rudi wirft das Ruder herum, sie nehmen Fahrt auf, schneller als das herrenlose Boot, sind bald neben ihm. »Lass das Segel los, lass alles los.« Rudi springt, klammert sich drüben an die Bordwand, klettert ins fremde Boot. Lisa ist allein mit den knatternden Segeln, das Vorsegel flattert dem Boot voraus, der Wind kommt genau von hinten, treibt sie immer weiter auf die Ufermauer zu. Dann, gerade noch rechtzeitig, ist das andere Boot mit den beiden Männern und dem Kind wieder neben ihr. Rudi springt ins Wasser, stemmt sich über die Bordwand ins Boot, greift zum Ruder. »Hol das Vorsegel dicht.«

»Weißt du noch«, sagte er noch einmal und sah ganz verklärt aus im Glücksgefühl der Erinnerung.

»Natürlich«, antwortete sie und sie brauchten kein weiteres Wort darüber zu verlieren.

Ein leichter Abendwind aus Osten trieb ihr Ruderboot zurück. Erst in der Dämmerung erreichten sie den Steg. Der Bootsvermieter saß auf einem weißen Plastikstuhl am Ufer, trank Bier und war sofort besänftigt, als sie drei Stunden bezahlten anstatt der zwei, die sie vereinbart hatten.

Es war noch warm und sie kehrten zu den Stufen zurück, die sie vor ein paar Stunden verlassen hatten. Die Schwanenfamilie näherte sich wieder und wollte gefüttert werden, aber sie hatten selbst nichts zu essen.

Er freue sich darauf, in der Schreinerei zu arbeiten, sagte Rudi. Er freue sich auf den Geruch von Holz und Leim, er freue sich darauf, nach langer Zeit endlich wieder etwas Sinnvolles zu tun.

»Wirst du es schaffen, für dich zu sorgen?«, fragte sie. »Ich meine, für dich einzukaufen und die Wohnung in Ordnung zu halten?«

»Aber Schwesterchen«, lachte Rudi. »Ich bin doch früher auch ohne dich klargekommen.«

Tags darauf wollte Rudi mit dem Schiff nach Stein am Rhein fahren. Sie stimmte zu, obwohl die Schiffsfahrt teurer war, als sie es sich leisten konnten. Das Schiff hieß Munot und sie rätselten über das unbekannte Wort. Es war der Name der Burg von Schaffhausen, wie sich herausstellte. Rudi wollte nicht auf dem Deck sitzen, die vielen lauten Menschen irritierten ihn. Sie blieb bei ihm unter Deck, sein angespanntes Gesicht nagelte sie an seiner Seite fest. Sie saßen ganz vorn in dem großen fast leeren Saal, doch die Menschen vor ihnen auf der Spitze des Bootes versperrten die Sicht. In den Lücken zwischen ihren Körpern teilte sich die Welt vor dem Schiff in eine rechte und eine linke Hälfte und glitt in kleinen unzusammenhängenden Bröckchen vorbei. Lisa drehte ihren Stuhl und blickte durch ein seitliches Fenster nach draußen. Jetzt schien das Schiff stillzustehen, während die Häuser am Ufer wie von einer unbekannten Kraft angetrieben an ihnen vorüberfuhren. Nach einer Weile stand Rudi auf. Wieder kaufte er für sie beide Bockwurst mit Brot. Das erinnere ihn an Jena, sagte er. In jeder Kneipe habe es dort Bockwurst mit Brot gegeben.

»Warum denkst du jetzt an Jena?«, fragte sie.

Es sei nur, weil es auch hier Bockwurst gebe, antwortete Rudi.

Lange harrte sie neben Rudi aus. Als kurz vor Stein am Rhein eine weißgestrichene Klosterkirche von einer kleinen Flussinsel herüberleuchtete, verließ sie ihn. Sie wollte der Schönheit draußen nahe sein und sie nicht nur durch trübe Fensterscheiben betrachten.

Das Wasser des Rheins war hier durchsichtig wie Glas, nie zuvor hatte sie einen Strom dieser Größe mit so klarem Wasser gesehen. Ihr Blick hing an den am Grund des Flusses vorüberflitzenden Kieselsteinen, bis ihr schwindelig wurde. Rudis Kommen hatte sie nicht bemerkt.

»Schön hier«, sagte er, aber seine Worte klangen pflichtschuldig, und sie wusste nicht, ob ihn die Schönheit wirklich berührte.

In Stein am Rhein verließen sie das Schiff, eingezwängt zwischen Menschenleibern, die dasselbe Ziel hatten wie sie. Mit Bedauern sah Lisa das leer gewordene Schiff ohne sie Richtung Schaffhausen weiterfahren. Sie fühlte sich schlecht, als hätten sie es durch ihren Fehler verpasst. Rudi griff nach ihrem Arm und hielt sich daran fest wie an einem Rettungsring. So wandelten sie gemeinsam zwischen den vielen Menschen und den jahrhundertealten bunt bemalten Bürgerhäusern und versuchten die Geschichten zu deuten, von denen die Bilder an den Mauern erzählten. In etlichen Häusern befanden sich Restaurants im Erdgeschoss. Auf ihren Speisekarten wurden Fische angeboten, deren Namen sie noch nie gehört hatten, wie Felchen, Kretzer oder Saibling, und die für sie zu teuer waren.

»In Jena waren alle Häuser grau«, sagte Rudi, »nicht weiß, nicht gelb, nicht einmal hellgrau. In den Städten gab es nur ein düsteres Grau, keine Farben.«

Auf der Rückfahrt wurde es rasch kühler. Draußen auf dem Bug des Schiffes waren sie jetzt die einzigen Fahrgäste. Langsam, viel langsamer als auf der Hinfahrt glitten sie stromaufwärts an alten Fachwerkhäusern vorbei, bis sich der Rhein zum Untersee weitete. Auf der Reichenau trafen die letzten Sonnenstrahlen den herbstlich leuchtenden Weinberg. Als sie an dem in der Dämmerung grauen Schloss von Gottlieben vorüberglitten, legte Rudi den Arm um Lisa, um sie zu wärmen. Erst in der Dunkelheit erreichten sie Konstanz. Im schwarz gewordenen Wasser spiegelten sich die Lichter der schmalen Hafeneinfahrt und dahinter leuchteten hell die Fenster des Konzilgebäudes. Sie hatten sich erhoben und standen stumm am Bug des Schiffes. Lisa fühlte das Glück über diese Schönheit, doch zugleich war da auch Schmerz und Traurigkeit und sie war sich nicht sicher, ob das nicht alles dasselbe war.

Ich muss das aufschreiben, dachte sie damals, ich muss diese Reise festhalten und vor dem Vergessen bewahren. Aber sie schrieb nichts auf, sie hatte nicht einmal einen Fotoapparat mitgenommen. Sie hat keine Bilder von Rudi aus dieser gemeinsamen Zeit. Die Passbilder aus seinen Ausweisen sind die einzigen Fotos, die sie an sein Gesicht von damals erinnern.

Am nächsten Morgen schien wieder die Sonne. Rudi stand am geöffneten Fenster. »Sieh mal«, sagte er und machte eine weit ausholende Bewegung, als würde er ein Geschenk vor ihr ausbreiten. »Die Alpen.«

Sie stand auf und nun sah auch sie weit im Süden vor dem blassen Morgenhimmel die grauen Zacken, die über dem Morgendunst zu schweben schienen. Rudi zeigte auf ein Massiv mit einem hohen und einem etwas niedrigeren Gipfel, das ihnen am nächsten war. »Ich will da rauf«, sagte er. »Ich will auf diesen Berg.«

»Nie und nimmer können wir dort hinauf.« Sie kannte den Berg. Von der Reha-Klinik am Bodensee hatte sie ihn gesehen und ihn schon damals für unbezwingbar gehalten. Rudi stieß ein höhnisches Lachen aus, wie sie es noch nie von ihm gehört hatte und welches sie erschreckte. In seinem Blick war plötzlich dieselbe Besessenheit wie an ihrem ersten gemeinsamen Abend, als sie ihm Geld für den Flipperautomaten gegeben hatte.

»Ich will da rauf und du wirst mich nicht davon abhalten«, wiederholte er barsch.

Schweigend zog sie sich an. Rudi machte ihr Angst. Was war plötzlich wieder in ihren Bruder gefahren und was hatte sie auf dieser Reise von ihm noch zu erwarten?

Beim Frühstück ließ er sie ohne Erklärung allein. Als er zurückkam, hatte er vom Herbergsvater erfahren, dass der Berg Säntis heiße und man ihn von der Schwägalp besteigen könne. Mit Bahn und Bus komme man leicht dorthin. Der Anstieg auf den Säntis jedoch sei lang und nicht ungefährlich, man brauche Erfahrung in den Bergen und ohne Bergstiefel dürfe man gar nicht gehen. Sogar auf der üblichen Route seien schon mehrere Menschen in den Tod gestürzt.

»Siehst du«, sagte sie.

»Aber ich gehe da rauf.«

Rudi war nun nicht mehr von dem Gedanken an den Säntis abzubringen. Er wollte los, sofort und ohne gefrühstückt zu haben.

»Heute können wir hinfahren, morgen vielleicht hinaufsteigen«, sagte sie. Rudi willigte ein, so viel Einsicht war ihm geblieben, doch seine Unruhe dauerte fort. Er wackelte mit dem Brötchen in seiner Hand hin und her und verschüttete den Tee beim Trinken. Gleich nach dem Frühstück brachen sie auf.

In einem Hochtal, nicht weit von der Schwägalp entfernt, stiegen sie aus der S-Bahn, die nach Appenzell weiterfuhr. Urnäsch, so hieß der Ort, war ein Bergdorf mit urigen, aber für sie unerschwinglichen Hotels. Sie ließen den alten Dorfplatz hinter sich, die Straße und die Autos, und gingen zwischen Bauernhöfen, wo es nach Holzfeuer und Kuhstall roch. Es war wie früher, als sie mit ihren Eltern in Ramsau waren, den Urlaubseltern, die sich drei Wochen nicht stritten oder nur ganz wenig. Jetzt war sie Rudi dankbar, dass er in die Berge fahren wollte. Ohne ihn wäre sie nicht hier.

Sie übernachteten bei einer alten, fast blinden Frau, von der es im Ort geheißen hatte, sie beherberge Feriengäste. Die Alte glaubte ihnen nicht, dass sie Bruder und Schwester seien, erklärte sich aber bereit, ihnen ein Zimmer zu überlassen, das nur wenig preiswerter war als eines in den Hotels. Sie bestand darauf, dass sie die Zimmertür nachts offenließen. »Die Büsi wollen nachts in ihr Zimmer.« Sie sagte »Zimmerli« und was sie mit »Büsi« meinte, verstanden sie nicht.

Rudi ging früh zu Bett, er müsse Kraft sammeln für die Bergbesteigung, sagte er. Viel zu früh, um schlafen zu können, lagen sie in den durchgelegenen Ehebetten in einem Raum, der eher eine Abstellkammer war als ein Zimmer für Feriengäste. Kein Stuhl, kein Tisch. Sie hatten das Fenster weit geöffnet. Es war völlig still, nur hin und wieder klangen die Geräusche vom nahen Bauernhof herüber: Kühe im Halbschlaf mit Glocken um den Hals.

Ganz unerwartet begann Rudi zu reden, leise, fast flüsternd, so wie er vor langer Zeit geredet hatte. Es war die Stimme von damals, mit der er ihr Geschichten von Feen und Kobolden erzählt hatte, Beschwörungsformeln gemurmelt und Wichtelworte geraunt, bis sie den Kummer des Tages vergessen hatte. Wie früher lauschte sie Rudis leiser Stimme in der Dunkelheit, und vielleicht horchte auch die Alte hinter der angelehnten Tür auf Rudis Geschichten, die an diesem Abend nicht erfunden waren und nicht tröstlich.

»Bald nach dem Ärger mit Wolframs Gedichten haben wir angefangen, Kontakte zu knüpfen. Wir konnten nicht hinnehmen, dass

Menschen wie Wolfram und Maria gepeinigt und zu wehrlosen Opfern gemacht wurden. Wir waren wütend. Willkür und Ungerechtigkeit, das war das wahre Bild unserer angeblich sozialistischen Gesellschaft.«

Ein leiser Windhauch ließ den offenen Fensterflügel in seinen Angeln knarren und trug den Duft von Heu ins Zimmer. Lisa hätte sich gern der friedlichen Stimmung hingegeben, aber mit seinen Worten zog Rudi sie hinein in seine Welt.

»Wir haben gemerkt, dass wir allein nichts ausrichten konnten. Wir mussten uns mit anderen verbinden, um etwas zu erreichen. Wir mussten Netzwerke im In- und Ausland knüpfen. Wir mussten werden wie eine Hydra, der zwei neue Köpfe wuchsen, wenn einer abgeschlagen wurde. Mit Geschick und Ausdauer wollten wir kämpfen, bis der Staat zu schwach sein würde und aufgeben müsste. Verstehst du?«

Nein, sie verstand nicht, wie das funktionieren sollte, sagte aber ja, damit er weitererzählte.

»In nur drei Tagen haben wir Sachen gemacht, für die wir viele Jahre in den Knast kommen würden, wenn die Stasi dahinterkäme. Wir hatten Verbindungen zu Mitgliedern der Bremer Gruppe des Kommunistischen Bundes Westdeutschland und zur DKP. Die wollten dafür sorgen, dass unsere Artikel in westlichen Zeitschriften erschienen.« Rudis Stimme war zu einem leisen Zischeln geworden, seine Worte kaum hörbar, als lauerten überall die Spitzel und nicht nur eine alte, fast blinde Frau.

»Und dann, wenn eurer Hydra genügend Köpfe gewachsen wären, was wolltet ihr dann tun?«, entfuhr es ihr. »Wolltet ihr dann regieren?« Im nächsten Augenblick bereute sie ihre spöttische Frage, aber zu ihrer Überraschung antwortete Rudi.

»Es ging nicht darum, dass wir sofort Ergebnisse hatten. Es ging um Utopien, um Chancen. Es ging um die Hoffnung, dass Staat und Partei nicht gegen, sondern für die Arbeiterklasse handelten. Sozialismus sollte sich mit Freiheit und Demokratie verbinden. Wenn das gelänge, würde uns ganz Europa hören! Unsere Ziele mussten bekannt werden, wir mussten das ganze Volk mobilisieren. Wir mussten an die Zeit des Prager Frühlings anknüpfen, ehe sie ganz in Vergessenheit geraten würde. Hunderte können sie einsperren, auch Tausende, aber nicht Zehntausende oder Hunderttausende, nicht das ganze Volk. Wenn wir es in westliche Zeitungen schafften, ins Radio, ins Fernsehen, würde unser Weckruf auch bei uns gehört werden.«

Rudi schwieg lange. Als er ganz leise weitersprach, schwang Resignation und Trauer in seiner Stimme. »Ich weiß nicht, wer uns verraten hat, vielleicht hatte die Stasi ihre Leute bei den Bremern eingeschleust, vielleicht war der Verräter in unserer Gruppe, ich weiß es bis heute nicht. Wahrscheinlich werde ich es nie erfahren.« Wieder machte er eine Pause: »Das ist überhaupt das Schlimmste, nicht zu wissen, was wir falsch gemacht haben und wer der Verräter war.«

Nun fing Rudi wieder davon an, dass er es war, der Erika von Wolframs Gedichten erzählt hatte, weil er sich in sie verliebt hatte und er ihr die Geschichte von dem prügelnden Mann geglaubt hatte. Er meinte, dass Maria ohne seinen Fehler noch leben würde. Ohne die schlimme Erfahrung der Verhaftung und der Verhöre hätte sie nicht in den Westen fliehen wollen. Deswegen sei es seine Schuld, einzig und allein seine, dass sie tot war und auch das Kind in ihrem Bauch im Kugelhagel sterben musste. Danach verstummte er. Sie lauschte auf seinen Atem, der stoßweise ging und wusste, dass er wieder weinte.

»Ich will auf den Berg«, rief er aus, so plötzlich und laut, dass sie erschrak und ihr Herz zu rasen begann. Jetzt sofort und auf der Stelle wolle er gehen, sagte er und sprang aus dem Bett. Sie versuchte ihn zu überzeugen, dass jetzt kein Bus zur Schwägalp fahre und er schon erschöpft beim Berg ankäme, wenn er sich zu Fuß auf den Weg machen würde. Nur langsam beruhigte er sich.

Mitten in der Nacht sprang eine Katze auf das Bett. Rudi schnellte hoch, griff das Tier im Nackenfell, warf es aus dem niedrigen Fenster und schlug die Zimmertür heftig zu. Kaum lag Rudi wieder, sprang die Katze von draußen aufs Fensterbrett und von dort mit vorwurfsvollem Miauen zurück aufs Bett. Rudi war so außer sich vor Wut, dass Lisa fürchtete, er würde dem Tier etwas antun, doch er griff es wie beim ersten Mal, beförderte es nach draußen und verriegelte das Fenster.

Am nächsten Morgen verweigerte ihnen die Alte das Frühstück, das sie schon bezahlt hatten, und jagte sie mit wilden Verwünschungen davon.

Mit dem ersten Bus fuhren sie zur Schwägalp. Dort standen sie auf dem großen Parkplatz, zwei Verirrte, fehl an diesem Platz mit ihrem schweren Urlaubsgepäck und den leichten Schuhen, während die einen der Seilbahn zustrebten, die anderen über einen Wiesenweg auf das Felsmassiv zuhielten.

»Was die können, können wir auch«, rief Rudi, und er stürmte los, überholte die letzten, rücksichtslos drängte er sie auf dem schmalen Pfad zur Seite. Er keuchte schon unter dem schweren Rucksack, ehe der steile Anstieg begann. Zwischen Latschenkiefern neben dem Weg sank er erschöpft auf den Boden, von den anderen verspottet, die nun an ihm vorbeizogen.

Lisa solle zurückbleiben, sie solle das Gepäck bewachen, sagte er. Allein und ohne den schweren Rucksack würde er es schaffen.

Er ließ sich darauf ein, dass Lisa ihn begleitete. Das Gepäck versteckten sie zwischen den Latschenkiefern. Wieder begann Rudi zu rennen, er konnte einfach nicht ruhig gehen, er keuchte aufwärts, war bald weit über ihr. Sie fand ihn neben dem Weg, wo er zusammengesunken saß, das Gesicht in der Ellenbeuge vergraben, ein keuchendes und hustendes Bündel aus Verzweiflung und Wut. Er zitterte, als sie ihm beim Aufstehen half. »Wie weit ist es noch bis zum Gipfel?«

Sie wusste es nicht.

»Wie weit noch?«, rief er zwei Bergsteigern hinterher, aber sie hörten ihn nicht mehr.

»Wie weit bis zum Gipfel?« Zwei Frauen, die von oben kamen, blieben stehen. Bald würden sie Tierwies erreichen, wo ein Berggasthof sei. Dort läge gerade erst die Hälfte des Weges hinter ihnen, und der schwierigste Aufstieg durch den unwegsamen Fels begänne erst dort.

Wie lange noch bis zum Gipfel? Zwei Stunden? Drei? Die Frauen konnten sich nicht einigen. Sie waren mit der Seilbahn hinaufgefahren. Wieder ging Rudi viel zu schnell, doch nicht einmal bis Tierwies reichten seine Kräfte. Es konnte nicht mehr weit sein, als er aufgab. Lange blieb er auf einem Felsstein sitzen, ehe er wortlos und mit versteinertem Gesicht den Abstieg begann. Immer wieder strauchelte er, alle Kraft hatte ihn verlassen. Bei den Felsplatten der »Mausefalle« hatte Lisa Angst, er könne abstürzen. Gefährlich dicht setzte er seine Füße neben den Abgrund, und sie fürchtete, er wolle nichts anderes als sein Ende.

»Sieh mal«, sagte sie, als sie endlich ihr Gepäck erreichten, und wies dorthin, wo der Gipfel sein musste. Wie zum Trost war dort nichts als eine große graue Wolke. Ihr Ziel war im Nebel verschwunden.

Er sah nicht hinauf. »Manchmal«, sagte er, »erschrecke ich vor mir selbst.«

»Rudi«, sagte sie. »Die großen Ziele kann man nicht mit einem Mal erreichen, die kleinen bringen uns weiter. Lass uns morgen auf den Kronberg gehen und übermorgen auf einen anderen Berg, am nächsten Tag vielleicht auf den Säntis.«

Rudi ließ sich nicht darauf ein.

Am nächsten Tag fuhren sie nach Berlin zurück. Rudis Verzagtheit, die in den ersten Tagen ihrer Reise überwunden schien, war zurückgekehrt. Lisa hatte gehofft, ihn zum Bleiben überreden zu können oder zum Aufbruch zu einem neuen Ziel, aber seine Welt war wieder voller Schatten, aus denen er sich nicht befreien konnte.

Als sie in Bebra am Bahnsteig auf den Transitzug nach Berlin warteten, kam ihnen ein Mann in Rudis Alter entgegen. Kurz bevor sie sich begegneten, erkannte Lisa, dass es ein Klassenkamerad von Rudi war. Er hieß Karl-Heinz und hatte Architektur studiert, während Lisa noch zur Schule ging. Wie ein Architekt sah er jetzt auch aus, wie ein erfolgreicher, aufrecht und selbstbewusst, schwarzer Rollkragenpulli, helle, weit geschnittene Hose, schwarzes Jackett, zwei silberne Druckbleistifte in der Brusttasche, elegantes schwarzes Lederköfferchen. Er stutzte, erkannte die beiden trotz Lisas streichholzkurzen roten Haaren und Rudis Veränderung. »Der Rudi und die Lisa!«, rief er, aber Rudi nahm ihren Arm und ging rasch davon, als hätte der Ausruf nicht ihnen gegolten, als würde er den anderen nicht kennen. Rudi eilte weiter am Gleis entlang, während der Zug schon einfuhr. Er zog Lisa bis zum letzten Wagen, weit weg von Karl-Heinz. Er floh vor dieser Begegnung mit seinem früheren Leben, einem Leben, dessen Erfolg vorgezeichnet gewesen war, wäre er Arzt geworden.

Rudi fand ein leeres Abteil, er wuchtete die Rucksäcke ins Gepäcknetz. Er zog das Fenster herunter und beugte sich hinaus, genau wie er es an ihrem letzten gemeinsamen Tag in Hainholz getan hatte. So wie damals schloss er es gleich wieder. Er sank auf der Bank zusammen, die jetzt nicht mehr aus Holz war, sondern gepolstert und mit dunkelrotem Kunststoff bezogen. Bis zur Grenze sah Rudi nicht mehr auf. Seine Augen waren krampfhaft auf seine gefalteten Hände gerichtet. Lisa ahnte seine Angst vor weiteren Begegnungen.

»Alt geworden ist der Karl-Heinz«, versuchte Lisa ein Gespräch, aber Rudi sagte kein einziges Wort. Der Zug hielt an der Grenze, Uniformierte kamen ins Abteil, ein Mann und eine Frau, sie kontrollierten die Ausweise und das Gepäck und fragten nach dem Grund der Fahrt nach Berlin. Lisa hatte Angst, Rudi würde die Grenzbeamten mit aggressiven Bemerkungen provozieren, aber während sie die Fragen beantwortete, saß er zusammengesunken auf dem Polster und schwieg.

»Sehen Sie mich an, damit ich Ihr Gesicht mit dem Passbild vergleichen kann!«, herrschte ihn der Mann an, doch Rudi wandte sich ab und sah zum Fenster hinaus.

»Bitte Rudi, sieh ihn an!«

Widerwillig wandte sich Rudi vom Fenster ab. Seine Bewegung war eckig, seine Muskeln schienen gegen einen fast unüberwindlichen Widerstand zu kämpfen. Die Grenzbeamten gingen weiter, doch ihre Schatten blieben. Sie hockten auf den freien Plätzen neben ihnen, sie standen in den Gängen, blieben noch dort, als sich der Zug nach einer Stunde wieder in Bewegung setzte. Das Gefühl der Bedrohung fiel erst in Spandau von Lisa ab, wo sie den Zug verließen. Kein einziges Wort hatte Rudi während der Fahrt gesprochen. Sein Schweigen stand wie ein böses Omen zwischen ihnen. Jetzt, wo der Urlaub so schnell vorüber war, glaubte sie, Rudis Angst vor der Zukunft zu spüren, und wenn es nicht seine war, dann doch ihre eigene. – Der verschleppte Hanns Martin Schleyer war noch immer nicht aufgetaucht.

***

17

An den folgenden Tagen in Berlin kochte Lisa gewissenhafter als gewöhnlich. Statt Dosen und Tiefkühlkost kaufte sie frisches Gemüse, räumte die Küche auf, wusch regelmäßig ab und putzte die Wohnung. Sie wollte Vorbild sein: Sieh, Rudi, so macht man das, wenn man eine eigene Wohnung hat. Rudi schien nichts davon wahrzunehmen. Mit viel Mühe bereitete sie Rotkohl und Frikadellen zu, wie er sie früher gern gegessen hatte, doch er stocherte er nur im Essen herum, aß ein paar Bissen, schob den Teller weg.

»Schmeckt dir das Essen nicht?«

Er blickte nicht einmal auf.

»Ob das Essen nicht schmeckt.«

»Doch, doch.«

Wie er das sagte, dieses doppelte Doch, klang es, als wäre es ihm egal, wie das Essen schmeckte, ja als wäre ihm jedes Essen ohnehin egal. Er war mit seinen Gedanken woanders, vielleicht in seiner eigenen Wohnung, vielleicht in der Schreinerei. Es schien ihm damit nicht gut zu gehen.

In den Morgenstunden wachte Lisa auf und hörte an Rudis Atem, dass er wieder weinte. Es sollte ihre letzte gemeinsame Nacht sein.

Früh am Morgen packten sie Rudis Habseligkeiten in den Rucksack und in die alte schwarz-rot karierte Reisetasche, mit der er an dem kalten Frühlingstag vor ihrer Tür gestanden hatte. Ohne dass er sie darum gebeten hatte, begleitete sie ihn nach Spandau. In den nächsten Stunden sollte der Lieferwagen mit dem Hausrat und den Möbeln kommen, die sie gemeinsam in den Lagerräumen eines Entrümplers ausgesucht hatten.

Rudis Wohnung war kaum größer als ein normales Zimmer, aber anders als in ihrer gab es ein Badezimmer, allerdings so winzig, dass zwischen Badewanne, Toilette und Waschbecken kaum Platz zum Stehen blieb. Der kleine Raum, in dem Rudi wohnen und schlafen würde, zeigte nach Norden und in einer Nische unter dem Fenster waren schwarze Schimmelflecken.

»Der Herd sieht schlimm aus«, sagte Lisa und packte den mitgebrachten Allzweckreiniger und die Putzlappen aus, um sich an die Arbeit zu machen. »So kann er nicht bleiben.«

»Lass das, dies ist meine Wohnung«, fuhr Rudi sie an. In seiner Stimme war eine Schärfe, die sie erschreckte. »Du bist wie unsere Mutter, die sich auch überall einmischen muss. Ich putze die Wohnung, wenn ich es für richtig halte.«

Lisa ließ die Putzlappen und den Reiniger auf dem Herd liegen und setzte sich neben Rudi auf den Boden, den die letzten Bewohner nicht einmal gefegt hatten.

Rudi stand wieder auf. »Ich möchte, dass du jetzt gehst.«

»Warum?«

Rudi antwortete nicht, aber seine Haltung war unmissverständlich. Er würde sich erst wieder setzen, wenn sie die Wohnung verlassen hatte.

An der Tür drehte sie sich noch einmal um. »Dann bis morgen«, sagte sie, als würde es ihr gar nichts ausmachen, ihn mit der ungepflegten Wohnung alleinzulassen und nicht auf die Möbel zu warten, die sie gemeinsam ausgesucht hatten. Sie war wütend.

Rudi war nicht damit einverstanden, dass sie am nächsten Tag wiederkommen wollte.

»Ich melde mich, wenn ich die Wohnung eingerichtet habe.«

»Wie willst du dich melden?«

»Irgendwie.«

»Du hast doch zwei Wohnungsschlüssel bekommen. Magst du mir nicht einen geben?«

»Nein.«

Am nächsten Tag stand sie vor Rudis Haustür und drückte auf den namenlosen Klingelknopf, der zu seiner Wohnung gehören musste. Niemand öffnete, auch nicht, als sie es am folgenden Tag erneut versuchte. Am Wochenende öffnete Rudi auf ihr zweites Klingeln. Er roch nach Bier und Schweiß, sein T-Shirt war fleckig und er trug weder Schuhe noch Strümpfe.

»Komm rein«, sagte er und hielt die Tür auf. »Willst du ein Bier?« Sie folgte ihm in die Küche. Die Schränke und der Kühlschrank standen an ihrem Platz, an einer Wand waren Hängeschränke montiert, der Boden war gefegt und der Herd sah nicht mehr ganz so schrecklich aus wie am ersten Tag. Es gab noch keine Lampen, von der Decke hingen nackte Glühbirnen.

»Da staunst du wohl, Schwesterchen.« Er schlug an der Tischkante den Kronkorken von einer Bierflasche, reichte sie ihr und prostete ihr zu. »Montag ist mein erster Arbeitstag. Wir trinken auf Rudi, den besten Schreiner in Westberlin.«

Als sie Rudi verließ, war sie nicht so erleichtert, wie sie es hätte sein können. Es war die alte Vorahnung eines Unglücks, die sie seit Kindesbeinen auf jedem Schritt begleitete. Kaum war es mit ihrer Mutter eine Weile gutgegangen, hatte Lisa die Angst überfallen, dass der große Schrecken unmittelbar bevorstehen musste, und immer hatte ihre Mutter dafür gesorgt, dass sich ihre Furcht bestätigte.

Mit Rudi schien es anders zu sein. Die Arbeit machte ihm Spaß und er war glücklich, mit seinen Händen etwas zu schaffen, ohne sich den Mängeln und Versorgungsengpässen beugen zu müssen, an denen drüben viele Projekte endgültig gescheitert waren.

»Die Jüngeren bei uns machen keine gute Arbeit«, sagte er. »Ihnen fehlt die Liebe zu dem, was sie tun. Nur wenn du mit dem ganzen Herzen dabei bist, kannst du ein guter Schreiner sein.«

Ein paar Tage später schenkte ihr Rudi ein hölzernes Kästchen. Er hatte schön gemasertes Wurzelholz von Obstbäumen besorgt, es zugesägt, geschmirgelt und zusammengesetzt.

»Woher weißt du, dass ich heute Geburtstag habe?«

»Aber Schwesterchen, du hattest schon immer am dreizehnten Oktober Geburtstag.«

Am Abend wollte Rudi Lisa zu dem Griechen einladen, in dem sie seinen Geburtstag gefeiert hatten. Einen Augenblick dachte sie daran, ihm zu gestehen, dass sie ohne zu zahlen verschwunden war, doch die Scham war zu groß. »Lass uns in Spandau bleiben«, schlug sie vor.

Rudi war einverstanden, kannte aber nur ein einziges Lokal, die »Alte Kolkschänke«, eine verräucherte und heruntergekommene Kneipe in einem verfallenden Fachwerkhaus, wo es außer Schmalzbroten und Frikadellen nichts zu essen gab. Auf der Suche nach einer Alternative bummelten sie durch die Altstadt, studierten Speisekarten, öffneten Türen und schlossen sie wieder, ohne einzutreten, landeten endlich im »Churschmied« in einem uralten Backsteingemäuer am Rande der Altstadt. Sie bestellten Rinderrouladen mit Rotkohl, tranken Bier und redeten über Alltägliches. Im Hintergrund lief das Radio, die übliche beliebige Musik, unterbrochen durch platte Witze. Es war Rudi, der plötzlich aufhorchte, irgendetwas hatte seine Aufmerksamkeit angezogen. Nun lauschte auch sie. Erst waren die Worte des Nachrichtensprechers wie ein Puzzle, das sie zusammensetzen musste, um den Sinn zu verstehen. Eine Flugzeugentführung hatte es gegeben, wieder einmal, jedes Jahr wurden irgendwo auf der Welt Flugzeuge entführt. Aber jetzt war es anders, plötzlich war der Schrecken ganz nah, dieses Mal hatte es eine deutsche Maschine getroffen, eine mit Urlaubern, die auf dem Weg von Mallorca nach Frankfurt waren. Mehrere Personen, so hieß es, hätten die Lufthansamaschine »Landshut« in ihre Gewalt gebracht. Kein Wort über einem Zusammenhang zwischen der Flugzeugentführung und der Verschleppung von Schleyer, aber für Rudi gab es nicht den geringsten Zweifel. Was die Entführung des Arbeitgeberpräsidenten in fast sechs Wochen nicht bewirkt hatte, sollte über das Pfand von achtzig oder neunzig Menschenleben erzwungen werden, nämlich die Freilassung der Stammheimer Gefangenen.

Lisa sagte, in ihren Augen sei die RAF ein krimineller Haufen, der Banken überfiel, um sich selbst zu finanzieren und Waffen zu kaufen. »Von Zeit zu Zeit zünden sie irgendwo eine Bombe oder bringen jemanden um und deklarieren das als politisch notwendige Tat. In Wirklichkeit ist ihr einziges Ziel die Befreiung der Gefangenen, weil sie ohne ihre Anführer kopflos sind.«

»Du hast ja keine Ahnung«, herrschte Rudi sie an. »Die Gefangenen leben unter Bedingungen, die kein Mensch ertragen kann.«

Er war plötzlich blass geworden, seine Hand zitterte, als er nach seinem Bierglas griff.

»Woher hast du eigentlich das schöne Holz für das Kästchen?«, fragte sie, aber Rudi biss sich an dem anderen Thema fest, während seine Erregung wuchs. Man müsste Helmut Schmidt persönlich zur Rechenschaft ziehen, wenn es Tote gäbe, sagte er. Wäre er, Rudi, verantwortlich, würde er sofort die Haftbedingungen verbessern. Dann wären die Befreiungsaktionen überflüssig. »Ich weiß, was es bedeutet, als politischer Häftling im Gefängnis misshandelt zu werden.«

Es fiel Lisa schwer, ihm ruhig zuzuhören. Es hatte sie schon immer geärgert, wenn Rudi sie als die naive Kleine behandelte. »Aber Rudi, euer Widerstand gegen das System und der Terror der RAF, das sind doch ganz unterschiedliche Dinge.«

»Aber Isolationshaft ist Isolationshaft, und die ist schlimmer als körperliche Misshandlung«, rief er aus, schloss seinen Mund jedoch sofort, weil sich sein Blick mit dem eines Mannes in ihrer Nähe kreuzte. Danach schwieg er.

Rudi steht auf der Seite der Terroristen, dachte sie erschreckt. Die Freiheit der Gefangenen, war das sein stiller Wunsch?

Beim Essen beruhigte sich Rudi wieder. Über die Entführung sprach er nicht mehr, sondern erzählte von einer Kundin der Schreinerei, die für alle Zimmer Einbauschränke aus rohem Holz bestellt hatte, dazu ein Bett, Tisch und Stühle. Alle gekauften Möbel seien vergiftet, behauptete die Frau, jahrzehntelang dünsteten sie die Chemikalien aus, mit denen sie behandelt wurden, sie röche das, sie könne nicht schlafen bei dem Gestank und krank sei sie schon seit Jahren von dem Gift.

Als die Leute am Nebentisch gegangen waren und niemand mehr in ihrer Nähe saß, fing Rudi doch wieder von der RAF an. »Man darf das nicht einfach so hinnehmen«, sagte er, »die Ausbeutung der Dritten Welt und den Kapitalismus. Man muss die Imperialisten bekämpfen. Genau das tut die RAF.«

»Aber doch nicht mit Mord und Geiselnahme.«

»Wie willst du das beurteilen!«

Sie legte ihre Hand beschwichtigend auf Rudis. »Wir müssen uns doch jetzt nicht streiten über Dinge, die wir nicht ändern können.«

»Es ist schlimm, dass du meinst, das alles gehe dich nichts an. Du futterst deine Rinderroulade und siehst zu, wie die Gefangenen zugrunde gehen.«

Rudi wurde seiner Unruhe nicht mehr Herr. Er nestelte an seinem Pullover, zog an losen Fädchen, pulte an den Fingernägeln und wippte mit den Füßen. Dann sprang er plötzlich auf und warf sein Portemonnaie auf den Tisch. Sie solle zahlen, sagte er, er würde auf der Straße auf sie warten.

Draußen war Rudi nicht mehr zu sehen. Eine alte Frau kam über die Straße gehumpelt und schob mit ihrem Krückstock eine schmutzige Bierflasche vor sich her, bis sie im Rinnstein liegen blieb. Die Alte bückte sich mühsam und hob die Flasche auf.

Lisa blieb noch eine Weile vor dem Lokal stehen, aber Rudi kam nicht zurück. Vergeblich versuchte sie zu verstehen, was ihn so in Unruhe versetzt hatte. Der Gedanke an die Gefangenen von Stammheim? Ihr Abwiegeln? Als sie zu seiner Wohnung kam, brannte Licht hinter den Fenstern. Sie ging vorbei, ohne zu klingeln.

Nach diesem Tag nutzte sie jede Gelegenheit die Nachrichten zu hören, meist allein, manchmal zusammen mit Rudi. Es war eine Mischung aus Grauen, Angst und Hoffnung, die sie in den folgenden Tagen verband. Die Odyssee des Schreckens, ein Alptraum für Passagiere und Mannschaft, endete am fünften Tag der Entführung in Mogadischu. In der Nacht, der Nacht zum achtzehnten Oktober, sprengten Männer der GSG 9 die Türen der entführten Maschine und machten die Entführer mit Blendgranaten kampfunfähig. Sieben Minuten später war das Ganze vorbei und die Geiseln unverletzt befreit. Rudi schien nicht erleichtert zu sein. Als acht Stunden später Gudrun Ensslin, Jan Carl Raspe und Andreas Baader tot in ihren Gefängniszellen aufgefunden wurden, glaubte er nicht an Selbstmord, er glaubte an Mord. »Jetzt, wo man sie beiseitegeschafft hat, wird es kein zweites Mogadischu geben.«

In den folgenden Wochen schickte Rudi sie fort, wenn sie ihn besuchte.

Es war einer der letzten schönen Herbsttage, ein Sonntag im November, ein Tag, an dem die Bäume unter dem stahlblauen Himmel zu brennen schienen, leuchtend rot und gelb wie die Flammen eines Feuers. Lisa dachte an raschelnde Blätter unter Kinderfüßen. Sie dachte daran, wie sie sich als Kinder mit staubigem Laub beworfen hatten, bis ihre Mutter schimpfte, weil die Blätter überall in der Kleidung hängenblieben und die Wohnung verschmutzten. Jetzt war so ein Tag wie früher, sie sehnte sich nach dem Glück von damals, als eine kleine ausgelassene Schwester mit einem Arm voll duftendem Laub hinter dem großen Bruder herrannte. Mit diesem Gedanken fuhr sie nach Spandau. Auf dem Weg zu Rudi sammelte sie Ahornblätter, einen großen bunten Strauß. Mit dem wollte sie ihn ködern, um gemeinsam so wie früher durch den herbstlichen Wald zu streifen.

Rudi öffnete die Tür, ohne zur Seite zu treten. Für eine Weile sprach niemand ein Wort. Lisa sah und roch, dass Rudi die Wohnung seit Wochen nicht aufgeräumt, nicht gelüftet und nicht geputzt hatte. Er bemerkte ihren Blick.

»Du bist wie Mutter, wenn sie mein Zimmer inspizieren wollte. Immer hatte sie daran etwas auszusetzen. Hast du wenigstens gleich einen Besen mitgebracht, um mir zu zeigen, wie einfach es ist, den Saustall auszumisten?«

»Ich wollte mit dir spazieren gehen. Ich bin nicht zum Putzen gekommen.«

Rudi sah sie unsicher an, bemerkte die bunten Blätter in ihrer Hand. Jetzt ließ er sie eintreten. Die Sonne schien durch das ungeputzte Fenster, hell genug, um Schmutz und Unordnung unbarmherzig zutage treten zu lassen: die achtlos fallen gelassenen Unterhosen und schmutzigen Strümpfe vor der Schlafcouch, die fettigen Kartons vom Pizzadienst mit Essensresten. Der Teppich, auf den Rudi stolz gewesen war, hatte Brandlöcher und Bierflecken bekommen, und quer über eine

Wand hatte er mit rotem Filzstift »Kapitalismus ist Scheiße« geschrieben.

»Wenn du fort bist, werde ich hier aufräumen und putzen. Du wirst sehen, ich schaffe das.«

Sie wollte ihm gern glauben, doch sie fürchtete, seine guten Vorsätze seien nur eine Ausflucht, an die er sich in seinem Versagen klammerte.

»Was macht deine Arbeit?«

»Ich pausiere.«

»Hast du dich krankschreiben lassen?«

Er hatte es versäumt, seit zwei Wochen schon war er nicht mehr bei der Arbeit gewesen. »Das Gerede vom Meister kotzt mich an«, rief er. »Es reicht ihm nicht, wenn ich gute Arbeit leiste. Er brüllt mich an, wenn ich zehn Minuten zu spät komme, und beleidigt mich, wenn ich morgens nach Bier rieche. Stundenlang hält er mir Vorträge, die mir beweisen sollen, wie alle anderen hier ihr Leben im Griff haben und wie ich mein Leben ebenso in den Griff bekommen kann. Er fragt mich aber nie, ob ich das überhaupt will.« Rudi schlug mit der Faust gegen die Wand. »Warum kann ich nicht einfach nur ein Mensch sein, der seine Arbeit gern und gut erledigt, warum muss ich Normen erfüllen, die niemandem nützen?«

»Wirst du trotzdem wieder hingehen?«, fragte Lisa erschreckt.

»Nein«, sagte er. »Nie wieder.«

Sie konnte Rudi überreden, mit ihr nach draußen zu gehen. Sie wolle endlich einmal die Zitadelle sehen, sagte sie, doch schon am ersten Tor hätten sie Eintritt bezahlen sollen. Rudi weigerte sich, er wollte auch nicht, dass Lisa für ihn bezahlte. So eine alte Anlage müsse für alle offen sein, auch für die Leute ohne Geld. Er beschimpfte die Frau an der Kasse, bis sie ihn anschrie, er solle sich endlich davonscheren, sonst rufe sie die Polizei.

Mit der S-Bahn fuhren sie zum Schlachtensee. Hier war es endlich, das Laub. Unter den hohen Buchen raffte Lisa einen ganzen Arm der raschelnden braunen Blätter zusammen. Als Rudi nicht in ihre Richtung sah, bewarf sie ihn damit.

»Was soll das?«, fragte er gereizt. »Du machst mich ganz schmutzig.«

»Weißt du nicht mehr, wie wir uns als Kinder mit Laub beworfen haben?«

»Wir sind keine Kinder mehr.«

Auf einem von der Sonne beschienen Fleck am Wasser ließen sie sich im warmen Sand nieder, mit Blick auf die Villen der Reichen, wie Rudi bitter konstatierte. An diesem windstillen Tag war der See wie aus dunklem Glas. Drüben vor dem anderen Ufer standen die Bäume Kopf auf seiner spiegelnden Oberfläche. Nach einer Weile erhob sich Rudi, zog die Schuhe aus, die Jacke, Hose, Hemd und Unterwäsche, bis er nackt am Ufer stand. Er rannte in das klare Wasser hinein, zerstörte den glänzenden Spiegel, und das Klatschen des Wassers zerriss die Stille. Mit schnellen Zügen stieß er bis in die Mitte des Sees vor. Viel langsamer, als er hinausgeschwommen war, kehrte er zurück. Vor dem gegenüberliegenden Ufer zog ein Schwimmer im Neoprenanzug ruhig seine Bahn und die sich im Wasser spiegelnden Bäume bekamen Knicke und Falten. Vor Kälte zitternd und mit blauen Lippen und Füßen stieg Rudi aus dem Wasser. Sie gab ihm ihren Schal, damit er sich abtrocknen konnte. »Ich möchte heimgehen«, sagte er, als er sich angezogen hatte. »Mir ist kalt.«

Auf dem Rückweg fragte sie Rudi, was er den ganzen Tag mache.

Er blieb stehen und sah sie ratlos an. »Meinst du, was ich arbeite?«

»Ich meine, wie du deine Tage verbringst.«

Sie merkte, wie ihre Frage Rudi wieder wütend machte, wie seine Lippen schmaler wurden und er die Kiefer zusammenbiss. Er antwortete nicht und ging so schnell weiter, dass sie nicht mithalten mochte. Erst an der S-Bahn-Station trafen sie wieder zusammen. Als sie in Spandau ausstiegen, war es dunkel geworden. Ohne Erklärung schlug Rudi ein zweites Mal den Weg zur Zitadelle ein. Hinter dem ersten Wassergraben zog er Lisa mit sich in die weglose Finsternis unter alten Bäumen. Verkehrslärm klang gedämpft zu ihnen herüber, Äste knackten unter ihren Füßen, irgendwo kläffte ein Hund, ein zweiter fiel ein. Rudi ging zielstrebig durch die Finsternis. Er schien sich hier auszukennen. Sie folgte ihm, bis sie am Spandauer See standen. Das Mondlicht zeichnete eine silberne Bahn auf das Wasser, sie lief genau auf sie zu, als wäre sie nur für sie gemacht. Rudi bückte sich nach einem Ast, schleuderte ihn mit einer heftigen Bewegung ins Wasser und zerschnitt das leuchtende Band. Ehe sich das Wasser beruhigte, warf er den nächsten Ast. Dann ging er hastig weiter. Lisa bat ihn, mit ihr umzukehren, hier sei es unheimlich, aber Rudi kümmerte sich nicht darum. Er blieb nicht einmal stehen. Sie kehrte allein zur U-Bahn-Station zurück.

Zwei Tage später stand Lisa wieder in Rudis Wohnung. Er hatte versucht aufzuräumen. Die Pizzakartons hatte er in der Küche neben dem Mülleimer auf dem Boden gestapelt, der Staubsauger stand mitten im Zimmer, die schmutzige Wäsche lag auf einem Haufen in der Ecke und Rudi, ihr großer Bruder, stand mittendrin wie ein hilfloses Kind.

Er wollte nicht, dass sie ihm half, aber er gab ihr einen Schlüssel zu seiner Wohnung.

»Warum?«

Er zuckte mit den Schultern.

Auch in den nächsten Wochen war Rudi in einem schrecklichen Zustand. Alles schien ihm zu entgleiten und mit jedem Tag fiel er weiter aus der Welt hinaus. Er wusch und rasierte sich nicht mehr, die Socken an seinen Füßen stanken, und er roch immer schlimmer aus dem Mund. Er magerte ab, bis er aussah wie der Fremde, der vor einem dreiviertel Jahr an ihrer Tür geklingelt hatte. Der Arzt, zu dem er endlich ging, schrieb ihn krank und empfahl ihm den Aufenthalt in einer Kurklinik, aber Rudi fürchtete sich vor der Nähe der anderen Patienten.

Sie konnte ihn überreden, wieder zu ihr zu ziehen. Seit Tagen hatte sie über ihr Angebot nachgedacht, das ihr auf beklemmende Weise unvermeidlich erschien. Mit seinem Zustand verpflichtete er sie zur Hilfsbereitschaft. Als es so weit war, machte er keine Anstalten, seine Sachen zusammenzusuchen. Lisa packte in seine karierte Reisetasche die Dinge, von denen sie glaubte, dass er sie brauchen würde, und trug sie selbst zur U-Bahn-Station. Wie ein Schlafwandler ging Rudi an ihrer Seite durch die Straßen, wie einer, der nicht weiß, wo er ist und was er tut.

Später saß er an ihrem Campingtisch, trank wortlos das Bier, das sie ihm reichte. Er wusch sich nicht vor dem Zubettgehen, er putzte nicht die Zähne, und wie selbstverständlich legte er sich in ihr Bett, während sie wieder auf der Couch schlief.

Sie stritten sich oft in dieser Zeit, aber an einem Tag ging es nicht um Alltägliches. Es war ein grundsätzlicher Streit. Am Ende nannte sie ihn einen Egoisten und warf ihm vor, gar nicht die Verantwortung für sein Leben übernehmen zu wollen. Sie beschuldigte ihn, sich mit Behagen in sein Selbstmitleid zu versenken und sich von seiner Depression gar nicht trennen zu wollen. Solange er schwermütig in ihrer Wohnung rumsitze, brauche er sich um nichts zu kümmern. Besser könne er es gar nicht haben.

Als Rudi endlich antwortete, war er völlig gefasst, er sprach mit einer beängstigenden Ruhe und Entschiedenheit. »Der Mensch muss scheitern dürfen«, sagte er. »Der Mensch muss die Freiheit haben, der Gesellschaft zur Last zu fallen. Der Mensch muss über das eigene Leben entscheiden dürfen, sogar über den eigenen Tod. Und du, meine Schwester, bist nicht befugt, mich über mein schlechtes Gewissen auf den Weg zu führen, den du für den richtigen hältst.«

Als er fort war, einfach davongerannt wie so oft, bereute Lisa, ihm Vorwürfe gemacht zu haben. Sie hatte gedacht, dass es vielleicht falsch gewesen sei, ihn immer nur mit Samthandschuhen anzufassen. Was sie gesagt hatte, musste einmal ausgesprochen werden, und sie hatte gehofft, es würde ihm helfen.

Der Winter brach ohne Übergang herein. Ein eisiger Ostwind fegte durch die Stadt und ließ die undichten Fenster klappern. Lisa heizte den Kachelofen, schleppte jeden Tag die Kohlen in den vierten Stock, leerte morgens den Aschekasten. In der Wohnung wurde es wärmer, aber zwischen ihnen blieb die Eiseskälte.

»Du musst zum Arzt«, sagte sie, aber Rudi wollte davon nichts hören.

Sie schilderte ihrer Mutter Rudis Zustand.

»Schau ihn dir gut an, damit du weißt, wie ich mich fühle. Vielleicht kümmerst du dich dann auch einmal um mich.«

An einem Tag konnte sie Rudi überreden, sich anzuziehen und mit ihr am Treptowkanal spazieren zu gehen. Es war noch kälter geworden, es roch nach Schnee und Braunkohlefeuern in den Öfen. Kein Mensch begegnete ihnen.

Sie fragte, ob er nicht erzählen wolle, was er in den langen Monaten im Gefängnis erlebt hatte. Sie glaubte, wenn er darüber sprechen könnte, wäre es leichter, das Kapitel abzuschließen, aber er schwieg und für sie blieb es bei dem Wenigen, was er über die letzten zwei Wochen seiner Haft im Kaßberggefängnis erzählt hatte.

Zurück in der Wohnung suchte Rudi das Büchlein, in das er vor ihrer Reise im Verborgenen geschrieben hatte. Er wurde immer aufgeregter, als er es nicht fand, und beschuldigte Lisa, es genommen zu haben.

»Ich habe es nicht gesehen und ich habe es nicht genommen. Wahrscheinlich liegt es noch in deiner Wohnung.«

Er schien zu überlegen, aber dann sah er sie mit einer Wut und Verzweiflung an, die ihren Atem stocken ließ. »Es war in der Tasche, die du in meiner Wohnung gepackt hast, und du musst es genommen haben.« In seinem Gesicht war der gleiche wilde Zorn wie damals, als er seine kleine Schwester an der offenen Schublade seiner Kommode entdeckt hatte.

»Nein. Es muss in deiner Wohnung geblieben sein«, widersprach Lisa.

Rudi lief zur Tür, die sie wie immer am Abend zugeschlossen hatte, er wolle raus, schrie er, er trat gegen die Tür. Der Schlüssel hing am Schlüsselbrett, wo er immer hing, er hätte ihn nur zu nehmen brauchen, aber er tat, als hätte sie ihn eingeschlossen. »Ich lasse mich nicht mehr einsperren«, schrie er, »durch keine Tür der Welt.«

Sie umfasste von hinten seine Schultern, sie wollte ihn besänftigen. »Pscht«, machte sie, »du kannst ja raus.« Sie reichte ihm den Schlüssel, ehe er die Tür eintrat oder die Klinke abbrach, und Rudi rannte davon, seine Stiefel polterten über die Treppe wie schon so oft. Dann war er fort und was blieb, war eine beängstigende Stille in der Wohnung und draußen die eisige Winternacht.

Gegen drei wachte sie auf. Rudi war nicht zurück. Sie konnte nicht wieder einschlafen, dachte, sie habe vielleicht sein Klingeln überhört. Vielleicht hatte er den Schlüssel verloren und er war schon da gewesen oder er wartete draußen, vielleicht war er eingeschlafen, betrunken, wie er vielleicht war, und dann würde er erfrieren. Lisa stand auf, schloss die Haustür auf. Draußen war niemand, der frisch gefallene Schnee war unberührt. Es schneite jetzt so stark, dass jede Spur sofort wieder von den Flocken zugedeckt sein würde. Lisa kehrte in die Wohnung zurück. Minus acht Grad zeigte das Thermometer am Küchenfenster.

Sie lag wach, bis das Morgengrau durch die Fenster kroch. Dann zog sie sich an und fuhr zu Rudis Wohnung. Sie sah sofort, dass er hier gewesen war. Ein paar Kleidungsstücke lagen auf dem Boden, Schranktüren und das Schubfach unter dem Küchentisch standen offen. Er musste etwas gesucht haben. Das Buch, natürlich hatte er das gesucht. Sie sah ihn wieder vor sich, wie er geheimnistuerisch am Küchentisch gesessen hatte, mit dem linken Arm das Buch vor ihren Blicken verbergend und mit der rechten Hand irgendetwas schreibend, was sie auf keinen Fall lesen durfte. Immer hatte er das kleine Schloss des Büchleins zugesperrt, und nie hatte er sie auch nur einen kurzen Blick hineinwerfen lassen.

Jetzt ging sie zur Polizei, erzählte von Rudi, von seiner Verzweiflung, von seinem Verschwinden und dass er früher versucht hatte, in den Ostsektor zu gelangen. Erst als sie sagte, er sei krank, konnte sie den Beamten überreden, eine Vermisstenanzeige aufzunehmen.

»Sie glauben gar nicht, wie viele Menschen plötzlich verschwinden. Niemand kann einem Erwachsenen verbieten, irgendwohin zu gehen und die allermeisten tauchen bald wieder auf.«

Zwei Tage später stand sie wieder in dem Polizeirevier und fragte, ob es eine Spur von Rudi gebe.

»Gute Frau, wie stellen Sie sich die Suche nach Ihrem Bruder vor? Sollen wir mit Lautsprechern durch die Straßen fahren? Eine Vermisstenanzeige an jede Hausecke hängen? Wir haben in den Krankenhäusern und bei den anderen Polizeidienststellen nachgefragt. Wenn sich Ihr Bruder in den Zug gesetzt hat, um in den Westen zu fahren, wissen wir das nicht, und wenn er über den Todesstreifen nach Ostberlin marschieren wollte und verhaftet oder erschossen wurde, werden wir auch nicht informiert.«

»Danke«, sagte sie, obwohl sie am liebsten schreien, etwas zerschlagen oder einfach nur weinen wollte.

Zu Hause ging sie ziellos durch die Wohnung. Sie berührte die kalten Ofenkacheln, aber sie fühlte sich zu schwach, um den Ofen anzuheizen. Sie legte sich ins Bett, die Bettdecke bis zur Nasenspitze hochgezogen. Trotzdem fror sie. Am Nachmittag ging sie noch einmal nach draußen und kaufte eine Zeitung. Sie versuchte, darin zu lesen, sie strengte sich an, aber ihre Gedanken stoben davon. Sie klammerte sich an einer Überschrift fest »Georg Lebers Reserven sind verbraucht«, es ging um eine Abhöraffäre, aber den Zusammenhang konnte sie nicht erfassen.

Die Tage vergingen und immer dachte sie, die Tür würde plötzlich aufgehen und Rudi stehe vor ihr. Bei jedem Poltern auf der Treppe sprang sie auf, das konnte jetzt Rudi sein, nein, das musste er sein, denn niemand hatte jemals so auf der Treppe gepoltert wie Rudi mit seinen klobigen Winterstiefeln, aber jedes Mal wurde sie enttäuscht. Nur selten verließ sie ihre Wohnung. Von ihren wenigen Freunden zog sie sich zurück, sie passte nicht in eine Runde, in der geredet und gelacht wurde.

Sooft es ging, hörte sie die Nachrichten im Radio, voller Angst, von einem Toten zu hören, der irgendwo erfroren oder ertrunken war. Nach einer kalten Nacht, in der die Temperatur auf minus fünfzehn Grad gefallen war, hörte sie von einem etwa sechzigjährigen Obdachlosen, der auf seinem Lager unter einer Spreebrücke erfroren war. Durch das Jaulen seines Hundes war eine Polizeistreife auf den Toten aufmerksam geworden. Das konnte Rudi nicht gewesen sein.

Lisa rief ihre Mutter an. »Rudi ist seit einer Woche nicht nach Hause gekommen.«

Ihre Mutter schwieg lange. »Weißt du, wo er ist?«

»Nein.« Wieder ein langes Schweigen. »Ich war schon bei der Polizei.«

»Und?«

»Sie haben eine Vermisstenanzeige aufgenommen, das war alles.«

»Ach Kind«, hörte sie ihre Mutter sagen und noch einmal »Ach Kind.« Ihre Mutter schluchzte auf. Lisa hörte ein Klicken in der Leitung. Ihre Mutter hatte aufgelegt.

Zwei Wochen nach Rudis Verschwinden stand sie zum zweiten Mal in seiner Wohnung. Sie hatte keine Ahnung, was aus dem Hausrat und den Möbeln, die sie gemeinsam und voller Hoffnung ausgesucht hatten, jetzt werden sollte. Sie wusste nicht, bis wann Rudi die Miete gezahlt hatte. Vielleicht würden schon bald fremde Menschen hier einziehen. Ihre Kehle war wie zugeschnürt, als sie Rudis Uher-Tonbandgerät auf dem Regal stehen sah. Ein wichtiger Teil von ihm war hier zurückgeblieben, als sie seine Sachen zusammengesucht hatte. Sie packte das Gerät in den Rucksack, den Rudi auf ihrer Reise getragen hatte, dazu die Tonbänder und Schallplatten. Es gab Dinge, deren Verlust würde er nicht verschmerzen, sollte er je zurückkommen. Der Plattenspieler war zu schwer, ihn musste sie hier lassen. Sie versuchte, die Wohnung mit seinen Augen zu sehen. Was war nicht ersetzbar, was durfte auf keinen Fall verlorengehen? In einem der Hängeschränke in der Küche fand sie neben Tassen und Gläsern Formulare und andere Papiere, die sie mitnahm. Hinter den Tassen kam ein zerdrückter Pralinenkarton zum Vorschein. Sie öffnete ihn und wusste, dass sie in den Händen hielt, was Rudi vergeblich hier gesucht hatte: sein Büchlein. Das Schloss war zugesperrt und nur, wenn sie auch noch den Schlüssel fände, würde sie das Buch aufschlagen können, ohne Gewalt anzuwenden. Sie suchte, aber der Schlüssel blieb unauffindbar.

Ein paar Kleidungsstücke packte sie noch ein, auch den lächerlichen Blümchenschlafanzug, den er von drüben mitgebracht hatte, und die Pantoffeln. Sie wusste, sie tat es für sich selbst, als sie beides mitnahm. Das meiste ließ sie unberührt. Die Wohnung auszuräumen hätte bedeutet, die Hoffnung auf seine Rückkehr aufzugeben.

In der U-Bahn überfiel sie die Erinnerung, dass Rudi sie beschuldigt hatte, sie hätte das Buch heimlich an sich genommen. Und wenn er deswegen nicht zurückgekehrt war, weil er nach der vergeblichen Suche in seiner Wohnung die Bestätigung für seinen Verdacht zu haben glaubte? Wenn er zunächst nur aus ihrer Wohnung fortgelaufen war, um dieses Buch zu holen und er es nicht gefunden hatte? Wenn dieser vermeintliche Vertrauensbruch der letzte Anstoß war, ein zweites Mal fortzugehen? Der Gedanke traf Lisa mit eine solchen Wucht, dass alles rings um sie her im Nebel versank. Starr vor Entsetzen saß sie auf ihrem Platz und schaffte es gerade noch, am Herrmannplatz die Bahn zu verlassen, ehe sich die Türen schlossen. Mit leerem Kopf stieg sie draußen in den Bus. Nach dem Weg mit dem schweren Rucksack bis zu ihrer Wohnung fühlte sie sich, als hätte sie einen hohen Berg erklommen. Auf der Treppe musste sie immer wieder stehen bleiben, bis sie endlich oben war und ihre Wohnungstür aufschließen konnte.

Im Rucksack entdeckte sie Rudis Personalausweis zwischen den Papieren, die sie mitgenommen hatte. Ihre Hoffnung starb, dass er Berlin mit Westdeutschland als Ziel verlassen haben könnte.

Am Abend versanken die Häuser in grauen Nebeln, es begann zu schneien. Als Lisa auf das Thermometer sah, war die Temperatur wieder weit unter den Gefrierpunkt gesunken. Mitten in der Nacht kleidete sie sich an und ging aus dem Haus. Nichts bewegte sich, kein Licht brannte hinter den Fenstern, kein Mensch ging, kein Wagen fuhr. Die Autos am Bordstein waren unter weißen Panzern erstarrt. Wind war aufgekommen und trieb die Flocken im Licht der Straßenlaternen zu wilden Wirbeln. Erst ging sie ziellos, dann schlug sie den Weg zum Görlitzer Ufer ein, bis sie an der Stelle stand, wo sich Christoph unter den Augen der Grenzsoldaten ausgezogen hatte. Hier hätte es passiert sein können: Rudi, der hinausgeht auf das Eis, vielleicht einbricht, weil das Eis nicht fest genug ist unter der dicken Schneedecke und nicht trägt, vielleicht in dem eisigen Wasser ertrinkt, vielleicht als vermeintlicher Flüchtling erschossen wird. Grenzsoldaten bergen ihn, schaffen ihn fort, heimlich, wie es üblich ist.

Mit dem Fuß schob sie den Schnee beiseite, als könnte hier etwas zurückgeblieben sein, das ihr verriet, dass Rudi hier gewesen war. Sie wusste selbst, wie unsinnig der Gedanke war. Wenn Rudi wirklich versucht hatte, abseits der Grenzübergänge in den Ostsektor zu gelangen, konnte es fast überall gewesen sein. An vielen Stellen des Todesstreifens hatte es Opfer gegeben, die für den Westen namenlos geblieben waren.

Am nächsten Tag kam ein Brief von ihrer Mutter. Sie überschüttete Lisa mit Vorwürfen. Es sei ihre Schuld, dass es so weit kommen musste. Sie, die täglich mit ihm zusammen war, hätte doch merken müssen, was ihr Bruder plante. Der Rest des Briefes waren Klagen, wie schlecht es ihr gehe und wie unerträglich die Unsicherheit sei. Ob sich Lisa vorstellen könne, wie es sei, wenn man Tag für Tag warte, aber es komme kein Brief, kein Anruf?

Lisa zerriss den Brief. Auf keinen Fall wollte sie die Zeilen ein zweites Mal lesen.

Immer wieder beschäftigte sie in diesen Wochen die Frage, warum gerade Rudi damals nach drüben gegangen war. Sein Leben war kaum anders gewesen als das seiner Freunde, sein Vater wie andere Väter auch. Es war die Zeit, nach Höherem zu streben, auch andere Väter hatten ihre Karriere im Sinn und wollten, dass ihre Söhne Karriere machen. Auch andere Väter hatten geprügelt.

Warum war ausgerechnet Rudi diesen Weg gegangen? Warum hatte er sich so sehr gegen alles auflehnen müssen, dass er mit allen Menschen aus seiner Umgebung und dem ihm vorgezeichneten Weg brach? Waren es wirklich nur politische Gründe gewesen oder hatte es doch am Elternhaus gelegen – was er bestritten hatte? Fragen, auf die es keine Antwort gab, und die sie trotzdem immer wieder stellte.

Jeden Tag redete sie mit Rudi in stummen Zwiegesprächen, zeigte sogar Verständnis dafür, dass er ein zweites Mal ohne Erklärung fortgegangen war, versuchte vorsichtige Fragen, in der Hoffnung, von ihm zu erfahren, wo er gewesen war, machte ihm Mut für die Zukunft. Jede Minute verbrachte sie mit ihm, dauernd musste sie an ihn denken, nichts konnte sie ohne ihn tun. Manchmal wachte sie am Morgen mit der Vorstellung auf, sie teilten sich noch ihre Wohnung, dann wieder meinte sie, Rudi in der Küche zu hören, und es fiel ihr schwer einzusehen, dass er vielleicht niemals zurückkommen würde.

Bis zu dem Tag, an dem sich Rudis Rückkehr jährte, wollte sie warten, so lange wollte sie ihre Ungeduld beherrschen und das Büchlein nicht gewaltsam öffnen. Wie würde sie vor ihm dastehen, wie könnte sie sich rechtfertigen, wenn er plötzlich zurückkäme und sähe das aufgebrochene Schloss?

Als der Tag näher rückte, nahm ihre Unruhe zu. Das Buch hatte auf seiner Vorderseite ein kleines Schloss, in das ein mit einer Lederschlaufe am hinteren Buchdeckel befestigtes Gegenstück gesteckt wurde. In der Mitte des Schlosses war ein winziges Schlüsselloch, aber der Schlüssel war nicht wieder aufgetaucht.

Endlich war es so weit. Vergeblich versuchte sie, das Schloss vom vorderen Buchdeckel abzulösen. Ihr Herz schlug wie wild, ihre Hände zitterten, als sie endlich die Lederschlaufe zerschnitt, die die Buchdeckel zusammenhielt. Rudi stand neben ihr, außer sich vor Wut. Sie wollte ihm erklären, warum sie es getan hatte, aber ihr fiel nichts ein, womit sie sich hätte rechtfertigen können. Außer ihrer Neugierde gab es keinen Grund, das Buch zu beschädigen.

»Worüber man nicht reden kann, darüber muss man schreiben« (frei nach Wittgenstein, Tractatus logico-philosophicus).

Mit immer noch heftig schlagendem Herzen las Lisa diese wenigen Worte auf der ersten Seite. Für wen hatte Rudi in das Buch geschrieben? Nur für sich selbst oder doch, damit andere die Dinge erfuhren, über die er nicht reden konnte? Auf der nächsten Seite fiel Lisa auf, wie stark sich seine Schrift in den vergangenen Jahren verändert hatte. Sie war viel eckiger als früher, als hätte er für jeden Buchstaben einen Widerstand überwinden müssen, als hätten sich seine Muskeln den Worten widersetzt.

Ein neuer Kampf gegen die Resignation? Ein weiterer vergeblicher Versuch? Noch einmal die Stimme erheben für ein System, in dem die Bedürfnisse des Menschen im Mittelpunkt stehen und nicht Geld und Macht? Die alten Ziele sind verblasst, verwischt, sind unscharf geworden. Manchmal verschwinden sie völlig für Tage, für Wochen, kommen wieder, und jedes Mal haben sie an Deutlichkeit verloren, treten nur noch in Bruchstücken auf, werden bald unbrauchbar sein. Nichts ist möglich ohne die anderen. Als Einzelner bist du machtlos.

Beim nächsten Eintrag hatte Rudi einen anderen Kugelschreiber verwendet, einen mit grüner Schrift, den sie eines Tages vermisst hatte.

Nicht länger liegenbleiben, nicht länger die Augen verschließen! Wenn du für ein großes Ziel kämpfst und scheiterst, ist es verzeihlicher, als gar nicht gekämpft zu haben.

Was ist schlecht? – Alles, was aus der Schwäche stammt.

Was ist Glück? – Das Gefühl, dass ein Widerstand überwunden wird. Schreibt Nietzsche.

Lisa blätterte durch die Seiten. Nirgendwo ein Datum, das ihr verriet, wann Rudi die Zeilen geschrieben hatte. Bei seinen peinlichen Versuchen, am Grenzübergang Sonnenallee in den Osten zu gelangen, hatte er das Büchlein schon besessen. War das der Grund, warum er zurück wollte: den Kampf für seine alten Ziele wieder aufnehmen? Sie las weiter.

Ich habe aufgegeben. Kein weiteres Wort mehr, keinen Gedanken in die alte Richtung, die Ziele vergessen, gegen die Erinnerungen ankämpfen, sie wegdrängen, sie vernichten. Doch das ist unmöglich. Die Erinnerung ist, wie sie ist, unabhängig von ihrer Wahrheit oder Falschheit. Am gefährlichsten ist sie an der Schwelle zum Schlaf.

Ihre Spannung stieg, als sie die folgenden Sätze las. Sie waren mit einem blauen Stift geschrieben, und vielleicht waren Tage seit Rudis letztem Eintrag vergangen.

Niemand durfte wissen, was wir tun, niemand durfte wissen, was wir planen.

Tägliche Anfälle von Angst: Jetzt kommen sie und kontrollieren uns, jetzt kommen sie und holen uns. Eines Tages alles zerrissen, was wir geschrieben hatten, die Schnipsel ins Klo geschmissen, mit den Händen wieder aus dem verstopften Rohr gefischt, dann gespült und gespült. Worte, Sätze, Gedanken, alles im Klo weggespült, das wirft dich zurück. Dieses Mal kamen sie nicht.

Monate später endlich am Ziel! Drei Artikel neu geschrieben, Übergabe am Schiffshebewerk Rothensee bei Magdeburg. An Jürgen, der kommt aus Bremen, DKP-Mitglied, ein Gleichgesinnter mit Beziehungen. Endlich werden wir Zugang zu westlichen Medien haben.

Udo fährt mich nach Rothensee. Den Wagen hat er geliehen. Warum ist der Parkplatz so leer? Gespenstisch.

Nirgends ein Mensch, kein einziges Auto. Plötzlich sind sie da: zwei schwarze Wartburgs, die uns den Weg abschneiden, Männer in Zivil, ein Dutzend? –

Wenn das Ziel durch deinen Fehler nicht erreicht wird, bist du schuldig, so schuldig wie der Verräter selbst. Und wenn es einen Jürgen aus Bremen gar nicht gab? Du siehst nicht, wer am anderen Ende der Leitung spricht. Ich rechtfertige mich nicht, ich bin kein Hellseher. Es ist die Hölle, nicht zu wissen, wem du trauen kannst und wem nicht.

Der nächste Absatz war ein Versuch, den Rudi wieder ausgestrichen hatte. Kreuz und quer war er mit dem Stift darüber hingefahren, vielleicht wütend, vielleicht waren ihm seine Sätze mit einem Mal falsch oder kindisch erschienen. Sie musste sich mühen, den Text zu entziffern.

Es war einmal ein Kind, das träumte von einem Land, in dem alle Menschen gleich sind und alles unter sich teilen. Es stellte sich vor, wie glücklich diese Menschen sein müssten, und machte sich auf, das Land zu suchen. Es fand eines, von dem es glaubte, dies könne das richtige sein, doch als es ankam, war alles grau und dunkel, denn es hatten sich die falschen Menschen breitgemacht. Alle Lichter hatten sie ausgeknipst und die Guten in Fesseln gelegt. Weil es das Land nicht gab, das das Kind suchte, beschloss es, eines nach seinen Träumen zu erschaffen. Es traf auf andere, die waren auf der Suche nach demselben Land und hatten die gleichen Pläne, deswegen begannen sie …

Mitten im Satz hatte Rudi abgebrochen. Auf der nächsten Seite las Lisa weiter.

Das Ende in Rothensee: Sie stoßen dich in eine winzige lichtlose Zelle in einem Lieferwagen, getarnt als Fahrzeug einer Metzgerei, stundenlange Fahrt, schwarze Nacht drinnen, keinerlei Orientierung, das Wissen, alles verspielt zu haben. Endgültig.

Wo ist Udo?

Das Sonnenlicht schmerzt beim Aussteigen in den Augen. »Glotzen se nicht rum.«

Dann überschreitest du die Schwelle und nichts bleibt dir, nichts bleibt von dir. Du lieferst ab, was dir gehört, und verwandelst dich in eine Nummer.

Eine Einzelzelle, eine Tür, die hinter dir ins Schloss fällt, ein Wärter draußen, der den Riegel vorschiebt.

Warten. Warten. Warten.

Du weißt nicht, wo du bist.
Manchmal hörst du ein Rasseln an der Tür, wenn die Klappe geöffnet und dir Brot, Marmelade und eine Schale mit braunem Wasser gereicht wird, oder am Mittag Suppe, weiße mit Graupen oder graue Kohlsuppe. Draußen kein Mensch, nur ein Jackenärmel, ein Fetzen Uniformstoff, ganz selten eine Hand, die einen Schöpflöffel hält.
Warten.
Alles aus und vorbei. Völlige Erstarrung für Tage.
Keiner spricht mit dir, kein einziges Wort. Immer allein. Klopfzeichen von irgendwo und irgendwem, die du nicht verstehst.
Nachts geht alle zwanzig Minuten das Licht an. Einschlafen, aufwachen, einschlafen. Folter, die keine sichtbaren Spuren hinterlässt.
Du weißt, alle paar Minuten ist da draußen jemand am Guckloch, er schleicht sich an, auf Puschen kommt er daher, damit du nicht weißt, wann er da war und wann er wiederkommen wird. Nicht einmal den Tod gönnen sie dir.
Irgendwann willst du nur noch schlafen, endlich wieder schlafen, ohne alle zwanzig Minuten das helle Deckenlicht ertragen zu müssen oder das Dröhnen des Knüppels gegen die Tür, wenn du nicht auf dem Rücken liegst, die Arme rechts und links neben dem Körper, oder wenn das Licht nicht ausreichte, dich aus dem Schlaf zu reißen.

Diese Sätze hatten zwei Seiten eingenommen, die nächsten beiden waren leer, als hätte Rudi den Text später fortsetzen wollen. Lisa blätterte weiter.

Manchmal frage ich mich, ob das alles mir geschah oder ob das ein anderer war, ob ich vielleicht nur Zeuge war, unbeteiligter Zuschauer.
Oder war das Gefängnis nur ein bedauerliches Missverständnis? Ein Test meiner Stärke?
Oder ein Versuch, mein Bewusstsein auf eine neue Ebene zu heben?

Es folgte ein Eintrag in grüner Schrift.

Ich habe die Zelle ausgemessen zwei Meter zwanzig breit, drei Meter fünfzig lang. Ich habe mich auf den Boden gelegt und Maß genommen. Drei Meter fünfzig, das reicht für acht Schritte, Tag für Tag immer wieder acht Schritte in die eine Richtung, acht in die entgegengesetzte, sechzehn Schritte, hundertmal sechzehn Schritte, tausendnal, zehntausendmal, hunderttausendmal.

Im kleinen Blechspiegel über dem Waschbecken ein menschliches Gesicht, das dir fremd wird, das einzige, das du siehst.

Lisa konnte nicht weiterlesen. Hatte sie jemals versucht, sich vorzustellen, was Rudi im Gefängnis widerfahren war? Nein. Woher hätte sie die Bilder nehmen sollen, die Erfahrungen? Rudi, wenn du darüber geredet hättest, wäre es leichter gewesen, mit dir zu leben.

Sie blätterte in dem Büchlein bis zur letzten Seite. Viel war es nicht, was Rudi noch geschrieben hatte.

Geräusche an der Zellentür. Endlich die ersehnte Veränderung. Alles ist besser als das Warten. »Aufstehen, Hände auf den Rücken, Gesicht zur Wand, mitkommen.«

Die Stimme hinter dir jagt dich durch leere Korridore und über Treppen in ein Verhörzimmer. Du bist kein Mensch mehr, nur eine Nummer.

Endlich ein Gesicht. »Machen Sie keine Zicken. Wir wissen alles.«

Warum fragen die dann?

»Reden Sie nur, wenn Sie gefragt werden. Die Fragen stellen wir.«

Dann wieder allein, immer allein, wochenlang kein einziges Gespräch, nur die Befehle und die Verhöre. Immer wieder dieselben Fragen. Namen wollen sie wissen.

Die Zeit verschwimmt. Es kann so oder auch anders gewesen sein, ich kann es nicht mehr genau sagen, zu viel ist seither geschehen. – Jeder Mensch gesteht irgendwann alles.

Wo ist Udo? Oder war Udo der Verräter?

Die folgenden Worte in riesigen Druckbuchstaben nahmen eine ganze Seite ein. Rudi musste sie mit einem großen Krafteinsatz geschrieben haben, in dem sie seine Wut zu erkennen glaubte.

DAS URTEIL: SECHS JAHRE HAFT FÜR LANDESVERRÄTERISCHE NACHRICHTENÜBERMITTLUNG UND STAATSFEINDLICHE VERBINDUNGEN

Auf der nächsten Seite folgten nur noch wenige Sätze.

Der Knast in Cottbus: siebzehn Mann in einer Zelle, dreistöckige Betten. Das Klo in der Mitte des Raumes, aus jedem Winkel einsehbar, Gestank nach Scheiße und Schweiß. Als Neuer schläfst du ganz oben.

Danach hatte Rudi wieder den blauen Kugelschreiber benutzt. Sie überlegte, ob die Farben eine Bedeutung haben könnten, aber sie konnte keinen Zusammenhang entdecken.

Wir haben gehandelt, als hinge von uns das Schicksal der ganzen Nation ab.

Was haben wir erreicht? Nichts.

War das, was ich getan habe, die Prügel wert, die ich bekommen habe?

Wo ist Udo, wo sind die Freunde? Kein Mensch weiß etwas. Oder bleiben alle unsichtbar, weil ich nichts wissen darf? Auch der Verräter bleibt unsichtbar.

Du erfährst nichts, du weißt nichts. Bis heute weißt du nichts.

Der größte Teil des Büchleins war leer geblieben. Die letzten Sätze lauteten:

Wovor noch Angst haben?

Angst? Angst vor der Zukunft? Angst vor dem Tod?

Es gibt einen Punkt, an dem alles seine angestammte Bedeutung verliert.

Lisa blieb lange reglos sitzen, das aufgeschlagene Buch auf den Knien. Sie hatte gehofft, eine Erklärung für Rudis Verschwinden zu finden, eine Absicht oder ein letztes Wort zum Abschied: Sie hatte sich getäuscht, es hatte gar nicht sein können. Während Rudis letzten dunklen Wochen war das Buch in seiner Wohnung zurückgeblieben. Oder zeigte sich seine Absicht schon in diesen letzten Zeilen? Das Kind, das fortging, um das Land der glücklichen Menschen zu finden, hatte das tiefste Dunkel gefunden.

***

18

Dieser eine Tag in Hannover, diese wenigen Stunden, in denen Lisa die Vergangenheit viel näher an sich herangelassen hat als in all den Jahren zuvor! Jetzt, wo sie darüber nachdenkt, kommt es ihr vor, als läge die Zeit mit Rudi nur wenige Monate zurück, als wäre nicht ihr halbes Leben seither vergangen.

Wann hat sie sich damit abgefunden, dass Rudi nicht ein zweites Mal wiederkommen wird? Oder hofft sie bis heute auf ein Wiedersehen? Ein Grab gibt es nicht. Die Erinnerung an den verlorenen Bruder zieht sie hinein in einen Zustand, den sie längst hinter sich gebracht zu haben glaubte. Mit dieser trüben Grübelei will sie Hannover nicht verlassen, die Stadt ist nicht schuld an den traurigen Erinnerungen. Doch was ihr fehlt, ist ein Plan für die nächsten Stunden.

Lisa erschrickt ein wenig, als die Straßenbahn vor dem Königsworther Platz mit ihr unter der Erde verschwindet. Sie hat vergessen, dass es hier seit vielen Jahren eine U-Bahn gibt. Am Kröpcke verlässt sie die Bahn, fährt endlose Rolltreppen, bis sie endlich im Freien steht. Ist das noch ihre Stadt? Die Kaufhäuser an der Georgstraße und den Hauptbahnhof am Ende der Bahnhofstraße erkennt sie wieder, aber vom Café Kröpcke ist nur der Name geblieben. Das neue Café steht fast an derselben Stelle wie das alte, doch dessen Charme ist verloren.

Ein paarmal war sie noch in der Stadt gewesen, als ihre Mutter das Haus in Kirchrode verkauft hatte und in ein Wohnstift gezogen war. Damals war Lisa auf dem Bahnhofsvorplatz in die Straßenbahn gestiegen, die die Innenstadt oberirdisch durchquerte.

Auf dem neutralen Boden des Wohnstifts, der nicht mit Erinnerungen befleckt war, war es ihr leichter gefallen, mit ihrer Mutter zu reden. Sie habe beschlossen, sich nicht mehr mit ihr zu streiten, hatte ihre Mutter eines Tages gesagt, als könnte sie damit das Vergangene ungeschehen machen. Sie hielt sich daran, aber die Verletzungen, die sie Lisa zugefügt hatte, waren nicht verheilt. Jedes Mal war Lisa erleichtert, wenn nach einem kurzen Besuch die

Stadt wieder hinter ihr zurückblieb. Als ihre Mutter starb und Lisa am offenen Grab stand, war in ihr nur eine große Leere und das Gefühl eines Versäumnisses, das niemals wiedergutgemacht werden konnte.

Der Bahnhof ist jetzt ganz nah, mit dem nächsten Zug könnte sie kurz nach Mitternacht in Freiburg sein. Viele Orte hat sie wiedergesehen, aber es fehlen ihr die Menschen. Wenn sie sich jetzt in den Zug setzen würde, wäre es, als hätte sie eine Geisterstadt besucht. Sie muss lange suchen, bis sie eine Telefonzelle findet. Sie sind rar geworden, seit es Handys gibt. In der Halterung hängt ein Telefonbuch, es ist zerfleddert und etliche Seiten sind herausgerissen. Es gibt nicht viele Menschen in dieser Stadt, die sie gern wiedersehen würde und von denen sie erfahren möchte, was aus ihnen geworden ist. Sie weiß nicht, für wen sie sich entscheiden soll. Kalle oder Hans? Sie entscheidet sich für Kalle. Kalle, Karl-Heinz: Sie probiert Nachnamen aus, bis ihr der richtige einfällt. Er hieß Kühnelt, aber die Seite, auf der der Name stehen müsste, fehlt. Sie kann sich nicht entschließen, die Auskunft anzurufen. Der Akku ihres Handys ist leer. Auch einen Hans Sieber findet sie nicht im Telefonbuch. Es gibt nur einen Bernd und eine Dr. Gabriele Sieber. Manfreds Namen und Telefonnummer entdeckt sie sofort. Fuchswinkel heißt die Straße, in der er wohnt. Magdalena findet sie nicht. In Letter wohnt niemand mehr mit dem Namen ihrer Familie. Also Manfred? Sie zögert, ehe sie seine Nummer wählt, sie ist sich nicht sicher, ob sie ihn wiedersehen will.

»Lisa, du?« Er kann es nicht glauben, aber sie weiß nicht, ob er sich freut oder nur überrascht ist.

Als er hört, wo sie ist, verspricht er, sofort zu kommen. In einer halben Stunde will er bei ihr sein.

Ob sie im Café Kröpcke auf ihn warten wolle?

»Lieber an der Kröpcke-Uhr«, sagt sie.

Das gibt es noch, das altmodische gusseiserne Türmchen mit der Uhr unter dem geschwungenen Dach, oder es gibt es wieder, Lisa hat den alten Treffpunkt sofort entdeckt. Vor hundert Jahren, so kommt es ihr vor, hat sie hier auf Kalle gewartet. Sie hat auf die unbarmherzig vorrückenden Zeiger gestarrt – fünf Minuten jenseits der verabredeten Zeit, zehn Minuten, eine Viertelstunde – völlig ihrer Hoffnung ausgeliefert, er möge sie nicht demütigen, indem er gar nicht erschien. Meist war er viel zu spät doch noch gekommen. Auch Manfred hat hier gewartet, bei ihm war sie es, die die Macht hatte zu kränken oder zu beglücken. Und jetzt: Ist nicht alles so wie früher? Manfred, der keine Sekunde zögert, der sofort zu ihr eilt, alles stehen und liegen lässt, um sie zu sehen. Sie weiß nicht, ob sie sich darüber freuen soll. Der Gedanke an Manfred ist mit Scham verbunden. Wie werden sie sich begrüßen? Mit einer Umarmung, wie es heutzutage üblich ist, oder sich die Hand reichen wie zwei Fremde? Sie weiß plötzlich nicht mehr, was sie sich von der Begegnung verspricht. Noch könnte sie den Zug nach Freiburg erreichen. Sie denkt, sie sollte es versuchen, es scheint ihr plötzlich das Vernünftigste, noch heute Abend zu fahren. Sie zögert nicht länger und eilt die Bahnhofstraße entlang den Gleisen entgegen. Als sie die Uhr am Bahnhofsgebäude sieht, atmet sie auf. Es ist zu spät. Wäre sie wirklich davongefahren, wenn es möglich gewesen wäre?

Zwei Minuten nach der verabredeten Zeit steht sie wieder an der Kröpcke-Uhr. Manfred ist nicht da. Sie entfernt sich wieder, sie hasst es, untätig zu warten. Als sie ein paar Minuten später wiederkommt, sieht sie neben der Uhr einen untersetzten Mann stehen. Angestrengt blickt er in die entgegengesetzte Richtung. Mit seiner braunen dreiviertellangen Jacke aus glänzender Kunstfaser, einer plumpen beigefarbenen Hose und einer hellen Schiebermütze sieht er aus, als wäre er eben aus dem Katalog eines Produzenten von Billigmode für den älteren Herrn entstiegen. Manfred. Langsam und vorsichtig zieht sie sich zurück, als könnte eine plötzliche Bewegung seine Aufmerksamkeit wecken. Sie will diesen Mann nicht umarmen, sie will ihm nichts über ihr Leben erzählen und nichts über seines erfahren. Es war ein Fehler gewesen, ihn anzurufen. Oder hat sie gerade das erhofft: zu sehen, dass sie richtig gehandelt hatte, als sie ihn abwies?

»Lisa?«

Irritiert blickt sie sich um. Der Mann, der sie angesprochen hat, mustert sie mit vorsichtigem Lächeln. Er hebt die Arme ein wenig, scheint unsicher zu sein, ob er sie umarmen soll.

»Ach, du bist Manfred.« Lisa lacht, sie merkt selbst, wie hell und freudig ihre Stimme klingt. Die Erleichterung macht es ihr leicht, nun ebenfalls die Arme zu öffnen. Sie umarmen sich, doch nicht wie zwei Verliebte, sie tun es wie gute Freunde, herzlich und unbefangen.

Manfred will wissen, wie lange sie Zeit habe und wo sie die Nacht verbringen werde. Als er hört, dass sie noch unentschieden ist, schlägt er vor, zu ihm zu fahren. Sie könne bei ihm übernachten, Platz habe er genug. Zusammen gehen sie zum Bahnhof, um Lisas Tasche aus dem Schließfach zu holen.

Manfred ist alt geworden, denkt sie, der graue Schnurrbart, das runder gewordene Gesicht, die grauen kurz geschnittenen Haare: Sie tut sich schwer, dahinter das Gesicht von früher zu erkennen und den Menschen, der sich ihren Launen unterwarf.

Auf der Fahrt erzählt sie ihm vom Häusle, von dem großen Frieden, den sie dort gefunden hat und von einem Freund, der Toni heißt und nicht länger in ihrer Nähe wohnt. Bloß die Winter seien zu lang und zu einsam. Sie könne es sich nicht mehr vorstellen, in der Stadt zu leben, nur umgeben von Asphalt und Mauern, von Autos und dem Lärm anderer Menschen.

In der Dunkelheit erkennt sie nicht, wo sie fahren, nicht einmal die Himmelsrichtung weiß sie. Das dicht bebaute Stadtgebiet haben sie längst verlassen, als Manfred vor dem äußeren von mehreren schmalen Reihenhäusern hält. Er lebe allein, hat er unterwegs erzählt, seit seine Frau vor zwei Jahren gestorben sei, nur einen Kater habe er, und manchmal komme seine Tochter Hanny mit Mann und zwei Kindern aus London und bleibe für ein paar Tage.

Er schließt die Haustür auf, mit einem hässlichen Knirschen schleift sie über den Steinboden des Windfangs. Lisa sieht dem Haus an, dass seit vielen Jahren nichts mehr verändert worden ist. So ähnlich hat es bei ihren Vermietern am Bodensee ausgesehen:

die braunen Florentiner Fliesen in der Diele, die Holzverkleidung an den Decken, die Möbel, die vor dreißig Jahren modern gewesen waren, die zum Wohnzimmer offene Küche aus rustikalem Eichenholz.

Er habe noch nicht gegessen, sagt Manfred. Er habe nicht mit Besuch gerechnet, viel sei nicht da, aber für zwei würde es reichen. Er habe Brot, Butter und noch etwas Schinken, Eier habe er auch, sie könnten Spiegeleier essen.

Er schlägt die Eier in die Pfanne, während Lisa Teller und Besteck zum Esstisch trägt: eine kleine Geste. Sie will etwas beitragen, will sich nicht nur von ihm bedienen lassen, wie sie es früher getan hat.

Er trinke Tee, sagt er. Ob sie damit einverstanden sei?

»Gerne Tee«, sagt sie. »Ich trinke nicht mehr so viel Alkohol wie früher, ich hatte Angst, so zu werden wie meine Mutter.«

Beim Essen fällt Lisa nichts ein, womit sie ein Gespräch beginnen kann. Es gäbe so viel zu erzählen, denkt sie, und weiß nicht womit sie anfangen soll. – »Hast du dein ganzes Leben in Hannover verbracht?«

»Fast das ganze Leben«, lacht Manfred. In Braunschweig habe er Pharmazie studiert, in Hannover sei das nicht möglich gewesen. Danach habe er in der Innenstadt eine Apotheke besessen. Vor zwei Jahren, als Anne starb, habe er sie verkauft. Seit vielen Jahren sei sie krank gewesen und sie hätten nicht mehr verreisen können. Nach ihrem Tod habe er nachgeholt, was an ihrer Seite nicht möglich war. In Nepal sei er gewesen, habe die Königsstädte im Kathmandu-Tal gesehen. In Afrika habe er die Victoriafälle besucht und die Serengeti mit dem unvorstellbaren Reichtum an Tieren, beides schöner als alles, was ihm bisher auf einer Reise begegnet war.

Nach dem Essen holt er ein kleines gerahmtes Foto aus dem Schrank. Er habe es die ganzen Jahre gehütet wie einen Schatz. Lisa selbst ist auf dem Foto. Sie trägt ihr rotes Sommerkleid mit dem weiten Rock, die Haare hat sie zu einem großen Dutt auf dem Kopf zusammengesteckt, der Pony ist dünn und kurz und ganz gerade geschnitten. Im Sonnenlicht kneift sie die Augen zu schmalen Schlitzen zusammen. Das Bild gefällt ihr nicht.

»Warum hast du dich in dieses hässliche Mädchen verliebt?«

»Hässlich? Mir hat das Bild immer gefallen.«

Später erwähnt Lisa ihre Ehe mit Richard, sie habe einen Halt gebraucht, nachdem Rudi zum zweiten Mal fortgegangen war und sie an seinen Tod hatte glauben müssen. Sie hätte so allein nicht weiterleben können.

»Wer ist Rudi?«

Ganz unbedacht hat sie den Namen ausgesprochen, sie bereut es sofort, Rudi und Manfred gehören nicht in dasselbe Leben. Rudi gab es nicht mehr, als sie Manfred kennenlernte. »Mein Bruder«, sagt sie.

Mit Richard hatte sie über Rudi sprechen können und über die gemeinsame Zeit in Berlin. Mit Manfred über Rudi zu sprechen heißt jedoch, in die Welt ihrer Eltern und die Zeit der Lügen zurückzukehren, der sie längst entronnen zu sein glaubt.

Sie will es kurz machen: »Rudi ist nach dem Abitur in die DDR gegangen, aber das sollte niemand wissen.«

Sie spürt, wie sie eine Kälte durchfährt, die droht, sie zu Eis erstarren zu lassen. Da sind sie plötzlich wieder, die Augen und Ohren ihrer Eltern, die sie umzingeln, als hätte sie sich niemals von ihnen befreit: »Sei still! Das geht niemanden etwas an.« Sie schweigt eine Weile. Die Eltern leben seit Jahren nicht mehr, aber in dieser Stadt, wo die Erinnerungen greifbare Materie sind, stehen die Schatten der Toten plötzlich groß und bedrohlich hinter ihr. Doch sie will sich das Reden nicht verbieten lassen, niemals mehr. »Das ist eine lange Geschichte«, sagt sie. »Wenn du sie hören willst, werde ich sie dir erzählen.«

Manfred nickt, aber sie muss sich erst besinnen. Sie weiß nicht, womit sie beginnen soll. Das Bild, wie sich Rudi an dem kalten Märztag wortlos aus dem Zugfenster beugt, legt eine tiefe Schicht der Trauer frei. Sie will nicht weinen, deswegen beginnt sie in der gemeinsamen Kindheit, tastet sich von den schönen Erinnerungen langsam an die schlimmen heran, erwähnt Dinge, über die sie noch nie, wirklich niemals mit einem Menschen gesprochen hat, auch nicht mit Toni, nicht mit Richard. Es mag an Manfreds Art liegen oder an der Vertrautheit aus der gemeinsamen Vergangenheit, dass sie alles offenbart: die aufgedrehten Gashähne, die Versuche ihrer Mutter, sich mit dem Küchenmesser die Pulsadern zu öffnen, die Drohung ihres Vaters, er würde sich erschießen. Zu spät merkt sie, dass sie sich überschätzt hat. Diese Erinnerungen sind viel schlimmer, als es die Gedanken an Rudi sein könnten.

»Du warst der Einzige, der mich jemals nach Mutters Krankheit gefragt hat«, biegt sie ab, als sie ihrer Stimme wieder mächtig ist und das Zittern nachlässt, das sie plötzlich befallen hat. Dann schweigt sie.

»Es gibt Fragen, die man nicht stellt, weil man sich vor den Antworten fürchtet. Wer will schon die Wahrheit wissen, wenn sie zum Handeln zwingt? Es ist leichter, die Augen zu verschließen, als sich der untätigen Mitwisserschaft schuldig zu machen.«

»Alle müssen gesehen haben, was mit meiner Mutter los war.«

»Dass sie zu viel trank, habe ich erst im Nachhinein begriffen, und von den aufgedrehten Gashähnen habe ich nichts geahnt. Ich dachte, sie litte an einer Krankheit, die mit großer Schwäche einhergeht.«

»Hast du das wirklich geglaubt?«

»Damals kannte ich keine Menschen, die zu viel trinken. Nein, an Alkohol habe ich nicht gedacht.«

Lisa schweigt und denkt an das Kind, das sie einmal war und das seiner Mutter Wermutwein und später Schnaps zum Geburtstag und zu Weihnachten schenkte. Sie weiß nicht mehr in welchem Alter sie erkannte, dass der beängstigende Geruch, der ihre Mutter in den Zeiten der Schwäche und Unberechenbarkeit umgab, der Geruch von Alkohol war.

»Du wolltest doch von Rudi erzählen«, unterbricht Manfred nach einer Weile das Schweigen.

Jetzt, wo das Schlimmste gesagt ist, fällt es ihr leichter, über den verschwundenen Bruder zu sprechen und über die Lügen und die Unsicherheit, deren Schatten ihre Kindheit verdunkelt hatten.

Manfred, der ihr schweigend zugehört hat, legt seine Hand auf ihre. »Ich habe gemerkt, dass du etwas mit dir herumträgst, worüber du nicht sprichst, aber dass du nicht nur deine kranke Mutter verbirgst, habe ich nicht geahnt.«

»Rudis Geschichte ist noch nicht zu Ende«, sagt sie. »Magst du den Schluss noch hören?

Manfred lächelt ein wenig über ihre Frage. Natürlich will er ihn hören.

Sie macht es kurz: Rudis gescheiterter Traum, in der DDR den Sozialismus leben zu können, von dem er überzeugt war. Wie er versuchte, Veränderungen am bestehenden System herbeizuführen, kein Risiko scheuend und kompromisslos, wie er schon immer war, und wie er dafür ins Gefängnis kam.

»Ich bewundere Menschen, die unbeirrt für eine Sache kämpfen, von der sie überzeugt sind«, wendet Manfred ein. »Nelson Mandela war Jahrzehnte im Gefängnis, weil er gegen die Apartheid gekämpft hat. Martin Luther King, Mahatma Gandhi: Es gibt viele, die für ihre Überzeugung mit der Freiheit oder sogar mit dem Leben bezahlt haben. Solche Menschen können die Welt verändern.«

»Oder sie gehen an ihr zugrunde«, unterbricht ihn Lisa. »Wie fortgeworfen hat sich Rudi gefühlt, als er ohne Vorankündigung und gegen seinen Willen in den Westen entlassen wurde, wie ausgespuckt. Seine Ziele hat er niemals aufgegeben, und sein Scheitern konnte er nicht verschmerzen. Deswegen war das Leben im Westen für ihn unannehmbar geworden.«

Lisa kämpft mit den Tränen, als sie über die eisige Winternacht spricht, in der er fortging, über das vergebliche Warten auf seine Wiederkehr und ihre erfolglosen Versuche, nach der Wende etwas über sein Schicksal zu erfahren. Plötzlich ist sie mit ihrer Erzählung wieder bei Richard. Eilig und übergangslos hat sie Rudi verlassen, um der Trauer zu entkommen.

»Fünfundzwanzig Jahre habe ich es mit Richard ausgehalten oder er mit mir«, sagt sie. »Aber am Ende habe ich es kaum noch ertragen, wenn er, der Abteilungsleiter bei einer großen Tiefbaufirma, mich belehrte. Sein Allwissen hat er über mich gestülpt wie Mutter früher den Kaffeewärmer über die Kaffeekanne. Riesengroß stand die dicke Hülle auf dem Tisch und was darunter war, blieb unsichtbar, genau wie ich neben Richard. Ich habe es hingenommen, obwohl ich mich nicht mehr als das schwache, hilflose Wesen fühlte, das er geheiratet hatte. Ich glaube, dass er zu anderen Frauen ging, aber ich habe an meine Mutter gedacht und an ihre wilden Eifersuchtsszenen und habe nichts gesagt. Ich hatte Angst davor, mich mit Richard zu streiten, ich fürchtete, schon das kleinste heftige Wort würde die Schleusen öffnen und dann gäbe es kein Halten mehr, wir würden schreien und toben, wie es meine Eltern getan haben, und das wäre dann das Ende von allem gewesen.«

Sie hat plötzlich ein belustigtes Gesicht, lässt ein leises gedankenverlorenes Lachen hören. »Eine kleine Rache habe ich mir gegönnt. Ich habe ihm zum fünfzigsten Geburtstag ein kleines Zitronenbäumchen geschenkt mit drei oder vier noch grünen Früchten, aber er hat nicht verstanden, was ich damit sagen wollte. Er hat die Pflegeanleitung gelesen und mir gesagt, wo ich das Bäumchen hinstellen soll und wie ich es gießen und düngen muss.«

Lisa schweigt, schüttelt den Kopf. »Verrückt«, sagt sie, »total verrückt, dass ich so lange bei Richard geblieben bin. Ich wollte die Sicherheit an seiner Seite nicht aufs Spiel setzen. Ich hatte Angst vor dem, was nach Richard kommen könnte. Ich hatte Angst vor einer Veränderung.«

Manfred wartet geduldig, bis sie nach einer Weile weiterspricht: »Heute weiß ich, dass man mit dieser Angst leben muss und mit der Unsicherheit. Veränderungen hat es schon immer gegeben, mal zum Guten, mal zum Schlechten, nicht nur in meinem Leben. Ohne Wandel steht das Leben still. Eines Tages ist das Neue von früher das Bekannte und Beruhigende.« Sie lacht ein wenig. »Einmal, es war im tiefen Winter, es war kalt und windig, und ich hastete mit hochgeschlagenem Mantelkragen durch die Straßen, da sah ich Richard, wie er sich an einem Kiosk Zigaretten kaufte. Ich erkannte ihn aber zunächst nicht. Ich bemerkte nur einen dicklichen Mann mit einer großen Hornbrille, der mir fremd und gar nicht sympathisch war. Das war der Augenblick, in dem ich zum ersten Mal daran gedacht habe, mich von ihm zu trennen.«

Lisa ist froh, dass Manfred keine Fragen stellt, nur eine Hand wie zum Schutz auf ihre legt. Sie ist erschöpft von dem langen Tag und von ihren vielen Worten. Eine Weile sitzen sie schweigend, lauschen dem blechernen Stundenschlag einer altmodischen Wanduhr, die aus der Zeit ihrer Großeltern zu stammen scheint.

Lisa zählt die Schläge. »So spät schon«, sagt sie. »Zeit, um Schlafen zu gehen.«

Manfred führt sie in Hannys Zimmer. »Du kannst hier schlafen oder im Gästezimmer, aber hier hörst du die Straße nicht.«

Allein in Hannys Zimmer, fällt ihr die völlige Lautlosigkeit auf. So still ist es hier wie in ihrem Häusle im Schwarzwald. Lange steht sie im dunklen Zimmer am Fenster und schaut in die Nacht. Am Himmel kein Stern, die Wolken rötlich im Widerschein ferner Lichter. Später liegt sie mit offenen Augen im Bett und wartet vergeblich auf den Schlaf. Die Gedanken an die Vergangenheit halten sie wach. In den letzten Monaten an Rudis Seite war sie die Starke gewesen, sie hatte die Initiative ergriffen, sie hatte ihn an die Hand genommen. Hatte sie ihn bevormundet? Wohl auch. Doch die Zeit mit Rudi hatte nicht ausgereicht, um sie die Muster der Kindheit vergessen zu lassen und sie für immer auszulöschen. Kaum war er fort, kam das Kind von früher ins Spiel, das sich einnistete auf den neuen Wegen und die ungewohnten Möglichkeiten verstellte. Zu spät hatte Lisa gemerkt, dass sie noch immer auf der Suche nach einem Mann war, der sie bevormundete, der es schaffte, sie von ihm abhängig zu machen, einem, der ihrem Vater ähnelte. Unterwerfung, das war das Muster, mit dem sie sich auskannte. Wäre damals ein anderer gekommen, einer wie Manfred, sie hätte nichts mit ihm anfangen können und ihn verstoßen, wenn nicht das Schicksal sie rechtzeitig getrennt hätte, wie es bei Pavel gewesen war. Richard hatte zu den Männern gehört, unter deren Blicken sie errötete und sich die Nackenmuskeln verkrampften. In der ersten Zeit ihrer Bekanntschaft war es besonders schlimm gewesen. Zusammen mit Richard an einem Tisch zu sitzen und entspannt Suppe zu löffeln: ein Ding der Unmöglichkeit. Ruckend, als wären ihre Bewegungen von Zahnrädern angetrieben, hatten ihre verkrampften Muskeln den Löffel zum Mund geführt, ruckend hatte sie den Kopf nach vorn bewegt. Selbst ein Glas hatte sie nicht unbefangen zum Mund führen können. – Sie hätte die Warnungen beachten müssen.

Hätte es überhaupt einen Mann geben können, mit dem sie ein Leben lang glücklich hätte zusammenleben können? Sie weiß es nicht. Schon vor den Jahren mit Richard hat sie Zweifel gehabt, ob sie dafür geschaffen ist, dauerhaft zu lieben, und sie hat sich gefragt, ob dies überhaupt einem Menschen möglich ist. Es liegt in der Natur der Sache, dass die erste Verliebtheit nicht ewig anhält. Die Liebe scheint ihr wie ein Motor, der mit den Jahren immer langsamer läuft. Das Begehren, das Drängen der ersten Zeit verliert sich, Ruhe und Gemächlichkeit kehren ein, bis eines Tages der Motor zu stottern beginnt, schließlich stillsteht. Das ist der Moment, in dem sich ein Mensch im Alltag breitmacht, der nicht mehr viel mit dem überhöhten Wesen von früher gemeinsam hat. Bestenfalls bleiben Vertrauen, Respekt und das Gefühl, den anderen zu vermissen, wenn er abwesend ist. Ihren Eltern waren nur Widerwillen und Hass geblieben.

Am nächsten Morgen steht Lisa wieder am Fenster, Blick zum Garten. Am blassen Himmel flattern Krähen: schwarze Fetzen im Frühlingswind. Ein zimtfarbener Kater läuft zwischen welken Osterglocken über den ungepflegten Rasen, macht auf der Terrasse einen Buckel, verschwindet durch eine Öffnung im Haus. Neben dem Haus steht ein hoher Kirschbaum, die ersten Blüten wie Schneeflocken auf seinen Zweigen. Eine Meise fliegt hinüber zum schief hängenden Nistkasten, fliegt sofort wieder fort. In einer Ecke liegen Zweige und Laub auf einem Haufen, der dort langsam vermodert. Hinter dem Garten dehnen sich Felder, auf denen der Raps bald seine Blüten öffnen wird.

In der Küche steht schon das Frühstück auf dem Tisch. Manfred hat frische Brötchen besorgt. Brötchen, denkt sie, keine Wecken.

Er bemerkt ihren Blick nach draußen. »Du müsstest den Raps sehen, wenn er blüht«, sagt er. »Von hier sind die Felder wie ein einziges gelbes Meer.« Lisa nickt und als sie nichts sagt, sondern nur lange hinausblickt, fährt er fort: »Du kannst hierbleiben, wenn du magst. Du kannst bei mir wohnen, Platz ist genug.«

Sie neigt den Kopf auf die Seite, sie muss nachdenken, lächelt. Wenn hier der Raps blüht, denkt sie, sind oben im Schwarzwald die Wiesen leuchtend gelb vom Löwenzahn. Dicht bei dicht stehen dann die Blüten, und wenn sie von Weitem schaut, ist es kein weites ebenes Meer, es sind gelbe Täler und gelbe Hügel. Gäbe es nicht darüber die dunklen Wälder, könnte man meinen, dass das Gelb bis in den Himmel fließen müsse.

»Nicht heute, nicht morgen, aber bald komme ich wieder, und dann bleibe ich länger als dieses Mal«, antwortet sie endlich.

Nach dem Frühstück packt Lisa eine Unruhe, die sie sich nicht erklären kann. Sie will sich nicht gleich wieder von Manfred trennen und doch drängt es sie, sich in den nächsten Zug zu setzen. Wir passen zueinander, denkt sie, wir haben uns aufeinander zubewegt, während wir uns aus den Augen verloren hatten, doch sie braucht Abstand. Manfred wäre nicht der erste Irrtum ihres Lebens. Die Möglichkeit einer gemeinsamen Zukunft muss sie aus sicherer Entfernung betrachten. Sie will bei ihm sein – von Zeit zu Zeit und ohne ihre Freiheit aufgeben zu müssen und ihr Häuschen im Schwarzwald, wo niemand sie behindert und sie tun und lassen kann, was sie will. Sie denkt an Toni und weiß, mit Manfred wird es anders sein. Das sehnsuchtsvolle Warten wird es nicht geben, aber vielleicht die Ruhe und Gelassenheit, die sie an Tonis Seite gefunden hatte.

»Warum lächelst du«, fragt Manfred in ihre Gedanken hinein.

Hat sie gelächelt? Sie muss sich erst besinnen, Manfreds Frage hat ihre Gedanken abgeschnitten.

»Ich dachte an Toni. Genau wie du hat er am ersten Tag ohne lange zu fragen Spiegeleier gebraten.«

»Sind wir uns ähnlich?«

Sie schüttelt heftig den Kopf. »Nein, überhaupt nicht.« Sie wird unsicher. »Äußerlich jedenfalls nicht.«

Später sagt sie, dass sie den Zug nehmen wird, der in zwei Stunden vom Hauptbahnhof fährt.

Manfred ist überrascht und sieht enttäuscht aus, aber er versucht nicht, sie aufzuhalten. »Jetzt, nachdem wir uns wiedergesehen haben, werde ich dich sehr vermissen, wenn du wieder fort bist«, sagt er und zieht die Brauen hoch wie jemand, der eine unerwartete Entdeckung macht.

Er sieht auf die Uhr, sie haben noch Zeit, bis Lisa zum Bahnhof muss, Zeit, mit der sie nichts anzufangen wissen. Die bevorstehende Trennung hat schon ihren Keil zwischen sie getrieben.

Sie packt ihre Tasche, sie braucht dafür nur ein paar Minuten. Manfred schlägt vor, auf dem Weg zum Bahnhof noch ein Stück am Maschsee spazieren zu gehen. Er parkt bei der Löwenbastion, nicht weit von der Stelle entfernt, wo sie Kalle zum ersten Mal gesehen hat, im Schneidersitz mitten auf dem Weg. Sie schweigt darüber, sie reden über irgendetwas, aber das Gespräch springt hin und her zwischen den Themen, und als sie wieder ins Auto steigen, weiß Lisa nicht mehr, worüber sie gesprochen haben.

Manfred stellt den Wagen hinter dem Bahnhof ab, wo nichts mehr so ist, wie sie es von früher kennt. Am Bahnsteig küsst sich neben ihnen ein junges Pärchen. Manfred nimmt Lisa in den Arm, sie halten sich lange ganz fest, aber sie küssen sich nicht. Es fällt ihr schwer, Abschied zu nehmen, und doch ist sie froh, als der ICE einfährt. Sie findet einen Platz und verstaut ihren Koffer zwischen zwei Rückenlehnen. Manfred steht noch immer neben dem Gleis. Gern hätte sie jetzt das Fenster geöffnet, sich zu ihm hinuntergebeugt und ihm zugerufen, wie sehr sie sich auf ein Wiedersehen freue, aber Zugfenster, aus denen man sich herauslehnen kann, gehören zu ihrer Vergangenheit.

Nachwort

Dieser Roman wäre nicht ohne die engagierte Unterstützung durch andere Personen entstanden. Besonders danken möchte ich den Zeitzeugen Hartwig Kluge, Andree Kaiser und Albrecht Möller, die mir ihre Erfahrungen als Dissidenten und politische Gefangene in der ehemaligen DDR geschildert haben, meine Fragen beantworteten und mir von ihnen verfasste Aufzeichnungen zur Verfügung stellten. Ihnen und allen anderen, die mich bei der Recherche unterstützt und den Entstehungsprozess des Romans kritisch begleitet haben, möchte ich hiermit meinen herzlichen Dank aussprechen.

Mein ganz besonderer Dank gilt Herrn Wellhöfer, der sich für diesen zeitgeschichtlichen Roman und das auch dreißig Jahre nach der Wende noch bedeutsame Thema der politischen Verfolgung in der ehemaligen DDR begeistern ließ.

Renate Klöppel im Wellhöfer Verlag

Stumme Augen

288 Seiten, Euro 9,95

Ein schöner Lebensabschnitt soll beginnen, als Manuel Fechner mit Freundin, Tochter und Kater in Freiburgs beschaulichem Stadtteil Herdern ein altes Häuschen bezieht. Doch die Idylle trügt: Die großen dunklen Flecken im Keller stammen von menschlichem Blut, ein Mann mit schaurigen Tätowierungen wird tot aufgefunden und ein schwerstbehinderter Rollstuhlfahrer stürzt unter rätselhaften Umständen in einen Bach.

Als Manuel Zusammenhänge zwischen den erschreckenden Ereignissen erkennt, gerät er selbst in tödliche Gefahr.

www.wellhoefer-verlag.de